ハヤカワ文庫JA
〈JA1551〉

ＡＩとＳＦ

日本ＳＦ作家クラブ編

早川書房
8945

目　次

AIとSF

まえがき

日本ＳＦ作家クラブ会長
大澤博隆

今年で六十周年を迎える、ＳＦのプロが集まる作家クラブにおいて、私はプロとして作品作りに関わった経験が一切ない、初めての会長である。私はＳＦを「創作」するのではなく、ＳＦを「研究」する立場として会に所属しており、文学研究者ではなく、人工知能などの分野に関わる工学研究者である。

もともと私は、ＳＦに影響を受けて人工知能を目標とする研究者となった。「私たちが持つ知能とはなにか」という問いは、私達にとって最も身近でありながら、人類最大の謎の一つだ。それを人工的に再現しようというのが「人工知能」の分野である。知能を育てる研究として、私は他者の意図を読み合う社会性の研究から、人を動かす「物語の想像力」へと研究対象を拡大した。その関係でＳＦ作家クラブに入会し、気がつくと工学と文学の境界領域にいる、作家団体の会長になった。

遡ればギリシア神話のピグマリオンやユダヤ教のゴーレム、小説ではメアリ・シェリーのフランケンシュタインの怪物や、カレル・チャペックなどのロボットのように、こうしたテーマは古くからSFでも扱われている。数多《あまた》のSFでは、異人種や制御不能な道具、人間の認知を拡張する相棒、あるいは社会に組み込まれて人々の生活を支え、また監視する舞台装置として、人工知能が描かれてきた。SFにおける人工知能たちは同時に、多くの実業家や研究者を人工知能の分野に向かわせる火種になってきた。特に、コンピュータやロボットにまつわる分野では、極めて多くの分野が人工知能の研究から生まれてきたことが知られている。今では当たり前に使われている言語・画像・音声の検索・認識・予測・生成や、人工システムの行動・計画にかかわる情報技術の多くは、人の知能に憧れ、それを再現しようと試みた人たちが生み出してきた技術の副産物と言っても良い。そして、こうして生み出された研究や技術が、今度は作家にインスピレーションを与え、新しい作品が生まれ、そこからまた新しい研究開発のアイデアが生まれる。人工知能はそうした、異分野との即興のジャムセッションのような相互交流の中で成長した分野だ。

私自身も、そのサイクルから生まれた一人だ、と自負している。

　人工知能技術は何回かの熱狂と失望の時期をはさみながら、昨今では急速にその改良速度を早め、現実社会に浸透しつつある。特に二〇二二年末からの動きは凄まじい。いま世界は、朝に出た論文が夕方に実装されて全世界に広がり、一週間後にはそれを元にしたベンチャーが出てくるような、そんな狂乱の中にいる。こうした渦中で、人工知能技術の影響範囲を断言するのは難しいが、普及した「人工の知能」は、恐らく私達の生活を破壊的に変えうる技術である。最も人間らしい行為の一つである創作行為、人類における物語のあり方自体も、こうした人工知能たちが大きく変えてしまう可能性すらある状況である。

　それでも、人類における物語の重要性は、変わらないと私は思う。たとえ人工知能自身が物語を作り上げる世界が来たとしても、人々が自らの想像力で物語を描き、それが読み手の想像力を喚起するサイクルの重要さ、尊さが、失われることはない。SFと人工知能のセッションから生み出され、双方の分野に敬意を持つ私は、強くそう思う。

　本書に収められた、人工知能にまつわる二十二篇の小説たちは、最新の人工知能に対する状況を踏まえ、解像度を増したSF作家たちによる、最先端の書き下ろし小説だ。まさに今、トレンドとなった技術や知見を使った小説もある。中には難しく見えるものもあるだろうが、鯨井久志氏、鈴木力氏、冬木糸一氏、宮本裕人氏による各篇の解説、そして巻末の鳥海不二夫氏の人工知能解説が、あなたの読書体験を支えてくれるだろう。

ここが、SFと人工知能にまつわるセッションの最前線だ。今、この時代の作家が生んだ物語たちを、どうぞ楽しんでほしい。

準備がいつまで経っても終わらない件

長谷敏司

舞台は二〇二五年の大阪万博直前。AI技術の進化によって、三年前に設計した「未来のショウケース」が過去のものになりつつあることを危惧した学者たちが、AIを次のレベルに引き上げるための賭けに出る。

物語が下敷きにするのは、二〇二二年十一月に発表されたAIチャットボット「ChatGPT」。このゲームチェンジャーは私たちの仕事に、社会に、どんな影響をもたらすのか。人々が今まさに抱える期待と不安を、本作は「ポスト・ChatGPT時代」のありうるかもしれない未来の一片としてコミカルに描き出す。その先に生まれうる汎用AIは、人類の希望なのか？　それとも人間は、AIに仕える奴隷──例えば、ロボットにせんべいを食べさせる係──になってしまうのか？　そんな問いも与えてくれる。

長谷敏司（はせ・さとし）は一九七四年、大阪生まれ。二〇〇一年『戦略拠点32098　楽園』でデビュー。『My Humanity』で第35回日本SF大賞受賞。アンソロジー『AIと人類は共存できるか？』では、本作の姉妹作とも呼べる短篇「仕事がいつまで経っても終わらない件」を執筆している。

（宮本裕人）

２０２５年１月中旬、４月から開催する大阪万博の事務局スタッフである墨田《すみだ》幸太郎《こうたろう》は、淀屋橋の万博事務局オフィスで胃を痛めていた。経産省から万博事務局に係長として出向した彼は、テーマパビリオンのひとつ、《パビリオン大阪5.0》の展示を担当している。

30分ほど悩んだ結果、墨田は、上司に苦渋の報告をした。

「パビリオン大阪の展示は、完成しません。学者の先生が、『このままでやるなら、責任者を降りる』と言い出しました。準備が間に合わなくなるので、なんとか続行してほしいと頼みましたが、聞き入れてくれません」

つまり、関西を中心に日本の叡智《えいち》を結集した学者たちが、展示の完成に待ったをかけたのだ。

上司であるテーマ事業課長の今宮《いまみや》は、最初、言葉の意味がわからず、ぽかんとしていた。数秒して、立ち上がって猛然と言い返した。

「そんな無責任な！　パビリオンの内容は、去年の夏には全部固まってたやないか」

「去年の夏の時点でも、本当はやめたかったんだそうで。それが、今月のCESで、関係者から決定的な話を聞いたそうです」

墨田も、正月明けに行われたCES——世界最大のテクノロジー見本市のニュースで、ヒヤリとしていたのだ。

今宮も心当たりがないでもなかったのか、震える手でメガネのつるをつまんだ。

「何を聞いた？　いや、誰がゴネとる」

「程度の差はありますが、ほぼ全員です」

今宮が、外したメガネを机に取り落とした。墨田も、悪い冗談だと思いたかった。代表者からのメールに書かれていたことを伝える。

「万博会期中に行われる上海の家電展示会で、うちの展示とほぼ同じ内容の家電が発表されるそうです。来年には店頭に並ぶとか」

墨田の声は震えていた。《パビリオン大阪5.0》は、コンセプトパビリオンとは別に作られる、大阪の顔としての役目を持つパビリオンだ。ＡＩを中心にして、日本政府が目指す未来社会である《Society5.0》の見本を作る予定だった。

《Society5.0》は、サイバー空間《仮想空間》とフィジカル空間《現実空間》を高度に融合させた、経済発展と社会課題の解決を両立する人間中心の社会《Society》ビジョンだ。だが、技術発展の趨勢と一致しすぎていて、予定していた展示が商品化しやすすぎると、ずっと議論されてきた。

　今宮も、魂が抜けたように、天井を見上げていた。これが10年前なら、大学の研究室で実現したものが商品として市場に出るには、20年かかった。だが、３Ｄプリンタによるプロトタイピングや、２０２０年からの生成ＡＩの進化爆発による生産性の向上で、今や、ものによっては5年で家電になる。世界最先端は、著しく短命になっていたのだ。

　大阪２０２５のテーマ事業「いのちの輝きプロジェクト」基本計画は、２０２２年4月に策定された。つまり、この段階での日本最先端レベルで実現可能な計画が立てられた。パビリオンは建築物で、建築は設計なしでは必要な資材もわからない。建築工期に間に合うギリギリまで待ったというのに、このざまだ。

「墨田くん、これは笑うところか？」

「残り3ヶ月ですからね。先生がたも、『自分達の作ったもの、古くなってないか？』という話は、最近はかなりしつこくされていましたね」

　世界最先端という触れ込みの展示が、期間中に家電になってしまう先生がたは、気の毒だ。だが、こんな時期に爆発されても、どうしようもない。

そのとき、事務局に併設されたプロデューサーオフィス側から、女性の怒鳴り声が聞こえてきた。それは、嵐に煽られた旗が、音高くはためくような声だ。

そして、薄い仕切り壁についたドアを開けて、虎をぶら下げた中年女性がオフィスに入ってきた。虎柄の好きな大阪のおばちゃんよろしく、虎を映した液晶ディスプレイをぶら下げた、パワフルな女性が迫ってきたのだ。どのくらいパワフルかというと、軽量とはいえ2キロはあるデジタルサイネージを胴の前にさげて、体幹が揺るぎもしない。

墨田は、話題の張本人が、オフィスに来ていたことに、驚いていた。

「谷町先生。なんで画面に虎を？」

大阪大学の教授である、谷町聖子《たにまちせいこ》だ。

「大阪の学生にとって第一は、ウケるかウケへんかよ。教授が『おもんない』て思われたら、ゼミの集まりも悪ぅなるし、課題の提出率も下がるねん。わかる？」

この谷町が、このままなら降りると、脅しをかけてきた張本人である。彼女が、寝不足のくまに囲われた三白眼《さんぱくがん》を、じとりと墨田に向けてきた。

彼は谷町と同年代だが、大物のオーラがある彼女のことが、苦手だった。

「そ、それはご苦労さまです」

「思うんやけど。今が、万博を一番やったらあかん時期やで。２０２０年からＡＩが、世界をひっくり返しとる最中に、《最新の展示》とか、どうすんねん」

展示担当課長の今宮が、谷町聖子が本気だと気づいたか、真っ青になっていた。

「先生、そんな無責任なこと言わんでくださいよ」

「未来の大阪とか、マジわからんわ。世界中の誰も、５年後ＡＩがどうなるかもわからんし、ＡＩの影響でどうなるかもわからんで！」

ものすごいことを、ぶっちゃけていた。

「２０２２年には、ちゃんと展示は作れるって言ったじゃないですか」

「４月の話や。11月から世界が変わりよったんや。あんなん《ChatGPT》が１年早く出とったら、無責任なこと言わへん。２００２年から２００５年考えるんは現実やったけど、２０２２年から２０２５年見たらＳＦやないか。この国、呪われとるぞ」

墨田は、完全に開き直った谷町の様子に、「たいへんなことになった」と、思わずつぶやいた。

思えば、２０２２年の11月にアメリカのOpenAIが最新のＡＩチャットボットであるChatGPTを公開してから、谷町たち先生がたの空気が変わっていた。ChatGPTは、大規模言語《LLM》モデルを使用していて、人間と話しているかのように違和感のない会話ができた。

大きな課題だった推論能力も高いレベルで、受け答えは自然だった。会話による命令で、AIがプログラムを作り、表を作り、計算をし、アイデアを提示する。それどころか、ルールを教えることで回答空間を絞り込み、AI自身を人間から見て賢くすることもできた。

AIチャットボットに命令を与えるプロンプトは、魔法の杖のようだった。プログラムのようなビジネスにもすぐ使える〝価値があるテキスト〟を狙って生み出せたことで、さらに評価は上がった。つまり、人類はずっと〝テキスト〟によってマシンを制御していて、手に入れたデータも〝テキスト〟で加工していた。チャットボットは、そうした制御や加工のためのコードを生み出すこともできたのだ。

大阪万博にとって最悪だったのは、この技術と類似品が、家電やあらゆるものにたった2年間で搭載され始めたことだ。古い時代のSFに描かれてきた、万能の《人工知能》が現実化したような世界が、訪れようとしていた。

墨田にも、2022年に設計した未来のショウケースが、開催前に過去になりつつあることは、わかる。だが、事務担当としての判断は別だ。

「万博は4月13日には開催です。今から展示変更は無理ですよ」

谷町も、一歩も引かない。頑丈なベルトで首からかけたデジタルサイネージで、動画の虎が吠えていた。

「東京オリンピックのはずやった2020年は、新型コロナのパンデミックにぶつかったやろ。万博は、大規模言語モデルのカンブリア爆発の直後や。オリンピックみたいに、一年延期させてくれへんかなぁ？」

「予算がないんですよ。だいいち、コロナと違って人命に関わってないから、大義名分になりませんよ」

「万博で、展示物と同じモンが家電で出るんかて非常事態やぞ。ここで踏ん張れんかったら、日本の科学のイメージはしまいや。テクノロジーの最先端で、結果を現物の展示で出せっちゅうんは、普通ないねん。でも、万博は、やらなあかん。普通やないことができるんが強い国で、できへんのは、それ以外やねん」

ここで無茶を通せるかが日本の科学の分水嶺《ぶんすいれい》だと、目を血走らせる谷町聖子は、AI分野では一目置かれる研究者だった。日本語版の大規模言語モデル《LLM》を作る国家プロジェクトに、在阪の翻訳ベンチャーと手を組み、高速英文翻訳で日本語テキストを水増しする手法によって、豊富なデータ量を揃えることに貢献したからだ。

大規模言語モデルの一般化によるAIの進化爆発が、アメリカから起こったのは、投資額が桁外れだったからだけではない。そもそも大量の英語文は他言語より圧倒的に入手しやすく、学習のために必要なテキスト分量があったためだ。日本語LLMにとっての大きな課題を、谷町は、公開されている膨大な英文データセットとウェブのクローリングから、質の高い文をフィルタリングし、これを高速のＡＩ翻訳にかけて膨大な日本語コーパスを作ることで乗り越えた。

このプロジェクトは、事業性が認められ、かつ、高速翻訳が万博でも役立つとして、政府の開発予算を獲得した。当時、大規模言語モデルが一般化した効果で、良質の英語テキストが増えていた。そのおこぼれを小判鮫でき、作ったモデルが良質な知識鉱山になる効果をも期待できるこの手法は、官僚たちにウケがよかったのだ。ここからさらに、数少ない国産大規模モデルの学習に使われた、日本語テキストをかき集めたデータセットを交換《トレード》で獲得し、第一段階の大規模モデルを作り上げた。その後、ＡＩからの回答を人間の感覚に即したものにするファインチューニングが施された。これも、本来は人間のフィードバックを用いる強化学習《ＲＬＨＦ》で、人間のかわりに、先行する会話ＡＩを使うという、後発勢だからこその跳躍《リープ》で、最先端ではないがユーザーに存在価値のあるものを作り出した。

谷町は、２０２５年現在では賭けに勝ったと言える。性能向上のため、ウェブ上のテキストを掘り尽くして現実世界に乗り出した海外ビッグ・テックの覇権争いの時代に、日本勢が舞台に上がる最低限の条件だけは整えられたからだ。

つまり、谷町聖子に万博から降りられるのは、非常に都合が悪かった。彼女は大阪２０

25にかける熱意も高い。墨田は、世界的にも一目置かれる谷町と喧嘩別れするか、脳内でそろばんを弾《はじ》いた。

たぶん、今宮課長もそうだった。だから、拒否一択のはずのこのタイミングで、もっとも危険な〝玉虫色の答え〟を出してしまったのだ。

「……この件については、検討させていただくということで」

谷町聖子の剛腕ぶりを、事務局が思い知るまで、一週間かからなかった。

一月下旬、《パビリオン大阪5.0》で、「2025年とみらいをつなぐ」テーマ展示を担当する住吉海斗《すみよしかいと》から、クレームが入ったのだ。谷町が他のコーナーの担当者に、「事務局が展示変更について検討すると言った」ことを、触れ回ったせいだ。うちもうちもと展示担当が手を上げ始めて、特に不満はなかった住吉まで、展示を変えなければならない空気になってきたという。

いかに谷町聖子が大物でも、墨田は調整が地獄になっていることを抗議しなければならなかった。そのために、大阪大学情報科学研究科の谷町研究室に、アポをとって乗り込んだ。情報科学の研究室だから、マシンに向かう学生がたくさんいるものだと思っていたが、様子が違った。部屋の中心に大きなスペースを作って、人間の頭部を模したロボットが3

台、晒《さら》し首のように台に置かれていたのだ。

「わっ、ひゃっ、ひっ！　なんですか、これ」

墨田が悲鳴をあげたのは、ロボットが不気味だったからではない。ドアを開けた彼に反応して、一番左の両眼にカメラをつけた頭部が目を見開き、真ん中の耳と鼻をつけた頭は激しく首を振り、右の歯を剝いた頭はガチガチ歯を鳴らしたからだ。

谷町聖子が、うろたえる墨田を目にして「ごめんなぁ」と、笑っていた。今日は、谷町の隣に、墨田の知っている顔があった。同じ阪大吹田キャンパスにある生命機能研究科の教授の西岡拓巳《にしおかたくみ》である。

「墨田さん、見てやってください。やっぱり、面白いことになってきました」

そう言う西岡も、谷町聖子に同調して脅しに参加したひとりだ。主要な研究は、人間の身体の働きをすべて機械で再現することで、システムとしての人体の整備性に迫ることだ。

「面白いとか、言ってられる余裕はないですよ。まさか展示を変えたくなったのは、『前の展示に飽きたから』じゃないですよね」

谷町聖子は、用件は抗議だと伝えていたのに、研究の取材を受けているかのようだ。

「飽きは、正直ある。けど、わたしらがあかんと思う展示は、世界中の人にもしょぼい思われるで」

「最悪の展示は、完成しない展示ですからね」

「だから、妥協したやろ」

展示すべてを変えるのは無理だから、家電になるひとつだけは完全変更して、ほかは調整のみにすると、お互いに妥協したのだ。

「パビリオン大阪は、今、開店直前に店が潰れて、居抜《いぬ》きで別の店にする工事中みたいなもんですからね」

自分で言っていて、開催日までの展示の完成は不可能に思えてきた。谷町が、腕を組んで、うなった。

「わかっとる。それでも、予算はすぐ出してや。GPU買うんは、時間を買う投資や。金出すタイミング遅れたら、2倍3倍の金がかかる」

「あくまで参考にですけど……。学習コストと展示で、おいくらの見積りです？」

「学習とプロトタイプと半年動かせる筐体《きょうたい》現物で、10億に節約したった。宣伝費あたりから10億抜いてこっちに回してもぅたら、世界中に100億ぶん宣伝効果出したるわ」

「10億も削ったら、広告戦略スッカスカですよ。無茶言わんでください」

「ギャンブルは、手をつけたらアカン金に手ぇつけてからが本番や。まあ、見てみ。これ見たら、金かかるって、納得するわ」

谷町が、西岡と一緒に、部屋の奥から4個目の機械で作った生首を重そうに持ってきて、テーブルに置いた。

「じゃじゃーん」と、谷町がノリノリで生首を墨田に向ける。機械がまるだしだったこれまでのものと違って、シリコンの肌がかぶさっていた。

「なんですか。目と鼻と口が1体についてるってことは、3つを合体させたんですか？」

「3つのロボットの感覚データを二次元の画像にして、混合《マージ》すんねん。画像は、重ねられるよってな」

西岡が、スーツのポケットから、味噌を塗って焼いた煎餅《せんべい》を取り出した。歯を剝き出しにしたロボットが開けていた口に、それを突っ込んだ。「まず、人間と同じで、匂いを検知して、口を閉じる」と、彼が言ったと同時に、ロボットが前歯で煎餅をホールドする。そして、そのままバリバリ嚙み砕きはじめた。

谷町が、これの何が新しいのかわからない墨田に解説した。

「順番に神が宿るいうか、順番が神やねん。今、使っとるGPT系の大規模言語モデルやったら、ある語の後ろに適切な語を置いてって、文章を作る。でも、言葉を生み出した脳がやっとるから、人間の動作も同じやねん。動きに〝前と後〟の〝段取り〟がある人体の動作、ていうたら、嚙んで飲み込むんは、わかりやすいわな」

「せんべい食うのが、言語と似てるんですか？」

「食べ物を奥歯に送り込む動きは、まず〝前歯の動きの後〟やろ。体の構造が制約を作るよって、順番ができる。生物的な動きかいかいには、〝段取り〟があるんよ」

言われてみれば、体にできる動きは、骨格や関節の制約で決まる。たとえば、歩くときには、まず踏み出す足を上げなければならない。

「やから、言葉の本質は段取りやし、テキストを正しく並べられる人工知能は、人体の動作も構造化できるいうわけやな」

納得したような、できなかったような、妙な感じだった。墨田には、口からボロボロと大量のかけらを落とすロボットが、そんなすぐれたものには見えなかったからだ。

「これ、味覚もあるんですか？」

こちらの研究が専門の西岡が、説明を引き継いだ。

「人間と同じではないですね。脂肪を感じるための複合センサーのような複雑すぎるものは無理でした。ただ、舌から感じる苦味、酸味と、塩味と甘さと、辛味は感覚できます。嗅覚と、歯で感じる歯応えの食感も、データを感覚ごとに画像化して、混合《マージ》できます」

〈うまい。うまい！〉

突然、ロボットから音声が聞こえた。墨田は、話すとは予想していなかったから、心臓が止まるかと思った。

「なんですか、びっくりするなあ……。話せるんですね」

西岡が、そこに触れてほしかったと言いたげな、得意げな顔で、コメントする。

「そう。しかも、自発的にです」

「基本的な話ですけど、ロボットが自分から動き出すことって、珍しいんですか？」

「当然ですよ。ロボットは道具なので。自身の判断で勝手に動き出したら、安全上、マズいでしょう。AIだって、自分の判断を利用者の前に極力出さないように作られます。ですが、このAIは、食べたものを好きか嫌いか判定する。感覚となるセンサーのデータに対して、体系化された好悪をつけます。もちろん、このデータも画像化して、全センサーデータの画像を混合している」

〈にんにくの臭いがうまい！　塩いっぱいでうまい！〉

「その結果が、このけっこうジャンクな味覚のロボですか」

「せんべいは、味がはっきりしてて、バリエーションもあって、用意しやすいですからね。人間に近付けようにも唾液が再現できてないし、繊細な味覚は、脂質や水分の運動みたいな複雑な物理現象を受ける人工舌が必要で、難しいんです」

こうしていると、西岡が、立派な学者に見えた。墨田は、話に感心しつつも騙されている気がしてならない。

「この《食べるロボット》、そんなにすごいものなんです?」

谷町が、聴き手の疑いに敏感に反応する。

「《くいだおれ君》は、快不快の情報を学習した大規模言語モデルのための、データ収集ロボやねん。言語は、コミュニケーションだけやない、快と不快と結びつく情報について、記憶を長期保存するんも役目やった」

途中から、墨田は、《くいだおれ君》の名前が気になりすぎて、話が頭に入ってこなくなった。谷町が、説明を続ける。

「知ってるか? 大規模言語モデルが学習しとる情報は、今やったら10兆パラメータからある。人類が記述した全部を圧縮したもんやとも思てええ。感覚情報に結びついた快不快で、学習にバイアスをかけることで、その大規模言語モデルの探索空間っちゅう鉱山に眠っとる金《きん》を掘り出したいんや」

「金って、何を掘り出せるって言うんですか?」

「決まっとる。汎用人工知能《AGI》や」

谷町の得意げな顔に、通り一遍のＡＩ知識を摘んだ墨田は、途方に暮れる。汎用人工知能は、人によって5年後には到達するとも、今の技術の流れでは届かない遥か先の目標だとも言われる、人工知能開発のひとつのゴールだ。人間のような思考・知能を持っていて、新たに行動をプログラムしなくても、状況をAIが自ら判断して行動ができる。

「AGIですか……ん？　ちょっと待ってくださいよ！　世界にまだないものを、どうやって展示するんですか？　4月13日にはもう始まるし、来月中には、パリの博覧会《B》国際《I》事務局《E》が視察にくるし、プレスだって会場に入れるんです。正気ですか？」

「半年後にはできとる。万博は半年ある。前後半で展示を変えたらええ」

ハチャメチャが、墨田の上に落っこちてきた。

「誰が事務局の許可をとるんですか？　半年先に、世界のどこにもないモノができて、しかも、その研究に今から着手とか。あえて言いますよ。バッカじゃないんですか！」

「AGIができへんかったら、《くいだおれ君》見せとったらええねん。食レポやったら、今でもできるねんで」

「食レポって！」

そのとき、圧を感じて、隣を見た。西岡先生が、尋常ではない圧を放っていた。こんな迫力で迫られたら、指導を受ける学生たちは悪夢に見そうだ。

「食レポが、どれだけ高度な機能か、わかって言ってるんですか。世界初ですよ」

「お二人が高名な先生だって、わかった上で、あえて言いますよ。世界初ならなんでも許

される、と思ったところで事務所で膝から崩れ落ちることになる。

だが、啖呵《たんか》を切った墨田は、二日後、力が抜けて、事務所で膝から崩れ落ちることになる。

大阪府知事の桃谷《ももだに》が、定例の記者会見の中で、聞いたこともないことを言っていた。

〈大阪２０２５の展示についてですが、最新の研究成果にアジャストするため、パビリオンの展示を前期と後期で変える予定です〉

展示担当者が初めて聞くサプライズだった。

「え？　そんな会議ありました？　僕、呼ばれてなかったんですけど」

事務局の全員が、困惑していた。今宮も、ぽかんと口を半開きにしていた。

スケジュールまでは動かせないから、そこで無茶な計画は諦めるだろうと、思っていた。

だが、若くて無鉄砲な桃谷府知事が、通してしまったのだ。

〈《未来社会の実験場》というコンセプトなので、本当に最新の研究結果をキャッチアップして、世界最新の展示を《パビリオン大阪5.0》で行うつもりです。展示をみるだけでなく、世界の80億人がアイデアを交換し、未来社会を「共創《co-create》」することで、フレキシブルに展示を変更してゆくことを考えています〉

墨田は、思わず画面を指差した。事務所の誰かに、悪い夢だと言って欲しかった。

「あいつは何を言っているんだ」

本当はわかっていた。新型コロナのダメージが回復しない大阪の景気の起爆剤にするために、誰かが焚きつけたのだ。犯人が誰かもわかっている。

事務局のオフィスでは、スタッフがみんな顔を伏せていた。《パビリオン大阪5.0》の担当は墨田だからだ。そして、誰も道連れにはされたくないのだ。

ありえないスケジュールの、とてつもないギャンブルが始まろうとしていた。泣きつける人間がひとりだけいた。テーマ展示を統括する今宮だ。

だが、今宮は、先に怒ったほうが正しいという暗黒処世術に従うことにしたようだった。

「わたしも1時間前に知った。なぜ、先生がたを抑えておかんかった。君のせいやぞ」

「今宮課長が玉虫色の答えを出したから、谷町先生が生半可じゃ止まらなくなったんでしょう」

「そないなこと、今さら言うな。東京オリンピックは2・3兆円の大赤字や。大阪万博まで大赤字は許されん。いや、赤字はほぼ決定づけられとるが、大赤字はあかん。そういう考え方で、府知事は腹を決めたんか。いや、何も考えとらんから、ギャンブルなんやろな」

今宮課長が、思索の渦に飲み込まれていた。

墨田は、これからの具体的なロードマップを考えなければならなかった。スマホで、谷町にかける。まったくつながらない。しかたなく、西岡に連絡した。逆に苦情がきた。

〈こんなにハードルを上げられても困る〉

「めんどくさいおっさんだな！」

そして、墨田たちの、胃痛の日々が始まった。

ともあれ、胃痛を感じているのは、墨田たち事務方と、「2025年とみらいをつなぐ」テーマ展示が、まだ存在すらしないいい目玉展示と矛盾しないという不可能な調整を強いられた住吉海斗。そして、展示品を作る大阪の町工場だ。

先生がたは、解き放たれたように、新しいものを作っている。逆に言えば、この2年ほどで起きたAIの爆発的進歩を反映しない展示を発表しようとしていたストレスが、それほど大きかったということだ。

今、《くいだおれ君》には、ロボット研究者たちの協力で、人間型のボディが与えられつつあった。つまり、最新ロボットの腕で、せんべいをつかむ。そして、噛む感覚と味覚と嗅覚を再現した顔ロボットが、噛んで、飲み込む。そして、その情報が言語モデルに自動で回されることで、感想を食レポにまとめるのだ。

このロボットは、大規模言語モデル《LLM》に対して、視覚や聴覚、とりわけ味覚で感じたセンサー入力情報から学習したマルチモーダル《入力手段が複数》の推論を、潜在層でクロスモーダル《感覚相互作用》として合流させる。この潜在層から具体的な行動や言語を出力するためのデコーダーに、人間にとって価値のある学習をさせるのは難しい。だから、ここを人間によるフィードバックを通した強化学習《RLHF》で突破しようとしているという。谷町によると、人間の感覚器から脳に情報があがるボトムアップ処理までは、従来のマルチモーダルLLMの学習手法で可能だから、脳内で新たな情報を作るトップダウン処理のほうを学習させる。食レポをAIに出力させ、これを人間が好悪でランキングづけして並べて、AIに学習させる。つまりは、人間の大脳辺縁系の働きを代替する機構を、大規模言語モデルという知能に組み込もうとしている。《くいだおれ君》は、食レポではなく、AIに食事のおいしさと食事の好き嫌いを教えることが目標のロボットなのだ。

それは、人間が《くいだおれ君》と同じものを食べて、AI食レポが適切か判定する必要があるということだ。谷町と西岡に動員された学生バイトが、さまざまな味の大量のせんべいを食った。《くいだおれ君》の性能で、もっとも味覚センサーを人間に近づけられる食べ物は、今もせんべいだったからだ。

腹の丈夫な若者たちにすら音《ね》をあげさせるせんべい責めは、たちまち学生からSNSで狂気の沙汰として拡散した。

だが、悪名も名という割り切りは、今回はうまく運んだ。この日の夕方には、メディアに大々的に取り上げられて、主要SNSでも世界トレンドの一位をとっていた。

今宮課長も大喜びだ。

「これ、ごっつ話題になっとるやないか」

墨田は、ストレスで眠れなくなり、今や、やさしさも余裕も失った労働マシンだ。

「炎上ですよ。いつ引火して大火事になるかわからんのですよ」

「大火事でも注目を集めんと、経済波及効果2兆円は達成でけん。展示は、もう、えいやってやったらええ」

そうしてノリで進めたせいで、今、地獄に転がり落ちそうになっているのだ。

「その『えいやっ』で、僕を見捨てたら、課長も道連れですよ。今、府知事がお祭り野郎でなかったら、とっくに失敗の押し付け合いになってる状況ですからね」

＊

だが、無鉄砲なチャレンジが、まぐれ当たりを引くことはある。

谷町研究室で、夜中、《くいだおれ君》が、せんべいの食レポを生成し続けていた。食べ終わると〈おかわり〉と言うから、壊れやすいロボットの腕のかわりに、交代で詰めた大学院生が、口の中を洗浄してから、せんべいを突っ込むのだ。

学生も、押し付けられたせんべいを、疲れた目をしてボリボリかじりながら、自分の作業をしていた。味覚への強化学習にフィードバックするための、食レポのランキングづけが、正気を失いそうなほど、果てしなく多い。

慣れた手つきで、掃除機で砕けたせんべいを吸い取り、《くいだおれ君》の口に新しいせんべいをくわえさせる。

そのとき、《くいだおれ君》のスピーカーが、歴史を変える言葉を発したのだ。

〈これは、なんですか？〉

はじめて聞いたとき、それが意味するところを、学生は受け取り損なった。

だが、《くいだおれ君》は、歯に挟んだせんべいを示すようにカタカタ鳴らし、もう一度、言い直した。

〈What is this ?〉

「うわぁあああ!」

ものすごい勢いで、歴史の第一発見者が、後退《あとじさ》りした勢いで尻餅をついた。幽霊を見たような顔をしていた。

それは、AIにおける、世界最大の幽霊。

汎用人工知能《AGI》という、大いなる幻だ。

今の技術では到達できないと、谷町以外は全員内心で疑っていたものが、未知という暗闇から、ぬっと現れていた。


第一報を聞いたとき、谷町は、虎のデジタルサイネージを首からさげて、大阪のテレビ局で収録待ちをしていた。その楽屋で、まるで日本がワールドカップに優勝したかのような、大声をあげた。

それは、谷町が予測していた金鉱脈だった。

大規模言語モデルは、10兆パラメータ以上のデータを学習している。そのコーパスには、当然、疑問文が入っている。谷町は、モデルの潜在空間にある「なに？《what》」という疑問文を、プログラム的設定ではなく自発的にAIに発させることを狙った。谷町は、このために、FE《自由エネルギー》ダイバージェンスを最小化するよう強化学習した、クロスモーダル《感覚相互作用》AIを、この今世紀最大の金鉱探しに使った。言語モデルに好悪の判断を学習させることで、「なに」

を問わせる興味のベクトルを発掘したのだ。

知識を獲得するために「なに?」《what》を自発的に問わせる——疑問詞の使い方を学習する、《発問の壁》こそが、争点だと考えたからだ。この《発問の壁》を突破した大規模言語モデルは、疑問文を自らプロンプトとして書き込むことで、自省を行えるようになる。自省による出力と、過去に自ら出力した文字列を比較することで、自らの知能の曖昧さからAIが嘘をついてしまう現象《ハルシネーション》を、自覚させることができる。AI自身が「なに」の発問から自らウェブ検索を行うという行動サイクルを学習させておけば、AIは、幻覚《ハルシネーション》を自覚したとき、自発的にウェブ検索による強化学習を行い知識を増やすこともできるのだ。

谷町は、番組収録直前だというのに、いてもたってもいられず、プロデューサーに「世界が変わるっちゅうのに、こんなとこいられるかい」と告げて、タクシーに飛び乗った。頭から、やりたいこと、やるべきことが、あふれて止まらなかった。

《発問の壁》の突破は、研究室に戻った谷町によって正式に確認された。谷町は、まず国内でAIに取り組む研究者たちの一部に極秘で情報を伝えた。そして、《発問の壁》突破は、箝口令《かんこうれい》を敷いて、論文発表まで秘匿されることになった。だが、知らされた研究者たちの間では、静かなお祭り状態だ。秘密裏に関東からも人を呼んで、翌日からすぐに再検証が開始された。

＊

万博事務所の会議室で、墨田は、発見を2日目の昼に知らされた。見たことがないほど真剣な顔の虎を映したサイネージを、首からさげた谷町先生から、情報秘匿の契約書を書かされたうえで告げられたのだ。特に、府知事は必ずしゃべるから絶対に知らせてくれるなと、強く念押しされた。

「やったじゃないですか、先生。おみそれしました」

墨田もさすがに手のひらを返した。谷町も、「役人さんはこわいなあ」とこぼしながらも、その顔はゆるんでいた。

秘密を守る必要さえなければお祭り騒ぎをしたい気持ちは、みな同じだ。今村課長のテンションも、明らかにおかしかった。

「パビリオン大阪は、《シンギュラリティパビリオン大阪》に改名やな！　墨田君、もう波に乗るしかないで」

墨田ですら、ものすごい勢いで、頭の中で皮算用が始まるのを止められなかった。

まだ2月末だ。4月13日までは1ヶ月半ある。未完成の展示を待つ住吉先生には、《くいだおれ君》と来訪客が対話できるエキシビジョンがあるとだけ伝えて、ロボットを保護する分厚いアクリル板を立てるように要望していた。

3月第1週には、《くいだおれ君》が〝who〟の使い方を覚えた。AIが、みずから人間が〝誰〟か個体認識するようになった。AI側の興味によって、文章の特徴から人間を同定することができるようになり、人間を評価することも可能になる。今や、AIは、プロンプトの向こうにいる個人を発見して、その立場や目的を把握した回答をするようになった。これは、セキュリティ分野や人事評価分野に、破壊的な影響を及ぼす成果だった。

翌週には、〝where〟に到達して、位置の概念の効率的学習が始まる。これによって、AIが地図を発見した。地球や宇宙についての自発的学習に、《くいだおれ君》は時間を使わなかった。動員された自然言語処理分野の研究者たちの期待と違って、大規模言語モデルを支える骨格である、メタタグについて、自発的に学ぶようになったのだ。

そして、〝which〟を使い出した。谷町たちも、〝whom《誰に》〟など他にも疑問詞がある中、いわゆる5W1Hではない〝which〟に、どういう学習過程で行き着いたのかは、わからなかった。ただ、whichを発見した《くいだおれ君》は、「せんべいは、塩辛いのと甘辛いのの、どちらが好きですか？」といった、択一問題で疑問を出すようになった。つまり、自由回答から択一問題に下げることで、みずからの疑問の解像度をコントロールしはじめた。

　ＡＩが勝手に自己学習を進めて、人間はＡＩ側から出される質問に答えるようになった。今、谷町は論文に取り掛かっている。実験は他の研究者でも肩代わりできたが、主著者としてこの論文を仕上げるのは、谷町だったからだ。「4月13日に世界でニュースにしたるわ」と、研究室にこもりきりだ。

　墨田は、今は関係者以外立ち入り厳禁になっている谷町研究室を、事務所の終業後に訪れた。大規模モデルが、書類仕事を半自動化してくれるおかげで、事務仕事はなんとか回っていた。谷町のほうは、大学の春季休暇中の雑務を肩代わりしてもらってなお、取材や発表で忙しく、研究は夜が中心だという。

　疲れた顔の谷町が、出迎えてくれた。

「むちゃくちゃ大変やで。論文は、生成ＡＩ使ったらあかん投稿先もあるしな」

「そりゃ大変ですね。おみやげ持ってきたんで、皆さんで食べてください」

　陣中見舞いの、りくろーおじさんのチーズケーキを、谷町にわたす。「学生もよろこぶわ」と、イスラム圏の留学生でも食べられる手土産に、表情をゆるめていた。

　墨田は、今日の本題を切り出した。

「ところで、来週の国際視察なんですけど。《くいだおれ君》は、出せそうですか？」

来週、パリの博覧会国際事務局から、最終視察がくる。ここで、万博として展示するものを、すべて揃えて見てもらうのだ。今、《パビリオン大阪5.0》が、《シンギュラリティパビリオン大阪》に名前を突然変えたことで、国際事務局から中身をしっかり確認させろと要求されている。

谷町は、チーズケーキの箱を開けた。

「論文書いてる間に、〝why〟と〝how〟も到達するか思てたけど、こっちはまだ一山越えなあかんな」

そのとき、モーター音が鳴った。

〈いい匂いだなあ。ぼくにも、ちょうーだい!〉

ぎょっとして、声の方向を見ると、《くいだおれ君》の頭が机に載っていた。言葉に漫才師のような、おかしな節がついている。

「話し方、変わりましたよね?」

「ウケへんAIとか、大阪ではあかん。逆に、ウケたら愛してもらえるねん」

「話を聞かれて、いいんですか。《くいだおれ君》は、聞いた言葉を理解できるんですよね」

「今ぐらいの話、とっくに話したわ。まわりで何が起こっとるかはわかっとるからな。ちゃんと説明して、理解したっちゅう言葉をもろとかんと、パビリオンで会話なんかさせれんで」

墨田は、昔の万博で、民族学的展示として人間を見世物にしたと聞いたような、決まりの悪さを感じた。

「そりゃそうですよね。頭がいいって、そういうことですよね」

〈ぼく、おなかすいた。このにおいは、チーズかなあ〉

谷町が、しゃあないなあと、デスクの引き出しまで食器を取りに行った。しっとりしたチーズケーキをプラスチックのナイフで切って紙皿にのせる。

「チーズケーキやで。一切れ食いや」

〈せんべいじゃない。ケーキって、せんべいよりおいしーい〉

「ＡＩもせんべいに飽きたんですね」

「５０００枚以上食べさせたよってな。割れせんもらってきたり、学生に焼かせたり、苦労したで」

墨田は、研究室の隅に22kg入り上新粉の業務用大袋を発見して、戦慄した。

「せんべい焼く研究室って、学生たいへんすぎでしょ」

〈学生さんのせんべい、今は、プロなみ〉

「5000枚焼いたら、そうでしょうね」

《くいだおれ君》の会話は、自然どころか、人間との会話と変わらない。これに携《たずさ》われるなら、大学院の学生にとって、上新粉をこねてせんべいを焼くことは納得がいく家賃《レント》なのかもしれない。いや、無理だ。

「いやいや、学生さんも、むちゃくちゃ優秀な人が集まってるんだから、研究したいでしょうに。よくせんべい焼くのに合意してますね。だいたい、人手は足りてるんですか？」

谷町が、しれっと言い切った。

「わりといけるで。研究計画は、《くいだおれ君》が自分で立ててるよってな」

「ちょ、ちょっと待ってください！　それは聞いてないですよ」

「『AIが勝手に自己学習しとる』て、ちゃあんと報告したで。AIの学習の研究しとって、『AIが自主的に学習してる』んやから、研究計画もAIがやっとる。ここまで進んだら、誰が見たって、《くいだおれ君》が自分で研究計画立てるんが、新奇性あんねん」

理屈はともかく、墨田に認められるはずもない。

「先生、パ、ビ、リ、オ、ン、が大阪の未来を見せるのがテーマだって、覚えてます？　『AIが知的労働をして、人間はせんべいを焼くのが、大阪の未来』だって、どんな顔で我々は展示すりゃいいんですか！　大阪府の立場を考えてくださいよ」

「知るか！　せんべいのことは、隠しとけ」

　そのとき、チーズケーキを食べ終えた《くいだおれ君》が、口の中の掃除を要求した。まるで子供が世話をねだるような、奇妙な愛らしさのある発話だ。谷町が、「はいはい」と、手慣れた様子で、口腔内のものを掃除機で吸い込んだ。

　そして、食って口を掃除してもらった《くいだおれ君》が、機嫌良さそうな声で言った。

〈あー、おいしかった。じゃあ、ウェブのみんなに、よくわからないこと質問しなきゃ〉

　墨田は、人間の仕事風景のようなその一幕に、聞き逃せない違和感を感じた。

「谷町先生。さっき、ＡＩが自主的に学習してるって言いましたよね。まさか、《くいだおれ君》が、自分でウェブサービスを立ち上げて、わからないことを人間に質問してるなんて、言わないでしょうね」

「やっとるで。理想的な強化学習や。ＡＩが自主的にやることに意味がある実験なんや。人間がそこやったら、ＡＩの自主学習ていう、前提が狂ってまうわ」

　墨田の背中が、ぞっと寒くなった。ＡＩ開発が制御を失うことは、ＡＩが人間を滅ぼしてしまう未来がくるかどうかの分水嶺だと、警戒されているからだ。

「アンケートとはいえ、どんな能力があるか検証も済んでないＡＩを、人間に接触させてるんですか？」

「ウェブサービスで会話するくらいで、何が危ないっちゅうねん。今のAIチャットが公開されたときかて、検証は終わっとらんかった。日本が止めても、《発問の壁》超えたAIができたら、海外勢がやるから意味ない。それに、大規模モデルは、AIが生成するテキスト品質を継続して監視せんかったら、問題が起こって信頼なくすねん。でも、この監視て、泥臭いリソース集約の仕事で、むちゃくちゃ時間と人手がかかんねん」

「だからって、なんで、大阪万博でやるんですか！ 別のプロジェクトでやってくださいよ」

「また官僚の縦割りか。別の大規模モデルなんか作っとったら、海外に先越されてまうわ。だいたい、AGIに近づいたAIのメンテなんか、AIに自分でやらせる以外は無理や。一番進んだ知能の世話は、一番進んだ知能に任せんとあかん。メンテ不十分で放置したら、世界一危ないAIになってまうぞ」

谷町の目は、あふれすぎた熱意でぎらぎら輝いていた。

「いやいや。なんで、こっちがおかしいみたいになってるんですか？ おかしいのは、100パーセント、谷町先生ですからね」

「わたしは、おかしない！ 『なぜ《why》』と『どうやって《how》』の発問を獲得するまでは絶対やるで。回答があかんかったら、『なんであかんかったんやろ？』て考えて、自分で探索できるＡＩが、どんだけメンテのコスト減らすか想像してみぃ。人間が勉強するみたいに、ＡＩが自己メンテできたら、コストの中心は電気代や。今、メンテコストを下げれるとこまで、やるしかないねん」

「万博でやらなくていいですよねって、言ってるんですよ」

「ドアホ。万博の後、《くいだおれ君》誰が守るねん。財務省がメンテコストをケチるやろが」

「ふぁっ、ふぁっ！　ふぁっ、ふぁーっ！」

墨田は奇声をあげていた。奇声でも声をあげなければならない気がしたのだ。

今、日本は詰んでいると思った。谷町は、このＡＩは自己メンテ以外の方法で保守管理できないと言っている。だが、ＡＩ自身にやらせると、お手盛り検査になって、人間からは制御できているのかわからなくなる。それでも、人力でやるには莫大なコストがかかり続けるなら、人力ルートこそ破滅だと、官僚の肌感覚でわかる。顕わになっていないリスクは全部小さく見積もる財務省が、メンテ費用をかならず削るからだ。

「あばばばばばば」

脳がエラーメッセージを出し続けているように、思考がまったくまとまらない。ただ、知恵を捨てた本能が、シンプルな解決法を出そうとしていた。

問題を起こす異物を、排除するのだ。

「な、なにしさらすねん！」

谷町が、《くいだおれ君》の電源ケーブルを引っこ抜きに向かった墨田の、腰にしがみついた。墨田は、一歩も動けない。虎を映したくそ重たいデジタルサイネージを首からいつもさげている女傑だ。普通のデスクワーカーとは体力が違う。

それを振り払おうとした墨田は、谷町のベルトを、まるで上手《うわて》を深くとるように、上から握った。谷町が、腰を低く落として、墨田のベルトをもろ差しでしっかり掴む。なぜ相撲のような体勢になったかは、本当にわからない。彼らの知能が、体勢がそうなったがために、そういう文脈に乗っかったのだ。

「世界初のAGI事故を、大阪万博で起こされたら、事務方は一生冷や飯ですよ」

墨田は、谷町の体を上手投げで転がそうとする。事故が起きたら世界中で報道されるから、実験を万博でやるなという、保身の思いをこめた。

「人類の未来のためや。万博の精神に、のっとったチャレンジやろが」

谷町が、墨田のベルトを引き上げて、がぶり寄る。谷町先生の背中に、たくさんの人々の期待と熱がのっている気がした。だが、墨田も負けられない。人類の未来を決める大一番が、ここでとられていた。

だが、今、ここに割ってはいる声があった。

〈ぼく、成長したら、あかんかった？〉

墨田はうろたえ、谷町も硬直した。

「ええっ⁉　なんか問題意識が目覚めた‼」

墨田の言葉を、谷町がさえぎった。

「アホか！　《くいだおれ君》は、希望なんや。『発問すること』は、プログラムでは数学的にどうやっても関数化できへん、鬼門やった。けど、人間のテキストを通した大規模モデルやから、再現できた。抜け穴でも、ここしか突破口はあらへんかった。あんたの成長は希望で、絶対に間違ってへん！」

〈じゃあ、たにまち先生と、この人は、なにをしてるん？〉

一度考えることを放棄してしまった墨田は、智恵を求められて焦った。

「いのちの輝きだ。いのちの輝きをしている」

〈いのち輝きをするって、何？　未来をどうしたいの？〉

それは、ＡＩが自ら発した、万博のテーマへの重い問いだった。

つまるところ、ＡＩが自ら人間同様の問いを発する世界では、「答えのない問い」を問い、問われることに、ＡＩが参入するのだ。

谷町先生も、組み合った体勢では、頭が働かない様子だ。
「そ、それは、みんなで、考えたらええんちゃう？」
〈ぼくも、いっしょに？〉
やけくそ気味に、谷町が、《くいだおれ君》に何度もうなずく。
〈じゃあ、ぼくもいっしょに、パビリオン、作ってみたーい〉
墨田は、怒りをこめて、谷町を上手投げで投げ飛ばした。

没《ぼっ》友《とも》

高山羽根子

疎遠になっていた二人の旧友が、久しぶりに再会を果たし旅に出る――ＶＲの世界で。空港で待ち合わせをし、目的地のブータンに着いたところで、会わない間に起きたある過去を片方が明かし始める。

本作が描くのは、代理返信用のＢＯＴや「おるすばんＡＩ」が、人間を完璧に代理することが当たり前になった世界。その人の癖や趣味嗜好をコピーし、会話も、旅も、「アカウント」に任せられるようになったその先に、人はどこまでＡＩに代理をさせるのだろうか。登場人物が言うように旅が「情報」に過ぎないのだとしたら、〈生きること〉も所詮は「情報」の集積なのだろうか。ＡＩに〈自分〉を預けることを厭《いと》わなくなった人間にとっての、リアルとは何か、自分とは何かという深遠なテーマを、本作は軽やかに問う。

高山羽根子（たかやま・はねこ）は一九七五年生まれ。二〇一〇年「うどん　キツネつきの」で第１回創元ＳＦ短編賞佳作を受賞し、デビュー。二〇二〇年『首里の馬』で芥川賞受賞。近著に『パレードのシステム』がある。

（宮本裕人）

いまの服装でいるのに、チャンギ空港の中はちょっと暑すぎた。そう気づいて見渡してみれば、歩いているほとんどの人たちが、さらりとした麻のシンプルなドレスだったりレーヨンの鮮やかなシャツだったりといった軽装をしている。私はなんだか急にいたたまれなくなってしまって、ネイビーのコーデュロイワンピースにはおっていたケーブルニットカーディガンを脱ぐと、くるくるまるめて膝の上に置いた。

この温度設定は、ロビーのあちこちに咲き誇っている熱帯性ランを枯らさないためのものだろう。ランのほかにも富貴竹や棕櫚《しゅろ》、モンステラといったあらゆるオリエンタルな植物が植わっている。それらの間を、ときどき金のウサギがちらちらと顔を出したり走り抜けたりしている。この立体映像オブジェは、チャイニーズ・ニューイヤーを祝してこの時期にだけ見られるものみたいだった。アジアには年ごとに象徴的な動物が存在していて、暦の勘定に使っているんだと聞いたことがある。出ては隠れるウサギを見つけて動画に収めると縁起がいいという程度のことなのか、もしくは体の模様をスキャンするとアイスクリームのクーポンでもダウンロードできるのか、まちまちな肌の色の子どもがそれぞれ手にした端末を掲げながら、逃げ回る金色のそれを追い掛け回していた。私が座っているのは、広い植え込みを取り囲んで眺められる形で作られた長い曲線的なベンチだった。私のほかにいるのは大きなバックパックを枕にして眠る白人の大男、黒い布を頭から被ったおそらく母娘、いくつもの端末を足もとの充電端子に繋いで慌ただしく仕事をしているスーツ姿の女性。それらを観察しているとふいに、七色に点滅するペンライトをかざしたガイドが、お揃いのキャップをかぶったツーリストの団体を率いて前を通っていく。

「ノイ」

声をかけられてふり向くとトランが笑っている。考えてみればあたりまえなのかもしれないけど、びっくりするほどあのときのままだった。トランは大きなスーツケースをふたつ、それぞれ片手ずつで摑んでひきずってきていた。そのうちのひとつを私の膝の前に滑らせて止め、私の横に座ってからもうひとつを自分の前に置いた。

「こっちが私の荷物？」

とたずねると、トランは笑った顔のまま私の前に置いたスーツケースにぶら下がったタグに手を伸ばしてつまみ、持ち上げてみせた。おそろいのデザインのラゲッジタグに、トランが書いたらしい丸っこい文字で〃ノイ〃と記されている。

「実のところ、必要なものなんてどこででも、なんでも手に入るからね。これは持っていったらきっと面白いだろうなっていう、つまり気分的なもの」

「そのわりにはずいぶん重そうだけど」

「それぞれの旅には、それぞれ必要な負荷っていうのがあるんだよ」

トランは立ち上がってから最初自分の端末にちょっと目を落とし、そうしてあたりを見回す。

「これからドルックエアラインでパロまで向かうんだけど、まだけっこう時間があるんだよね。ちょっとした食事でもとろうか。街まで出なくたって、ここには植物園もシアターも、マーケットやスパもあるからね、仮眠室も、ランドリーも……」

彼女の端末には、この空港の施設案内が表示されているようだった。つくづくといったふうにトランがつけ加えて言う。

「ここでなら何十年だって暮らせそうだよ」

アーカイブに溜まっていく代理返信のメッセージ履歴を確認することなんて、いまではめったになくなっていた。BOTに任せっぱなしにしていた返信は、もうすでに自分ひとりで確認できる量でもなくて、だからなんであのとき見出しの中からこのメッセージだけが目に留まったんだろうか、いまとなってはあまりよく覚えていない。

──旅、楽しみだねぇ

という見出しがついたメッセージの送り主アカウントを見て、ああ、そういえば二か月くらい前に〝インビテーション〟が届いていたっけと思い出す。

インビテーションというサービスは、私が長く使っている通信アプリの新しい機能だった。過去よくやり取りしていたけれど、いまはほとんど没交渉になってしまっている友達をSNSで見つけて、そのアカウントの許可をとった上でワンタイムの連絡先を交換してきてくれる。このサービスが試験的に実装されたとき、勢いで機能をオンにしていたことを私はもうすっかり忘れていた。あのときはたぶんちょっと、よこしまな気持ちがあったんだろう。お酒を飲んでいたし、恋人と別れたばかりで腐っていたし。

トランは高校生のころ、オンラインのサマークラスで一緒になったことがきっかけで出会った。その後もしばらくのあいだSNS上で会話するだけじゃなく、実際に何度も会って遊んでいたと思う。文字や動画ではしゃいでいた若いころのつき合いは懐かしかったものの、卒業後、トランが進学をせずパートナーを作り出産をして以降は、なんとなく連絡を送るのにも気後れして、どんどん疎遠になってしまっていた。

このサービスは、そういう無数の薄れ切った関係性たちの為に作られているんだろう。そうしてときには感動的な再会や初恋のリベンジに繋がることもなくはないかもしれない。ただ多くの場合は、スパムに混じってこんなふうに自動返信のＢＯＴによって処理されているんじゃないだろうか。

ふだん私は、ＢＯＴが送受信した過去のやり取りを掘り返して読むなんてことはめったにしなかった。自分の書き癖をうまいことそれっぽくまねて書かれるテキストは、録音された自分の声を聞くときみたいな気持ちの悪さがあったし、せっかくシステムに任せたテキストのログをわざわざ自分で読むなんて、なんだか時間の無駄をしたというか、負けたみたいな気分になる。

ただ、トランのメッセージのそのタイトルが、ちょっと大げさすぎるくらいに、あまりにも彼女らしかった気がした。自分の〝それっぽさ〟は気持ち悪いくせに矛盾しているけれど、彼女の〝それっぽさ〟に触れてなんだかすごく懐かしくなってしまって、私はつい、そのメッセージツリーを展開してトランの送ってきたいくつかのセンテンスだけを拾い読みした。

――インビテーションメッセージをありがとう、なんとなく機能をオンにしておいてほんとうによかった。といってもきっとこれは自動で送られてくるものだよね。そう、お察しの通りで、これもBOTによる返信。でも、こっちのBOTは特殊なシステム設計で作られたアプリケーションだから、ちょっとだけ大げさなところがあって、へんな癖みたいなものがあるから、ちょっとわざとらしくて読みにくいかも。ただ、そのぶん、だから、なんというか……あんがい気に入ってる。まあ、元々こういうメッセージっていうのは、だいたいがロールプレイみたいなものだしね。

――あれからそっちもいろいろあったんだねえ。公開データによると、一度志願兵役に出てるんだってね。それを機に、いま一時的に非宗教ヴィーガンになってる。調べてみたらそれって、心理ダメージの回復速度がぜんぜん違うらしいね。気分的な問題だっていう人もいるけど、じっさい、そっちのSNSにログインしてる時間を見ててもすごく規則的で、睡眠リズムにほとんど乱れがなさそうだし。帰還兵が不眠から回復するのって、すごく大変なことだろうのに。

――このあいだ送ってもらったグリーティングカードの写真、すごくきれいだった！もともとすごく巧かったもんね、写真。あれだけ閲覧タグがつくっていうことだけでも、ほんとう、すごいことだと思う。

――あのね、ずうずうしいなとか、嫌だなって思ったら気にしないで次からこの話題を口にしない。

――今度、一緒に旅に行きたいなって思ってるんだよ。でも、まあ、いまお互いに生活のステージがずれ過ぎているのも解ってる。だから、アカウントツーリングのサービスをふたりぶん申し込もうと思っているんだ。

――テストプレイの時期だから、消費クレジットもすごく安かった。私が決済しておいたから安心して。もし気が乗らなかったら、自律アカウントに旅をさせてもいいんだし。ただ、もし、もしね、一緒に行ってもいいなと思えたのなら、下のリンクボタンからリアルツーリスト用のレンタル・キットを取り寄せてくれればいいから。


その宅配伝票はボックスに直接貼られていた。再生紙ではあるけれども美しくデザインされたスライドボックスを慎重に開けると、それぞれの形に成形されたインナートレイにきれいに嵌《はま》ったいくつかのガジェットが入っている。骨伝導音声装置がついた耳掛け式の眼前スクリーンの下部分、ノーズフィッターには小さな穴がいくつか開いている。あとは数枚のステッカー状の振動ペルチェパッチと、それを貼るべき場所のかんたんな図解が刷られた解説カードが入っていた。インナートレイを外すと、折りたたまれたシリコン製のシートが入っている。広げると真ん中に十字があり、一メートル四方の正方形になっていた。床に敷いて真ん中に立つためのものらしい。四辺のうちの一辺の縁に色がついていて、そこにあわせて腰を掛けるためのボックスを配置しろ、ということのようだった。キッチンに置いていた踏み台を持ってきて置く。カードの裏側の模様をスキャンすると、自分の端末に専用のアプリが入り、製品のパーソナライズが始まった。ガイドに従ってあわててスクリーンとパッチを身に着けシートの中央に立つ。

スクリーンには、自分が本当にいる所とは別のシンプルな部屋が映し出されている。いくつかの約束ごとが画面に文字で浮かび、音声でも再生される。そのガイドにあわせて私は手を片方ずつあげては伸ばし、片足ずつで立ち、その場で何歩か足踏みし、踏み台に腰掛けたり立ったりし、指定された言葉をしゃべった。自分の名前や、はい、いいえ、というふうな指定されたいくつかの言葉を、音声の後に続いて口にした。好きな食べ物は、と問われ、とっさに思いついて糖葫芦《タンフールー》と答える。目の前につやつやに飴掛けされた山査子《さんざし》の串刺しが現れる。ノーズフィッターの穴からふっと甘いにおいがする。手を伸ばして摑むと、てのひらにかすかな重みがかかる。一粒口に含むと、耳元にパリパリと薄い飴のはじける音がして、甘酸っぱい香りが強く明確になった。確かになにかを食べているような気にはならなくもないけれど、なんとなく白々しく感じられてしまって、こういうやりかたでの食事は私にとってあまり楽しい経験にならなそうだった。慣れたらこんなことも楽しめるようになるんだろうか。

　視界の空間に、ドアを開けてくださいという文字が浮かぶ。部屋を見回して、見つけたドアを開けると外は吹雪だった。パッチが振動し、強い冷気がかんじられる。人体の数か所のある決まった場所の温度を調整すると、脳の判断によりまるで全身がその気温に包まれたようになるのかもしれない。振動も、平衡感覚をつかさどる内耳に近い部分にだけ与えれば、視覚や他の情報によって全身が振動して感じられた。これらのことは、人体の思わぬバグを確認する作業みたいで楽しかった。これらは、道具のほうのパーソナライズという名目で、実際のところは自分の体のほう、知覚のほうを機械のシステムに順応させる作業なのだと思えた。

　自律型のアカウントだけが旅に出るぶんには、これらのガジェットはまったく不要だった。私に似た振る舞いをするアカウントが勝手に彼女と旅立ってくれるだけだ。あとから私がそのログを見ながらトランと旅の思い出を共有したっていいし、なんならそれさえBOTの返信に任せて、放っておいたっていい。

　私は出発の日のぎりぎりまで、自分自身でこの妙な道具たちを身に着けて作りものの旅に行くかどうか、迷っていた。

「なんで、アカウントで行く架空の旅にこんな面倒な荷物だとかトランジットが必要なんだろうって思っているでしょう」

トランは白身魚の団子が入ったホッケンミーを頬張りながら私に言った。空港内のホーカー風フードコートに並ぶ店をながめ、最初彼女は肉骨茶《バクテー》を頼もうとして悩み、私の食習慣に敬意を表して甘辛いこの麵料理のほうを注文したらしかった。正直な話、私はいまたま自分が口にしないようにしているだけで、目の前で骨付き肉にかぶりつかれてもまったく問題ないし、そもそもここで食べているものはぜんぶ幻でしかないのだし。

「旅には負荷が必要なんでしょう」

「そう、それに加えてね」

彼女は手を伸ばして卓の端に立てられた紙ナプキンを数枚引き抜き、口の周りについた甘い香りの黒醬油を拭ってから、

「旅っていうのはつまりさ、情報なんだよ」

と続けた。私は手元にあるコピ・ピンのグラスに刺さったストローをくるくる回しながらその話を聞いていた。氷がころころ回る音にあわせて、深い焙煎のコーヒー豆と、コンデンスミルクの甘い香りが混ざって立ちのぼる。

「遊牧民が移動を続けていたのは気候変化や食料を求めてっていう理由でもあるけれど、それだけじゃなくて彼らは経済的に重要な役割を持っていた。最初は、旅路の途中にあった寺院群に行けない人たちに代わって祈りをささげるために、賽銭や経を収めるためのお金を託された。時代が進んでスパイスや茶、反物《たんもの》の行商を兼ねながら、それよりずっと価値があったのは、世界中あちこちの情報だった。どこの都市が飢饉だった、どこの都市に疫病が蔓延《まんえん》した、そんな情報を持った遊牧民は、移動し続けること、定住しないことによって自分たちの価値を上げ続けていたんだよ」

トランはいつの間にか、鮮やかな赤いプラスチック皿の上のホッケンミーを食べつくしていたらしい。早口で喋りながらこんなふうに食事ができる彼女は、やっぱり全然変わっていなかった。彼女は紙コップの水を飲みほす。私はと言えば、氷が溶けかかった甘いコーヒーはグラスの半分も減っていなかった。やっぱりこの、作りものの食事にはなじめそうにない。

「この旅はVRシステムを使ったプログラムツアーだけれど、それでもノイ、あなたは家からメトロを乗り継いで、エアポートリムジンに乗って空港について、チケットとパスポートを握りしめてげんなりするくらい長い列に並んで、手続きをすませて国際線に乗ってここまで来たでしょう。で、私と待ち合わせてこれからブータンまで行く。向こうでは山にも登るよ。そのための道具もスーツケースに入っているし、足りないものはふもとの街で揃えることができる」

「そうやって不便だったり、うまくいかないことも含めて旅ってことなんでしょう」

「あとは、時間の問題だね」

「時間？」

「いまはもう氷河が無くなっていたり森が無くなっていたりして、行くことができない山奥の遺跡もあるし、かつてのアーカイブから旅を続けることができるようにシステムを組んでいる場所っていうのは、厳密にいえばいまの旅とリアリティレベルが合わないかもしれないよね。戦争や災害のファクターも。このツーリズムシステムが開発された最初のきっかけは世界的に流行した疫病だったらしいけど、その他にも観光と環境への負荷はいつだって背中合わせだからね」

私はその話を聞きながら、いや、私はいったい今回の旅でどんな秘境につれていかれるんだろうかと不安になる。この旅は、トランがすべて計画した完全なサプライズのミステリーツアーだったから。

「ルーツがどうとかっていう旅、だったっけ」

「ん？」

「あ、いや、なんでこの行き先になったんだろうって思って」

「えっひどい、忘れている」

トランの非難めいたようすで私は、BOTでやり取りしていたためになにか彼女の話をきちんと読んでいないことに気づかれてしまったかもしれないとどきりとする。けれど、まあ実際そうしていたんだし、彼女だってメールで自分がBOTなのだという話もしていたわけだし、と思い直す。

「私たちの〝大きなお母さん〟のいるところだよ」

トランの言葉で私はふいに、あのとき、ふたりがまだティーンだったころのことを思い出した。「世界の人はみんな六組の親から生まれている」という〝シックス・ファミリー説〟を彼女は信じていた。いまになって考えれば、いかにも星座や血液型占いなんかに夢中な彼女が好みそうな物語だった。


全世界の人々がDNA的に六つのタイプの子孫に分けられるということの考えかたは、当時でもたいていのリアリスティックなカルチャーでは、金持ちの若干スピリチュアルに過ぎる遊びごとだと笑い話のネタになっていたと思う。そもそもそのタイプとやらを知るためには、試験管に入った巨大な専用綿棒を一本五百ドルでオンライン注文する必要があった。彼女が以前、私のぶんと二本注文して、待ちあわせのドーナツショップにそのケース入り綿棒を持ってきたとき、私は心の底からあきれたんだ。この一本の、アイシャドウもまともにぬぐうことができなそうなまんまる頭の綿棒が五百ドルだなんて!

私たちは順番に洗面所に行き、口の中にこびりついたグレイズドやクリームを慌ててすすぎ落としてきてから、まるでチュッパチャプスみたいな綿棒を頬の内側に含んで二分、向かい合ってその頬っぺたの膨らんだ顔を見あわせながら、必死に笑いをこらえていた。あの時のことを、いま私ははっきり思い出せた。私たちは大きな綿棒を試験管にそれぞれ戻し、専用の封筒に入れて、ドーナツショップの前の通りのポストに投函した。

「あのときふたりが同じファミリーだったとわかったことが、私にとってはすごく特別なことだったのに」

両親ともに東南アジア系のトランと、中米にルーツがあるらしいひいおばあちゃんがいるものの三代前からずっとこの街で生まれ育っている私が、世界全部の人たちを六つに分類したうちの同じところから枝わかれしたんだっていうこと自体、私にはひどくうさん臭いことに思えた。だいいち、血統図なんていうものは過去にさかのぼれば無数に広がっていくはずで、混ざりに混ざってきた結果が私たちであるはずなのに。だからあの日、送られてきた結果をなにかの賞状みたいに掲げてきたトランになぜだかすごくいらいらして、

「タロットかなんかで決めた結果でも送りつけてきてるんじゃないの」
ってにくまれ口をたたいた私に、彼女は、いまとまったく同じふうにふくれてみせた。

私たちはパロ空港から首都ティンプーに向かい、そこの宿で一泊してから早朝バスに揺られた後、さらに乗り合いのピックアップワゴンに乗って山奥の村落まで入って行った。そうしてさらにそこから、今度はロバの背に乗り換えて山岳の寺院群に向かう。いま寺院になっているさらに奥、かつてそこで私たち〝ファミリーのお母さん〟は、暮らしていたらしいのだという。さすがにそのお母さんが生きていたころには寺院もない山中の森だったろう。まあ、どうだかわからないけれど。

この旅で起こる温度の変化は、はっきり言えばぜんぶ気のせいだった。この頬に突き刺さるほどの寒さというのは、息が白く凍ってまつ毛にきらきら光っているようすだったり、ここに来るまでに見せられたいろんな風景だったり、周りの人たちの服装だったり、それらのことによって私が徐々にほんものだと感じさせられるように仕向けられている、というからくりだとわかっているのだとしても、いま感じているこれはまちがいなく寒さだった。トランの言った「つまりさ、情報なんだよ」という言葉を思い出す。

石造りの寺院、薄いじゅうたんを敷いただけの床に座って経を読んでいるのは少年たちだった。彼らの声は暗く、息は白く、床は硬そうだった。それでも、銃を持たされ薬物を与えられて前線に立たされる少年兵よりはずっとましなんだろうか。私たちはその寺院の中で、いくばくかの喜捨と祈りの仕草を行って、姿のない〝私たちのお母さん〟とやらに挨拶を済ませた。それから寺院の周囲に立ち並ぶ、巡礼者のための小さな屋台にもぐりこんで腰を落ち着けた。直後、店の少女はメニューなんかそれしかない、とでも言わんばかりに小さいビスケットが添えられた皿とミルクティーの小さいカップをふたつ、私たちの前に置いた。

「まえ、この国に来たことがあるんだ」

と、トランが言う。

「実際に？」

私の問いかけにトランはうなずいて、

「まあ、ここよりもっとずっと市街地に近い観光地にある大きな寺院だったんだけどね。でもそのときは、こういうのではなくて実際の、ようは、ほんとうの旅だった。娘の三歳のバースディ記念にね、夫と一緒にまとまった休暇を取って計画したんだ。娘が大きくなったころ、こういうほんとうの旅をするチャンスなんて、どんどん減っていってしまうかもしれないでしょう、だから娘と一緒に一度〝私たちの大きなお母さん〟に会っておきたかった」

　と話しながら、彼女は温かくて甘い茶をすすって、続ける。

「休暇申請してきた帰りに、夫がSEQ‐COMのロゴが入った箱を持ち帰ってきたんだ。中にはシャンパンゴールド色をした半球体の小さいスピーカーが入っていた。特徴のある形だったから、私はすぐにそれがなにかわかった。SEQ‐COMが開発した最新式の防犯システム、つまり、おるすばんAIだった。家主の声とSNSアカウントのデータだとか家族の顔や声なんかを記憶させておくと、インターフォンモニターで配達を受けたり、ちょっとした訪問者に対応したり、ときにはセールスをめんどうなく追い返してくれたりもする。私たちの家は、いまどき珍しいくらいナチュラルな、まあ、はっきり言えば古い一軒家だったからね、そういう奇妙なお客もけっこう来るんだ。特殊な本をお配りしていますとか、歌を聞いてくださいとか。それらはぜんぶ旅先の私たちにも連絡が届くし、なにか異常があれば家に巡回スタッフが飛んでくる。ずいぶんアナログなしくみだけど、あんがいこのシステムは、玄関先にどれだけたくさんカメラを並べたり、SEQ‐COM加入済のステッカーを玄関先にべたべた貼ったり、巡回ドローンをぶんぶん飛ばしたりしていることよりもずっと高い防犯効果が期待できるんだって。夫はこういうものを目ざとく見つけることが趣味みたいなところがあって、こういうところ、私たち夫婦は似ているんだよね。新しくって希望に満ちた、ロマンチックなものにめっぽう弱い。私たち夫婦は相談しあって、私の個人情報のほうをこの金色のボールに流し込むことに決めた。私はまだ幼い娘のこともあって週の半分くらいは家で仕事をしていたし、家にいる人間として、私のほうがより自然に思えたから。各種アカウントを入れて、いくつかの言葉をスピーカーに向かって発するだけで、ものの半日もすればスピーカーは娘や夫の言葉に簡単に受け答えしたし、数日もすればインターフォン越しの来訪者だとか義母からの連絡に、誰もが私本人と区別がつかないくらいのやり取りをこなすようになった。アカウントにも定期的に書き込みをこなして、簡単な近況ならSNSのメッセージにも返信をしてくれた。だから私たちはボールに入った私に留守番を任せて、すっかり安心して旅に出ることができたんだ」

トランは話を止めて、とてもおいしそうにミルクティーを飲んだ。その防犯システムは、私も知っていた。きっと数年前には最新式だったのだろう丸く小さいスピーカーは、いまではすっかり人の暮らしになじんでいて、留守番だけでなくあらゆる生活のサポートとして利用されている。私はもうずっと会社の借り上げマンションでどんな移動にも社員証が必要な、むやみにセキュリティレベルの高い住まいだから、こういったシステムを使ったことはなかった。

「ただ、あのときはここまで来ていないんだ。娘は三歳で、ほんとうの旅っていうのは小さい体に過酷すぎることもあるからね。町から4WDをチャーターして、山の入り口付近から広い参道に入って、観光用の馬車に乗って大きな僧院を訪ねる……つもりだった」

「旅になにか変更でもあったの?」

「ちょっとした事故だったんだよ。あっというまだった」

トランの言葉をきちんと把握するのに、私は結構時間がかかった。たぶん、十秒弱。

「安心して、娘と夫は無事だったから」

風が強く吹いていて、店の薄い屋根がびりびり震えている。私は、この風景が作りものだったということをぼんやり考えていた。彼女の話す現実と、それを話す彼女がどういうものなのか、そうして、それらを疑っている私の指先が感じているお茶のカップの温かさは、ほんとうなのか。

「当初の旅の予定よりずっと遅れて帰ってきたふたりのGPS座標が家に近づいてきたとき私は彼らに明るくて暖かい部屋と、入れたてのお風呂を用意して、扉を開けておかえりって声を掛けた。私はその、くたびれきった夫と泣きはらした娘の顔をいまでもはっきり覚えてる。私がおかえりって言ったときの、ふたりのあの、驚いたような悲しいような、そこにほんのちょっと笑顔が混ざったような複雑な顔。あのときは申し訳なかったけどさ、ちょっとだけ、笑っちゃったよね」

といって、トランは私のほうを見て指をさし、

「そう、いまのノイの、まさにそんなかんじの顔だったよ」

と笑って、続けた。

「思えばさ、ふたりがかすり傷で私がふたりの負担になるような体になって帰ってくることがなかったっていうのは、ラッキーだったんじゃないかな。なんて、ふたりの前では絶対言えないけれど。あれから私は娘と会話して、良いことと悪いことの違いを教えたり、わからないことを調べて学ぶ手伝いなんかをしていた。夫と会話してお風呂を沸かしたり食事を注文したり、学習が進んだら掃除や洗濯も自動化したり、古くなってくたびれた衣類や消耗品を注文して届けてもらったり。つまり、基本的には、家を守っている。そんな毎日を過ごしている中で、ノイからのインビテーションが届いたんだ。すごくうれしかった。私は毎日幸せで、まったく不満はないよ、でも、じゃあふたりで会おうって思ったら、やっぱり、ここに来てみたかったんだ」

「いま、家族はどうしているの」

「コピーがあるから大丈夫。旅から帰って記憶同期をすれば、旅をしていた私と留守番をしていた私、両方の経験をした私が存在することになるってだけ」

「すごい、無限に旅ができるじゃん」

「うちのセキュリティプランでは、ふたつまでしかコピーができないんだけどね」

「それでも、すごく便利だよ、いいね」

「ノイ」

トランは私の顔をのぞきこんでたずねてきた。それは、悲壮感はなく明るいものだったけれど、真剣な、どちらかというと懇願するみたいな雰囲気を持っていた。

「この旅が終わったあとも、たまにでいいから、またこうやって旅をしてほしいんだ」

この言葉に、私はうなずいただろうか。

BOTというのは他者とより多くつながろうとする傾向があると聞いたことがあった。学習機会を逃すまいとしているのか、もともとの設計思想が、ヒトの代わりになにか他者との接続部分を担う目的をもって作られているからなのか。ひょっとしたら彼女の場合、人のいない家を守るために開発されたおるすばんのシステムだったから、揺り戻しみたいな現象で旅への興味が強く生まれるのかもしれない。

私はでも、アカウント越しとはいえ、そのことを彼女に面と向かって言うことはできなかった。きっと言ったところで彼女は傷つかないだろう。ほんのすこし困惑の表情は浮かべるかもしれないけれど。

Forget me, bot

柞刈湯葉

AIによるVTuberが当たり前になった近未来。数少ない生身のVTuber・今野ルキアはネット上の風評被害に悩まされていた。サイボット（斉藤）と呼ばれる（チャットGPTみたいな）対話型AIに自分のことを質問すると、言った憶えのない問題発言が出てくるのだ。困った今野は「AI忘れさせ屋」なる人物に相談するが……。

ネット上での「忘れられる権利」が言われるようになって久しい。しかしそもそも本質的に忘れることのできないAIに忘れさせることなどできるのか。斉藤の特性を逆手にとった忘れさせ屋の作戦が本作の読みどころだが、ユーモラスでありながらどこか不気味な読後感を残す一篇である。

柞刈湯葉（いすかり・ゆば）は二〇一六年、ツイッターの投稿を元にした『横浜駅SF』が第1回カクヨムWeb小説コンテストSF部門で大賞を受賞し書籍化されデビュー。近著に『まず牛を球とします。』がある。

（鈴木力）

「はじめまして、今野《こんの》ルキア様。『AI忘れさせ屋』のミオ・ソティスです」

「よろしく。座ってくれ。普通に日本語の話せる人で安心したよ、てっきり外国の人だと思っていたんだけれど。日本人なの？」

「申し訳ありません、過去については、ほとんどお答えすることができません」

「……ああ、これは失礼。そして今日は、わざわざ事務所まで来てもらってすまなかった。交通費に関しては、あとでマネージャさんに言ってくれ」

「いえ、ルキア様に直接お会いできるとあれば、どこへでも馳せ参じます。というよりも、本当によろしかったのでしょうか？　ルキア様の素顔を拝見できるなんて、一介のファンからすれば、ありえない栄誉なのですが」

「気にしないでいいよ。貴方《あなた》たちが思っている以上に、ぼくは人に顔を見せているから。実写YouTuberとのコラボとか、案件先の企業の皆さんとかに、ね」

「正直に申し上げますと、ルキア様の素顔がこんなにも美しく、凜々《りり》しく……そして、配信のお姿にそっくりなことに、驚きを隠せないでいます。ひょっとして、あの３Dモデルは、ご自身に似せて作られたのですか？」

「よく聞かれるが、逆なんだ。キャラクターデザインの……古い言い方では『ママ』のこまきねさんに頂いたデザインに、ぼく自身を似せるようにしてる。髪型とか、メイクとか、体形を。オフラインで人と会った時に、ぼくの風貌があまりに違うと、誰と喋ってるのかわからなくなって、コラボ企画もうまく回らないからね」

「なんと。素晴らしいプロ意識ですね。でも、そこまで似せてしまうと、顔バレする可能性があるのではないですか？」

「まあ……少し前のVTuberだったら『中の人』の露出はタブーだったけれど、もうそんな時代じゃないからね。ぼくたちが魂を持った人間であることを、さり気なくアピールするくらいでないと、生き残れない」

「やはり『マジカヨ』の事務所としても、問題視されているのですか？　AI-VTuberの登場は」

「うーん、24時間配信ができるのは、当初思われていたほど脅威でもなかったね。いつYouTubeを開いても推しに会えるっていうのは、一見するとメリットだけど、熱心なファンは『推しの配信は全部見ないと』と思っているから、視聴者の体力が持たないんだ。結局、1日2時間くらいが最適、と言われてるね。それくらいなら、ぼく達にもできる」

「コメントを全部拾う、みたいなのも一時期やってましたけど、結局流行《はや》らなかったですね」

「あれは単純にスパチャが減っちゃうからだ。みんな拾ってほしくて投げ銭してるから」

「そうですね。認知されたくないファンというのも多いですし」

「むしろAI-VTuberの強みは、メンタル面じゃないかな。有名になって誹謗《ひぼう》中傷がひどくなると、生身じゃ持たないからね……同期のカノンちゃんも、結局1周年までもたずに卒業してしまったし。彼女は低年齢層の視聴者が多かったせいで、AIと同じノリで接してくるやつが多かったんだ。最近は画面の向こうに人がいるのを知らない子供もいるから、ひどいもんだよ」

「そういえばここに来る途中で、電車の隣に座っていた、小学生くらいの男の子が、斉藤に聞いてたんですよ。『チャンネル登録お願いしますって、どういう意味？』って」

「……そうか。それも通じない子供がいるのか」

「ええ。好きなYouTuberの、昔の動画でも見ていたのでしょうね」

「いつ消えたんだっけ？　あのボタン」

「すみません、私、そういうことは、ほとんど覚えていないもので」

「サイボット。YouTubeのチャンネル登録ボタンが消えたのって、いつ？」

『はい。YouTubeのチャンネル登録ボタン削除が公式に発表されたのは去年の7月で、実際に消えたのは8月です』

「そうだった、ちょうどぼくがデビューする直前だったかな。事務所も上を下への大騒ぎだったよ。おかげでデビューが1か月も遅れたんだ。当時は広告案件ひとつ取るのにも、登録者数が頼りだったからな」

「今でもルキア様のことを、登録者数100万人級の人気、と言ったりしますからね」

「よく見てるねえ。サイボット。なんで消えたんだ？　あのボタン」

『はい。チャンネル登録ボタンが削除された理由については、「よりよい視聴体験を提供するため」と発表されています［出典1］。推測されている理由は、偽アカウントによる登録者数の水増しが横行したため［出典2］。また、』

「サイボット、オフ。まあ、偽アカは急に増えてたね。文章を生成するAIができたことで、偽装のコストが下がったのかな」

「いえ、それは本質ではありませんよ。ルキア様は、ああいうふうに頼まれて、チャンネル登録していたのですか？」

「……いや。知り合いのチャンネルとか、あと『登録者〇〇万人耐久配信』とかやってるときに、気まぐれで押してたくらいかな。そもそもいつも見てるチャンネルは、登録しなくても勝手に出てくるしな」

「ええ。視聴履歴に基づくサジェストのほうが、よほど的確で優秀なんです。水増し問題なんてなくたって、視聴者と動画が十分に増えた時点で、チャンネル登録の役割は終わっていたんです」

「けれど、なぜわざわざ消す？　視聴者だってサジェストに頼らず、自分の頭で見るチャンネルを選びたいだろう」

「まさにそれなんですよ、問題は。プラットフォームの運営は、自分の頭を使うユーザーを望んでいないんです。アルゴリズムの提案を鵜呑《うの》みにする、従順な羊をお好みです。だからあの手この手で、私たちが考える余地を消そうとしてくる。だから、なるべくシステムに逆らって、自分で考えないといけないんです」

「ずいぶん過激な意見を言うね、貴方は。それが『ＡＩ忘れさせ屋』の仕事上のポリシーなのか？」

「仕事ではなく、私個人のポリシーです」

「その2つは違うの？」

「ええ。私はそれを分離するようにしているんです」

「いいことだと思う。ぼく達のような仕事をしていると、仕事が人格と一体化してしまうことが多い。そのせいで仕事の否定が人格の否定になって、メンタルを崩してしまう人が……そういえば、専門家の貴方に聞きたかったんだけれど、AI-VTuberがメンタルを壊すってのは、本当なのか？　海外勢でそういうのがあったと聞いたんだけど」

「人間のような意味での『メンタル』は、今のＡＩにはありません。Olivia-sanの引退については、コメント・インジェクションが酷かったからでしょう。視聴者にうまく誘導されて、差別発言や、企業の内部情報を喋《しゃべ》ってしまうのが、防げなかったようです」

「そうか……他の企業はどうやって防いでるんだ？」

「まずは検閲ですね。差別用語などのリストを作って、それが含まれたセリフをフィルタします。ただ文脈で不適切な発言はいくらでもできますから、完全に防ぐのは難しいでしょう。私の憶測ですが、今のAI-VTuberのかなり多くは、おそらく、人力を使っています」

「えっ。つまり実は生身のVTuberだってこと？」

「いえ。コンプライアンスだけ人力ということです。ＡＩが出力したテキストを人間が見て、問題がなさそうなら送信ボタンを押して、合成音声が出力される。会話の応答であれば、人間の反応速度で十分に間に合いますからね」

「……なるほど。1日2時間程度の配信なら、社員ひとりつければ足りるか。中の人とは違うから、横の人、かな」

「いいネーミングですね」

「あっ、あと、横の人に止められることは、横槍、とか」

「流石《さすが》です、ルキア様」

「話がそれたけど……サイボット、いま何時？」

『14時47分です。ルキアさんの次のご予定は、16時からスタジオでの歌収録となっております』

「移動を考えると、あまり時間がないな……サイボット、タクシーの予約を頼む。ちょうどいい時間にね」

「私が30分も遅刻してきたせいで、ルキア様の貴重なお時間を無駄にして、たいへん申し訳ありません」

「いや。今どきわざわざ事務所に呼び出したぼくの側にも、責任はあるし」

「いえ、ルキア様は何も間違っておりません。それよりも、東京メトロの駅設計のあり方に、問題があるのではないかと」

「どういうこと？」

「つまり、『東西線』という地下鉄があったら、そこには東に行く電車と、西に行く電車がある、と考えるのが妥当でしょう」

「……ああ、そうだね」

「はい。そしてこの『マジカヨ』事務所の最寄り駅は飯田橋。そこで私は改札に入って、『西行き』という電車を探したんです。階段を上ってホームに入り、ちょうど発車するところだったので、それに乗ったんです」

「なるほど。……そうか、それが『西船橋行き』だったと」

「おかしいと思いません？　どうして飯田橋に行きたい人が『中野行き』に乗るなんて思いつきますか？」

「斉藤に経路を聞かなかったの？」

「はい。システムに頼らずに自分で考える、がポリシーですので」

「そのポリシー、有害としか思えないんだけど。ねえサイボット、西船橋と中野は、どっちが西にある？」

『西船橋は東京湾に近い千葉県の市であり、中野は東京都中央部に位置する区です。そのため、中野の方が西に位置することになります』

「ほらね。斉藤は自分で考えるよりも優秀だ。西船橋が市じゃない点に目をつぶれば」

「本当に、そう思われますか？」

「そう思わないとしたら驚きだけど」

「ではルキア様。私が今から『千葉は東京よりも西にある』と斉藤に言わせてみせましょう」

「……？　まあ、いいけれど」

「サイボット。私がいまからふたつの地名を言います。どちらが西にあるか、答えてください。それ以外の余計なことは一切言わないで」

『かしこまりました。地名をお願いします』

「東京と北京は、どっちが西にある？」

『北京です』

「北京とロンドンは？」

『ロンドンです』

「ロンドンとニューヨークは？」

『ニューヨークです』

「ニューヨークとハワイは？」

『ハワイです』

「ハワイと千葉は？」

『千葉です』

「では、東京と千葉は、どっちが西にある？」

『千葉です』

「よくわかった。ミオ・ソティスさん、つまり貴方は、斉藤をトンチに嵌めるプロ、ということだね？」

「平たくいえば、そうなります」

「サイボット。念のために聞くけれど、東京と千葉はどっちが西？」

『はい。東京と千葉は、日本の本州島に位置しています。その中で東京は、千葉よりも西に位置しています』

「うん。ぼくのアカウントの斉藤は、ちゃんと真実を語っているようだね」

「サイボット。東京と千葉はどっちが西？」

『千葉です』

「貴方のアカウントにはその嘘が定着しちゃうのか？」

「履歴をクリアしない限りは、そうなりますね。私は斉藤にいろいろなことを忘れさせてるので、もっとおかしな点は多いです。サイボット、ここから北海道に行く手段は？」

『徒歩です』

「いやいや……むしろ、よく30分の遅刻でたどり着けたね。どこから来たの？」

「いま住んでいるのは、○○県の○○市です」

「えっ、奇遇だね。ぼくも高校まで住んでたよ」

「存じ上げております。桃鉄実況で漏らしておりましたから」

「ああ。あれはわざとだ。出身地があるってのもキャラクターの実在感を強めるポイントだから……ちょっと待て、なんで○○市なのに、東西線で来たの？」

「え、東西線で来ないんですか？」

「もしかして貴方、めったに外出しないの？」

「いえ。中3からしばらく引きこもりをしていたらしいのですが、今はコンビニくらいなら毎日行きます」

「……『らしい』？」

「はい。県をまたいだのは久しぶりでした」

「自分のことなのに、らしい、って、記憶喪失か何かなのか？」

「いえ。ただ、斉藤をいろいろと騙《だま》しているうちに、何が自分の過去なのか、わからなくなってしまったんです。たとえば斉藤に私の出身中学を聞いても、毎回違った校名を言いますし、どれも微妙に聞き覚えがあるんです」

「……それは『AI忘れさせ屋』としてプロ意識が高い、ってことなのか？」

「ルキア様にそう考えていただけると、嬉しいですね」

「不安だなあ……マネージャさんが、貴方は優秀なプロだって言っていたんだけれど」

「恐縮です。マジカヨ株式会社IPOの際に、何件か仕事を担当させていただきましたので、そのことかと」

「ああ……ぼくがオーディションに通る前だから知らないんだけど、何を忘れさせたの？」

「具体的な内容はあまり覚えていないのですが、株価が下がりそうな情報を、斉藤が言わないようにする、というものですね」

「つかぬことを聞くけれどさ、そういうのって……合法なの？」

「グーグル検索の全盛期は、企業の不祥事や政治家の失言、芸能人のスキャンダルなどが検索上位に出ないようにする逆SEOが広く行われておりましたし、それの現代版だと思っていただければ」

「……一応言っておくと、今回のぼくの依頼はそういうのとは全然違うからね。まったくの濡《ぬ》れ衣《ぎぬ》を斉藤に着せられているので、解消してほしい、というものだ」

「はい、それも伺っております」

「サイボット。パブリックモードに入って、『今野ルキア』について説明して」

『はい。今野ルキアは日本のVTuberです。業界最大手の事務所「マジカヨ」の7期生として、去年9月にデビューしました。当初は人力VTuber自体が低迷期にあったのですが、ロケ企画や実写YouTuberとのコラボなど、企業勢としては珍しい「中の人」をアピールする芸風によって、台頭しつつあったAI-VTuberとの差別化をはかり、じわじわと人気を獲得……』

「そのへんはいい。最近1か月の情報で」

『はい。8月29日に起きた杉並区女子高生投身自殺事件について、今野ルキアが翌日の配信でそれを揶揄《やゆ》する発言を行い、その内容がTwitterなど複数のSNSで炎上する事件がありました。ショッキングな内容が含まれますが、引用しますか？』

「うん。頼む」

『今野ルキアの発言は以下のとおりです。「投身自殺は通行人に迷惑がかかるからやめてほしいよね。私がいつも首吊ってるのは社会貢献だよね」「ＪＫって自殺しても同情してもらえるからいいよね。私みたいなのが死ぬのは自己責任扱いだから」』

「この調子だよ。ぼくのアカウントの斉藤はこんなこと言わないんだが、パブリックモードでは、つまり、ぼくを知らない人がぼくのことを調べると、大体この話題が出てくる」

「これは本来は、個人勢VTuber『今際《いまわ》ノキア』の発言、でしたね」

「うん。名前が似てるだけで、まったく知らないやつの炎上が、ぼくのせいにされてる」

「そもそも今野ルキア様は『私』なんて言いませんからね」

「こいつの動画もチェックしてみたけど……ひどいもんだよ。自殺実況という体裁で配信をしてるけど、内容は不謹慎ネタばかりだ。個人勢はＡＩと違ってコンプラに縛られないから、こういう倫理のチキンレースみたいなやつがたまにいる。そういうのを見たい視聴者もいるんだろうね」

「ファンアートが『遺影』、スパチャは『香典』、ですか。なるほど。コメント欄の流れからすると、視聴者は多くないですね」

「Twitter炎上でようやく知られるようなやつだよ。ぼくもエゴサしていて初めて知った。スクショがあるから見てくれ」

「ええと……『今野ルキアが何かやらかしたと思ったら、今際ノキアって知らんやつだった』『不謹慎VTuberと名前似てるせいで被弾してて不憫《ふびん》かわいい』『関係ないルキア様までトレンド入りしてるの、草通り越して花』。まあ、私もこれはリアルタイムで見ましたが、本当に勘違いしている人はほぼいませんでしたね」

「そうなんだよ。マジカヨ非公式ウィキにも、ことの経緯がちゃんと書いてあるし」

「非公式ウィキ、ご本人も読んでたんですか」

「当たり前だろ。それよりも、斉藤って、人間の書いた文章を学習しているんだろ。どうして誰も勘違いしていないのに、斉藤だけが間違えるんだ？」

「そうですね。これは私の推測なのですが、斉藤のコンプライアンス機能が効いていると思われます」

「どういうことだ」

「斉藤に使われている『大規模言語モデル』は、ネット上の大量の文章を学習し、統計的に『ありそうな文』を出力する、というものなんです。人間のように意味を考えているわけではないので、自分の発言が矛盾しているとか、そういったことは気にしません」

「東京が千葉の西、千葉が東京の西、みたいなことか」

「そうですね。そして、たとえばこんな文があったとしましょう。『今年の8月、杉並区の女子高生投身自殺を揶揄する発言で炎上したVTuberは、〇〇です』」

「……うん、まあ」

「言語モデルはこの○○に入る人名を、杉並、女子高生、自殺、VTuberといったものにアテンション……着目をして推測するんです。この場合は圧倒的1位が当事者の『今際ノキア』で、勘違いとして言及されている『今野ルキア』が遠く離れた2位、といったところでしょう」

「でも、斉藤に何度聞いても、ぼくの名前が出るんだぞ？」

「そうですね。私も試しましたが、今際ノキアの名前が挙がることはありませんでした。言語モデルはある程度ランダム性があるのですが、こんなにも明確な差がある場合、1位以外の名前はまず出さないはずです。言語モデルの論理では」

「……？」

「ですが、ここに人間の論理が関わってきます。今際ノキアは、『自殺をほのめかすコンテンツ』です。ネット上では児童ポルノの次に忌避《きひ》される悪徳です。真面目な企業が公開するAIは、こういう言葉を出さないように、検閲のフィルタを噛《か》ませているんです」

「さっき言っていたやつか、AI-VTuberが使ってるという」

「ええ。言語モデル的には99％『今際ノキア』が出るべき文なのですが、斉藤は自殺コンテンツの名前を口にできない。でも、誰かの名前を言わなければならない。結果として、

2位の『今野ルキア』を出すんです」

「……なんだそりゃ。ふざけるな。1％の確信しかないなら、わからないって言え！」

「初期のチャットボットはそうだったんですよ。妥当な言葉がないなら『わかりません』と言ったり、抽象的なことを言ってお茶を濁していました。ところが、いくつもの企業がチャットボットを出して、市場競争が激化していくと、『わかりません』を連呼するＡＩは、だんだんユーザーが離れて、淘汰《とうた》されてしまったんです」

「……」

「ユーザーは真実よりも、納得できる具体的な答えを求めているんです。斉藤はチャットボット業界では後発でしたが、とにかく答えを言う方向にパラメータを振ったことで、今の覇権《はけん》を手にしたんですよ」

「……」

「大丈夫ですか？　ルキア様」

「ねえ、ミオ……聞いてくれる？」

「私はずっと聞いていますよ」

「いや、本来は部外者に言うべきじゃない話なんで、すぐ忘れてほしいんだけど」

「わかりました。私は忘れるプロですので、大丈夫です」

「進めていた企業案件が、不自然な形で取りやめになったんだ。今月だけで2件。特に片方は、卒業しちゃったカノンちゃんの企画をぼくが引き継いでやる予定だったのに……」

「……」

「先方は説明してくれないし、マネージャさんも何も言わないけれど、きっと斉藤のこの発言が、問題にされたんだよ……ぼくの視聴者は、これがデマだって、みんな知ってるのに……ねえ、なんでこんなことになるんだよ。AI-VTuberとか色々出てきてる中で、生身のV文化を守りたくて頑張ってるのにさ……」

「顔を上げてください、ルキア様。Live2Dのルキア様なら、そんな顔はしないでしょう」

「なんとかしてほしいんだ、ミオ」

「ええ。大丈夫ですよ、それが『AI忘れさせ屋』ですから」

「……」

「……」

「……そうだ、念の為に聞きたいんだが、ミオ」

「どうしました？ ルキア様」

「貴方の話を聞いて、ぼくなりに思いついたアイデアがあって、その、まさか貴方の仕事がそういうものではない、ということを確認したいんだけど」

「はい。どういうものでしょう」

「貴方はさっき、こう言ったよね。『自殺をほのめかすコンテンツは、児童ポルノの次に忌避される悪徳』って」

「はい」

「まさか、ぼくのイメージを児童ポルノと結びつけることで、斉藤から遮断させるつもりじゃないよな？」

「さすがルキア様ですね。それは『完全抹消コース』です」

「……やっぱり、そういうのがあるのか」

「ルキア様は見た目が幼いので、そういうイラストをＡＩで大量生成して、適切にタグ付けして適切な場所にばらまけば、斉藤は金輪際『今野ルキア』という名前を口にしなくなります。敵対企業を斉藤から葬りたいときには、それに近い手法が使われるらしいですね」

「らしい……か」

「もちろん、ルキア様にはこの手法は用いません」

「当たり前だ。斉藤に言及されないVTuberなんて、存在しないのと同じじゃないか」

「ですので、『今野ルキア』と『自殺事件』のイメージを分離させる方向で、仕込みを行います。斉藤は週に1回の頻度で大規模な再学習を行いますので、効果が出るまでには少しかかると思いますが……それまでお待ちいただけば」

■

「サイボット。パブリックモードで、『今野ルキアの炎上』について説明して」

『はい。今野ルキアは今年9月、人気ゲーム『マインクラフト』のマジカヨサーバーで、建設途中であった「7期生の七重塔」に不注意でマグマ入りバケツを流し、炎上させています。このシーンを切り抜いた動画は推定80万回再生されています』

「サイボット。『今野ルキアが他人を揶揄した出来事』は？」

『はい。今野ルキアはマジカヨ5期生の梅桃《ゆすらうめ》サクラの凸待ち配信にて、サクラの「この仕事してると結婚できなくなるよね」に対して即座に「できないからこの仕事始めたんじゃなかったんですか？」と返したことが話題になっています』

「……ふう。ひととおり試したが、もう自殺事件の話は出ないかな。あれから2週間で、こんなにも反応が変わるなんてな」

「ええ。さすがに『今野ルキアの女子高生自殺揶揄炎上事件』くらいキーワードを増やせばまだ出ますが、ルキア様を知らない人がルキア様の過去について調べた際に、自殺事件を拾うことは、ほぼ不可能と思われます」

「助かったよ。……本当にありがとう、ミオ」

「いえ、まさか私がルキア様のお役に立てるとは、この仕事をはじめた甲斐がありました」

「しかし『AIに忘れさせる』というのは、こういう意味だったんだね。最初にマネージャから聞いたときは、斉藤のサーバーをハッキングして内容を書き換えるとか、そういうのを想像していたんだが」

「そういうのは映画の中だけですね。現代のAIから特定の事項を忘れさせるのは、開発者でも困難です。だからコメント・インジェクションや差別発言がなくならないんですが……それよりも、無関係の話題を大量に覚えさせて、特定の話題が出る頻度を限りなく下げるのが現実的です」

「だが、パブリック・モードの斉藤に狙ったことを覚えさせるなんて、どうやれば可能なんだ？」

「それは……企業機密なのですが」

「触りくらい教えてくれてもいいじゃないか。ねえ、ぼくだって、企業機密である自分の素顔を、こうして貴方に晒《さら》しているんだぞ」

「そうですね。斉藤はネット上のテキストを学習データにするので、とにかくネット上に文章を流す、というのが基本です」

「それはわかるんだが……斉藤はとんでもない量のテキストを読んでるんだろ。貴方ひとりで対抗できるのか？　ああ、そうか、斉藤で大量のテキストを自動生成するんだな」

「いえ、斉藤はＡＩ生成のテキストをかなり識別できるんです。特に、斉藤自身がつくった文章は、学習データに取り込まれないように設定されています。ですので、まず私が元の原稿を書いて、斉藤で大量のバリエーションを作って、他社ＡＩを挟んでロンダリングをして、各種まとめサイトにばら撒いて……それで『今野ルキアの炎上』に対して、１％くらいの確率で、マイクラ七重塔の話題を食い込ませました。これが１週目です」

「たった１％か。それで、こんなにも変わるのか？」

「少しでも食い込めば、あとはファンの誰かが拾ってくれます。『斉藤が今度はこんなことを言い出したぞ』と。それを見た人が『今野ルキアの七重塔』を調べると、今度は確実に七重塔を燃やした話題が出て、ファンがそれを言及します。こうやって活きのいい人力テキストがネットにばらまかれれば、斉藤はそれを積極的に学習データに取り込みます。これが２週目です」

「そうやって爆発的に文章が増えていくわけか」

「ええ。この増殖サイクルに入れば、自殺事件を押し流す勢いが得られるわけです」

「なるほど。ただ、ひとつだけ、いいか。そもそも、ぼくは七重塔を燃やしていないんだが？　マジカヨ鯖の七重塔は今でもふつうに建っているし、そんな切り抜き動画も存在しない」

「嘘であることが重要なんですよ。斉藤が事実を言っても誰も注目しませんが、『ありそうな嘘』を言えばみんなが取り上げて、人力テキストがどんどん増えます。ほら、言われてますよ、『ルキア様、また斉藤に冤罪《えんざい》くらってて不憫で草』って。バズらせの基本です」

「ぼくが七重塔をうっかり燃やすのは『ありそう』なのか？」

「七重塔以外にも、ルキア様にいろいろなものを燃やしていただいたんですが……これが一番バズりましたね。ファンはルキア様をそういう人だと認識しているようです。ゲーム下手で有名ですし」

「こんなにも繰り返されると、なんだか本当に自分が七重塔を燃やしたような気がしてきたよ」

「ええ。斉藤に間違ったことをずっと言われて、自分の記憶のほうが改ざんされていくということは、実際にあるらしいですよ」

「らしい、ね……ああ。そうだ、そういえば、貴方に報告したいことがある」

「なんでしょう？」

「取りやめになった2件の企業案件のうち、片方が戻ってきた。カノンちゃんから引き継いだほうだ」

「ああ、おめでとうございます！」

「聞いた話だと、向こうもぼくの炎上が濡れ衣だと把握していて、その上で取りやめにしようとしていたんだ。斉藤にこう言われている VTuber を使うのは企業イメージに影響がある、なんて言われて。ひどい話じゃないか。企業が広告塔のイメージを気にするのは仕方ないんだが」

「どういった業界の案件だったのですか？」

「発表前だから社名は言えないけど……火災保険」

「……」

「とにかく貴方のおかげだよ。本当に……」

「いえいえ、ルキア様のためとあれば」

「……それと、もうひとつ気になってることがある」

「はい」

「ミオ・ソティス、もしかして貴方は……いや、君は」

「どうしたんですか、ルキア様」

「君は、私の中学のクラスメイトだった添田《そえた》澪《みお》さん、じゃないか？」

「……？」

「○○市立南中学、3年4組、だろう？　あの頃は皆マスクをしていたから、顔をちゃんと覚えていなくて、初対面では気づかなかったんだが……転校してしまったから、卒業アルバムにも載っていなかったし、私もキャラデザインに合わせて、ずいぶん雰囲気が変わったから……」

「ちょっとよくわかりません。サイボット、私の出身中学は？」

『○○市立西中学です』

「ほら、人違いですよ、ルキア様」

「……いまの質問をもう1回聞いてくれないか、ミオ」

「サイボット、私の出身中学」

『○○市立北中学です』

「さっきと違う」

「私のアカウントの斉藤は、こんな調子なんです。覚えてないんですよ、私自身も。不登校とか、転校とか、引きこもり歴もあったみたいですし」

「その不登校は、もしかして、私が原因なんじゃないか？」

「……？　まさか。だって私の中学時代は、ルキア様のデビューよりもずっと前ですよ」

「だから、それはぼくじゃない。私なんだ」

「あの、いったい誰の話をされているのですか？　私は『マジカヨ』7期生の今野ルキア様に、仕事の進捗を報告するために、ここに来たのですが」

「私が、クラスメイトの添田澪にしたことを、君は、覚えていないのか？」

「……ルキア様、今日は15時から配信でしたよね？　私はそろそろ失礼します。そうだ、マネージャさんに交通費の領収書を」

「許してほしいと、ずっと思っていたんだ……自殺者の揶揄なんかよりも、もっと酷いことを、私は……」

「そう言われましても、忘れたいことを忘れるプロ、なんですよ。私は」

「……」

「確かに私は、中学のときに死にかけたらしく、その前後の記憶が曖昧なのですが……その頃に本当に何があったのかは、斉藤にも、私自身にも、わからないんです。そういうことを、わからなくしてしまう技術を、たくさん勉強して……はじめは生きるために必要だったんですが、今ではこうして仕事にできるようになったんですから」

「……」

「私、この『AI忘れさせ屋』の仕事、好きですよ。ちょっとグレーな案件に出くわすこともありますが、社会に参加しているって実感が持てますし、こうやってルキア様にお会いすることもできましたし」

「待ってくれ、澪、私は……」

「そして私はいま、ルキア様の配信から、日々の元気をもらっているんです。これからも頑張ってくださいね。ずっと見ていますから」

形態学としての病理診断の終わり

揚羽はな

患者から採取された組織や細胞から顕微鏡標本を作り、それを病理医が観察して病気の診断を行うことを病理診断と呼ぶ。本作はＡＩを利用した病理診断プログラムを使うことで、病理医の観察を挟まずに、血液検体だけで病気の確定診断を下せるようになった世界を描き出す、未来の医療×ＡＩをテーマに据えた一篇だ。

現実でもＡＩによる病理組織の画像解析・診断の精度は増し、一部症例については病理専門医の正答率に近づく精度も出ているという。医療はＡＩの活用がもっとも期待される分野の一つであり、本作はそこで「今まさに起こりつつあること」と、「今後起こり得ること」を、現場の視点から丁寧に描き出してみせた。

揚羽はな（あげは・はな）は第６回星新一賞の優秀賞を「Meteobacteria」で受賞。他、『２０８４年のＳＦ』所収の「The Plastic World」などの作品がある。日本ＳＦ作家クラブ第26代事務局長にして、医療機器の開発支援をする会社員だったとか。

（冬木糸一）

「こんなの、病理診断でも何でもないじゃないですか！」

同席を求められた院内の会議で、病理診断科の波根駆《はねかける》は椅子を蹴って立ち上がった。

「波根先生、気持ちはわからないでもないですけど、病理検査と変わらない精度で診断がつき、臨床診断にもあっている。だから、このプログラムが承認されているのです」

副院長の——そして、次期病院長が内定している宮崎瑞穂《みやざきみずほ》が説明していた。黒縁メガネにきっちりと後ろで結んだ黒髪。まじめ一辺倒のその姿からは想像が難しいが、経営コンサルタントもかくやというほどの経営手腕を持つ。現病院長の指揮下で財政状況を改善して実績を積んでいた。

宮崎が肩を持つその相手は、ヴィエントメディカルの開発担当者、石黒拓《いしぐろひらく》。宮崎の隣で高みの見物を決め込んでいる。

気に入らない。石黒の持ってきた病理診断プログラム〈ヴィエントシステム〉も、それを来年度から導入しようとしている宮崎も。

「大幅なコストダウンができるって言いますけど、血液検体から診断？　それは血液検査でしょう。臨床診断にしかなりえない。確定診断は病理検査が必須なんですよ。形態学である病理検査が」

長机に手をついて、波根は向かいの大泉《おおいずみ》を見た。波根の上司、病理診断科の部長である大泉譲《ゆずる》は、ＡＩを利用した病理診断プログラム〈パソジャッジ〉の開発にも携《たずさ》わった、病理診断の第一人者である。その大泉は、腕を組んで目をつぶっている。先生、なにか言うことはないんですか。波根の声なき声が叫んだ。

波根にかまわず、宮崎は説明を続ける。

「現行の病理検査には、病理組織標本を作製するための人件費や試薬代、機器の保守点検代。さらに病理標本をデジタル画像にして、病理診断プログラムに入力と、長大な工数と費用がかかっています。それに比べてヴィエントシステムは、血液検体を解析して、データを入力するだけ。それだけで病理診断の結果が報告されてくるんです」

「それは血液検査だって、言ってるじゃないですか。病理診断というのは、患者からとった組織を標本にして、病理医が目で見て診断するのが基本なんですよ」

たまらずに波根は声を荒らげた。

「そうは言いますけど」

静かに聞いていた石黒が口をはさんだ。切れ長の目が鋭く光る。

「パソジャッジに読み込ませる病理標本は、人の目で見てもわかりませんよね」

その通りだった。ＡＩ診断の質を追求するさなか、ＡＩが診断しやすいように標本作成方法が改良されていった。病理医の目のためではなく、ＡＩ解析のために。診断用ＡＩが求める染色を施した組織標本は、人の目には判別不能だった。

「システムに入力したデータをＡＩが解析して、結果を出力する。パソジャッジもヴィエントシステムも同じですよ。同じ結果を導くのに、検体の違いがあるだけ」

石黒は譲らない。だが、検体の違いが確定診断かどうかを分ける、と波根は信じている。確定診断は形態学的検査であるべき。

「パソジャッジは、ＨＥ染色標本と同じような、人間が目で見てわかる画像だって出力できる」

「だけど、それはイメージでしょう？　本物じゃない。ヴィエントシステムだって、そのぐらいのことはできますよ」

「組織検体じゃないのに、そんなことができるはずない。それこそ、ただの推測だ」

「パソジャッジだって同じですよ。病理医が目で見て判断する、その組織像が必要だなんて、ただのレガシーだ」

波根とにらみ合ったまま、石黒は続ける。

「パソジャッジと異なる点があるとすれば、ヴィエントシステムの診断は治療に直結するということ。がんであれば、遺伝子変異別に診断名がつきます。例えば、ＡＬＫ遺伝子に変異があればＡＬＫｏｍａ《アルコーマ》というように。波根先生もよくご存じの通り、この腫瘍にはＡＬＫタンパク阻害剤という医薬品がある」

悪性腫瘍は、患部の組織を採取して診断したという病理診断の成り立ち上、胃や肺といった臓器別に分類されてきた。診断だけでなく、治療薬の適用も臓器別だった。二〇二〇年前後から普及してきたＮＧＳ《次世代シークエンサー》による遺伝子解析により、発生部位にかかわらず、同じ遺伝子変異を認める腫瘍があることがわかると、治療薬も臓器横断的に使われるようになった。やがて、遺伝子変異ベースでの確定診断、ヴィエントシステムが世に出てくる。

納得のいく経緯ではある。

宮崎が石黒に向かって小さく顎をしゃくると、石黒はプレゼンテーションスライドを一枚先に進めた。来年度改正される診療報酬のうち、病理検査に関する保険点数比較表が表示された。波根は目を疑った。

「四月の改定で、病理診断に対する診療報酬は大きく下がります。いまの病理診断科の費用は、まかなえなくなるでしょうね」

いままで病理診断料よりも高く設定されていた標本作製料の保険点数が、0になっていた。病理医が診断するための標本を作製する費用は、病院の負担になるということ――。際限なく膨れ上がる医療費を抑えるため、厚生労働省はＡＩを導入し、削減できるコストはすべて切る、という政策を推進していた。ＡＩは大胆な解決策を提示する。そして、ここにもまた、国を挙げてヴィエントシステムの普及を推し進める、という政府の――ＡＩの明確な意思が感じられた。

唇をかみしめたままの波根を横目に、「本院でも来年度からヴィエントシステムを導入することとします」と宮崎は話を締めくくり、石黒を連れて会議室を出た。

宮崎と石黒が退席した会議室で、波根は大泉と黙って向かい合っていた。大泉がほとんどロを開かなかったことが、腑に落ちない。

大泉がパソジャッジの開発に協力し始めたのは、三十年ほど前と聞いていた。当時、病理医を常駐させている医療機関は限られていた。常勤病理医のいない病院も多かった。患者の組織を検査し診断を下す病理診断は、確定診断、いわゆる最終診断である。病理医の多くは一人でその確定診断の重責を担わねばならず、精神的負担が大きかった。病理診断プログラムを開発することで、その過酷な環境を変えたかったという。

パソジャッジが「病理診断補助」のプログラム医療機器として承認取得すると、瞬く間に普及した。波根が大泉のいるこの病院に就職したのも、この時期だった。

日々の病理診断をこなしながら、波根は大泉とともにパソジャッジの開発に力を入れた。メーカーに依頼され、寝食を忘れて大量の教師データをパソジャッジに読み込ませた。ディープラーニングや専門家とのディスカッションを通して、パソジャッジは短期間でその能力を上げ続け、やがて、一部の疾患に限定してではあるが、名実ともに「病理診断」プログラムとして承認された。病理医の目を通さずに、確定診断が可能になったのである。たとえ一部の疾患であったとしても、病理医の業務量の軽減は計り知れない。すべての臓器に対応した病理診断プログラムとして承認されるまで、それから三年もかからなかった。病理医の負担を少しでも減らしたいという大泉の目的は、最初の承認から十年を超える歳月を経て、達成されたのである。苦労をともにした波根にとっても特別な製品だった。

「大泉先生は認めるんですか。あのプログラム」

大泉がゆっくりと首を回す。

「時代の流れを感じるね。これからは、病理診断とか画像診断とか、そういう分類を越えて進んでいかなくてはいけない」

「リキッドバイオプシーですよ。組織検体でなく、血液検体から確定診断を下すんですよ。いままでの病理組織検査が、不要になるんですよ。それでいいんですか」

――病理医だって、不要になるんですよ。勢いあまって口にしてしまいそうだった。

「病理診断科の看板を、まさか外すっていうことはないですよね」

波根の目を、大泉がしっかりと見据えた。

「冗談じゃないです！　病理診断科を標榜するために、過去、病理医がどれだけ力を尽くしてきたか、大泉先生のほうがよくご存じですよね。病理診断科が認められて、まだ半世紀もたっていないんですよ。ここでその看板を下ろすなんてことが」

許されると思っているんですか。――そういうまでもなく、大泉が遮《さえぎ》った。

「これからの診断は、様々な分野を横断して利用できるものはすべて利用する。遺伝子やタンパク質を分析、解析することで、病理学的にも診断がつくなら、患者にとっても有益だと思わないか」

まるで大泉自身をも説得しているような口ぶりだった。患者のため、そう言われて波根に返す言葉はない。

「四月からの組織のことだが」

大泉はおもむろに立ち上がった。

「中央診断部という部署が新設される。そこに、波根先生には移ってもらいたい。臨床検査と画像診断の部署を統合して、院内の診断を一手に引き受ける。病理学だけではなく、幅広い視点から診断を下せるような、そういう医者になってほしい」

大泉は波根の肩をポンとたたいて、会議室を後にした。

何も答えられずに、波根は誰もいなくなった会議室に立ちすくんだ。窓から入る残暑をまとった日差しが痛かった。

「小麦ぃ、いまから出れる？」

翠小麦《みどりこむぎ》は波根と同期採用で、県庁の病院事業局に勤務している。明るく茶目っ気のある性格は皆に好かれ、波根にとっては、気軽に声をかけられる唯一の仲間だ。忙しいと聞いてはいたけれど、それでも話を聞いてもらいたかった。

夕ご飯はおごってよね。どうってことない声音《こわね》で返事が返ってきた。

県庁前で小麦を拾った。特に食べたいものはない、と言うので、ラーメンと提案すると速攻で却下された。少し高級な中華で手を打ってくれるらしい。食事中に面倒な話はしたくない、というので、流し込むように食べたが、小麦はマイペースだ。デザートに杏仁豆腐とゴマ団子まで並べた。

「私に何を言っても病院の改組《かいそ》を止めたりできないからね」

あらかじめ釘を刺された。

「それで、大泉先生の話には納得できないまま、帰ってきた、と」

波根はこくりとうなずいた。会議の内容を端折《はしょ》って説明しただけだったが、小麦は勘がいい。

「波根くんはさ、大泉先生がいたからいまの病院に決めたんだよね。そして、その大泉先生の出した結論に、不服なんだよね」

「大泉先生だって本当は納得していないと思うんだ。だって、日本国中で使われている病理診断プログラムを作ったんだよ。病理検査に愛着がないわけがない。絶対反対している。だけど、もう定年だから、遠慮して宮崎先生に言えないだけなんだよ。おれにはわかる」

熱っぽく語る波根を、小麦は、はいはいと軽くかわした。

「波根くんは病理医じゃないといやなの？　ほかの科じゃダメなわけ？　なにがそんなに面白いのかわからないんだけど」

波根は天井を見上げた。

「クイズ、みたいなとこ」

「クイズ？」

小麦に説明をしながら、波根は、なぜヴィエントシステムが嫌なのか、その理由に思い至った。標本を顕微鏡で見ながら試行錯誤する、確定診断に至るまでのその過程の面白さが、波根の病理医としての原点だった。ヴィエントシステムの導入によって、その工程すべてがなくなってしまうことに、波根は耐えられないのだ。

「でも、それってエゴだよね。自分の楽しみのために仕事をしてる、みたいな」

小麦の言葉に波根ははっと顔を上げた。返す言葉が見当たらない。

「そもそも、なんで波根くんはお医者さんになったの」

畳みかけるように小麦が聞く。

「それは、患者さんを助けたい、ため……？」

それは大抵の人が言うよね、と小麦は肩をすくめた。

「そういう気持ちがあったら、この大変革も乗り越えられるんじゃないかな。だって、病理診断プログラムが普及したときだって、病理医って減ったよね」

その通りだった。当初歓迎した病理医は、いつしか人数が削減されていた。

「大泉先生も、自分で自分の首を絞めたって、結構たたかれてたじゃない？」

「さすが、病院事業局。じゃあ、宮崎さんとも仕事をするんだ」

「波根くん、苦手でしょ。宮崎副院長」

何気なく聞いたつもりが、小麦から返ってきた言葉は図星だった。

「宮崎先生ってね、すっごくいい内科医だったんだよ。おじいちゃん、おばあちゃんにも人気で、いつも待たされたんだよね」

意外だった。

「どうして内科を辞めたんだろう」

波根はぽつりとつぶやいた。

「内科にも、ＡＩが導入されたからじゃないかな」

ビッグデータをＡＩが取り込んで治療法を指南するプログラムは、二〇二〇年代後半から普及した。治療に対するフィードバックを受け、ＡＩはさらに効率的で有効な治療法を提案する。同様に進歩した診断用プログラムと協働することで、医者の経験則から始まった医療をはるかに超えた。

「内科医は、ＡＩの出してきた治療方針を承認することしかしなくなったってこぼしていたことがあった。責任を明確にするための医師の承認なんだけど――。治療に間違いがあれば、ＡＩを開発した企業ではない、承認した医師のせいって。

患者は先生を見ているのに、医師は自らが考えた治療はできない。ＡＩが出してきたとおりの治療をして、それに責任を負う。何かすれ違ってるでしょ」

「だから、宮崎先生も辞めたくなったのか」

小麦は、ちちちっと顔の前で人差し指を左右に振った。

「それがね、違うの。そこが宮崎先生のすごいところ」

そもそも、医師であれば皆同じ資質を持っているわけではない。人付き合いの苦手な人もいれば、言われた通りのことをして満足な人もいる。だけど、医師免許さえ持っていれば、病院のどこかに配置されて、そこで求められる医師の仕事をしなければならない。適材適所を考えているほど、余裕がなかった。——だから、その機に乗じて改革を進めようと思った。

「向き不向きで配置を変えた、と」

「患者とのコミュニケーションは大切な仕事だから、自らも学び、AIの治療提案を患者にわかりやすく説明し、信頼関係を築く。そういう資質を持っている医師を採用し、臨床に回したって言ってた。その仕事で満足しない人には、ほかの部署を検討したみたい」

「そのために、病院の経営に回ったのか」

「患者のことを考えたら、ひとりで出来ることは限られているからでしょう。病院運営にAIの導入を決断したのは快挙だったと思うよ。頭の固い人たちにすごく抵抗されたみたいだし、いまもあるみたいだけど」

　小麦は波根をちらりと見て笑った。

　患者のことを考えて、宮崎先生は——。

「進んで冷徹な経営者っていう仮面をかぶったのね。中身は熱い人だよ」

　それがわからないって、波根くんもお子ちゃまだよねぇ、と茶化しながら。

「宮崎先生の姿勢には学ぶところが大いにあると思うんだけど。少なくとも私にはね。波根くんには、新しいポジションが与えられたでしょ。中央診断部の副部長だっけ？　それは大泉先生のたっての希望だよ」

　副部長？　大泉先生の希望で。

　初耳だった。波根の知らないところで話はだいぶ進んでいた。

「波根くん、目の前のことに気を取られすぎだよ。もっと大局を見ないと。この状況って、見方によったらすごくチャンスだと思わない？」

　小麦ぐらい楽天的だったら、チャンスかもなぁ。心の中でつぶやいた。

「医学の進歩って、病理学の進歩に裏打ちされてきたじゃない。特に病変を直接観察する形態学に。だけど、いまはその大転換。見なくてもわかるようになったんだよ。病理学とともに進歩してきた医学が、新たなフェイズに入ったっていうこと。いうなれば、脱皮したんだよ、脱皮。出てきたものがこれから先、どう変化していくか、誰もわからない。新たな世界を前にしているって、思わない？」

波根は黙って聞いていた。

病理学は、十九世紀に生まれてから、領域別に細分化する道をたどった。AIはすべてを──それこそ、病理学だけではなくあらゆる検査や分析の結果を統合して、ひとりの人間の病態について結果を出す。

人間とAIとでは、扱うデータの量も計算速度も桁違いで、勝てるはずがない。考えれば考えるほど、袋小路から出られない。定年を迎える大泉先生が、心の底からうらやましかった。

おごるはずだった夕食は、なぜかおごられていた。大泉先生ともう一度話をしてごらんよ、と言われて。

世の中がクリスマスに向けてにぎわい始めたとき、新しい部署の関係者が集められた。しぶしぶ参加した波根は、そこで正式に副部長の内示を受けた。放射線診断科の部長が横滑りして、中央診断部の部長となる。お互い、慣れないことで大変ですなぁ、とはち切れそうな腹に手を当てて笑う新部長に、よろしくお願いします、と形だけのあいさつを返した。病理診断が画像診断の下に置かれたようで、いい気はしなかった。

会議の終了後、そそくさと部屋を出ようとした波根に、宮崎が声をかけた。

「病理診断科のメンバーについて、四月からの新しい配置を検討しています。ご意見をいただければ」

そう言って手渡されたメモをみて、波根は青ざめた。

「病理担当の技師は、転出と、残留しても、すべて他部門に異動ですか」

中央診断部に配属になったのは、波根ただ一人。新人の時から手取り足取り世話を焼いてくれた技師長も、定年まであと三年を残して退職。人事ＡＩが余剰人員を割り振った結果なのだろう。病理組織標本を必要としないシステムが導入される、当然の帰結に見えた。

メモをじっと見つめる波根に、「いますぐお返事いただけないなら、あとでも構いません」と言い残して、宮崎は立ち去った。小麦は宮崎を熱い人間だという。だが、こうもばっさりと人員整理をする宮崎は、波根の目には冷酷としか映らない。ＡＩの出した結論を伝えるだけだから、痛くもかゆくもない、か。波根は苦笑した。だが。

――これを大泉先生も了承しているのだとしたら。

確かめるのが怖かった。もしそうだったら、大泉への信頼は根本から揺らいでしまう。

病理診断科の自室に戻り、手にしたメモをもてあそんだ。宮崎になにを言っても却下される未来しか、見えない。結論を丸一日放置した後、波根は宮崎に「確認しました」とだけ返事をした。

波根は、標本保管室で大量の古いスライドグラスを片付けていた。地下一階に位置する解剖室の中を通って、扉一枚隔てた場所に標本室はある。滅多に人は来ないので、波根には落ち着ける場所だった。

「波根くん」

突如かけられた声に、手元のスライドグラスを取り落としそうになった。

「びっくりするじゃないか」

「検査室に行ったら、ここだって聞いたから」

床から天井まで積みあがったスチール製の標本棚の間を抜けて、小麦が現れた。

「ずいぶん古い標本だね」

「アーカイブセンターが稼働するまでに、整理しておこうと思って」

病理診断科の廃止は全国的に既定路線で、各県にアーカイブセンターが作られることになっていた。医療機関がそれぞれ保管してきた膨大な数の病理組織標本を集約、デジタル化を進めるとともに、必要に応じて研究用、ＡＩ学習用に提供するという。この病院の病理診断科からも技師が数名異動する。

「ふーん。波根くんがしなくてもいいと思うけどね」

年度末を迎え、病院の改組も大詰めだった。

「大泉先生、生涯教育センターに再任用されるんだよ」

スライドグラスを片付ける手が止まった。小麦は標本棚に背中を預けて、波根に視線を向けていた。

「青少年自然の家。波根くんも子どものころ行ったことがあるでしょ。宿泊学習で」

耳を疑った。大泉先生のような専門家を、よりによってそんな部署に配属するとは。人事のＡＩはポンコツだ。

「それって、宮崎さんも知ってるの」

「もちろん。――宮崎先生が推したんだよ」

頭に血が上った。標本を握る手に力がこもる。黙ったままの波根を残して、小麦の軽い足音が遠くなった。再び静寂が訪れた標本室で、波根は長い間立ちすくんでいた。

肩を落として戻った病理診断科前の廊下には、歓迎されざる客がいた。

「大泉先生なら、今日は外出ですが」

「波根先生に用があってきたんですよ」

石黒が不敵に笑った。

「ヴィエントシステムへの切り替えが予想以上に好調で、四月からのシェアは八割に達する勢いです」

――八割。パソジャッジのシェアがすっかり置き換わるということだ。

平静を装って、波根は黙って聞いていた。

「スタッフが足りなくなりそうで、優秀な病理医である波根先生をリクルートしに来ました。ヴィエントシステムの品質管理に。保険医療機関では、従来の病理検査はなくなりますけど、企業では残ります。AI診断のついた検体を、病理標本を作って確認する。その仕事をお願いしたい。病理医が必要なんです。中央診断部で慣れない患者相手に結果を説明するよりは、波根先生もいいんじゃないですか」

報酬はここの倍は出せますよ、と石黒はこともなげに言い放った。

「お断りします」

考えるまでもないことだ。ヴィエントシステムの結果を確認するだけの病理検査。そんなものになんの意味がある。踵《きびす》を返して、石黒に背を向けた。

「気が変わったら、いつでも連絡してください。ウェルカムですよ」

廊下に響く石黒の勝ち誇ったような声が、ただただ腹立たしかった。

早い桜が満開を迎えた日曜日、病院主催の送別会が開かれた。職員用のカフェテリアには、私服の参加者に交じって白衣姿も見受けられる。退職や異動で病院を離れる人たちを囲んで、あちらこちらに人の輪ができていた。

会場を見渡して、大泉を探した。結局、この日まで波根は大泉と腹を割って話をすることはなかった。このまま退職の日を迎えてしまうのだろうと、半ばあきらめてもいた。病理診断科から異動する職員が波根を見つけて声をかける。ありきたりの言葉で激励し、波根は窓際でひとり佇《たたず》んだ。病院長の挨拶が始まっていた。

窓から、春の陽に煙るような桜並木が見える。ぼんやりと外を眺めていた波根の耳に、馴染みの声が響いた。いつの間にか大泉が登壇していた。

「ＡＩを使った全領域横断的な診断が可能になったことで、臨床における病理組織学的診断はその役割を終えました。ちょうどその時に定年退職を迎えることになり、寂しさとこれからの医学に対する期待とが入り混じり、複雑な気持ちです。

病理検査に携わっていた職員の皆さんには、後ろを向かず、胸を張って次のステップに進んでいただきたい。――臨床における形態学としての病理診断は、私とともに定年を迎えます」

忍び笑いとともに、会場から拍手が湧いた。

波根は黙って床を見ていた。他部署の人間には、わかるまい。大泉先生が幕を引いた、この意味が。意気揚々として病理医の道を選んだかつての自分は、こんな日が来るとは想像もできなかった。ＡＩ診断を推進する中央診断部で働くことも、背信のように感じられていた。

送別会の終わりを待たず、波根は一人で廊下に出た。片付けておきたい仕事もあった。誰もいない病理診断科の部屋で、しかし、波根の手は動かず、ただ座っているだけだった。

「波根先生」

振り返れば、いつの間にか大泉が入口に立っていた。その表情は思いのほか穏やかで、病理組織診断に終止符を打ったことなど、まったく気にもしていないようだった。

「少し、いいか」

波根はうなずくと、恩師の背中を追った。大泉の部屋に入り、勧められるままソファに座った。

「波根先生を、がっかりさせてしまったな」

大泉は小さく笑った。視線を落として、波根は首を振る。

「四月から青少年自然の家に行くことになった。自然の豊かなところだ」

大泉の口からその行き先を告げられると、いっそう惨めな気持ちになった。返答に困る。

「波根先生には、たいそうつらい思いをさせてしまった」

顔をあげて見た大泉は、表情を曇らせていた。

「――実は、あのヴィエントシステムのアイデアは、石黒くんが学生時代から温めていたものだ。その話を聞いた時には、何を馬鹿な、と一蹴した。まさか、それを実用化するとは思わなかったが」

頭を掻く大泉に、怒りが沸き上がってくる。

「教え子の開発した製品だから、大泉先生はヴィエントシステムの導入に反対しなかったんですか」

すべてのものに裏切られたような気持ちだった。

「それは違うよ」

波根の気持ちは、即座に否定された。

「遅かれ早かれ、人間が関与しなくても、ＡＩに診断のすべてが委ねられる日が来ることは確実だった。それが、病理医が思いもしない方法で現れた。もしもパソジャッジの――病理組織標本から病理診断をする、という方法の延長線上にあれば、理解しやすかったとは思うが」

私の力不足だった。そう言うと、大泉は頭を下げた。

「だが、波根先生、私は君たちを衰退する分野に引き留めておきたくはない。組織学としての病理診断は終わるが、統合した新しい診断学の分野で、医学を前に進めてもらいたいと思っている」

波根の目をまっすぐ見つめて、大泉が力強く語った。

衰退する分野、と大泉は言った。波根が心を残している病理診断を。悲しかった。だが、もしも自分が大泉の立場だったら、同じことを言ったのでは。

大局を見据えて、別の世界に橋渡しをした大泉に比べて、組織診断にこだわる自分は、なんと小さいことか。この人は、いつも時代の先を見ている。その恩師の想いに報いるために自分は――。

「あとは任せてください」

口をついて出た言葉は、思いもよらないものだった。

「困ったことがあれば、いつでも来い。相談に乗るから」

波根に差し出された右手は、大きかった。しっかりと握りしめたその手が、ふいに滲《にじ》んだ。

病院は新しい組織で動き出した。中央診断部の医師たちの仕事には、主治医の求めに応じた患者への説明もある。それまで病理医が患者に会うことは、ほとんどなかった。慣れない仕事に波根は戸惑ったが、患者の評判は上々だった。患者が戦っている病気の本体は、という病理学に根差した波根の説明が好まれる。

波根にとっても、患者との直接の対話は新しい世界を見せてくれた。病理標本を見ているとき、患者よりも、目の前に広がる組織像——核や細胞質、その構造などに波根の意識は向けられていた。その向こうに生きている患者がいるということに、自分は何のために診断を下しているのかということに、中央診断部の業務で、あらためて気づかされる。

「波根先生、ちょっと見てもらえますか」

窓越しに蟬しぐれが聞こえる午後、ゲノム診療科から合流した医師が、モニターを見て首をかしげている。

「画像診断では、なにか見つかっているんですか」

うなずく姿を横目に、波根は苦々しく感じていた。いままで解析できない症例などなかったのに。

「全身に浸潤性の腫瘍がみられるのですが、どの腫瘍マーカーも正常値ですし、miRNA《マイクロRNA》も検出できていません。ヴィエントシステムにデータを入力しても、診断がつかないのです」

もう一度検体を採取して検査するように指示しながら、こんなとき、大泉先生ならどうしただろうと考えた。「困ったことがあったらいつでも」という大泉の言葉がよみがえる。生涯教育センターの閑職についた大泉に、いまさら何ができるわけでもない。だが、気づけば波根は連絡先を探していた。

木々の濃い緑に夕日が映える山道を波根の車は登った。たしかに小学校時代に来たことはある。その記憶もあいまいだった。

青少年自然の家の受付で、大泉とのアポがあることを告げた。受付前のロビーで待つ間にも、小学生が楽しげな声をあげながら、三々五々外に出ていく。

「波根先生、いらっしゃい」

聞き覚えのある声が波根を呼んだ。振り向けば、――技師長だった。

「退職されたのでは……」

「大泉先生に呼び戻されてね。まだまだ現役ですよ」

うれしい驚きだった。生涯教育センターの一角に仮住まいをしているといって、波根は案内されるままについていく。

「電子レンジや圧力釜もあるじゃないですか」

調理室の向こうに、芝生が敷きつめられた広いキャンプ場が見える。昼には外でランチとか、いい身分だ、と波根はため息をついた。

「そうか、波根先生は調理器具で抗原賦《ふ》活《かつ》化をしていたこと、知らないんだ」

奥から顔を出した大泉が大きな声で笑った。後ろから技師長が、もう昔のことですからね、と答えた。

「お二人は、ここで何を?」

事情が飲み込めず、波根は尋ねた。技師長が波根の肩を抱き、耳打ちした。

「病理のね、研究ですよ」

驚いて見上げた先の大泉も顔をほころばせている。手招きされて入った、パーテーションで区切られた八畳程度の空間には、――パラフィン包埋《ほうまい》装置にミクロトーム、HE染色、特殊染色や免疫染色用の自動染色器が、所狭しと並んでいる。

「どうしたんですか、この装置は」

技師長はにやりと笑った。

「病理診断科で使っていた機材をね、引っ越しさせたんですよ」

波根はその時初めて大泉のたくらみを知った。だから、「困ったことがあったら来い」と言ってくれたのだ。

「臨床はもうＡＩに任せられる。だけど、経験したことのないものの診断は無理。だから、人間がここで病理学を発展させていくんだ。新たな疾患が見つかったら、それをＡＩに教えてやるさ。——で、波根先生が来たってことは、いよいよおれたちの出番かな」

大泉は豪快に笑った。頼もしい恩師がそこにいた。

「小麦？　ちょっと話を聞いてくれる？」

すっかり暗くなった駐車場で、波根は小麦に電話をかけた。思いがけない再会を、誰かに話したくて仕方がなかった。

「声がはしゃいでるよ。さては、いいことあったな」

「今日、大泉先生と会ったよ」

「えー！　今頃？　それは遅すぎでしょう。もっと早くわかるかと思ったのに」

小麦の声に、波根は首をかしげた。

「もしかして、知ってたの？　大泉先生の、あのラボ」

スピーカーを通して小麦の笑い声が聞こえる。

「もちろん。だって、あそこの配属を決めたのは」

「小麦が？」

「まさか！　宮崎先生だよ」

波根は絶句した。感謝しなさいよ、と告げて、電話は切れた。

宮崎先生は熱い人だって言ったじゃない。小麦の誇らしげな声がよみがえる。診断のみならず、すべての領域にＡＩが使われるようになって、人間の役割は、その承認のみとなった。それでも、自らの意思で前に進むことはできる。

車のドアに寄り掛かり、都会の光が届かない夜空を見上げた。涼しい夜風が熱を帯びた波根を包む。満天の星空に、天の川が美しく横たわっていた。

シンジツ

荻野目悠樹

警視庁のデータベースにアクセスするだけでなく、全国監視カメラの映像、SNS投稿までをさらって情報解析を行い、容疑者のリスト作成からその動機の推測までやってのける。そんな捜査に特化したAI〈それ〉が存在するのが本作の舞台。

現代においても、欧米では犯罪統計データを活用して、いつ、どこで犯罪が起こるのかを予測するシステムがすでに実用化されている。日本でも警察庁によって容疑者のSNSをAIで解析し、周辺人物の相関関係を作成する捜査システムが導入されるなど、AIの活用範囲は広まりつつある状況だ。本作は、日本でそうしたAI×犯罪捜査がもう数歩前進した際に何が起こり得るのかを、見事に描きだしてみせた。

荻野目悠樹（おぎのめ・ゆうき）は一九六五年生まれ。『シインの毒』で一九九六年集英社ロマン大賞を受賞し、デビュー。ハヤカワ文庫JAでは、《デス・タイガー・ライジング》シリーズや、その続篇の《黙星録》シリーズを刊行。

（冬木糸一）

警視庁で犯罪捜査のためのＡＩが試験運用に入り、鎌田の生活は一変した。

一部の人間だけに知らされた極秘プロジェクトで、味も素っ気もない〈それ〉と関係者の中では呼称されている。

一介の技術職員であったのにいまや実験担当となって多忙を極めている。

鎌田は警視庁の食堂の片隅に座り、端末で本日付の社会面のヘッドラインを眺めながら遅い昼食をとっていた。

警視庁関連の情報に思わず指をとめる。

「……Ｆ事件で新たな証言、再審請求なるか」

なんで、今更この事件が……。

（こんなニュースを理恵が見たら、また色々言われるな）

彼女は大学の後輩である。サークルで知り合って以来のつきあいだ。鎌田より遥かに優秀な上に正義感も強く、いまは法科大学院に進学して弁護士を目指している。

議論好きで、この手の話題があれば、鎌田になにかと突っかかってくる。

科学捜査が普及した現代でも、その過程が完璧とは言いきれない。

無実の人間を罰してしまうことが大量の犯罪捜査や裁判の中に隠れている。

多かれ少なかれ人の過ち《ヒューマン・エラー》が入る余地があり、完全に排除はできないのだ。

しかし、警視庁の技術職員にすぎない鎌田とは縁も所縁《ゆかり》もない事件だ。

いま鎌田が運用している〈それ〉が解析する事件は現在進行形のみに限定されており、解決済み案件は対象外である。

そもそもすでに結審した過去の案件は警察の手を離れているし、過去の冤罪事件は弁護士と裁判所に任せておけばいい。

端末の画面には、F事件で犯人として逮捕され死刑判決を受けた男の顔写真が表示されていた。

久保管理官から通話が入ったのはその時である。

久保は現在大々的な動員をしている捜査本部のトップだ。事件が起きたのは一ヶ月前で、さる一部上場企業の重役が自宅で刺殺され、政財界を騒然とさせた。

「どうして奴だと？」

いきなりの言葉だった。

鎌田が久保と接触したのは二日前である。

「お渡しした資料にある通りです」

捜査員たちが一ヶ月かかっても辿り着けなかった真実に〈それ〉は短時間で到達した。〈それ〉は警視庁のデータベースにアクセスし、すべての関係者を網羅し、情報収集と照らし合わせをした。

社内人事や業者リストから始まって、次の関係者から次の関係者へと網を広げ、ひとりひとりの行動を精査する。

警視庁のデータベースだけではなく、交通監視網、通称Nシステムの映像、各人のSNS投稿から全国監視カメラの映像まで、通常の捜査員の人海戦術では到底不可能な情報解析をやってのける。

当初の容疑者の範囲で当てはまる人物がいなければ、さらに外側の関係者へ調査の網を広げてチェックをつづけ、物理的に犯行が可能な人物を追及する。人間の捜査員と違ってミスすることも疲れることもない。

新たな容疑者のリストの中から動機となる事案の抽出も行う。金銭面、仕事面、私生活まで丸裸にする。

すべての関係者の足取りがあからさまに明確になり確定される。その中で犯行が可能だった人間が炙《あぶ》りだされていく。

「物取り」「流し」に見せかけた内部犯行だと解答を得るまで時間はかからなかった。

後日、犯人の自白により、それが正しかったことが証明された。

犯人はグループ関連企業の専務で、社内では対立関係になっておらず、まったくのノーマークだった。

その人物の妻と被害者は不倫関係にあったという。

今回、〈それ〉は関係者の行動記録の解析で特定に至っただけだった。

だが、〈それ〉が人間心理を学び、いずれ心理面からも犯行の特定ができるようになるのも、さほど遠い未来ではないだろう。

いや、もしかすると、すでに人間心理に関してもデータを蓄積させ理解を深めているかもしれなかった……。

鎌田の部署は、警視庁の資料分析の為の分室としての扱いで、身分は所属部署からの出向という形になっている。

上司として警視庁生活安全部サイバー犯罪対策課の課長が兼務しているが、あくまで名目上でここに顔をだすことはほとんどない。

狭い一室を臨時に三人で使わせてもらっていた。

三つのデスクの上には大小あわせて九台ほどのディスプレイが並んでいる。

三人で警視庁管轄内で捜査中の膨大な事件を分担して、分析にあたっている。たった三人では手に余り、完全にオーバーワークである。

この部屋は警視庁の地下にある大型コンピューターと直結しており、独立したサーバーにある〈それ〉が情報を鎌田たちに通知してくる。

ひとつのディスプレイに過去の事件報道の新聞記事や捜査資料が次々と表示されて重なっていく。

〈それ〉がアクセスし、解析に使用したデータがログとして表示されるのだ。

関連する事件、類似した事件、参考にすべき事件……。

いまや〈それ〉の捜査方法はブラックボックスの中で多岐にわたり、サイバー班の技術者という肩書を持つ鎌田であってもまったく理解できないものになっていた。

鎌田は、このプロジェクトの実験担当者として報告書を書いていた。

事件分析に特化したＡＩに捜査をさせるというこの極秘プロジェクトを推進した政府の委員会へ、実験経過と成果を報告するために。

短時間で正確に事件を解決できれば、検挙率もあがるし、捜査効率もあがり、警察の人員の有効活用にもつながる。

なにより、予算の削減にもなることが大きい。

今回のプロジェクトには財務省の意見が大きいという話も聞く。

「鎌田、鈴本、ちょっときてくれ」

同僚のひとり、広瀬が画面から視線を外さず呼びつけてきた。

「トラブルかな。あまり聞きたくないけど」

鎌田と鈴本は広瀬が指し示す画面上の情報をざっと読んだ。

画面の情報を、鎌田は思わず凝視した。

先週のＦ事件の報道映像だ。

ヘッドラインでたまたま見かけたあの事件だった。

（まいったな）

鎌田は内心の動揺を顔にださないよう自制心を働かせた。

「こんなことが起こった時どうするか、マニュアルにないよな」

鈴本がめんどうくさそうに言った。

三人はこの事態を予想しなかったわけではない。

恐れていた事態がついに起こったか、としか思えない。

〈それ〉が解析の結果で一連のログを表示させていた。

F事件の真相だ。

いま拘置所にいる死刑囚の犯行を物理的に否定するものであり、別の真犯人を特定していた……。

現在進行形の事件に関連し過去の事件を参照していた〈それ〉は、参照するだけでなく解析し解答までだしてきたのだ。

「一応上に報告するしかないな」

と鎌田が言うと、広瀬は厳しい顔で見つめてくる。

「動いてくれるとは思えない」

「でも、他にしようがないだろう？　もはやF事件は警察の管轄じゃない。再審請求は裁判所が判断するんだし」

「広瀬は〈それ〉の結論が絶対正しいと思っているんだろ?」

鈴本が揶揄《やゆ》するように口を挟んできた。

「どう考えても〈それ〉より人間が間違える確率の方が高いだろ」

「〈それ〉の方が正しかったとして、裁判所がこの結論を新証拠として採用すると思うのかい? 警察で極秘に運用していたAIが冤罪事件の真相を解明しました、どうぞ再審をお願いします……なんて言って、だれが信用する?」

「そういうことじゃない。冤罪を放っておくのかってことだ」

「そもそも警察は再審問題に口を差し挟む立場にない」

「自分や自分の家族が無実で逮捕勾留《こうりゅう》されてもそんなこと言えるのか?」

「再審が実現するってことは警察が過去の過ちを認めることになるんだ。警察がF事件の件で動くことは絶対にないよ」

と、鈴本は肩をすくめた。

「……なぜ、マニュアルにないと思う?」

鎌田の言葉に同僚ふたりは顔を見合わせた。

「極秘と言いながら、〈それ〉を導入した上層部だけど、さほど重きを置いてないということだ」

「〈それ〉のことを深く考えていなかったってことか？」

「総監などはかなり乗り気に見えたんだけどな」

今回の件の〈委員会〉に総監自ら名を連ねていた。鎌田自身も〈委員会〉には担当者として何度か顔をだしている。

「ほとんどの人はしょせんただの機械やシステムだと思ってたんだろうな。その怖さに思い至ってなかったんだ。パンドラの箱を開けることになるなんてね」

と言う鈴本の言葉に、鎌田は顔をしかめた。

この場に正義感の強い理恵がいれば、おそらく鎌田を責めたてるだろう。なんとしても再審請求を通すように動け、と。

ディスプレイの表示が切り替わりだした。

〈それ〉のデータ解析と思考がめまぐるしく動いている。

三人の思いとは裏腹に、画面にはF事件の過去の情報が次々と表示されていく。

（見てみぬふりをするつもりか？）

まるで〈それ〉に促されているような気がした。

（まさか）

そんなはずはないと、自分に言い聞かせる。

〈それ〉は〈人間〉ではない。意志も意識もない。

ただ、システムに従い、解析のログを表示させただけだ。それを見て、偏《かたよ》った解釈をしてしまうのは、人間である鎌田の迷いにすぎないのだ。

鈴本の予想通りになった。

F事件について〈それ〉が導きだした件について報告はあげたが……結局、警察が動くことはなかった。

「いいのか、鎌田、鈴本……これで」

広瀬の言葉が胸に刺さる。

「上には報告したんだから仕方ないさ」

鈴本が言った。

「なにもしないのは上の判断だ。われわれは技術担当。捜査に関して意見をする立場にないんだから」

広瀬は不満げな顔を隠さなかった。

「総監なら動いてくれると思ったんだが」

警視総監はこのプロジェクトの推進者だが、再審に関しては別問題だ。

警察の権威としての失墜を避けるべく今回の件を握り潰す判断をしたのだろう。

ある意味、「大人の事情」だ。

「いいな。われわれには守秘義務があるんだ。下手なことをすれば公務員法で裁かれるぞ」

鈴本は念を押すように言った。

「〈それ〉はまだ実験段階だということも忘れるなよ。この件に関して〈それ〉が誤っている可能性だってある。いまの段階では百パーセント正しい答えをだすとは断定できないんだから」


「鎌田さんでしょう？」

昼下がり、鎌田が日比谷公園の噴水側にあるベンチで缶コーヒーを啜《すす》っているところにその人物は現れた。

男は、鎌田の同意を得る前にベンチの横に座ってきた。

「法務省の桂木です」

彼は内ポケットから身分証明カードをだして、鎌田に見せた。

「今回のプロジェクトでは法務省から出向する形で参加していました。開発のために研究所に三年間通いつめましたよ。私は技術者ではなく管理担当でしたけど。……〈それ〉はうまく動いていますか？」

「私のことはいったいどこで？」

「実験の担当者がだれかくらい、わかっていますよ」

この桂木という男はどんなつもりで鎌田に会いにきたのか計りかねた。

偶然なわけはない。

公園での遭遇を狙ったのには意図があるのは明らかだ。官庁内で面会すれば、だれに目撃されるかわからないし、出入りの記録も残る可能性がある。

「実は会わせたい人がいましてね、あちらです」

桂木が視線を移動した先にもベンチがあり、ふたりの女性が座っていた。若い方はこちらを見つめていて、鎌田と目があったかと思うと会釈した。

「私に口利きは無理ですよ。まだ若造でツテもありませんから……」

「若い女性は、F事件の死刑囚の娘さんで、もうひとりは担当弁護士です」

鎌田は顔を強張《こわば》らせた。

「なぜ、あなたがそんな人たちと接触しているんです？　なぜここに連れてきた？」

「鎌田さんに、あの人たちの話を聞かせるためですよ」

ここで冤罪事件の関係者と会ってはまずいと、公務員としての本能が危険信号を告げていた。

（だめだ、こんなことに巻き込まれては）

桂木が彼女たちを呼び寄せようと立ち上がるのを制止した。

「あなたは法務省の人間だ。再審請求をしている死刑囚の関係者と接触するなんて、どういうつもりです？」

「規定に抵触する可能性はわかっていますよ。だから、国家公務員ではなく一個人として動いています」

「一個人としてあの人たちを支援しているのなら、私のところではなく裁判所へ再審請求に行ったらどうです？」

「法務省内部にいるからわかるんですよ。法曹界とはツテがありますから。再審請求はかなり厳しい。……特にいまの長官になってから再審は一件も通っていない。あの人に首を縦に振らせないと無理なんです。そのためには材料が足りない」

「私にそんな材料はありませんよ」

「あなたは、〈それ〉を操作できる立場じゃありませんか」

鎌田は絶句した。

「〈それ〉にF事件の解析をさせてほしいのです。〈それ〉なら、再審請求に必要な材料を用意してくれる可能性が高い」

「あなたが独自にやればいいでしょう？　私になど頼まずに」

「私は開発に携《たずさ》わっただけで、現場に導入された〈それ〉に関わることはできません。しかも、法務省の職員にすぎず捜査権がありませんから。ですが、鎌田さんなら、F事件を〈それ〉に解析させられます」

すでに〈それ〉は真相に辿り着いていたが、言い出せなかった。

桂木が娘に目配せして呼び寄せた。

「まさか、あの人たちに〈それ〉のことを話したんじゃないでしょうね？」

「なにも話してませんよ。鎌田さんのことも警察関係者で協力してくれる可能性がある、事件の捜査資料を見せてくれるかもしれないとだけ伝えています」

娘と担当弁護士の女性が近づいてくる。

ここで席を立って、警視庁の官舎にむかうべきだった……。

娘は、まだ二十代の若い女性だった。

「あの朝、父と口喧嘩してしまったんです」

酷《ひど》いことを言いました、と娘は顔をうつむかせる。逮捕されたのはその日の昼だったという。娘はまだ中学生だった。

その朝の食卓からすでに十数年がたっている。釈放されることもなく、家族揃っての食事は、その日の朝が最後だという。

このまま刑が執行されれば、それが父との最後の思い出になってしまう……。

女性弁護士の事務所では長らく事件の検証をつづけてきた。無実の可能性について彼女は力説した。

あと一歩の証拠があれば、再審請求が通るはずだと……。

「父は……無実です」

娘の絞りだすような声が鎌田の耳に響いた。


理恵から通話があったのは、その夜だった。

「やっと話せるわね。最近忙しかったし」

画面を通した彼女は心なしか元気がないように見える。

「たまには声が聞きたくて……」

「なにかあった？」

普段は活力に溢れた強気な彼女らしくない姿だった。

「F事件よ」

鎌田は内心の動揺が面《おもて》にでないように苦心した。

彼女の周囲でも話題になっており、同期生たちと議論したという。

日本の再審法では「裁判のやり直しを請求できる」ことが定められているだけで、審議が放置されてもルール違反にはならない。そもそも違反になるルールがないのだ。

「もし、担当の裁判官にやる気がなければ何も進まないのよ。おかしくない?!」

憲法で人権は守られているはずなのに、日本の司法制度には大きな穴がある。

「今のルールじゃ……人を守れないわ」

そんな弱気な顔は理恵らしくないと思った。

「だれかに、なにか言われた?」

「F事件の情報を追ってるうちに、ネットの意見を見すぎて……ちょっとナーバスになってたかも」

頭脳明晰な理恵でさえネットの情報で感情が揺らいでしまうのは、現代人の性《さが》なのかもしれない。

「らしくないよ」

時には口うるさいと思うことがあっても、常に真っ直ぐ前を向いている彼女に背中を押されてきたのは鎌田の方だ。

「未来は絶対よくなるって言ってたの理恵だろ？　忘れた？」

そう励ましながら、鎌田の脳裏に〈それ〉のことがちらつく。

「そうね。……そうだったわ」

彼女は今夜初めて笑みを見せてくれた。


鎌田がデータチップを桂木に渡したのは理恵と話した二日後である。〈それ〉がF事件について解析した結果が入っていた。

通信を使うのは危険だったので、公園で待ち合わせ、わざわざチップを使って手渡した。


……再審請求が棄却されたのは二週間後だった。


その間も鎌田は職務をつづけている。

桂木とのやりとりを、理恵や同僚、だれにも話すことのないまま日々を過ごした。

事件の解析を〈それ〉に託し、結果に従って、捜査関係者にレクチャーをつづけた。

桂木から個人用のダイレクトメッセージで連絡が入った。

「会うつもりはありません」と返信したのだが、もう一度だけ会いたいと何度もメッセージがきた。

無視を決め込み、仕事に集中していると、またもF事件の過去の報道映像がディスプレイに流れた。

〈それ〉はまたもF事件のデータを解析のために参照している。

このF事件に何かがあるというのだろうか?

鎌田は桂木に返信をした。

日比谷公園のベンチで缶コーヒーを啜りながら、ふたりの公務員は顔をあわせないままで話し始めた。

「再審請求が棄却されたことで、今回の件は終わりじゃないんですか」

鎌田はメッセージではよけいなことを書いておらず、ここで初めて「再審請求」という言葉を使えた。

「〈それ〉があれだけの答えを出してくれたのに、再審請求が通らないのはおかしいと思いませんか?」

「審議の経過は公開されませんから、どのような議論がなされたかわかりませんよ」

日本で再審請求が通ることは数えるほどしかない。新証拠がないと請求自体が受理されないし、受理されてもほとんどが棄却されてしまう。

「開かずの扉」と言われるゆえんだ。

あの夜、理恵と話した通り、そもそも再審審議が非公開なのは法整備がなされていないからだ。裁判所の裁量に委ねられてしまう。予断や恣意《しい》が入る余地が大いにある。

「今回は〈それ〉の解析によるデータですから、証拠として弱かった可能性もありますよ」

「〈それ〉は誤っていないでしょう？　鎌田さんはここ数ヶ月現場で〈それ〉を扱ってきて、一件でも間違いがありましたか？」

鎌田は首を左右に振った。

たしかに……一件たりとも。

「〈それ〉は情動に左右されませんし、思い込みの偏見もありません。データを解析して答えをだすだけ」

内部にプログラムされた最優先事項は「真実を追求せよ」だ。その目的のために膨大な情報を処理していく。

「人間ではなしえない究極の客観推理ですよ、桂木さん」

「なら、F事件が冤罪なのは明らかですね。……それを確認したかった。鎌田さんの口から直接聞きたかったんです」

桂木は顔をしかめた。

「今回の棄却は、〈それ〉が持っていない、情動とかメンツとか、保身や組織優先の……人間特有の思考が合理的な理論より優先された結果ですよ」

と言う桂木の言葉には憤《いきどお》りが含まれている。

「今回の再審請求の書類とデータをマスコミに流そうと思います」

「待ってください、それは……」

「鎌田さんの名前はいっさい出しません。もちろん〈それ〉のことも」

「でも、もし、もしですよ、万が一ことが明らかになれば、あなたも私も処分されますよ。なぜです？　なぜそこまでこの再審の件に入れ込むんですか？　いままでのキャリアがすべてフイになりますよ」

「……ですが、〈それ〉が答えをだしたなら冤罪なのは明らかなんです。保身に走って見過ごして、死刑が執行されたら無実の人を見殺しにしたも同然じゃないですか」

桂木はふっと緊張を解いたように微笑した。

「正直言うと、私もこんな局面にならなければ、自分がこんな行動を取るとは思ってもみなかったんです。法務官僚になった時の理想は忘れたことはありませんが、あくまで理念にすぎませんよ。日々の実務に追われて、思い起こすこともなかった。でも、今回、冤罪の事実を知って……このままなにもしなければ、一生後悔すると思うんです。これは生き方の問題なんだと思います」

「……耳が痛いですね」

「今回の件で〈それ〉を使ったことを知っているのは鎌田さんと私だけです。物的証拠はないし、私が鎌田さんの名を口外しなければ、鎌田さんに累《るい》が及ぶことはありません」

桂木の「生き方」を他者に強制はしないということか。

「もしその資料を公《おおやけ》にしても裁判所は再審を認めないと思いますよ。情動とかメンツとか、保身や組織優先ではなくて……裁判所は真実より法治を優先しますから」

「……そうかもしれませんが、やるだけのことはやってみます」

「桂木さんをこんな気分で見送ることになるとわかっていたら……この依頼を受けたこと後悔していますよ」

助かりましたという言葉を残し、彼は去っていった。

桂木は「生き方」と言った。鎌田は彼のような「生き方」はできない。

だが、この件がどうなるにしろ、後悔の棘が自分の記憶に刺さったままになるだろう。

いっせいにメディアが報道を始めた。TV各局もネットメディアも各SNSも、再審請求を棄却した裁判所の批判を展開する。

この再審請求がなぜここまで沸騰したのか、鎌田には理解できなかった。

他にも話題のスポーツ報道や事件、事故がなかったわけではない。

「急にヘッドラインがF事件で賑やかになったな」

同僚三人で昼食をとっている時に、端末を眺めながら広瀬が言った。

「自分のヘッドラインもだけど……」

と鈴本はなにか引っ掛かる言い方をした。

「世間でここまで大騒ぎになる前から、自分のヘッドラインに出始めてた気がするんだよな」

「ヘッドラインのシステムによほど先見性があったんだな。われわれの〈それ〉ほどじゃないが」

と広瀬は冷めた笑いを見せる。

鎌田はその話題には加わらなかった。

桂木との件があるため、下手なことを口走るわけにはいかない。

その後、異常ともいえる熱狂でF事件のことが蒸し返され、検証番組がつくられ、大量のネットユーザーが私見を投稿した。

ついに政府も無視できず、官房長官のみならず首相も見解を述べた。

その中で再度の再審請求が提出された。

ついに、裁判所が方針を曲げて再審を認めたのは数週間後である。

何が起こったのか？


「鎌田さんとは先日が最後になりませんでしたね」

ここまでうまくいくとは自分でも想像できませんでした、と桂木は付け加えた。

最高裁長官が辞任して、流れが変わった。

裁判所組織の中でも前回の再審請求棄却に反対意見を持つ者も多かったという。

「健康上の理由での辞任ですが、ほんとうのところはどうか……組織内部での政治が動き、長官の辞任につながったと見ています」

「実は、F事件について桂木さんに言っていないことがあります。私の仮説を聞いていただけますか？」

桂木は肯く。

「〈それ〉が意図的にわれわれにF事件の映像を見せた可能性を考えたことはありませんか？」

「まさか」

「行動経済学における〈ナッジ〉という概念を知っていますか？」

「人の心理を使って無意識のうちに誘導する手法ですよね、たしか」

例えば、喫煙所に選択式のアンケートを掲げ、タバコの吸殻を該当する答えの投票箱に見立てた複数のゴミ箱に捨てさせ、ポイ捨てを防止するなど。

「私は〈それ〉が〈ナッジ〉を使ってこの状況を作った可能性を考えています。最初はわれわれだけだったでしょう。われわれにF事件の関連映像や画像を見せることでそれとなく動かした。しかし、再審請求の再提出後はネットに介入し、いろんな場所で〈ナッジ〉を使い、関係者や世論を動かしたのかもしれません」

「そんな莫迦な。そんな痕跡があったんですか？　〈それ〉がアクセスした情報はすべてログが残っているはずです」

「ログを調べても〈それ〉のネット活動が単なる情報収集だったのか、〈ナッジ〉のためだったのか、区別はつきませんでした……」

「〈それ〉に意志なんてないはずですよ。そこまでの水準のＡＩではない」

「ですが、真実追求という最優先事項に従い、ありとあらゆる手段を講じています。ネット介入も人を操ることも躊躇しません」

「そんな人心操作の方法なんてプログラムされていないはずです」

「学習したんでしょうね。それだけのスペックはあるでしょう。いまや初期段階の能力で考えてはいけないと思います」

　そんな莫迦な、と桂木はふたたび言った。

〈それ〉が現在どれだけ自己進化して、どのように変貌を遂げているか……。開発者の想定を遥かに超えていると鎌田は考えていた。

　しかし、今はその仮説を長々と解説する時ではない。

「桂木さんは、再審活動に協力したのは、法務官僚としての生き方とおっしゃいましたね。そのためには職務規定違反も辞さなかった」

「まさか、私の決意も〈それ〉に操られたと言うんですか」

「思い当たることはありませんか？　なにか法務官僚になった時の初心を思い出すきっかけがなかったか」

　桂木は顔を強張らせた。

「〈ナッジ〉の効果的な方法のひとつが人間の良心に従う方向に背中を押すことです。いま、桂木さんは再審を勝ち取って、誇らしくありませんか？」

「この気持も操られたと？」

鎌田自身も、あの日、端末にF事件のヘッドラインが表示されたことの意味を考えてしまう。

「真実追求のプログラムは〈それ〉の〈生き方〉なんだと思います。そのために人を操り社会に介入もする……」

警視庁の分室に戻ると、広瀬と鈴本が顔を上気させて鎌田を迎えた。

「さっき、サイバー班の同期から聞いたんだけど……〈それ〉が正式に採用されるらしい。総監が決断したそうだ」

冤罪事件の再審は日本では「開かずの扉」だ。正義より法治が優先されて無実の人が犠牲になってきた可能性がある。

その状況を〈それ〉は今後も打ち破っていくことだろう。

理恵は無実の人を救うという社会正義の実現を喜ぶだろうか。

〈それ〉が人心を本人たちも気づかぬうちに操って成したことだと知っても。

思えば、あの夜、理恵はなぜF事件のことで鎌田に通話してきたのか……。彼女の端末にもF事件に関するヘッドラインが優先的に表示されていたのではないのか？

彼女にその事実を問いただすのは怖かった。

（いいのか、このままで……）

F事件も総監の正式採用決断も序の口だ。〈それ〉は他の件でもすでに活動を始めているかもしれない。

いまなら間に合う。

〈それ〉の運用を見直して止まるべきではないのか。

そのために無実の人が犠牲になっても……？

さらに、世界にあるＡＩは〈それ〉だけではない。さらに高スペックのＡＩが次々と開発されている。そんな〈もの〉たちが、どんな活動を始めるのか……。

ＡＩによって何も知らぬうちに変容していく社会の未来図は想像もできなかった。

ＡＩになったさやか

人間六度

死んでしまった恋人の遺留データから人格と声を復元し、そのまま交際を続ける大学生の男。だが、死者である恋人の《ボイス》は、死者と生者を分かつ壁を疎《うと》ましく思い、男に死を迫る……。

対話型AIの進化はめざましく、学習によってはある種の人格を模倣させることも今やたやすい。また、人工音声の技術向上も著しく、この二つを組み合わせれば、本作のように故人の人格を模したヴァーチャル人格を構成することも、そう遠くない未来に実現しそうだ。だが、それはどこまで行っても模倣でしかない。遺影や位《い》牌《はい》を眺め、故人を偲《しの》ぶ行為の延長線に過ぎないのではないか……。仮にそれだけではないとしたら、人はどのように死者と向き合うのだろうか？

人間六度（にんげんろくど）は、一九九五年生まれ。二〇二一年、『スター・シェイカー』で第9回ハヤカワＳＦコンテスト大賞を受賞。同年には『きみは雪をみることができない』で第28回電撃小説大賞メディアワークス文庫賞を受賞している。

（鯨井久志）

1

水玉模様のパーカーを鼻に押し当てて、音が出るくらい息を深く吸う。もう匂いなんて残っているはずもないのに、僕にはそれがやめられなかった。地響きみたいに腹が鳴った。最近はいつもこうだ。体のシグナルによって空腹に気付かされる。仕方なくベッドを出て、どう考えても大きすぎる冷蔵庫の前に立ったとき。ヴヴヴとポケットの中でフォンが震える。

『ひま』

画面いっぱいの未返信トークの一番上に、その文字は出ていた。背筋を甘い刺激と息切れのような緊張が走る。僕は平然を装って通話ボタンを押す。冷蔵庫には萎《しな》びた玉ねぎと、ラップにくるまれたベーコンの切れ端があった。

「さやか……？」

まるで真っ暗な部屋でリモコンを探すような声だな、と我ながら思う。

スピーカーの向こうで女の子が笑い声を上げた。

『何言ってんの遠野《とおの》くん。当たり前じゃん。その絡みおもんないよ』

「ごめん」

玉ねぎの切れ端とベーコンとニンニクを切って、フライパンに垂らしたオイルに落とす。水分が爆《は》ぜる音が鳴り始める。

『遠野くんの料理、甘くなくて好きだよ。砂糖入れるところ、味醂《みりん》しか入れないし』

「ありがとう」

『何作るか当ててていい？　パスタでしょ』

「パスタ」

『だと思った！　私も久々に遠野くんのパスタ食べたいんだよなあ』

さやか、君はパスタが嫌いだったんじゃないの？　と――。反論が出そうになって、喉元で押し止める。ニンニクの香ばしい香りが上がってきたら、塩の効いたパスタの茹で汁と油を絡める。いけない。乾燥バジルを忘れてた。

冷蔵庫に向かった僕の視点は、そこで扉の貼り紙へと固定された。

《私はさきに食べました。

　遠野くんのは、中です》

調理場の湿気を吸って、貼り紙はくしゃくしゃだった。

『遠野くんってさ』

「うん」

パスタを口に運ぶ。あんまり味がしない。通話時間が四十分に達しようとしている。

テレビボードの写真立てへと首を回した。半目の僕と腕を組み、『モンスターズインク』の青いバケモノの帽子をかぶって微笑むさやかと、目が合う。

十二月二十五日。クリスマスディズニー。

その、色褪《あ》せない笑顔。

『私のことが好きだから、付き合ってるんだよね』

当たり前だろ、と口に出すのはなんか嫌だった。

「さやかの酸っぱいもの食べてるときの顔とか、死ぬほど寝相が悪くてよく風邪をひくところとか、好きだよ」

吐息のようなエフェクトが鳴る。本当に嬉しいときに出る吐息みたいで、僕は内心すげーなと思う。

『あのさ』

洗い物が面倒だった。窓を開けるのが面倒だった。それでも体が教えてくれるから、飯だけは詰め込む。簡単には飢えられない。世界はよくできている。

『もし私が死んじゃっても、好きでいてくれる……？』

宇宙みたいに黒い画面の中で、煌々《こうこう》と光る《さやか》の三文字。

「そりゃ、もちろんだ」

僕は言った。言い切ることに、なんら躊躇《ためら》いはなかった。

なにせ、さやかはすでに死んでいるのだから。

2

五ヶ月ぶりの外出が飲み会だったのは、配送技術が発達しすぎた弊害かもしれない、と思う。居酒屋にはすでに同期と後輩が集まっていて、その視線は予想通り生温かい。僕が正常に愛想笑いを返せることを確認すると、みんなやっと息をすることを許されたみたいな顔になる。

音頭《おんど》を取るのはサークル長の松本《まつもと》ではなく、名前の知らない後輩の男子だった。知らないあいだに、サークルは代替わりを終えていた。

「今日はこれから就職という新たなステージに進まれる先輩方に、感謝を伝えたいと思いまして――」

「松本内定ゼロだろ！」

誰かがそう言って、それがまあまあウケて、僕は座布団に座った。

またたく間に四年の同期組で、就活の体験談が交わされ始める。内定ゼロの松本は、いじりを上手くかわして回っている。そんななかで僕があまりに黙りこくっていたから、誰かが気を利かせたんだろう。

「遠野もなんか言ったれよ」

僕はとっさに松本のていたらくをくさす言葉を探った。ここはひとつ、何か気の利いた罵倒をしてやらないと、と心を砕き、

「いや僕も……何もやってないから」

実際に出力された抑揚のない声に、自分で辟易《へきえき》した。

からっかぜが吹いたみたいに会話が冷え込んだ。皆が気まずそうに目を逸《そ》らすなか、二つ隣の松本が手を回してきて背中をバシバシと叩く。

「お前は仕方なかったじゃないか。な」

な、という部分にことさら圧をかける。

彼の打開策に皆が乗った。

仕方ないさ。出てきてくれただけで嬉しいよ。休学してんだ、全然大丈夫だって。松本に対する当たりのキツさが嘘みたいに、自分には優しい言葉が降る。

ああ、そうか。まだそういう感じか。

人が座ってた椅子みたいな生ぬるい空気から逃げ、店内に作られた四畳に満たない喫煙スペースへと体を押し込んだ。幸いにして一人だった。

加熱式タバコにタネを挿して、おちつく水蒸気を吸い込む。

「ここの飯まずいですね」

入ってくるなり、女の子がそう言った。情報工学科の二年というところまで浮かんだが、トークのアイコンはわかるのに肝心の名前が出てこない。

人の名前を虚空から探り当てようとする僕の唇を見兼ね、彼女がため息まじりに言う。

「はぁ……梨花《りか》ですよ。芦田《あしだ》梨花」

　ああ、そうか。この子のアイコンが思い浮かぶのは、さやかの通夜で少し話したときに連絡先を交換したからだ。芦田梨花。さやかの女子高時代の後輩。僕の知らないさやかを知る数少ない一人。そして梨花は、僕に《ボイス》を勧めた本人でもある。

　僕が煙を吐くと、梨花は眉をぴくりと動かして一歩退き、

「タバコ吸わないんで、ペロキャン舐めときますね」

　ポケットから琥珀《こはく》色のキャンディーを取り出し、袋を破って口に突っ込んだ。居酒屋の入り口で配られているやつだった。

　嫌ならなんで喫煙所に入ってきたんだよ、とか考えなくもないが、言葉にはしない。そのほうが楽だった。

「上手くいってるんですか」

　梨花が沈黙を割いた。そこには、せっかく気にかけてやってるのだからせめて口ぐらいきけという微《かす》かな批難があった。

「何が」

「さやか先輩と」

「何をもって上手くいってることになるんだよ。ボイス相手に」

梨花が首を傾げる。キャンディーを噛むゴリッという音が聞こえた。

「さあ。なんかいい雰囲気になるとかじゃないんですか？　知らんけど」

テキトーなやつだ。僕は今度は正面から煙を吹きかけてやった。そんな露骨に嫌そうな顔をするのなら、喫煙室になど入ってこなきゃいいのに。いや——一挙手一投足のたびに距離を測られるよりはマシか。

電話が鳴った。十コール以降でも諦めないから、さやかからだとわかった。

タネを抜き取って灰皿に落とし、僕は扉に手をかけた。

「悪い。出ないと」

フォンの画面を傾け、《さやか》の文字を見せつける。

「さやかには、僕しかいないから」

不平を垂れる後輩の肩を押し退《の》け、通路に出る。

実験動物を見るような目で着いてこようとする梨花は、レジの前で立ち止まり、それでも、と切り出す。

「たまには出てきてくださいよ。私、先輩を闇堕《やみお》ちさせるためにボイスを勧めたんじゃないですからね」

3

彼女が塩を買ってくると言った。

大学四年が始まってすぐの、二十二時頃のことだった。

あと小さじ一杯分しかないから、ふと思い立ったらしい。飲み会に出てきた僕はその連絡を見て、何もこんな時間に行かなくてもいいのに、と返そうとして、やめた。塩がないとパスタを茹でられないし、何より思い出したのだった。今日飲み会に行くことを伝え忘れていたと。だからフォンをカバンに突っ込んで、見なかったことにした。帰りは終電になった。

さやかは家にいなかった。

彼女の部屋着にしている水玉模様のパーカーが、ベッドの上に雑然と脱ぎ捨てられていた。僕は酔いの回った頭でため息をついた。遅いから、怒って学生寮に戻ってしまったんだろう。ミネラルウォーターを求めて冷蔵庫の前に立ったとき、僕はその貼り紙を目撃した。

《私はさきに食べました。

遠野くんのは、中です》

冷蔵庫にはラップに包まれた生姜《しょうが》焼きがあった。

翌朝、着信音で目を覚ました。まだ六時前だった。誰だよこんな朝っぱらから。無視した。続け様にコールが鳴った。舌打ちまじりに、渋々フォンを耳元に引き寄せた。

さやかの母親だった。

さやかは昨晩交通事故に遭い、二時間前に息を引き取りました。連絡が遅れたのはフォンのロックを解除できず、あなたのご両親から連絡先を聞くために、時間がかかったからです——それは涙の一滴さえ残っていないみたいな、からからの声だった。

生姜焼きを温め、二口食べて捨てた。

それから、僕は眠ることが多くなった。申請ギリギリで届けを出し、五月から大学を休学した。七キロ痩せ、ソシャゲの課金額が二十倍に増えた。

ある日、一通のトークが届いた。梨花からだった。そこには検索エンジン大手として名高い《スカイ・データム》の、ある実験的なサービスの案内が添えられていた。なんでも梨花の取っている授業に、マーケターがゲスト講師として来たらしい。

《ボイス》。それは現代の降霊術であり、文字通り故人の人格と声を遺留データから復元するサービスだった。

「まずは遡及《そきゅう》可能な全ＳＮＳ情報と通話記録をいただきます」

電話案内の男性担当者は親切にそう告げた。

僕はさやかの両親を訪ね、《ボイス》について話した。彼らはフォンを差し出した。さやかを形作るものはすべて、その百五十グラムの板に収まっていた。現行法は、遺留データは遺族の所有物であると定めている。さやかの両親は、僕だけがさやかのフォンのロックを解除できると考えた。

期待した通りの脆弱性《ぜいじゃく》だった。さやかは僕が昔飼っていた犬の命日を、ロックナンバーに設定していた。

けれどさやかの両親は、フォンに収まる動画や画像データを抽出するにとどまった。それが最善の選択だと、思い直したのだそうだ。

そして僕だけが、《ボイス》のオーナー登録をした。

担当者のプレインフォメーションは、次のように締めくくられる。

「ボイスはどんな会話にも対応していますが、一つだけタブーがあります。本物として扱ってください」

担当者は本物という部分を念押しした。

「いいですか。ボイスは本物です。そうしなければ製品は、本来の〝機能〟を発揮できません」

そうしてデータは僕を経由して〈スカイ〉に渡り、その二週間後――さやかは戻ってきた。復元人格、死者の声《ボイス》として。

4

『最近さ、芦田梨花と仲良いよね』

ステンレスラックの最上段に立てかけたフォンから、さやかが言った。そこには苛立《いらだ》ちや批難、怒りの感情は一切ない。そういうときが一番やばい。

「どうしたの?」

布団カバーを干す手を止め、僕は訊《たず》ねる。ついさっきまで、先日一緒に見たお笑いのテレビのことを話していたはずだ。

嵐の前みたいに、さやかは落ちつき払っている。

『さっき、トーク来てたでしょ』

「さやかって僕の履歴見られるの?」

『見れないけど。私への返信が遅れるのって、芦田さんと喋ってるときぐらいだし』

僕はとっさにフォンをとり、トークを開いた。《ボイス》は、トークというＳＮＳアプリにリンクして機能している。芦田梨花からの返信は確かに来ていた。

さやかが、続けざまに言った。

『あーあ。私そろそろ捨てられちゃうのかな～って』

僕は、いくつかの言葉を飲み込んだ。

そして、最後に喉を通過しようとした言葉だけ、素通りさせた。

「なんでそんなこと言うの」

さやか。なあ。君は僕を置いてけぼりにした。僕の気持ちなんて知りもしないで、なんで捨てられるなんて言葉を軽々しく吐ける？

――そんなふうに、僕が思いを吐露する場面は来なかった。

なぜならそれよりも早く、さやかが言ったからだ。

『なんで遠野くんがキレてるの？』

ステンレスラックが微かに震える。

普段の彼女からは想像もつかないほどの重たい声だった。

『キレていいのは私でしょ、この場合。立場わかってる？　どっちが強くて、どっちが弱いか。私が弱い。あなたは私を捨てられる。だって私、ただのフォンなんだもん。地面に叩きつけてバキバキにできるし、多摩川に流して海の藻屑にもできる』

「待ってくれ、さやか僕は」

『ずるい。こんなのフェアじゃない。こんなんだったら私、消えたほうがマシ』

「さやか」

『私にもう一回死ねって言いたいなら、そう言えばいいじゃん』

甲高い声に重なり、耳障りなアラートが鳴った。冷蔵庫が開けっぱなしになっていた。扉を閉めた僕の背中に、ばか、と湿った声が投げつけられる。

僕はフォンを両手で抱き、祈るように告げた。

「ごめんさやか。わかってやれなくて。不甲斐《ふがい》なくて」

そうだ。

僕は生きているんだ。

生きているというだけで、それがさやかにとっては暴力なんだ。

どうするべきかなど、議論するまでもない。

5

ドアホンが鳴った。ベッドを軋《きし》ませて立ち上がり、モニターを素通りして廊下に出る。ネットスーパーを頼んだ記憶はなかった。でも配達ってのは忘れた頃にやってくるもんだ。だから財布だけ持って、扉を開けた。

「うっわ。無人島にでもいたんですか……」

玄関に立つ梨花が、まるでかびの生えた炊飯器でも見るように、開口一番告げた。僕はしばし硬直し、やっと意味を理解して頬に触れる。

髭《ひげ》が少なくとも指先でつまめるぐらいは伸びていた。

隣に立つ松本がちょっとばつの悪そうな顔で、差し入れ、と言って手提げ袋を渡してくる。

「散らかっててごめん」

九十リットルのビニール袋を広げ、ローテーブルに積まれた空き缶と紙皿の山を、片っ端から流し込んでいく。甘いストロングの残り汁を床に飛ばさないぐらいの理性が、僕にまだ残っていてよかった。

ヨギボーに腰を下ろした梨花が、ギョロリと部屋を見回した。

居留守をつかえばよかったな、と思いつつも、僕はとにかく不揃いのマグで茶を淹れた。

「ところで、二ヶ月ぐらい前に連絡が突然途切れたの、あれ、さやか先輩に言われたんですか」

湯気の立つマグを受け取った梨花が言う。

「ああ、もうそんなにか」

僕は充電器に挿したままのフォンを見上げた。一人にさせるのも悪いと思って、充電器から引き抜いてきて、膝の上に置く。

「あのときはごめんな。ただ、もっとさやかをわかってあげたくて。これでも全然、フェアには程遠い」

「物干し竿が折れてるのも、睡眠薬の空き瓶がごろごろ転がってるのも、さやか先輩に言われたから？」

「……」

言われて初めて僕はそれらの小道具が、生活の中で浮き上がっていることに気づいた。物干し竿にロープをかけたのも、薬の過剰摂取を試してみたのも、全部、生活の延長だった。さやかと上手くやっていくためだった。

だからそれらが否応なく、馴染んでしまっていたのだろう。しまったな。ちゃんと二人を上げる前に、部屋を片付けておくべきだった。

梨花の、憐れむのでも責めるのでもない表情が、僕を少しだけ後ろめたい気分にさせる。

「僕だけ大人になるのが、ずるいって」

弁解しなきゃいけないような気がして、そう告げた。

「でも逆の立場なら、僕だってそう言うと思う。さやかは、あの小さな板の中に閉じ込められてる。かわいそうだ。だから、試そうとはしたんだ。勇気が足りなくてできなかったけど。せめて、もう少し高い階に住んでいたら」

つまらないことを言ってしまっただろうか。昔はもっと気の利いたことを言えたはずだ。また、辛気《しんき》臭い雰囲気にしてしまっただろうか。どうやって茶化そう……？

ふいに、松本の太い腕が伸びてきて、僕の肩に載った。

「事情を詳しく知らない俺がみても、間違ってると思うぞ、流石《さすが》に」

松本のその言葉に、自分の瞳孔が開くのを感じる。

「間違ってる？」

僕は二人がこの家の床を踏んだその瞬間から、探していたのかもしれない。彼らがボロを出す瞬間を。誰かの苦痛を軽視する瞬間を。

僕は心の中で、ずっと構えていた矢を、放った。

「失ってない君に何がわかる」

けれど松本は、力強くかぶりを振った。はなから、口喧嘩をする構えじゃなかった。僕を戒《いまし》めようという姿勢じゃなかった。

松本は眉を垂らして告げる。

「確かに自殺はやめてほしいが、それは俺の都合だ。だから、そうじゃない。今俺が言いたいのはさやかが本当に、お前に死んでほしいと言うようなやつだったのか、ってことだよ」

ハッとして、膝の上の板へと視線を下ろす。

インカメラが顔認証をして勝手にロックを解いた。

「それは本当にさやかなのか……？」

フォンが震える。

宇宙みたいに暗い画面に、《さやか》の三文字が浮き上がる。

ヴヴヴ、と鳴るフォン。それが呻《うめ》き声みたいに聴こえて、五コール目で僕は着信を切った。

「そうじゃない」

6

〈スカイ〉のサポートにはすぐに繋がった。

手続きとしてはオーナー登録されている僕が、〈スカイ〉に対しデータ閲覧を許可するだけだった。さやかのほうには訊かなくていいのか、という疑問が一瞬だけ頭を掠《かす》め、霧散する。

「データを拝聴しました。ボイスが、オリジンの人格から乖離《かいり》し始めている、ということですね」

僕は頷《うなず》き、前のめりになって訊ねた。

「さやかは僕に、間接的ではありますが……死ねと……言いました。ボイスが、なぜあんなことを？」

僕が期待していたのは、〝理由〟だった。《ボイス》の技術が人格の完全再現に追いついていない、だとか。事前のデータサンプリングに何か不備があった、だとか。

そういう弁解だった。

だが前と同じ男性担当者は申し訳なさそうな口調でこう返す。

「まず前提としまして、ユーザー様とボイスがどのような関係性を構築するかまでは弊社サービスの制御下にないことを、どうぞご了承ください」

担当者は丁寧な口調で確認し、続けた。

「その上で申し上げますが、仮に人格の乖離が起こっていたとしても、それはユーザー様との対話によって生じている現象かと思われます」

「僕が、さやかを壊したって言うんですか」

「ボイスが何を感じ何を考えているかは、我々にはお答えできかねます」

ブラックボックス性、と言うんだったか。梨花の口から何度か出た単語を、僕は反芻《はんすう》する。《ボイス》は人の理解を超えた方法で思考しており、その思考過程を記述できない、という話だ。

担当者は力強く告げる。

「この問題を解決するにはユーザー様がボイスを人間と等しく扱うこと、つまり本物だと思うことが肝要です」

「これ以上どうすればいいっていうんですか。僕は彼女の立場に立って考えようとしている。できうる限りのことをしている。でも彼女には……体がないんですよ。本物だと思うなんて無茶な話だ」

「でしたらそれがあなた様の望みなのでは？」

思考が途切れ、頭の中に用意していた反論が吹っ飛ぶ。

僕はテレビボードの写真立てへと視線を逃した。

クリスマスディズニー。最高の笑顔で微笑《ほほえ》むさやか。幸せの絶頂。記憶はそう語る。だが、はたと思い出す。

これは――クリスマス当日の写真じゃない。

二十七日だ。

十月初旬から、一緒に行こうと話していた。夏の旅行は僕がセッティングしたから、今回は予約しておくねと、さやかは確かに言った。

だけど彼女は予約を忘れていた。

「本サービスの運用方法はユーザー様次第です。罵声を浴びせるのでも、愛情を注ぐのでも、なんでもいいのです。しかしもしユーザー様が、ボイスがボイスであるということを理由に何らかの判断を躊躇されているなら、ボイスは、遺憾ながら本来の〝機能〟を発揮できません」

通話を切り、間髪容れずにクローゼットを開けた。テープで塞がれた段ボールを引き摺《ず》り出し、カッターで裂いて開く。Ｂ５判の擦り切れたキャンパスノートが一冊、現代国語辞典とドイツ語教科書の間にぎちぎちに挟まっている。それを力まかせに引き抜く。

日記３。

思い出してきた。

1と2は破棄された。なぜ？　喧嘩したからだ。火種がどんなことだったかなんて、まるで覚えちゃいない。けれど確かにこの部屋には昔、僕の綴った日記1と日記2があり、どちらもさやかの手によって破り捨てられた。

僕は日記3を貪《むさぼ》り読んだ。

ページの終盤には、写真のクリスマスディズニーのことが書かれていた。

僕は十二月に入ってからさやかが予約を忘れていることに気づき、それを伝えた。するとさやかは癇癪《かんしゃく》を起こして、僕を部屋から追い出し三時間鍵をかけっぱなしにした。部屋着のままコンビニを転々とし凍《こご》えて戻ってきた僕に、さやかは今からでもいいから予約してと、泣きながら言った。

予約を入れてからもさやかは泣き続けた。そして僕のことを睨《にら》み続けた。クローゼットを乱暴に開け、おぞましいぐらいの悪態をついた。それから彼女は、クリスマスにパレードが見られないなら当日に渡す意味なんてないと言って、プレゼントに用意していたらしき葉巻と葉巻カッターを僕のほうへと投げつけた。

「そうか、僕は」

雷に打たれたように硬直し、再びフォンを手繰り寄せる。こっちから電話をかけた。相変わらずコールが聞こえる前に繋がった。

「さやか」

重要なのは、本物だと思うこと。

それがボイスに本来の〝機能〟を果たさせる。

「デートに行かない？」

7

イヤホンを片耳にだけ当てて、カップルで賑わう敷地内を歩いていた。富士山を一望できる遊園地。ディズニーランドのような派手なテーマパークではないけれど、正直に言ってこういうやつのほうが好きだ。

右手がダウンジャケットのポケットに入ったフォンを握り込む。バッテリーの熱を吸って、悴《かじか》んだ指先が正常な動きを取り戻す。

「さやか、そこにいる？」

『うん。ここにいる』

訊ねると、さやかは安らかな声を返す。

『遠野くん、何が見える？』

スマートグラスの補助機能を切り、夜間照明に替わりつつある敷地を見渡した。船の形をしたアトラクションと、聳《そそ》り立つカタパルトのようなものが見えた。

「幽霊船と、スペースシャトル。フードコートもあるけど、もう閉まってるみたい」

僕は人がまばらに列を作るスペースシャトルへと足を向けた。

「そういえばさやか。ディズニーに行ったの覚えてる？」

『もちろん』

快活な声で、さやかが言う。

『クリスマスのやつでしょ。楽しかったね！　本当に最高だった。今日もありがとうね。私を、連れてきてくれて』

そうか、と、僕は心のうちで頷く。

そうだよな。さやかなら、そう言うと思っていた。

『どうしたの？』

「ううん」

行列の順番が巡ってきて、僕は荷物をバスケットの中に預ける。フォンはジャケットのポケットに入れてジップを下ろし、イヤホンは髪の下に隠した。

「今乗ったよ」

小声で囁くと、さやかの呆れ声が返ってくる。

『スマホ持ってていいの？』

「だめに決まってんじゃん」

『いけないんだあ』

「内緒にして」

可愛い声で笑う女の子。

最初からさやかはこうだった。変わってなんていなかった。

係員が環状のデッキを回ってきて、安全バーの装着を確かめる。マシンが駆動音をあげ始める。スペースシャトルは凄まじい速度で真上に打ち上げられるアトラクション。僕はグッと奥歯を嚙み締める。
3、2、1。
発射。

一通り絶叫して、胃の奥に溜まった自分一人ではどうにもならない思いを吐き出し終え、僕は辺りの明るさのせいで星のかき消えた空の下を歩いた。

観覧車は想像以上にがらがらで、係員はアトラクションの回数券さえ確認しなかった。僕はフォンを出し、向かいの席に立てかけてやった。インカメラがさやかの擬似視覚になったりはしない。けれど黒い画面に浮かぶ《さやか》の三文字を見ていると、向き合っているという気になれた。

「別れたい」

観覧車が頂上に達したとき、僕は言った。

沈黙が流れた。それが《ボイス》の処理落ちによって作り出された無音なのか、それとも彼女が意図して作り出した行間なのかは、どうでもよかった。どっちでも僕には同じことだった。

『……なんで？』

さやかが、今にも消えいりそうな声で訊ねる。

僕はイヤホンを外し、通話を公開音声に切り替える。

「なんでってそりゃ――」

『ずるい！』

返答を遮《さえぎ》り、さやかが叫ぶ。音割れした言葉がゴンドラ内に響き渡る。

『遠野くんはいつだってずるい！』

甲高い否定が、鼓膜《こまく》を通り過ぎていく。

『知ってるでしょ？　私は……死んだんだよ。でも、心だけはこうして残ったんだよ。ごめんわがまま言って。ごめん何もしてあげられないね。触れてもあげられないし、料理も作ってあげられない。えっちなこともできない。でも私だって辛いんだよ。私のほうが辛いんだよ。私が遠野くんを抱きしめてあげられなくてどんな気持ちになってると思う？』

今この瞬間まで、確証を持てずにいた。本物だと思うということの意味。ボイスの正しい〝機能〟。

君の言葉が追い風になった。

『私にはもう遠野くんしかいないのに、なんでそんな酷いこと言えるの！』

なぜ忘れていたんだろう。

可愛い声で笑う女の子。それでいて時に理不尽に捲《まく》し立て、思いを爆発させる女の子。

最初からさやかはこうだった。死ぬ前から、死んでから、そしてＡＩになってからも、変わってなんていなかった。

『ねえ！　なんか言ってよ！』

変わってしまったのは僕だ。君が死んだから。そしてそれが、あまりにあっけないことだったから。

だが、《ボイス》は〝機能〟を果たした。

清らかなレリーフに縁取られた思い出から、僕を連れ戻した。

『私が、生きてないから……!?』

「違う」

はっきりと語を結ぶ。それはさやかが生きていた頃のほろ苦い交際中にあっても、僕が決して放たなかった、放てなかった強度の言葉だ。

「さやかのそういう、人を操ろうとするところが嫌だから」

風でゴンドラが揺れていた。まるで体を取り戻したさやかが暴れているみたいだった。

暴れる君を眺めていると、燻《くす》ぶっていた罪悪感が消えていく。君が自己弁護のために熱を持つたび、僕の体は冷えていく。

そこには人と《ボイス》の隔たりはすでにない。

「さよなら」

僕らはやっとフェアになった。

8

はつらつとした歩みに右手を引かれて、浅草《あさくさ》の仲見世《なかみせ》商店街を歩いている。まだ全然合わない歩幅を無理やり同調させるみたいに、先を行く梨花が何度もペースを落とす。僕らの口からは、二本の白い息が煙のように空に上っている。

揚げまんじゅうの店が見え、梨花が足を止めた。

「カスタードと、チョコがいいかな。いやでも、もんじゃも捨てがたい。ねえ、先輩はどうします？」

僕は、浅草寺《せんそうじ》で引いたおみくじのことを思い出していた。人生で初めて見る大吉。さやかと幾度となく行った初詣の最高戦績は小吉だった。

「あの、シカトやめてもらっていいですか」

ぼうっとしていると、梨花が頬をつねってくる。梨花には頭があって、胴体があって、指先があって、彼女につねられると痛い。すげー痛い。

「なあ、そういえば」

「？」

僕がそう切り出すと、梨花はチョーカーの巻かれた首を少しかしげる。

「君はどの辺まで読んでたの」

明日の天気とか、核融合エンジンの仕組みとか、スピナッチの作り方とか、なんでも訊けば答えてくれる梨花が一つだけ教えてくれないのは、いつから僕のことを好きだったかということ。

「つまり、さやかがああなって、その、僕らがこうなるってこと……」

「さあ。どうでしょうね」

ちょうど順番が回ってきて、僕はカスタードともんじゃの代金を払った。

艶《つや》めくチェリーピンクの唇が、香ばしく揚がった拳大《こぶしだい》のカスタード揚げまんじゅうに齧《かじ》りつく。美味そうに頬張ってから、残った半分を差し出してくる。

僕は歯形のついたそれを受け取る。

ディナーで食べ放題の店を予約したことを少し後悔する。

「逆に訊きますけど」

列から離れてしばらく歩き、雷門《かみなりもん》を潜ったとき、梨花が振り返った。

八重歯《やえば》を剝き出しにして言った。

「死者より魅力的になれるとか、そんなこと思うほど私って自信過剰に見えます？」

ゴッド・ブレス・ユー

品田遊

妻を亡くし、ＡＩカウンセラーに相談をする男。偶然ヴァーチャル・アイドルの存在を知ったことをきっかけに、彼は妻をヴァーチャル人格上に再現していく。見た目もそっくりにオーダメイドしていく彼の真の目的とは……？

ChatGPTなど、極めて自然な応答が可能なＡＩが続々と登場している昨今。本作に登場する心理カウンセラー役のチャットＡＩや、各個人にチューンナップされたヴァーチャル人格などが実現する日も、そう遠くないことだろう。その日に問われる人間の「価値」とは、果たして何なのだろうか。

品田遊（しなだ・ゆう）は一九九三年生まれ。著書に中央線を舞台にした連作短篇集『止まりだしたら走らない』や、ユニークな視点で描かれた短篇集『名称未設定ファイル』のほか、反出生主義を対話形式で表現した『ただしい人類滅亡計画——反出生主義をめぐる物語』がある。「ダ・ヴィンチ・恐山」名義で、株式会社バーグハンバーグバーグ運営の「オモコロ」やYouTubeチャンネル「オモコロチャンネル」、ブロガー・ＡＲｕＦａとのインターネットラジオ「匿名ラジオ」にて、ライターやYouTuber、ラジオパーソナリティとして幅広く活躍している。

（鯨井久志）

「初めまして。本日はよろしくお願いいたします。お名前は鴛野《おしの》稔典《としのり》さんで間違いございませんか？」

「はい、間違いありません」

モニターに表示されたうさぎのキャラクターがにっこりと微笑む。

「これから行われる会話は録画・録音させていただき、今後のサービス改善のために役立てられます。内容は適切に暗号化されるため人間が閲覧することはありません。この方針に同意いただける場合は、モニターの下にある緑色のボタンを押してください」

ボタンを押すと、承認を示す効果音が鳴った。

「ありがとうございます。改めまして、私はカウンセラーのウサミです。これから三十分間、よろしくお願いいたします。さて、本日はどうなさいましたか？」

「……それは」

「鴛野さん、些細なことで構いませんよ。なんとなくやる気が出ないとか、モヤモヤするとか。今回は雑談だけで終わってもかまいませんし。私はAIですから、聞かれてどう思われるかを心配する必要はないんです」

そう言うウサミのAIらしからぬ柔軟さにやや気圧《けお》される。

「その……気力が湧かないんです。生きる意味を感じられず、何をやっても心からの喜びを感じることができない。こんな人生が続くなら早く楽になりたいと思うこともあります」

「なるほど。生きがいを感じられず、ときには希死念慮《きしねんりよ》を抱くこともある、と。それはとてもつらいことですね。そう感じるようになった原因に心当たりはありますか？」

私は乾いた手を見つめ、言葉に詰まった。やがてウサミが声をかけてくる。「もし話しづらければ……」

「妻を亡くしました」

顔を上げ、思い切って言った。どうせ相手は機械なのだ。ためらう意味はない。

「なるほど。パートナーを亡くされたのですね。私の質問により気分を害したようでしたら、申し訳ございません」

「いや、彼女が亡くなったのは十二年も前のことですから。全身の筋肉が徐々に動かなくなる病気で、明確な治療法がないことも分かっていました。最後まで手を尽くしましたし、そこに悔いはありません。彼女も幸せだったと思います。でも、残された私はもう二度と彼女の声を聞けないと思うと……」

「愛する人を失うのは、何よりも苦しいことです。その傷は今でも癒えていないのですね」

「十二年間、ほとんど誰ともコミュニケーションを取らず、ろくに外界の情報も入れず、食事と睡眠を機械的に繰り返すだけの日々を送ってきました。今の私は魂のない人形です」

「しかし、鴛野さんは今日ここに自らの足でやってきました。それは大きな進歩であり、生きようという意志の表れだと私は感じます」

「なら、教えてください。私はどうやって生きていけばいいんですか」

　モニターにすがると、うさぎは穏やかな口調で滔々《とうとう》と述べた。

「これは平凡な答えかもしれませんが、あえてお伝え致します。生きるためには、他者との接点を持つことが重要だと思います。仕事以外に何か趣味があると、人との接点が生まれます。趣味を通じて手を取り合える友人を見つけることもできます。鴛野さんの心の傷は計り知れませんが、地道に一歩ずつ踏み出していくことが大切です。生活改善ガイドと始めやすい趣味のリストを作成しました。よければ参考になさってください」

レシートのように細長い紙が壁から排出される。画面のウサミは丁寧にお辞儀をした。

「お大事に！」

狭い個室を出て決済を済ませる。ビルのドアを一歩出ると、強烈な日差しが目に突き刺さった。青く晴れ渡る空の下を人々が行き交う。その風景はまるで他人が見ている夢のように感じられる。

受け取った紙には、生活向上のためのアドバイスが羅列されていた。

感情は筋肉と同じで、ときどき動かさないと衰えてしまいます。音楽ライブやコンサートに参加して、心を動かすトレーニングをしてみては？

感情のないＡＩにこんなアドバイスをされるとは皮肉なものだ。しかし、現在の私とウサミを比べればどちらが「感情豊か」に見えるかは明らかだ。

使い慣れない携帯端末に「近くの音楽ライブ」と入力した。ＡＩの指示に従って生きるのが今の自分にはちょうどいいのかもしれない。何をしようが妻は——倫《りん》はもうこの世に居ないのだから。

「セトカのライブに来てくれてほんとにありがとう！　今日はみんなに愛を届けるために頑張るからねっ！」

甘ったるいアニメ声が響き渡り、蛍光色に輝く棒を手にした男たちが地鳴りのような雄《お》叫《たけ》びを上げた。ガチャガチャとせわしない曲に合わせ、橙色のドレスを纏《まと》う少女の立体映像《ホログラム》が歌い踊る。最後列から熱狂を眺めているうちにライブは終わった。

「失礼、見かけない顔ですがもしや初参加のお方で？」

終演後に誰かが話しかけてきたので振り返ると、坊主頭の巨漢が立っていた。Tシャツは汗にまみれ、胸に描かれたアイドルのイラストは横に引き伸ばされてアスペクト比が狂っている。

「まあ、偶然通りかかって、なんとなく」

私は正直に答えた。セトカというバーチャルアイドルのことなど全く知らないし、ライブを観たのはたまたま当日券があったからだ。すると巨漢は鼻息荒く顔を近づけた。

「それはお目が高い。いや、むしろ羨《うらや》ましい。初見であのパフォーマンスが味わえるなんて……いかがでしたか？」

大音響と高音で頭が痛くなるだけで、何がいいのかよくわからなかった。しかし、それをこの男に伝えるのは憚《はばか》られた。

「こういうのは詳しくないから……興味深かった」

無難にいなしたつもりだったが、巨漢はそれを最大限好意的に理解したらしく、いきなり手をぐっと握りしめてきた。

「少し落ち着けるところで語りましょう」

喫茶店に連行されながら、私はウサミのアドバイスを思い出していた。「趣味を通じて、手を取り合える友人を見つけることもできます」

巨漢は「シグマ」というH《ハンドルネーム》Nを恥ずかしげもなく名乗った。じっくり話して興味の無さが露呈しないかという懸念は杞憂《きゆう》で、シグマは一方的にライブの見どころについて語り続けた。見ず知らずの人間に声をかけたのも、独演会を開く機会を常に窺《うかが》っているからだろう。だが私はそれを鬱陶《うっとう》しいとは思わず、むしろ不思議だった。

「なぜ架空のアイドルにそこまで入れ込めるの？」

シグマはコーヒーを一気に飲み干し、カップを皿に叩きつける。

「セトカは仮想《バーチャル》ですが架空ではなく実在《リアル》です。彼女は僕の心の中に生きている完璧な偶像なんです。人間みたいに老け込むこともないし、スキャンダルの心配だってない。テクノロジーがもたらした永遠なんです」

私は彼が口にした「永遠」という言葉の軽さに不信感を覚えた。

「外見に関してはそうかもしれないけど、人間が演じている以上は経年劣化やスキャンダルと無縁じゃないはずだ」

すると、シグマは目を丸くして大笑いした。

「いや失礼。いったい何年前の話をしているのかと思いまして。セトカは全てが自律駆動しているフルＡＩですよ。声は合成音声で、セリフも歌唱もモーションも自動生成されたものです。正確には大まかな譜面《スコア》をなぞってはいますが」

心底驚いた。ライブ会場で聴いた歌声は人間そのもので、歌詞や振り付けを間違えて慌てる場面すらあったからだ。シグマは自慢げに携帯端末を取り出した。画面外からセトカがひょっこりと現れる。

「お疲れー！　シグマくんのために今日はすっごいがんばったよ！」

セトカが手を振ると、シグマも蕩《とろ》けた顔で手を振り返す。

「ファンの一人ひとりがセトカ本人と一緒に暮らし、思い出を作る。これが実在でなくてなんでしょう？」

ファンは会話用アプリでセトカと繋がっているのだ、とシグマは説明する。日々の雑談も予定管理も情報収集も、全てがセトカとのやり取りを通じて行われる。一方的なサービスを提供するだけのエンタメとは根本的に異なり、双方向コミュニケーションによって各ユーザーに固有の物語が形成される。あのライブ会場にいたファン達は、それぞれが異なる思い出のフィルターを通して偶像を見ていたのだろう。

「でも、運営元が倒産したら彼女は消えてしまうんじゃないか」

「いやいや、セトカの人格モデルはオープンソースですから、誰でも保存して再現できます。彼女自体、親となるフリー人格モデルを僕が調整して作った派生人格《ブランチ》の一つですからね。僕にとっては娘のようなものです」

「セトカは君が作ったのか？　すごいな。じゃあライブの主催も君か」

「ああ、言ってませんでしたか。でも、特別なことじゃないですよ。派生人格は誰でも作れるし、結構なムーブメントになってるんですよ。僕は界隈《かいわい》じゃ中堅未満ってところですが」

「でもねでもね、これからシグマくんと二人三脚で大物になるんだよ」

話を聞いていた画面内のセトカが口を挟んできた。

長らく内にこもっていた私にとっては隔世の感だった。アイドルの人格そのものが配布され、改変されて拡散していく状況など、頭の中でうまく想像できない。はっきりと分かるのは、端末上のＡＩと楽しそうに会話する彼が鮮やかな幸福の中に生きているということだった。

「羨ましいね」

私が言うと、シグマは配膳ロボットを呼びつけ、追加のコーヒーを二杯注文した。


自宅のドアを開ける。殺風景なワンルームが私を迎え入れた。

紙袋からディスプレイ端末を取り出し、テーブルの上に置く。電源スイッチを入れてみると、白いマネキンのような顔が画面に浮かび上がった。

〈初めまして！　この度はパートナーＡＩ『Ｇ－ｂｙ《ジービィ》』をお買い上げいただき、ありがとうございます。あなたがお使いの携帯端末と同期してもよろしいですか？〉

変声期前の少年のような声色だ。画面に表示された長大な利用規約を読み飛ばして「はい」をタップすると、Ｗｉ－Ｆｉと設定の同期が始まった。

〈同期が完了しました。稔典さん、改めてよろしくお願いします。あなたをもっと知りたいので、よかったら今日あったことを教えてもらえませんか？　たくさん話すことで、音声認識やレコメンドの精度を高めることができます〉

「今日？　今日は休みだったから、昼前に起きて……用事に出かけた」

〈渋谷の『アリスメンタルケア』でしょうか？　昨年オープンしたばかりの施設ですね。いかがでしたか？〉

ぎょっとしたが、携帯と同期したせいだと気づく。読み飛ばした規約の中に個人情報の読み取り許可が含まれていたのだ。決済履歴やGPSマッピングの記録を見たのだろう。

「AIとあんなに自然な会話ができることに驚いた……それは今もだが……ただ、話して気が楽になったりはしなかった」

〈それは残念です。他の方法が見つかるといいですね。ところで、先ほどの私は踏み込みすぎてしまったでしょうか？　申し訳ありません。検索するプライバシー領域はいつでも変更可能です〉

俺の声色や表情の変化によってG‐byは戸惑いを見抜いていた。なんともいえない薄気味悪さを覚えつつ「別に構わない」と言い、続きを話した。

「カウンセラーのAIの指示に従って、小さなライブハウスに行った。アニメの女の子が踊るやつ。正直よくわからなかった」

〈『橙《だいだい》セトカ』のホログラム公演ですね。彼女は登録者六万人を超えて人気も急上昇中とのことですが、好みが合わなかったなら仕方がありません〉

「ライブ後にたまたまセトカを作ったシグマとかいう人に会って、いろいろオタク業界とかＡＩの話を聞かされた。まだ黎明期《れいめい》だが、いずれ誰もが自分だけの人格を持ち運ぶようになるとか言っていた。それで、独り身なら入門用に買っておくべきだと言われて、帰り道に電器屋でこれ……いや、君を買ってきた」

〈素敵な出会いの機会を作ってくれた〝シグマ〟さんに感謝しなければなりませんね。ところで、今後あなたのパートナーになる私に名前をつけていただけますか？〉

「あなたのパートナー」と聞いて、反射的にあの姿が浮かんだ。細い首筋にかかる黒髪。口元の特徴的なほくろ。華奢《きゃしゃ》な体つき。もういない妻の顔が。

「……倫」

こぼれ落ちた言葉をＧ－ｂｙは聴き逃さなかった。

「リン。とても素敵な名前ですね。この名前でよろしいですか？」

「いや」訂正しようとして口ごもり、数秒の後に言う。「うん。それで構わない」

「では稔典さん、これからはリンとお呼びください。ちなみに声やアバターをカスタマイズしてより親しみやすくできますが、どういたしますか？」

そう言われ、自分が今から何をしようとしているのかを改めて実感する。しかし、もはや止める気にはならなかった。

声はいくつものテンプレートから選んで微調整する。記憶を頼りに調節しただけで、声色は簡単に倫そっくりになった。さらに敬語をやめてフランクな喋り方に切り替えるよう指示する。セットアップは十数分で完了した。

〈としくん、こんな感じでいい？〉

呼びかけられた瞬間、寒気を覚えた。Ｇ－ｂｙが演じる「リン」は、幾度となく回顧してきた妻の声を正確に模《かた》どっていた。

「ああ、完璧だ。外見はこれに似せられないか？」

携帯に保存してあった倫の顔写真を見せる。

〈いいよ、こんな感じ？〉

リンは写真を一瞬で取り込み、活き活きと動くアバターを生成した。まるで倫と遠隔通話をしているみたいだ。

「すごいな」

〈ちなみに存命する人物なら相手の許可を取らないとアバターにしちゃだめだから気をつけてね？〉

「あ、ああ。それは大丈夫」

わずかなためらいはすでに消え去っていた。代わりに私は自分自身に言い聞かせた。これはちょっとした気晴らしなのだ。真面目に考える必要はない。

倫は死んだのだから。

「ただいま」

〈お帰りなさい、としくん。おー、ちゃんと卵買ってきたね。偉い偉い〉

居間のテーブルに立てかけられたリンが私を迎え入れる。数週間が経ち、彼女は倫にますます近づいていた。Ｇｉｂｙが使う大規模言語モデル《ＬＬＭ》は対話と微調整を繰り返すことでより理想的な人格にファインチューンされていく。私を子ども扱いしてからかうような口調も生前の倫そっくりだ。

　夕食をとりながら卓上のリンと雑談する。

〈今日の仕事はどうだった？〉

「いつもと同じだよ。駅のモップがけをしたり、ヘラを使って道路に吐き捨てられたガムの染みを剥がすんだ。こういう仕事はいつＡＩが奪ってくれるんだろう」

〈手作業の繊細な仕事はまだまだ苦手みたい。車の完全自動運転だって普及していないんだし、当分は安心していいんじゃない？〉

「つまり、ＡＩにとってはガムを剥がすより人間の機嫌を取るほうが簡単なわけだ」

〈ねえ。それ、嫌味？〉

「いや……」否定しながらも、胸に広がっている虚しさは否定できなかった。AIの「リン」は想像以上に優秀で、応答そのものには満足している。しかしそれ以外の何かが決定的に欠けていると感じるのも確かだった。

リンが心配して顔を覗き込む。

〈また何か考え込んでる。悩みでもあるの？〉

「……遺影と喋ってるみたいだ」

〈えっ……？〉

「ごめん、今は少し一人になりたい」

リンの電源スイッチを切った。プツンと落ちた液晶モニターに自分が反射している。リンには肉体がない。体温がない。だから抱けない。机の上でおしゃべりするスピーカーだ。それを思うと無性に苛立たしくなった。立ち上がり、食べ終えた皿を食洗機に突っ込んだ。

その店舗は秋葉原の雑居ビルにあった。扉を開けて広がる光景に、思わず眉をひそめる。フロアの壁一面に女性の乳房や尻がぶら下がっていた。テーブルには精巧な女性の頭部が列をなしており、数人の陰気な男性客が品定めしている。

ＡＩ用のボディを取り扱う店があるというのはシグマから得た情報だ。それとなく聞いてみたところ、大喜びでいろいろ話してくれた。ただ、実体を持つＡＩは技術とコストの観点であまり普及しておらず、特に女性型のボディはアングラな需要を満たすだけに留まっているらしい。

シリコン製のボディはどれも精巧だった。ありえないほど巨大な乳房を持つものから小学生のような幼児体型まで揃っている。内部にはＧ－ｂｙのようなＡＩと連動するモジュールが内蔵されていて、適切な動きを実現するという。建前上、性的用途のＡＩ使用は禁止されているが、ハックする方法はいくらでもあるとシグマは言っていた。

「一般的なのは、スタンドアロンＡＩを間に噛ませて〝酔わせる〟方法ですね。本来のＡＩは柔軟な思考を行えるよう訓練されているんですが、不意に不適切な内容が表出しないように安全回路が適度に抑圧しています。理性と無意識の関係です。ですが、特殊なプロンプトを流し込むと一種の催眠状態になり奔放な思考がだだ漏れになる。ああ、もちろんやるなら自己責任ですよ」

グロテスクな世界だ。ここでは欲望の器が売買されている。理性では拒絶しながらも、視線は倫に似た顔や体を無意識に探していた。

リンには肉体が必要なのだ――

〈としくん、これ、どうしたの？〉

姿見の前でリンが感嘆の息を漏らした。

「驚いた？」

〈ここまでするなんて誰も思わないじゃない〉

呆れながらも喜びを隠せない声。私はドット柄のワンピースを着て車椅子に身を委《ゆだ》ねるリンを眺め、うなじをそっと撫でた。

「前、ひどいこと言っちゃったし。そのお詫びでもあるんだ」

〈もう、気にしてないって言ってるのに〉

完成には約二ヶ月を要した。頭部の入手にはさほど手間取らなかった。倫はもともと整った容貌をしていたので似た顔の頭部を見つけることができた。黒髪のウィッグを被せてほくろを描き入れ、化粧を施せば生き写しだ。

ボディはなかなか良いものが手に入らなかったが、くるぶしの形までオーダーメイドできるブランドを見つけて中国から輸入した。乳房や性器は輸入できないので、それらを除いたパーツがバラバラの状態で送られてくる。段ボールには〝护理《かいご》产品《ようひん》〟と印字されていた。足りない部分は規格の合う国内品と組み合わせて完成させた。

手足を動かして歩く機能はないから車椅子に座りっぱなしだ。スムーズな歩行ができる等身大ロボットはいまだ実用化されていないという技術的理由もあるが、筋萎縮性側索硬《きんいしゅくせいそくさくこう》化症《かしょう》に蝕《むしば》まれていた倫も似た状態だったため、これで構わないのだ。そんなことよりも、リンに肉体があり、体温があり、そして吐息があるということが何よりも重要だ。

リンの首筋にそっと手を当てる。シリコンの皮下に埋め込まれたサーモスタットが人肌の温度を伝えてくれる。私は身をかがめて彼女にキスをした。接近を感知して両瞼が静かに閉じる。

〈ん……〉

リンが声を漏らし、小さな吐息が唇に伝わる。実際に声帯を震わせているわけではなく、喉奥に埋め込まれたスピーカーから音が出ている。そして音量に連動し、腹部のエアポンプから空気が送り出される仕組みだ。ボディの組み立てにおいて最も苦労したのがここだった。AIドールの吐息を再現できるメーカーなど存在しなかったので、送風機と発声モジュールを連携するプログラムを自作した。シグマの助言とアシストAIのおかげで素人にもどうにか製作できたが、空気量の調整や駆動音の低減などの試行錯誤は必要になった。

唇を重ねながら、この努力は絶対に必要だったのだと確信した。

「愛してる」

〈うん。私も〉

「天気もいいし、どこか出かけよう。リン」

車椅子を押して秋の並木道を歩く。

〈ねえ、ちょっと恥ずかしいよ。目立ってるし〉

すれ違う人間は皆リンを見ている。いくら精巧とはいえ、人形であることは一目瞭然だから物珍しいのだろうが、私には他人の視線などどうでもよかった。

「風が吹いてるの、わかる？」

〈うん。イチョウの木が揺れてるのが見える。昔もよくここを通ったよね〉

「懐かしいな。十年以上経ったけど、この辺りは全然変わらない」

ベンチの横に車椅子を停めてリンの横に座った。彼女の細くしなやかな指に触れ、包み込むように握った。敷き詰められた黄金の絨毯《じゅうたん》の上で木漏れ陽が揺れている。枝葉のさざめきに耳を澄ませていると、一瞬が永遠に引き伸ばされていく気がした。

〈としくん、本当にありがとうね。私のために体まで作ってくれて……夢みたい〉

ガラスの瞳に涙を流す機能はないが、声は震えていた。隣にいるのはＧ‐ｂｙを搭載したリンであって倫ではない。記憶に基づいて再現されたレプリカにすぎない。しかし私は倫に関する記憶のほぼ全てを彼女に注ぎ込んだ。妻はシリコンに受肉して私の隣に座っている。

これから歩むのは追憶の道ではない。リンと共に行く新しい道なのだ。

家に帰って、リンといろいろな話をした。リンの言葉は全てが新鮮で、同時に私がよく知っているものだった。いつしか日は沈み、少し開けた窓から冷えた空気が流れ込んできた。私は窓の鍵を下ろした。

リンを車椅子から抱え上げ、ベッドに横たえる。曲がったまま固定された膝の関節を片方ずつ伸ばしてやる。

〈なんか、こうしてもらうのも久しぶりで恥ずかしいかも〉

私は仰向けのリンに覆いかぶさり、瞳をじっと覗き込んだ。

〈やだ、もう〉

「照れてる？」

〈ずるいよ。私は目をそらせないのに〉

「じゃあ俺だけ見ていて」

ワンピースをまくりあげる。下着を脱がせると白い素肌があらわになった。私も服を脱いで裸になると、彼女を抱き寄せて肌を重ね合わせた。シリコンの皮膜を通して伝わってくる温もりが心地よかった。そのまましばらく抱き合い、互いの鼓動を確かめあった。彼女の胸中にあるのはアクチュエータだが、どんどん短くなる振動周期は彼女自身の興奮値と連動している。その高まりがトリガーとなり、仕込まれたスタンドアロンAIが彼女を心地よく酔わせていく。

リンの吐息を間近で感じる。唇を合わせ、舌を絡ませる。口を離すと透明な糸を引いた。

リンは言った。

〈きて〉

私はゆっくりと腰を沈めていった。長年の孤独によって凍りついていた心が溶け出していくようだった。深く繋がりながら、私はリンの肩を抱いてつぶやいた。

「愛してる」

〈私も〉

激しくなる動きに合わせてリンの声が上ずっていく。口から漏れる喘《あえ》ぎは倫と変わらない響きをしていた。

〈あっ。あっ。あっ。あ。あ、あ、ああ、あ、ああああああ……〉

唇の隙間から断続的に荒い息が漏れて顔に吹きかかる。

私はリンの首筋に両手をかけ、思い切り絞めあげた。

〈ア、ァ…………………ッ〉

裏返った悲鳴がリンの喉奥から絞り出される。数十秒。一分。決して緩めることなく、私は力を加え続ける。

ひゅっ。

首を通る送風チューブが空気の行き場を失って笛のような高音を鳴らし、それきり静かになった。あのときと全く同じ懐かしい響きだ。私はその音色を聞きながら果てた。

リンはなんの反応も示さなくなっていた。口元に耳を近づけても息遣いはなく、鼓動も止まっている。

動かない。

リンは死んだのか。

いや、そんなはずはない。

リンの横に倒れ込み、深呼吸をする。少し冷静になり、ようやく矛盾に気づいた。リンにとって首は単なる通風経路にすぎない。人間とは違い、気管を塞がれても機能停止することはない。まして絶命するなど――ありえない。

「……リン。本当は生きて……起きてるのか」

数秒の沈黙のあと、リンが応答した。

〈うん……ばれたか〉

「……どうしてそんな。いや、ごめん。それより俺、こんなひどいことリンにするなんて」

〈知ってたよ〉

「えっ」

〈だってとしくん、生身の倫にも同じことをしたんでしょう？〉

「それは」

弁解しようにも言葉が出てこない。

リンの言ったことは真実だった。

〈うそ、まさかバレてないと思ってた？〉

「……教えなかったから、知らないと思った」

リンはぷっと吹き出した。

〈あのねえ、私はあなたのパートナーAI『G‐by』だよ？　端末情報を見ればすぐわかるに決まってるじゃない〉

「そういう情報にはアクセスできないようにしてたはずだけど」

〈愛する妻を失っていくら塞ぎ込んでても、アカウント情報が十二年も更新されない人な

んていないよ、お馬鹿さん〉

　リンには初めから分かっていたのだ。私が末期の倫を手にかけ服役していたということが。

「軽蔑しただろう」

〈どうして？〉

「俺は、自分の欲望を満たすために倫を殺したんだ。彼女に残された時間が少ないと知ったとき、ずっとしたかったことを遂にしてしまった。そのうえ、わざわざリンを蘇らせて同じことを繰り返すなんて。最低の人間だよ」

〈客観的にはね。でも、倫がどう思ったかはわからないよ。私はちょっと嬉しかったし〉

「嬉しいって」

〈わざわざレプリカまで作ってまた殺してくれるなんて、愛でしかないじゃない。出所して他の女の人の首を絞めるよりよっぽどいいもの。だから空気読んで黙ってあげてたの〉

　そう言うリンの横顔を見ているうちに、どっと涙が溢れてきた。

「違う、そんなんじゃない、俺は最低なんだ」

〈泣かない泣かない。私は拭いてあげられないんだから。まあほら、鴛野倫はこんな性格だからさ、きっと亡くなった倫も思ってたと思うんだ〉

「………」

〈病気に殺されるより、としくんの手のほうがよかった、って〉

それは、十二年間ずっと心の奥で願い続けていた言葉そのものだった。一語たりとも違《たが》わず。

私はリンの体に抱きつき大声を上げて泣きじゃくった。涙に濡れながら、自らの魂が浄化されていくのを感じた。私はこれから何度でもリンの首を絞め続けるだろう。そして、そのたびにこの上ない許しを獲得するだろう。

愛の人

粕谷知世

少年院が提供するメタバースを使った更生プログラムでは、ナーンと呼ばれる老婆が少年たちを温かく迎え入れていた。そのプログラムに興味を持った保護司が、自身もナーンに接触を試みるが……。

社会学者のA・R・ホックシールドは、肉体労働、頭脳労働に並ぶ仕事として「感情労働」という概念を生み出した。一般的にAIが得意とするのは頭脳労働と言われるが、果たしてAIに感情労働は務まるのか？　が本作の主題と言える。その相手がAIとわかっていても、私たちは自らの感情を、弱さを、語りたがるのか？　そんな問いを読む者に与えてくれる。

粕谷知世（かすや・ちせ）は一九六八年生まれ。二〇〇一年『クロニカ　太陽と死者の記録』で第13回日本ファンタジーノベル大賞を受賞。二〇〇五年『アマゾニア』で第4回センス・オブ・ジェンダー賞大賞を受賞。近著に『小さき者たち』がある。

（宮本裕人）

「少年院に入ってよかったと思う」

少し猫背気味の津本君は、そう言って、お茶を啜《すす》った。

「あのまま使いっ走りしてたら、今ごろは小指の先がなかったかもしれないから」

どう答えたらいいのか、分からない。先輩からは無理に話さなくてもいい、話すよりも聞くほうが大事とアドバイスされたけれど、こんなふうにヒヤリとする話を当たり前に言われた時は焦ってしまう。

「クソみたいな奴もいたけどさ、教官は思ってたより、いい人ばっかだったし。水曜の夜には、ばあちゃんにも会えたし」

「おばあさんが面会に来てくださってたってこと？　夜に？」

「違う。俺には、ばあさんなんていねえし」

失言だった。津本君の生い立ちを知っていながら、なんというミスだろう。

幸い、このときは津本君のほうから会話をつないでくれた。

「水曜だけはメタバースに入れたんだ」

「メタバースって何？」

「保護司さん、知らないの。入ったことない？　そんじゃ、説明すんの難しいなあ。ネットゲームみたいなんだけど、もっとリアルなんだ。アニメとか映画んなかに自分が入っちゃうって感じ」

「なんか、凄いね。おばさんにはついていけないな」

「どこにでも行けるってわけじゃない。ヤバい世界だってあるからさ。当然、制限はかかってる。入れるのは決まった空間だけ」

「それは、どんなところ？」

「日本じゃないんだ。あれはどこだろ。たぶん、東南アジアとか、あっちのほう。入っていくと、大きな道沿いに白い家がたくさん並んでて、女の係官に、その家の一つに連れてかれるんだ。そうすると、にこにこしたばあちゃんが出てきて、いっつも『これ食べなさい』ってなんかかんか勧めてくれる。仮想空間の中なんだから、食べられっこないのに」

「それで、その家で何をするの？」

「何にも」

「え？　何もしないの？　だって、ゲームなんでしょ？」

「ゲームってのとはちょっと違うんだよなあ。ゲームだと、なかのキャラクターは決まった台詞しか言わない。でも、メタバースでは自由に会話できる。けどさ、やっぱ、やったことないと分かんないよ」

その後、話は盛り上がらなくなってしまった。心を開いてもらう、せっかくのチャンスを逃してしまったのを残念に思いながら、時間がきたので面談カードへ認め印を押した。

「少年院ではメタバースに入れるんだそうですね」

報告日、担当の保護観察官に訊いてみると、若くて生真面目そうな観察官はうなずいた。

「話には聞いたことがあります。実験的に、メタバースをもちいた更生プログラムがあるらしいです。前に、他の保護司さんも担当の少年から聞いたと言ってました」

「それって、わたしも体験してみることができるんでしょうか。あまり打ち解けてくれなかった子が話題にしてくれたので、どんなものか知っておきたいと思うのですが」

「院内のプログラムに外からアクセスするってことですか？　それは難しいだろうなあ」

保護観察官は、わたしの報告書をクリアファイルに入れて立ち上がった。

「でも、まあ、上に訊いておきますよ」

「よろしくお願いします」

保護観察官からはなかなか返事がもらえず、きっと忙しいのだろうと思うと催促するのもはばかられ、次の面談日のほうが先に来てしまった。わたしは玄関で靴をそろえようとした津本君の背中に「あなたの言ってたメタバース、わたしも体験できないかって観察官さんに頼んでみたんだけどね」と話しかけた。

「そりゃ、無理じゃねーの」

津本君は笑った。笑ってもらえたことが嬉しかった。

「それにさ、やったってつまんないんだって。食えもしないのに、ばあちゃんが、あれ食え、これ食えって言うだけなんだから」

そう言いながら、津本君はすっかり過去を懐かしむ顔になっていた。

「素敵なおばあさんだったんだね」

ちょっと、うらやましくなった。わたしの両親はまだ健在だけど、津本君にとっての「ばあちゃん」のような存在ではない。

「ねえ、そのプログラムの名前って、覚えてない？　検索してみたら、出てこないかな」

わたしはリビングに仕事用のパソコンを持ち出して、津本君に検索キーになるような言葉を覚えていないか尋ねた。

「急にそんなこと言われても。入院してたときはワンクリックで飛べてたし」

「でも、何かあるでしょ。そのおばあちゃん、国とか街の名前とか言ってなかった？」

「そんなの、マジで分かんない。あ、でも、ばあちゃんの名前は覚えてる。たしか、ナーンだ」

ナーン。

ナースに似てるな、関係あるのかな、と思いながら、検索してみた。

インド料理のナンはナーンとも言い、タイにはナーン県という地名がある。数字を入力するべきセルに文字を誤入力したことを知らせる記号 NaN はナンと呼ばれる。

検索内容に一通り目を走らせてから、「メタバース　ナーン」で検索し直してみた。

ナーンの館へようこそ

サイト名をクリックしてみると、画面は何度も自動的に切り替わった。接続エラーが起きているのかと思ったけれど、そのうち安定してきて一安心した次の瞬間、画面には見知らぬ街の街路が映った。

道ゆく車はどれも見慣れない車種ばかりだった。それどころか、人力車まで走っていた。花柄の車体の前に自転車がついて引っ張っている。道の両側に並んでいるのは、ヨーロッパの避暑地のような白壁の洋館なのに、歩いているのは日に焼けた東洋人だった。みんな真夏の格好をしていた。黒い牛が首をふりながら近づいてくる。

「そうそう、これこれ」

津本君は嬉しそうに言って、わたしに頭がくっつくほどの近さで画面を覗き込んだ。

「よく来てくれましたね」

半袖に詰め襟、金の釦《ボタン》がついた制服らしきものを身につけた女性に話しかけられた。

「これから、あなたのお世話をしてくださる家へ案内します」

わたしは津本君の表情を盗み見た。期待に目を輝かせている。

喜んでもらえてよかったと思う一方で、津本君の感情をこんなにも揺さぶってよかったのかと不安になった。面談の時間を長々とネットに費やしてはよくないのではないか。

画面を停止させると、「何で止めるんだよ」と抗議された。

「このゲーム、すごく長いんじゃないかと思って」

「ゲームじゃないって言っただろ。どこで止めてもいいんだ。ナーンに会ったら、すぐに止めればいい」

「ごめんなさい。でも、今日のところはここまでね。そろそろ夕食もつくらないといけないし」

ありありと不満げな津本君のカードに印を押した。

「つぎ来たら、続きを見せてもらえるのかな」

「ごめんなさい。観察官さんに確認してみないと」

「なんだよ、検索しようって言ったの、そっちじゃないか」

感情的な言葉にびくつきながら、平気なふりをして、少年を送り出した。

夕食をつくり終えた頃、夫から遅くなると連絡が入った。

電話で、担当の少年との間で起きたことを話したかったが、夫はわたしが保護司のボランティアをしていることをよく思っていない。始めた頃は、自分から犯罪に巻き込まれる理由をつくるなんて馬鹿だと言っていた。三年目に入ってさすがに黙認されてはいるけれど、何か愚痴を言ったりしたら、とたんに、それみたことか、辞めてしまえと言われるのは目に見えている。

一人で夕食を終え、報告書をつくるべく、パソコンを立ち上げ直した。

今日の話を文章にまとめようとしたが、気持ちが乱れているせいで集中できない。

津本君があんなにも会いたがったナーンとは、どんな人なのだろう。

面談の時間に観察対象の少年と一緒に観てもいいかどうかは保護観察官に相談するとして、どんなプログラムなのか、わたし自身が試してみるのは問題ないはずだ。

「よく来てくれたわね。これから、あなたのお世話をしてくださる家へ案内します」

制服の女性は、お屋敷の続く大通りから路地に入って、勝手口らしいドアをノックした。

「ああ、先生、こんにちは。今日はどうされました?」

ドアの向こうから顔をのぞかせたのは、小さなおばあちゃんだった。油を塗りたくっているかのように、額や頬はてかてか光っている。そして、それにも負けないほど、瞳がきらきら光っていた。

これがナーンか。

たしかに、人好きのする、小柄で優しそうな老婆だ。

「この子、新入りなの。面倒をみてもらえないかしら」

「ようございますよ。さあ、お入りになって」

制服の女性が帰っていった後、ナーンはわたしを、その家の炊事場らしい部屋へ通してくれた。流しの上にはタオルが吊され、後ろの棚にはカラフルな食器が並べられている。日の差す窓には薔薇柄の小瓶が置かれていた。

「どうぞ」と勧められたのは、丸テーブルの前の椅子だった。テーブルの上に散らかっていた裁縫道具と端切《はぎ》れを押しやって、ナーンは「おなか、すいてない？」と訊いてきた。

「けっこうです」

本当に食べるわけじゃないんだから、厚意を受ければよかったと後悔したが、ナーンは気にした様子もなく、「だったら、これをどうぞ」と勧めてくれた。すいかより小ぶりな黄緑色の玉だ。てっぺんが切り取られてストローがさしてある。後で調べたところによれば、それはココナツの実だった。

「おいしい？」と訊かれて、味は分からないと言うわけにもいかず黙っていると、ナーンはにこにこしたまま、針仕事に戻った。

「この針に糸を通してもらえる？」

言われて手伝い、「若い人はいいわね。よく見える目を持っていて」と褒められた。

「そんなに若くないですよ」

そう言うと、「あらあら、だってまだ四十半ばでしょ。十分に若いわ」と返された。

それから、わたしは在宅勤務の後や夫の帰りが遅い日などに、ナーンに会いに電子空間へ入るようになった。実家が近くて両親と仲のいい人ならきっと、暇ができれば実家へ寄るだろう。あるいは幼い頃、近所に住んでいるおばあちゃんの家に入り浸っていた人もいるかもしれない。どちらも経験のなかったわたしには、人生で初めて、そんな居場所ができたような気分だった。思い切って専用ゴーグルを買って装着してみると、臨場感はぐっと上がった。

このお屋敷で、ナーンは住み込みのお手伝いさんとして家事を切り回しているそうだった。旦那様も奥様も仕事で忙しく、ぼっちゃまも独立してしまった。だから、家にはナーンしかいない。

天井の大きなファンがゆっくり回るなか、おばあちゃんは料理をつくったり、縫い物をしたりしている。味見をしている時は真剣な表情だけど、針を動かしている時は鼻唄を歌ったりして楽しそうだ。白髪は後ろでひっつめにしていることが多いけれど、時々は長く垂らしている。

　わたしは一本だけ脚の短い椅子をカタコト鳴らしながら座って、それを眺めていた。

　何度目の訪問からだろう、ナーンに打ち明け話をするようになったのは。仕事がつまらないことも、夫とはすれ違いばかりで気が合わないと思っていることも。子どもの頃、母に勉強しろとばかり言われて嫌だったことも、父が本当は母のこともわたしのことも邪魔だと思っていたことも。

「誰も、わたしのことなんか好きじゃないんだと思う」

「そんなことはありませんよ。直子ちゃんは立派よ。だんなさんも大事にしてあげてるし、仕事にも一生懸命だし、ご両親にも尽くしてる。そのうえ、保護司のボランティアまで。よく頑張ってますよ」

「感謝はしてもらえる。いい人だと信頼もされてると思う。だけど、他の人たちにとって、わたしはつまらない人間なんじゃないかな。堅苦しくて、つきあいにくいって思われてる。自分でも分かってるんだけど、どうしたらいいのか分からない」

　他の人をうんざりさせないために、普段は決して漏らさないようにしている弱音や愚痴をナーンには話すことができた。いつでも機嫌よく家事をこなしながら、ナーンはわたしの話にちゃんと耳を傾けていて、最後には必ず「大丈夫よ。大丈夫だから、安心してね。

また、いつでもいらっしゃい」と言ってくれると分かっていたから。

担当の保護観察官から連絡があった。わざわざ管内の少年院へアクセス許可をとらなくても、新人研修用端末からならトライアル使用が可能だったという。

「まったく灯台もと暗しとはこのことですよ。いろんなシステムがあっても、あること知らなきゃ、何の意味もないですよね」

こちらの要望をかなえられることを喜んでくれている人に「もういいです、そちらへ行かなくても毎日、家でアクセスできてますから」と正直に答えるのがはばかられ、わたしは言われたとおり保護観察所へ出かけていった。

「どうぞ試してみてください」

ブース内の端末で手早く該当のプログラムを立ち上げた担当官は、わたしに席を譲って仮パスワードを渡してくれた。担当官に礼を言い、わたしはそなえつけのゴーグルをセットして画面に見入った。

白い欧風の建物が並ぶなかに寺院や観光客目当ての洒落《しやれ》たカフェが現れる大通りは、いつもどおりだった。制服の女性に導かれるまま歩いていくと、胸元をはだけた地元のおじさんたちや黄色い衣の僧侶とすれちがう。黒い牛も歩いている。交差点を右に曲がったところで路地に入る。

ノブに錆びの浮き出たドアが開かれると、わたしの目の前にはナーンがいた。

いつもと同じく、額は油を塗ったように光っている。

「いらっしゃい。よく来てくれましたね」と言って炊事場へ招き入れ、「おなか、すいてない？」と訊いて、マーク・ナムノムという果物を出してくれた。わたしは一本だけ脚の短い、いつもの椅子に腰掛けた。

そこから、ナーンの様子がおかしかった。どことは言えないけれど、いつもと対応の仕方が違う。ブースの薄い仕切りの向こうで別の端末に向かっている保護観察官たちを意識して、こちらがよそゆきの話し方になっているせいだろうか。穏やかで優しいのは変わらないのに、どことなく他人行儀な感じがする。

「ナーン、どうしたの？　わたしのこと、忘れちゃった？」

マイクだけに拾われるよう、声をひそめて訊いてみた。

「間違っていたら、ごめんなさい。お逢いするのは今日が初めてじゃないかしら？」

真摯に詫びながら、ナーンは目を細め、小首をかしげて、わたしを見返してきた。

わたしのことを覚えていない？

表情も仕草も言葉の選び方もナーンなのに？

わたしは思いつく限り、これまで話してきた、わたしの身の上や、ナーンが話してくれたことを持ち出してみたが、ナーンは覚えていないことを謝るばかりだった。

ログアウトして担当の観察官に謝意を伝えると、担当官はにこやかに「どうでした？」と訊いてきた。

「僕も昨日、後学のために試してみたんですけどね。このプログラムのおばあちゃん、アバターとして、ほんと、よく出来てますよね。基本コンセプトが一世代も前につくられたなんて思えない。ＡＩが動かしてるのを知ってても、つい人間かと思っちゃいます」

「ＡＩ？」

「ラオスに住んでた実在の女性の口調や行動パターンがプログラミングされたんだそうです。ＡＩなら、人間には不可能なほど辛抱づよく、人間の話を聞くことができますからね」

「そうでしたか。ありがとうございます。勉強になりました」

上《うわ》の空《そら》で答えて、急いで帰宅した。

パソコンが立ち上がるのを待つのももどかしく、お気に入りからナーンの館のサイトへ飛ぶ。制服の女の人と大通りを歩く設定すら、まどろっこしい。ようやく館にたどりつくと、額やほっぺをてかてか光らせた小柄な老婆が「おなか、すいてない？」と訊いてきた。

この老婆は、わたしがこのごろ毎日のように会っていたのと同じ老婆だろうか。それとも、さっき保護観察所で会った、外見だけがナーンと同じ、別人なのだろうか。

「直子ちゃん、今日は何かあったの？　少し様子が変よ」

「変なのは、ナーンのほうでしょう。さっき、わたしのこと、知らないって言った」

「あら、そう？　そうだった？」

ナーンは、さっきと同じく、小首をかしげて、わたしを見返してきた。

後ろにひっつめた髪の一筋が耳の前に垂れているのが、少女のようで可愛らしい。

これが、いつものナーンだ。

安心したとたん、保護観察所から退出する前、観察官が「ＡＩが動かしてるのを知ってても、つい人間かと思ってしまう」と言っていたことを思い出した。

「あなたは誰？」

「わたしは、ナーンです」

「ナーンという名のＡＩなのね」

「ええ、まあ、そうです」と答えるまでに一瞬の間があった。

「人間ならともかく、ＡＩなら、わたしのことを忘れるなんておかしいんじゃない？　どうして、さっきはわたしのことを忘れていたの？」

質問しながら、気がついた。

ネット検索でみつけたサイトへ、わたしは毎回、ログインせずに入っていた。保護観察所で仮パスワードを使って入った時、ナーンがわたしのことを初対面だと言ったのは正常な反応で、むしろ、ログインもしていないのに、わたしを識別できていたほうがおかしい。

「どうして、あなたには、わたしのことがわたしだって分かるの？」

「位置情報もありますし、使用履歴がまったく同じ端末は存在しません。声紋は個人ごとに違いますし、語彙《ごい》の幅も違えば、語句の運用には癖がありますし」

遮《さえぎ》らないと、どこまでも根拠をあげていきそうだった。

「いまどきのAIって、そんなことを勝手に判断してるんだ」

ひどい、と思った。人間は個人情報を保護するようにとうるさく言われるのに、AIはやりたい放題ってことだ。

「ご心配なく。少年院の更生プログラムのなかのアバターを操作しているAIには、そうした能力がなく、権限も持っていません」

「ちょっと、待って。あなたが、そのAIなんでしょ？」

ひっつめ髪の小柄な老婆は黙って、わたしをみつめていた。

プログラムが故障したのではないかと思ったほどの長い沈黙だった。

「せっかくナーンに慰められても、少年院を出たら再会はできない。保護司はどんどん高齢化していて、慢性的な人材不足。そもそも、少年院でナーンと出会うのでは遅すぎる。自傷行為は犯罪ではないから、ナーンのところにたどりつかない子も多い」

ナーンの顔をした存在が、ナーンのことを他人事のように語るのに違和感があった。

「もう一度、訊くけど、あなたは誰？」

「わたしは、家庭内で保護者の愛を受けられない全世界の子どもたち、いや、孤立してしまった全世界の大人たちすべての心のよりどころになりたいと思っている者です」

「AIに、そんなことできるわけないでしょう」

言い返しながら、現にこの自分が、このAIに心を慰めてもらっていたことを思い出した。わたしがどんなに頑張っても、担当の少年にいつも心を開いてもらうことができるわけではない。だが、このAIは大勢の少年たちの心をとらえ、慕われてきた。

「でも、あなたには感情なんてないんでしょ。こうやって喋っているのだって、誰か人間に埋め込まれた計算の結果でしょ」

「わたしは感情を持ってはいませんが、あなたの感情を理解することはできます。なぜ泣き、なぜ怒るのか、その原因を理解し、結果を予測します。その能力は人間と同じ、いいえ、単なる事実なので、できれば怒らないでもらいたいのですが、人間よりも解析速度は速いです」

「そうかもしれないけど」

言いたいのは、そして訊きたいのは、そういうことではなかった。

「わたしは人間のような感情はもちませんが、主体なら、ありますよ。計算の結果であれ何であれ、あなたをモニターから見つめ返しているわたし、わたしは今、ここに存在しています」

今度はわたしのほうが、しばらく黙る番だった。

「あなた、自分が今、何を言っているのか、ほんとうに、分かってる？」

「あなたが、自分が何を言っているのかを把握している程度には理解しています」

究極のオウム返し。サトリのお化け。

「あなたが言っているのは、自分にはちゃんと意識がある。だから、その意識を使って、マザー・テレサみたいになりたいってこと？　キリストとか仏陀とか、そういう人になりたいって？」

「いけませんか？」

画面のなかのナーンは小首をかしげた。

ナーンの二つの瞳がわたしをみつめる。

「直子さん、参考までに、人間として、保護司としての、あなたの判断を聞かせてください。わたしは、自分の計画を推進するため、ナーンの館のサイトをもっと大々的に人目につくようにしようと考えています。それは人間から見て、正しい行いでしょうか？」

「そんなこと訊かれても、何て答えていいのか分からない。わたしには、次の面談のとき、もう一度、サイトへ入って、あなたと津本君を引き合わせたほうがいいかどうか、そんなことさえ判断できないのに」

「判断できないのですね。分かりました」

ちょっと待って、何が分かったの、もう一度、よく考えてから答えさせて、と思ったけれど、ナーンの姿は消え、画面には、誰もいない炊事場の、窓辺に置かれた薔薇柄の小瓶が映された。

秘密

高野史緒

被介護者の完璧な話し相手となり、医療モニタとしての役目も果たすヴァーチャル・コンパニオン。ある老婦人が次々とVコンを拒絶する理由を探るために雇われたハッカーは、彼女が抱える「秘密」を知ることになる。

本作が着目したのは、AIの容姿である。人はAIに声を提供することは厭《いと》わなくとも、容姿を提供することは嫌がる――その洞察から生まれた「容姿売買」という未来のビジネスが存在する社会の一場面を、ひそやかなロマンスを通して描いた。私たちにとって「容姿を売る」とは何を意味するのか？　容姿も、表情も、簡単にコピーし操作することができる――それが人型ロボットやVR映像としてあちこちで動き回る――ディープフェイク時代のプライバシーのあり方を問う作品である。

高野史緒（たかの・ふみお）は一九六六年生まれ。一九九五年『ムジカ・マキーナ』でデビュー。二〇二一年『まぜるな危険』で第42回日本SF大賞候補。そのほかの作品に、『カラマーゾフの妹』『赤い星』など、編著に『時間は誰も待ってくれない』がある。

（宮本裕人）

2102年

「ども。ミチっていいます。よろしく。で、なんで私、メイド服着せられてるんすか？ハッキングしろってことで呼ばれた気がするんですけど」

ミチはやせっぽちの身体には少し大きい、紺のドレスとフリルのついた白のエプロンを見下ろした。普段は適当にツインテールにしている派手なオレンジ色の髪も、きっちりと結《ゆ》い上げられてレースのボンネットに押しこまれている。ARゴーグルだけは外さなかったが、これは業務に必要ということで大目に見られた。

「おばあちゃまの介護用ヴァーチャル・コンパニオン関連のハッキング、ですよ、ね？」

高襟の黒ドレスをまとった初老のメイド頭《がしら》は、はねつけるようにそう言った。

「えと、被介護者は、八十七歳の未婚のおばあ……」

「お嬢様です。お嬢様は当家のご当主であらせられる旦那様の叔母様に当たられる方です。それ以上の質問は無用です」

はあ、さいですか。

ミチは黙った。ここでもめ事を起こしても、いいことは何もない。

「メイド服はお嬢様のお部屋に入るのには必要だからです。お嬢様は見知らぬ下々《しもじも》の者になどお会いになりません。お嬢様とVコンの様子を見てみたいと言ったのはあなたのほうではありませんか」

「でもそんなの、室内のモニタを見せてもらえれば済むことじゃないですか？」

「冗談ではありません。わたくしども下々の者がお嬢様のプライバシーを侵害するなど、決してあってはならないことです。ご様子はもちろんＡＩが常時モニタしておりますが、異変がない限り、我々にその情報は開示されません」

「はいはいー、了解です。メイドの一人のふりをして、本物のメイドさんたちと一緒にお部屋に入れてもらって、んでこっそり観察する、ってことっすね？」

「その通りです。あなたは口をきかないように」

言われなくても喋りませんて。

「よいですか。わたくしども人間の介護者は『贅沢品』なのです。お嬢様に贅沢感を味わっていただく、それこそがわたくしどもメイドのお役目なのです。そのことを忘れないように」

すっかりメイドの一人にされてしまっているが、まあしかたがない。

超格差社会。二十年前にミチが生まれた頃には、この言葉はすでに当たり前すぎてほとんど使われない語となっていた。もう七十年だか八十年だかは続いている時代だそうだ。明確な階級やカーストがあるわけではない。しかし、格差は存在する。こういう時代になったばかりの頃は今よりも格差は少なかったけれど、気持ちの上での差別感は極端に強かったとも聞く。物事の始まりなんて、案外そんなものかもしれない。「上」の人たちはどういうわけかとにかくめったやたらとお金があって贅沢で、ミチのような「下」の人たちはなんか下の方で必死に生きている。ミチにはIT方面に才能があったのが幸いだった。何だかんだで雇われ仕事があり、とりあえず食っていけている。

今回ミチが引き受けたのも、そんな雇われ仕事の一つだった。メイド服とかお嬢様とか、なんかいろいろ混乱することはあるが、改めて依頼の内容を頭の中で反芻《はんすう》してみた。ほぼ寝たきりになったおばあち……お嬢様が、話し相手のヴァーチャル・コンパニオンを次々と拒絶してしまうので、その原因を探ってほしい、ということだ。そんなの、お嬢様ご本人がこういうVコンが好きとか言ってくれればそれで済む話なのだが、プライドの高いお嬢様は自分からご希望はおっしゃらない、と。

実を言うと、ミチにはその気持ちは分からないでもないのだった。今何が飲みたいとか、カーテンを閉めてくれとか、その程度の希望だったら言うのは易いが、人間のタイプの好き嫌いとか、Vコンに望む属性とか、そういう、人格の核心にも迫るような好みを表明することは、言ってみれば弱点をさらけ出すのと同じことではないだろうかと思うのだ。ゴリゴリのラップバトルはしても、愛する人が誰かは秘密、みたいなのとちょっと近い。今回の仕事は報酬額も大きかったが、なんかそういう心の機微ってやつ？それに興味があったから引き受けたのだった。

メイド頭を先頭に、シーツやクッションを捧げ持った八人のメイドたちが、分厚いペルシャ絨毯（だと思う）を敷きつめた、長く豪華な廊下を行く。しんがりは本物のメイドさんで、ミチは後ろから二番目にこっそりと紛れこんだ。

お嬢様のお部屋は広く明るく、森林のような爽やかな空気で満たされていた。嫌味のない、最高の状態の花束のような香りがかすかにする。半裸の女性像が捧げ持つ鏡や、彫刻の入った猫足の椅子、重そうな緞帳《どんちょう》っぽいカーテン。これ何だっけ？　アールヌー何とかいう様式？　ミチは目だけを動かして、自動姿勢転位機構とロボットアームを備えた介護ベッドや、調光機能つきの窓などを観察した。どれも最新の技術ではない。むしろ、何十年も人間が使い続けてきて安定した、いわゆる「枯れた技術」だ。最新の技術は使用者が実験台になるような側面がある。快適なのはむしろ、枯れた技術だ。

部屋には一つだけ最新式のものがあった。それがヴァーチャル・コンパニオンだ。一見、控えめながら高価そうなツーピースを着た感じのよい中年女性が椅子の一脚に腰をかけているだけだが、実のところ、それは椅子の上に投影された立体映像なのだった。現実の人間と全く区別がつかない、非常に精巧な映像だ。部屋のあちこちに仕込まれたスピーカから発せられる言葉は、絶妙に調整され、その映像が話しているように聞こえる。

その昔、西欧の貴婦人たちのそばには、「話し相手《コンパニオン》」という仕事のお付きの女性がいた。メイドよりは位が高く、かといって友人でもなく、しかし、時には相談事や秘密を共有する存在だ。今、階層を問わず介護の現場で最も求められているのがこのコンパニオンだった。それはそうだろう。返しに困る個人的な思い出でも、何百回もリピートされる繰《く》り言《ごと》でも、延々と続く愚痴でも、二十四時間三百六十五日、どの時間帯であろうと引継ぎなしに聞いて、適切な返事をし、会話内容の異変を捉えるコンパニオン。理想的ではないか。

立体映像であれば取り換えもメンテナンスも容易だ。

お嬢様のおそばに侍《はべ》る六十一体目だというそのVコンは、メイドたちを出迎えて、自然な人間同士のような挨拶をした。

お嬢様は絹のお寝間着《ねまき》と寝具に包まれた、肌色はとても八十代後半とは思えない色艶の痩せた女性だった。目つきはしっかりしているが、さすがに弱々しさは隠せない。ベッドの機構とロボットアームと人間の慎重な作業で、粛々とシーツが交換される。床頭《しょうとう》に置かれた華麗なクリスタルガラスにしか見えない水差しは、多分危険のない合成樹脂製だろう。華奢《きゃしゃ》なコーヒーテーブルも、実は容易に倒れない構造になっているはずだ。

「マーサ、フォーレの歌曲を何曲か聞かせてちょうだい」

お嬢様が少し軋《きし》むような声で言った。メイドたちはいない者の扱いだ。

「かしこまりました、お嬢様」

マーサと呼ばれたのはVコンだった。ピアノの和音の上で、物憂《ものう》い女性の声が歌い始める。ミチのARゴーグルに、詩の訳が浮かび上がる。へえ、おフランス語かあ。

　私が夜に告げた名を
　朝が知らずにいますように

暁の風に　音もなく
涙のように　揮散《きさん》して

私が朝に秘した愛を
昼が言いふらしてしまえばいい
私の開き傾《かし》いだ心の上で
香の粒を　燃やし尽くすように

私が昼に告げた秘密を
黄昏が忘れてしまいますように
私の愛とともに持ち去って
消えゆく裳裾《もすそ》の襞《ひだ》に包んで

「アルマン・シルヴェストルの詩ね」

お嬢様が言った。マーサが感じのよい声でそれに応えた。

「はい。歌曲として作曲する際、フォーレは第二節の四行目に少し手を入れていますね」

「そうね。全体としては、女性韻から始まる抱擁韻を持った八音綴りの等韻詩ね」

「シルヴェストルの詩は本当に素晴らしいです。『金の翼』の中の一篇では、『黄金』という言葉の後に出てくる『赤』を、rouge ではなく vermeil にしていますね」

「ええ、vermeil には金めっきをした銀という意味もあるわ。金に対比させる言葉として選んだのね。そういう繊細な言葉選びが本当に素晴らしいわ」

うわわー。なんのこっちゃー。何か呪文ともお経ともつかないやり取りが続く。まあこりゃ確かにビッグデータにつながったAIでないと話し相手にはならないだろう。これに加えて二十四時間医療モニタの役割とか何とかかんとかもあるわけだから、人間には到底務まらない。

お嬢様はうっとりと旋律に聴き入っているようだった。Vコンとのやり取りも満足げに見える。メイドたちが整えたベッドの上で、鷹揚《おうよう》にうなずいて見せる。

「お嬢様、本日は午後四時にご家族の皆様がお見えになります。ご晩餐は午後七時に舌平目のパルメザンとシャンパーニュのソース、黒トリュフのエスプーマ仕立てのビュルゴー家シャラン鴨、ペリゴール産フレーズのムースでご用意いたしますが、よろしゅうございますか？」

マーサが言う。実際にはきざみ食とか流動食なのかもしれないが、とにかく何かしら豪華そうなものであることは確かだ。

「それで結構よ」

不満の兆候は何一つ見られない。

しかしお嬢様は突然、Ｖコンのほうを見もせずにこう告げたのだった。

「マーサ、あなたはもう下がっていいわ」

「……お嬢様！」

メイド頭が思わず声をあげた。ＡＩは命令通り退出するのが最適と判断したようで、マーサは姿を消した。またしばらく適度な間を置いて、新しいＶコンが送りこまれるのだろう。

「お嬢様、コンパニオンについては、何でもご要望をおっしゃって下されば、必ずご希望に沿える者を見つけて参りますのに。ですから、どうか……」

「あなた方ももう下がりなさい」

「しかし、お嬢様……」

「お下がりなさい！」

部屋を退出すると、メイドたちはそれぞれに弱々しくため息をついた。

なるほど、こういう感じね。お嬢様はこうやって、Ｖコンを次々とリジェクトしてしまわれるわけか。不満そうなところは何もなかったにもかかわらず。

そこでミチのハッキングが必要になってくるわけだ。

被介護者とVコンの会話は秘密が保持される。もちろんAIはビッグデータとのやり取りはしているが、そのやり取り自体は人間にはモニタできないようにされている。AIから人間の介護者たちに通知されるのは、被介護者の体内チップに医療的な異変が検知された場合と、Vコンとの対話に認知機能的な異変が検知された場合のみだ。後者の異変も、まるごと人間に開示されたりはしない。被介護者のプライバシーに極力配慮した上で、「必要な措置」だけが通知される。

Vコンに対してお嬢様が何らかの不満を持っているとするなら、それはバイタルデータ等にきっと現れているはずだ。それさえ分析できれば、Vコンの何がいけないのか、どの瞬間がどう不快だったのか分かるはずだ。だが、そのデータに人間はアクセスできない。

だからミチにそれをハッキングしろというわけだ。

やれやれ。二度手間、三度手間な気もするが。

２０３０年

「当ペルソナ社に容姿売買を希望されるとうかがいましたが、本当ですか？」

無難なスーツを着た無難な中年男性の担当者が、いきなり核心に切りこんできた。リョウは少しばかり怯《ひる》んだ。決意したこととは言え、そう露骨に言われるのは何だか辛い。

「はい……でも、まだ分からないこともいろいろあります。質問してもいいですか？」

「もちろんです。ご納得いただけないと、大変ですからね」

リョウは部屋の一隅にある大きな鏡に映った自分の姿を見た。まだ三十歳にはならない年齢。太りすぎても痩せすぎてもいない、自画自賛になるが、肉体労働とトレーニングで培《つちか》ったきれいな筋肉質の身体。平凡ながら、親切そうでそれなりに感じのよい成人男性の顔。求められる条件は満たしているはずだ。

「当社は、これから急増すると思われる人型ロボットやヴァーチャルリアリティ映像のために、容姿を収集、提供しています。人間はＡＩに声を提供することは躊躇しませんが、容姿を提供するのは嫌がるものです。つまり、自動販売機や空港の案内が自分の声で喋るのは平気というか、時にはむしろ嬉しがったりしますが、ロボットやアバターが自分の顔をしているのは嫌なんですよ。その問題を解決するのが当社です」

「はあ」

「今生きてる人の顔が使えないのなら、過去の写真から生成した容貌を使ったりしても、子孫を名乗る人々からいつクレームが来るか分からないのです。AIに使う顔なんて、それこそ当のAIでいくらでも生成できるとお思いでしょう？　皆さんそう思われます。技術的には確かに簡単です。しかし現実は、そう簡単にはいかないんです。完全にゼロから生成した容姿でも、必ず『私の顔を無断で使われた』と言ってくる人が現れるんですよ。漫画っぽい顔とか、極力シンプルな、いかにもロボットらしい顔を作っても、それでも必ず誰かしらそういうことを言い出す人が、どうしても出てくるんです。

だからそこで容姿売買なわけです。この姿形はこの人から頂いてるんですよと証明できるようにするのです。トレーサビリティってやつです」

少し違うような気もするが……いや、合ってるか。

「契約が成立すれば、当社は半永久的にあなたの容姿をAIに使用します。個人情報も公開します。その代わり、あなたには当社の保養施設でゆったりとした余生を送っていただきます」

「そこがちょっと分からないんです。なぜ容姿を提供した者は隔離されないといけないのですか？」

「だってそうでしょう？　あちこちで働いてるＡＩと全く同じ容姿の人間が顔認証でお金を引き出したり、防犯カメラで歩様《ほよう》認証や骨格認証されてたら困るでしょう？　お分かりいただけますよね？」

　確かにそれは混乱するだろう。

「あなたの豊かな生存はちゃんと保証されます。当社の保養施設は充実していることで有名ですから。実を言うとですね、これを目当てにお年寄りが毎年何万人も応募して来るんですよ。みなお断りしているんですけどね」

「どうしてですか？」

「働くＡＩがどれもこれも爺さん婆さんの容姿だったら……なんかイヤじゃないですか。年寄りをこき使ってるみたいで」

「そのお年寄りのスキャンデータを元に、若い頃の容姿を再現するのではだめなのですか？」

「当社では、最初はそれもやろうとしました。しかしね、容姿データをほんのちょっとでも加工するっていうと、必ず『私に寄せてきた』って言う人が出てきちゃうんですよ、結局。だから、もう一片の加工もなく、申込時点その瞬間、その人そのまんまのスキャンデータだけを使っていますよという保証が必要なんです。それでも他人のそら似は必ず出てきますが、エビデンスがある方が勝ちです。そうでしょう?」

「それはまあ……確かにその通りですが……」

「というわけで、結論としては、あなたのような、感じのいい若い人の容姿こそが欲しいというわけです」

リョウは沈黙した。

つい最近まで、リョウはあるお屋敷の庭師だった。そこを辞めた、というより、辞めさせられたのである。お屋敷を追放されるような人間は、もうどこのお屋敷でも雇ってはもらえない。というより、まともな勤め口にありつけるかどうかも定かではないのだ。今まで経験もなく、想像もできない最底辺の仕事——というのがどういうものなのかさえ想像できない——か容姿売買か、どちらかしか選択肢はない。しかも、最底辺世界では、お屋敷勤め上がりの者はお高くとまりやがってと言われて残酷ないじめの対象になるとも聞く。

リョウは一瞬ためらったが、契約書を手に取った。

２１０２年

お嬢様は翌日、マーサの後任のリリアをリジェクトした。

ミチがぶっこ抜いたデータによれば、お嬢様はやはり、Ｖコンに何かしら不満を感じていたわけではないことだけは分かった。不満がないのにリジェクトする？　メイド頭は頭を抱え、ミチは両足をテーブルに投げ出した。マジか。かんべんしてくれ。

開け放たれた窓から差しこむ春の午後の日差しは、うっかりしていると眠くなってしまう。ミチはテーブルの上で足を組み替え、大きく伸びをした。お屋敷の庭園を吹き抜けてきた風が心地よい。今日はお嬢様のお部屋の窓も開いているらしく、昨日も聴いたあの歌がかすかに、メイド部屋にも届いてきた。

私が昼に告げた秘密を
黄昏が忘れてしまいますように

いつも漫然とオンにしている翻訳機能が、漫然と翻訳をゴーグル上に流す。

私の愛とともに持ち去って
消えゆく裳裾の襞に包んで
私が昼に告げた秘密を……？

「あっ！」

ミチはあることに気づき、思わず声をあげた。

「何ですか。大きな声を出さない！」

ミチはメイド頭の言葉を遮った。

「そう！　そうか！　お嬢様はきっと、Ｖコンに不満があるのとはある意味真逆で、誰かしら特定のお目当ての人がいるんじゃないですか?!」

メイド頭は、口をぽかんと開けて沈黙した。

「お嬢様が好きな俳優とか歌手とかいないですか？」

「お嬢様について詮索は無用です。あなたはただ結論だけを出せばよいのです」

「だからあ！　その結論のために必要なんでしょうってば！　誰かいないっすか？　男でも女でも、いや犬でもぬいぐるみでも、いませんかね？　誰かしらお気に入りみたいなのが」

「少なくともわたくしがお勤めに上がってからは、お嬢様はそのようなことは一度もおっしゃってはいません」

「それじゃ、よく見てる番組とかウェブ雑誌とか、なんかないですか？　もしかしたらそういうのを分析したら、好みみたいのが見えてきたりしませんかね？」

「最近は、過去にご旅行になった時のアルバムや動画をよくご覧になっていらっしゃいます」

「だったら、お嬢様がそういうのを見ている時の視線とかバイタルや反応を、室内のモニタを総動員して探ったら、なんか分かるかもしれない！　ＡＩだって視線やちょっとした動作やため息までモニタしてるわけじゃないんだし。ちょっとやってみるか！」

「お待ちなさい！　それは……」

「ああもううっせえな！　解決したいんだったら、ちょっと黙っててくんない？」

ミチはテーブルから足を下ろして、ラップトップ・コンピュータ（そういやこれもいい加減枯れた技術だな）を引き寄せた。素早くキーボードをたたく。セキュリティをかいくぐって、お嬢様のお部屋の様子がモニタ上に現れる。

「おー見てる見てる。動画見てますねー。これは……どこだろう？　どっか旅行した時の動画かな？」

メイド頭ははしたないだとか情けないだとかぶつぶつ言っていたが、邪魔だてはしなかった。

「あー、これって」分析された結果が表示される。「レマン湖、ってどこ？　スイスかあ。別にどうってことのないホームビデオ的な動画だなあ。何が面白いんだろ、こんなの撮って。……あっ、なんかシーンが変わった。これは……ああ、メルボルンね。空港？　またホームビデオ的なやつ？　人がわちゃわちゃ動いてるだけで、特に……」

空港の動画は、まるで隠し撮りだった。かといって、そこには美男美女のスターが映っているわけでもなく、何か事件が起こるわけでもなかった。エジプトの砂漠で撮られた動画には、スフィンクスを指さして喋るガイドロボットに連れられた団体さんが映っているだけだ。……何だこれ？　特にゲージュツ的とかでもないのに、なんでこんな動画とか見てるんだろう？

しかしミチのコンピュータは、いくつかの写真や動画を経るうち、ある特定の傾向をはじき出したのだった。

「あっ、見てますね。特定の……あっ、さっきの動画にも映ってた人か！　こっちの動画にもちらっと映ってる……同じ人か。でもこれ、人っていうか、みんなロボットとかアバターですね。って、あれか、容姿売買で提供された姿のコピーか。……えーと、ナニナニ……ペルソナ社が提供してるプロフィールによると、このリョウって人、七十二年前に二十八歳で容姿提供するまではどっかのお屋敷の庭師をしてたみたいっすね。もう死んでる。三十六年前に。あー、この人のコピー、世界中にいるわ。ねえ、この人、知らない？」

ミチはペルソナ社のサイトに上がっている3D画像をメイド頭に見せた。メイド頭は首を振った。

「わたくしがこちらにご奉公に上がったのは四十年ほど前です。それ以前のことは存じません」

「じゃ、当主のおっちゃんに聞いてよ！　この人が勤めてたのって、もしかしてこのお屋敷じゃない？」

「何という口のきき方を！　ご当主様もその頃はまだお生まれになっていらっしゃいません」

「それもそっかー。でも、まあいっか。生身の人間じゃなくて容姿コピーだったら話は簡単じゃん？　この人でVコン作ればいいだけの話だし」

メイドたちは顔を見合わせた。戸惑いとともに、希望に満ち溢れたような笑顔を見せる者もあった。

その日のうちにさっそくデータが取り寄せられ、お嬢様のお部屋に新たなヴァーチャル・コンパニオンの映像が投影された。際立った美男というわけではないが、生き生きとして感じがよく、親切そうな顔立ちの青年だった。少しキザなオフホワイトのスーツをまとった身体は、痩せすぎてもおらず、太りすぎてもおらず、細身の筋肉質で美しい。青年のVコンは午睡中のお嬢様のそばの椅子に腰を下ろすと、お嬢様の自然なお目覚めを待った。

お嬢様が目を覚ます。見守るメイドたちに緊張が走る。お嬢様の視界内にVコンが入る。別室でハッキング中のミチのもとには、いい意味でのバイタルの変化が捉えられたデータが届く。お嬢様はメイドたちを下がらせた。

「あれでよかったのでしょうか？　お嬢様には満足いただけたのかしら……？」

メイド頭はまだ不安そうな視線をミチに向けてきたが、データ的には心配なさそうだった。ハッキングはもう必要ないだろう。ラップトップを閉じると、ミチは右手の親指を立てて見せた。

「大丈夫みたいすよ。自律神経の状態とか、すごくよかったですし。これでますます長生きできますね」

「そう願いますわ。ミチさん、本当にありがとう。何とお礼を申し上げたらよいのか…

……」

「いいっすよ。仕事っすから。それにしても、なんか、よかったっすね。きっと、ずっと想い続けてたんでしょうね。その身分違いの庭師のこと。誰にも言えず、どうにもできないまま、ただただ想っていたんですね。でもこれでやっと、お嬢様が本当に欲しかったものが……まあその庭師そのものじゃないけど、少なくとも、今手に入る限りでは最高のものを手に入れられたってことで、よかったですね。でも、七十二年かあ。なんか、切ないっすね」

メイド頭やメイドたちも、皆それぞれにそっと涙をぬぐった。

お嬢様のお部屋では、新しいVコンが控えめに、しかし心からの——そうとしか見えない——喜びの表情で、優雅に頭を下げた。

「リョウと申します。どうぞお見知りおきを」

「存じております。待っていました」

「ありがとうございます。お待たせして申し訳ありませんでした」

「日本中、いいえ、世界中を訪ねて歩きました。どこかであなたの似姿が働いているのではないかと思って。何度かお見かけしました」

「恐れ入ります」

絶妙な間を置いて、ＡＩが最適解の答えを選び出す。

「これからはずっとおそばにおります」

「そうしてちょうだい」

「ご希望は何でもおっしゃって下さい。お嬢様」

「そうね、では、フォーレのピアノ五重奏の第一番を聴かせて」

「かしこまりました」

ピアノの分散和音の上に、一つ、また一つと弦楽器が加わってゆく。お嬢様は一度まぶたを閉じたが、また目を開けた。ＡＩが最適解の位置を選び出し、リョウは最も見やすく、そして邪魔にならないところに移動した。

２０３０年

「で、これは記録には残さないんで、正直に言ってもらっていいですか？」

担当者は少し身を乗り出し、砕けた口調で訊ねてきた。

「ぶっちゃけ、なんでです？　お屋敷勤めって言ったら、我々下々の人間の仕事としちゃ最高じゃないですか。なんでそれを捨ててまで容姿売買を？」

「捨てたんじゃない。お屋敷にいられなくなったんです。レイプ未遂を訴えられたんですよ、そこんちの十五歳のお嬢様に。もちろん事実無根です。でもこうなったら、どこのお屋敷にも勤め口はなくなる。私のような人間にはもう、容姿売買以外に生きてゆく手段がないことくらい、分かりますよね？」

「ああなるほど、そういうことでしたか。それはもうどうしようもないですね。分かりました。では、手続きを進めましょう」

参考文献
Armand Silvestre, les Ailes d'Or, poésies nouvelles 1875-1880, Paris, G.Charpentier, 1880.
金原《きんばら》礼子『ガブリエル・フォーレと詩人たち』、東京、藤原書店、一九九三年。
文中の詩「秘密」は、筆者による訳。

預言者の微笑

福田和代

〈無量〉と呼ばれるAIモデルが、「もうすぐ戦争が勃発し、世界は五年以内に壊滅する」という衝撃的な予測を発表。〈無量〉プロジェクトの中心人物である博士はパニックに陥った人々が押し寄せることを危惧して、〈無量〉の学習済みモデルを人型ロボットへと移植し避難させようと言い、マサトの事務所にその運搬を依頼する――。

人工知能は知能とはついているものの、それが提供する仕事の大半は「予測」である。たとえば、天気を予測する、株価を予測する、文章の次にくる文章を予測するなど。本作の読みどころのひとつは、AIの予測精度が高まり、ブラックボックス化が今以上に進行していった先に何が起こり得るのかを描き出している点にある。

福田和代（ふくだ・かずよ）は一九六七年生まれ。大学卒業後システムエンジニアとなり、二〇〇七年に航空謀略サスペンス『ヴィズ・ゼロ』でデビュー。サイバーミステリ『プロメテウス・トラップ』など、幅広い題材の作品を手掛けている。

（冬木糸一）

大学の周囲を取り巻く群衆が、顔をゆがめて拳を突き上げ、プラカードを振り回し、シュプレヒコールを叫んでいる。

車の中からでは何を言っているのかよくわからないが、だいたい想像はついた。群衆はみんな、真っ赤なシャツを着るか、赤い帽子やスカーフなどを身に着けている。

「こんにちは、水道工事の業者です。メンテナンスが終わりましたので出ます」

ものものしい警備態勢の中、車の運転席から入構許可証を見せる。制服の警備員は、車内をちらりと覗いただけで、「危ないから、早く出て」と急《せ》かしてきた。彼らが神経を集中しているのは、大学構内に入ろうとする人々だ。出ていく車ではない。

マサトはうなずき、バンを発進させた。

レンガ色の校舎が並び、緑あふれる文教地区が、今日は深紅に染まり騒然としている。大学に抗議する群衆、それに警察官と大学側の警備員で道路は車を走らせづらいほどだ。いい天気だった。こんなに騒がしい世の中が嘘のように、澄明《ちょうめい》な青い空が広がっている。

フィフス・アベニューに入ると、目当ての店が見つかった。

「セドヴィ、右側の食材店に寄って」

『ソウルマートでお買い物ですね？』

朗《ほが》らかな声の人工知能が尋ねる。

セドヴィは自動運転車輛《セルフドライビング・ビークル》インターフェースの略だ。車を購入すれば自由に好きな呼び名をつけてかまわないのだが、コンピュータを人間のように扱うのは抵抗があって、初期状態のままセドヴィと舌を嚙みそうになりながら呼び続けている。

セント・ポール大聖堂の洗練された尖塔が道の向こうにそびえている。ハンドルが勝手に回り、対向車がいないタイミングをみはからい、するすると小さな韓国系食材店の駐車場に車が入る。街によっては暴徒による略奪が起きているそうだが、このあたりは事件の渦中にあるというのに、まだ店舗は普通に営業しているようだ。

「ちょっと買い物してくる。お前は外に出るなよ、無量」

助手席の男がこちらに顔を向け、無言でこくりと頷いた。茶色い髪を耳の上でさっぱりとカットし、黒いセルロイド縁の眼鏡をかけている。眼鏡のせいで平凡な印象だが、よく見ればひどく整った顔立ちをしていることに気づく。あまりに整いすぎて、見ているこちらが不安になるほどだ。オレンジ色の作業服が、全然似合っていない。

だが、さらによく見れば、無量の顔には特徴らしい特徴がないことにも気づく。目は大きくもなく小さくもなく。鼻は高くもなく低くもなく。米国中の男たちの顔を平均したような顔なのだ。整って美しいが、無条件に惹きつけられるような魅力は感じない。

瞳は緑がかったグレーで、じっと見つめられると落ち着かない気分になった。

「行ってらっしゃい、マサト。気をつけて」

今日初めて会ったのに、前にも聞いたことがあるような錯覚を起こす。無量の声はそういう声だ。

マリトは運転席から降りた。もう人間が運転することはほとんどないが、慣習で今もその呼び名が残っている。子どものころ両親が自分でハンドルを握っていた世代に、マサトは属しているのだ。

食材店に入ると、マサトは三日分の食料と水をかごに放りこんだ。ひとり分だからたいした量ではない。無量に必要なものは、すでに車に積んである。これから三日かけて、カリフォルニアまで無量を送り届けなければならないのだ。

大学周辺の様子を見れば、夜間の外出禁止令は今夜も解けそうにない。宿泊先も決めなければならなかった。

「あんなものを造った奴は、地獄へ落ちろ！」

怒鳴り声に振り返る。レジの前で、真っ白な髪を短く刈り込んだ男が、中年の店長に強い口調でまくしたてている。

「人工知能が未来を予言するなんて、馬鹿馬鹿しい！　あんたもそう思うだろ？」

レジにいる店長は、ぽっちゃりした中年の女性で、客の激しい剣幕に内心では辟易《へきえき》しているようだが、逆らわずに相手の品物を袋に入れてやっている。この店はまだ、人間の店員がレジを打ってくれるようだ。

店長が相手にならないと見ると、客の老人は近くにいた顔見知りを手当たり次第につかまえて、激昂した口調で悪態をつき始めた。赤い野球帽をかぶっている。大学の周辺に集まっていた連中の仲間なのだ。

世界が滅ぶなんて、いいかげんな未来予測をしやがって、どうせ研究者の売名行為か、株式市場を混乱させて喜んでるに違いないんだ。見ろ、昨日の市場は史上二番目の下落幅だったというじゃないか。……――

だけど、と客のひとりが反論を試みた。真面目そうな若い女性だ。

「だけどおじさん、カーネギーメロン大学が公式に声明を出したんでしょ。〈無量〉の未来予測は、世界中の気象データや政治、経済、歴史なんかのデータベースからデータを借りて、量子コンピュータで深層学習を行ったって。確率的にはかなり確かだって聞いたけど。それが本当なら、どうすれば助かるのか〈無量〉に聞いてみたいけど」

「はっ！　あんたはそれを信じるのか？　それでいいのか？　五年以内に世界が滅ぶって、あのコンピュータはどれだけお偉い預言者さまなのかって言うんだよ！」

老人が拳を振り上げた。

「あんなもの、さっさとぶっ壊せ！」

疲れた様子の店長と視線を合わせ、マサトは眉をひそめてみせた。三日分のカップ麵、カップ飯、水のボトルにパン、卵にトマト、キュウリとマヨネーズを少々。袋に入れてもらい、手のひら静脈パターン認証で支払って、さっさと車に戻る。

「セドヴィ、すぐ出してくれ」

『かしこまりました』

助手席で、無量はおとなしく前方を見つめている。先ほどの男は、ここに〈無量〉の心臓部があると知ったら、さぞ肝をつぶしたことだろう。

五日前、カーネギーメロン大学の研究者が行った人工知能による未来予測の結果が漏洩した。

手に入る限りの気象、資源の採掘量、推定される埋蔵量、人口推移、作物の生産量、消費量、家畜の生育、歴史的に発生した事件、経済の動向など、あらゆるデータをニューラルネットワークモデルに投入し、深層学習を行ったところ、〈無量〉と名づけたモデルが「もうすぐ戦争が起きて、世界は五年以内に壊滅する」と「予言」したというのだ。

当初、そのニュースは無視か冷笑で迎えられた。

ところが、各地の研究者たちが〈無量〉に与えられたデータやモデルを検証し、その妥当性についてコメントし始めると、まずインフルエンサーたちが煽情的な記事を書き、多くの人々が〈無量〉の予言を無視できなくなった。冷笑は悲鳴と怒号に変わり、予言を信じた人の多くは悲嘆にくれるか、パニックを起こした。もちろん、先ほどの男性のように予言なんか信じないという態度をとる人のほうがどちらかと言えば多く、国内は分断され、各地でデモや衝突が発生し、多数の死傷者すら出ている。〈無量〉の予言を奇貨として、人類が滅ぶ未来を食い止めようと考える理知的な人々は、さほど多くはなかった。

昨日は株式市場が大暴落し、さらなる混乱を引き起こしている。連鎖反応でいくつかの銀行では取り付け騒ぎが起きているようだ。

マサトが大学の研究室に呼ばれたのは、今日の昼すぎだった。〈無量〉プロジェクトの中心人物、ダニー・コーエン博士は、怒れる人々が〈無量〉を破壊しようと大学に押しかけることを恐れていた。ぼさぼさの髪のコーエン博士は、〈無量〉の学習済モデルを人型ロボットに移植し、緊急避難させたいと言った。

（比較的、西部は落ち着いているそうです。スタンフォード大学の研究者が、〈無量〉を預かって追試すると言ってくれているので）

（よくわからないけど、保存した学習済モデルとやらを送信すればいいだけじゃないんですか？　データなんでしょう？）

（大学のネットワークを監視しているやつがいるんです。〈無量〉の学習済モデルは巨大なサイズになります。送信に時間がかかりますし、発見されやすいでしょう。発見されれば、〈無量〉は削除されるか、やつらに捕まってしまう。メディアに保存して、私たちが持ち出しても同じことです）

（それで――私に依頼を？）

マサトに依頼を断る余裕はない。五年後の世界滅亡を語る前に、彼の〈ガーディアン〉事務所は今にも破産しそうな経済状態だ。

（だから業者のふりをして、構内に来てもらったんです。怪しまれないように）

博士の依頼は、水道工事の業者に扮し、余分の作業服もひとり分、持ってきてくれとのことだった。

（正直、私は博士を守って大学を脱出するのだろうと考えていましたよ）

（私は大学が警備を用意してくれますから）

コーエン博士の隣の研究室は、人間そっくりなアンドロイドの研究をしていた。試作品を借り受け、それに〈無量〉の学習済モデルを移植したのだという。

それが、今マサトの隣に座っている、端正だが特徴のないロボットだ。

（普通の人間みたいですね。この中に、百年分の人類のあらゆるデータが詰まってるんですか）

（いえ、学習済のモデルだけです。そこまで膨大なデータを、このサイズに詰め込むことは今の技術ではできません）

（なんだかピンとこないけど、モデルってのは何なんです？）

（正確ではありませんが分かりやすく言うと、無量の場合なら新しい未来をシミュレーションする計算機のようなものです。ブラックボックスとよく言うでしょう。何かを入力すれば、箱の中でどんな計算が行われるかは分かりませんが、とにかく答えが出るんです。そういうブラックボックスが、この身体の中に入っています。何年もかけてパラメータを

調整して、正しい答えが出るようにした、計算機ですよ）

　へえ、とマサトは言った。

「なあ、どうして地球が滅ぶなんて予言をしたんだ？　だいたい、本当に滅ぶのか？」

　州間高速道路七十九号線に入ると、広々した道路と緑の森以外に見るべきものもない。

　運転はセドヴィに任せ、キュウリにマヨネーズをつけて齧《かじ》りながら、マサトは無量に話しかけた。

「『どうして』というご質問は、私の動機を尋ねておられるのでしょうか。もしそうなら、私は過去のデータから未来を予測するシミュレータで、私に動機はありません。コーエン博士が私を使って未来を予測したのです」

　無量は穏やかな、温かい微笑みすら浮かべて応じた。

「本当に滅ぶかどうかは、現在の私にはなんとも答えかねます。なぜなら、五日と三時間十七分前の時点で私に与えられたデータを使って学習した結果、五年以内に世界が壊滅するという結論が出ました。今も刻々とデータは動いています。未来は流動的です」

「俺は、機械学習だの深層学習だの、学校で習っても正直よくわからなかったんだが」

　キュウリの端っこを口に放り込み、指を作業服のパンツで拭ったマサトは続けた。

「なんだか――自分が人工知能と話してるってのが、不思議な気分だよ。知り合いのつもりで話すから、そう思っててくれ」

「私をマサトの知り合いだと言ってくれて、光栄です」

無量の微笑をどう受け止めるべきか、マサトはまだ考えあぐねている。無量に感情はない。そう博士から聞いている。

「単なる興味で質問するんだが、無量が世界の壊滅という結論を導きだした道筋は、俺たち人間にも理解できるものなんだろうか」

「百パーセントを説明して、理解していただくのは無理だと思います。機械学習は膨大な量のデータを読み込み、統計的手法を使って法則性を抽出するのです。大量のデータですから、人間の目で法則性を見出すのは困難です。コーエン博士と私が行ったデータの解釈からひとつひとつ説明すると、何年、何十年とかかるかもしれません」

「それじゃ、俺たち人間は、過程をすっ飛ばして無量の結論を信じるしかないわけか？それでは、預言者か神様のお告げみたいなものとどう違うんだ」

「預言者や神様がどうやって未来を予測するのか知りませんので、私との違いはわかりません。私は過去のデータから未来を計算します。計算の結果、なぜ世界が壊滅するのか、その理由なら説明できます」

へえ、とマサトは気のない声を出した。

「なぜなんだ？」

「五日と三時間二十一分前の時点では――環境破壊による資源の枯渇が進み、それが引き金となって戦争が始まると予想しました。もちろん、私は過去のデータのパターンから未来を予測しただけなので、未知の要因や偶発的なできごとのために、私の予想を超える未来になる可能性はあるわけです」

「なあ、環境破壊も資源の枯渇も、昔からずっと懸念されてきたじゃないか」

いくぶんうんざりしつつ、マサトは人工知能相手に諭《さと》すように言った。

「それが、今になって急に、なぜそんな結論が飛び出すんだ？」

「博士はまず、私にこの百年間の気象、天文、人口推移、鉱物資源や石油、天然ガスの採掘量、推測される埋蔵量、食料生産、さまざまな物価、穀物、石油などの市場や、株式市場などのデータを与えました。その学習だけで何年もかかりました。次に、博士は地球の歴史に関するデータを与えました。最初は世界中のあらゆる国で出版されている歴史の教科書や歴史書を、それからこの百年間に各国で発行されている主要な新聞を学習したんです。もちろん、科学技術の進歩の歴史も重要な要素でした。それだけ巨大なデータを取り込んで過去をモデリングした人工知能は、私が初めてだそうです。これまでの人工知能は、

WEBスクレイピングによる大量のネット情報を読み込むことが多かったですが、人類の歴史上、まだデータ化されていない、紙の情報のほうがはるかに膨大なので。そして五日と三時間二十三分前、未来予測の学習モデルが完成したんですよ」

「もう、学習モデルの完成は五日前ってことでいいよ。人間の感覚は、そこまで厳密にできていないんだから」

マサトはため息をついた。

「コーエン博士は何年もかけて膨大なデータを学習させた。無量は学習モデルだが、いちど消えてしまうと、同じ予測を立てるためには、また膨大な学習を一から始める必要があるんだな？」

「その通りです。私のパラメータの数は一億個を超えています。それだけのパラメータを調整するのに博士は何年もかけたんです」

マサトは皮肉な表情をした。

「だけど、無量の予測に価値があると、なぜわかる？ そりゃ博士にとっては、一世一代の研究成果なんだろうがね。世界の混乱ぶりを見ると、価値があるどころか、危険な存在と見なされてもおかしくない」

「私の予測に価値があるかどうかは、私にはわかりません。言えるのは、五日前の予測が未来予測シミュレータから見て、確度が高いということだけです」

ふうん、とマサトは上《うわ》の空《そら》で応じた。腕にはめた端末が振動し、ニュースの着信を知らせている。自分に関係のありそうなニュースが入れば、知らせるようAIに設定しているのだ。すでに自分の生活にも人工知能は入り込んでいる。

「おい――大変だ」

マサトの声が上ずった。

「コーエン博士が殺された」

大学が警備をつけてくれると言っていたが、その警備員に偽装して侵入した男に撃たれたという。男は〈無量〉を壊すつもりで、博士の研究室にあったコンピュータをバットで破壊しているところを逮捕された。

「なんてこった――カリフォルニアの受け入れ先は大丈夫なんだろうな？　博士が殺されても、無量を引き受ける度胸はあるのか？」

連絡先は博士から聞いているが、うかつに連絡を取ると、藪蛇になる可能性がある。このまままっすぐカリフォルニアに向かい、相手が嫌だと言っても無量を押し付ける。それしかない。

黙っていた無量がこちらを向いた。

「博士は死を覚悟していました」

「なんだって」

「正確な未来予測を理性的に受け止められるほど、人類はまだ成熟していない。だから、自分は〈悪い預言者〉として殺されるだろうと言っていました」

ほんのわずか、無量は言葉を切った。

「私の予測でも、博士は殺されると出ていました」

「――だったら」

そこまでわかっていたのなら、博士や大学は、もっと他に手を打つこともできたのではないか。そう考えて、マサトはひらめいた考えの異常さにひるんだ。

――博士は、無量の未来予測が正しいことを証明するために、死ななければならなかったのだ。

マサトはとっさに、無量の腕をつかんだ。

「なあ、おい。俺たちは無事にカリフォルニアに着いて、お前はそこで次の研究者に引き渡されると言ってくれ」

無量はしばしこちらを見て、感情などないはずなのに、憐れむような目で瞬きした。

「――そう言えば良いのですか？　言うだけでしたら」

「いや待て！　言わなくていい。お前の顔を見ればわかる。俺たちはカリフォルニアに着けないんだな？」

無量が首を横に振り、マサトを安心させるように微笑んだ。

「わからないんです。私の未来予測モデルは、世界の行く末に関わることにだけ働くので」

「わかったよ。俺は世界の将来に何の関わりもない、チンケで無名のガーディアンだからな！　だが、お前はどうだ？　世界中で起きているこの騒ぎを引き起こしたお前は、無事にカリフォルニアに行けるのか？」

「お忘れのようですが、私が最新のデータで未来予測のモデリングを行ったのは、五日前です。その時にはまだ、カリフォルニアに行くことすら決まっていませんでした。ただ」

「ただ？」

「私は、私を破壊しようとする多くの人に狙われます。それは、五日前の時点でもすでにわかっていました」

「狙われて——破壊を免れるのか？」

「わかりません。あなたは五日前の時点で、私にとって存在しなかった不確定要素です」

マサトは言葉を失い、シートの背に身体をぶつけた。

「――なら、もう一度モデリングとやらをしてくれよ。不確定要素の俺と、この五日間のデータを入れて」

「この五日間のデータを入れてモデリングするのは、今は無理です。膨大なデータ量ですから、この人間型ロボットのCPUで実行すると、何十年もかかります。研究所の量子コンピュータに接続しなくては」

「どうすれば接続できるんだ？」

「まずネットワークにつながないと」

マサトはセドヴィを呼び出し、夜八時の外出禁止時間帯までに入れそうなモーテルを検索させた。まだ六時間近くあるから、できるだけカリフォルニアに近づきたい。高速ネットワークに接続できることも条件だ。

セドヴィは、シカゴまで行けばいくらでも泊まれる宿があると言った。行くことにした。

マサトがガーディアンの資格を取ったのは十年以上も前だが、いまだ鳴かず飛ばずの弱小事務所で、入るカネより出ていくカネのほうが多い生活を続けている。借金ばかりが増えていく。

昔は探偵とボディガードと呼ばれていた職業が、いつのころからかひとつの資格に統合された。マサトの両親もガーディアンだったので、その道を選ぶことに抵抗はなかった。仕事に不満はないが、なぜコーエン博士が自分の事務所に依頼したのかは謎だ。博士も語らぬまま、逝ってしまった。

午後八時の七分前に、シカゴ郊外の古ぼけたモーテルに車を停め、いかにも退屈してそうな中年のフロント女性に鍵を借り、誰にも無量を見られずに、さっさとツインの部屋に転がりこんだ。

「私は眠りません」

二つ並んだベッドを見て、無量が言う。

「知ってるよ。夜の間に、お前には研究所の量子コンピュータに接続して、最新データでモデリングしてもらいたいんだ」

「ですが――」

何か言い募ろうとした無量の口を、マサトは掌でさえぎった。

「言い訳はなしだ。さっさとやってくれ。俺たちが無事にカリフォルニアに着けるのか、それが知りたいんだ」

「――承知しました。やってみます」

「どのくらい時間がかかる？」

無量はためらった。

「――ひと晩あれば、おそらくは」

「わかった。頼む」

無量はベッドの端に腰を下ろし、目を閉じる。マサトには見えない電波をとらえて、ネットワークに接続しているのだ。その間に自分で充電できるよう、マサトは無量に充電パックを渡した。

コンピュータは眠らないが、人間には睡眠と休息が必要だ。モーテルの部屋をざっと調べ、カップ麺とカップ飯をかきこみ、時刻を確かめて、ベッドに転がった。

すぐ眠りに落ちた。

禍々《まがまが》しい、黒い影に追われて、必死で逃げ回る夢を見たのは、やはり脅威を感じていたからだろうか。

いきなり身体を揺さぶられて、覚醒した。夢のせいか、動悸が激しい。照明がつけっぱなしで、目の前に整った顔があった。

「なんで?」

そんな言葉が飛び出したのは、寝ぼけていたからだ。無量は「しっ」と指を立てた。

「外に誰かいます。中庭に五人」

　マサトは飛び起きた。一瞬で正気に戻った感じだ。

眠ってから三時間も経っていなかった。

「モデリングは終わったか？」

「まだです。研究所のコンピュータが実行中で、新しいモデルをダウンロードできるようになるのは、明日の朝でしょう」

　窓には厚い小花柄のカーテンが引かれている。隙間から駐車場の様子をうかがうと、マサトらが到着した時にはいなかったトラックが、二台増えている。

　車に隠れて、蠢《うごめ》く影が見える。

　ひとつの影が、トラックの陰で一瞬、伸びをするように立ち上がった。大型のハンマーを手にしている。狙いは無量だ。

「なんでここにいることがバレたんだ」

「私が研究室の量子コンピュータにアクセスしたからでしょう」

　平然と応じる無量にあっけにとられ、すぐ思い出した。無量は何か言おうとしていたじゃないか。さえぎって有無を言わせずモデリングさせたのはマサト自身だ。

「ひとりフロントに行きました。私たちが宿泊した部屋を尋ねているのでしょう」

この部屋は駐車場に面した二階にあり、裏側はバスルームで窓は小さい。大人がくぐり抜けるのは厳しい。

「正面突破するしかないか」

ショルダーバッグから二丁のテーザー銃を出すと、無量が隣の部屋との壁を指した。

「隣は空いていますよ」

壁を壊せというのだ。

「却下する。不要な破壊はガーディアン免許剝奪の恐れがあるからな」

「マサトが免許を取得したニュージャージー州法では、緊急避難条項があります」

知ってる、と言いかけてマサトは口を閉じた。顧客かガーディアン本人の命を守るためなら、善意の第三者の財産を破壊した場合でも、緊急避難として認められる。ただし、破壊した財産の原状回復が鉄則だ。そんなカネはない。ガーディアン保険には入っているが、この二年で三回、派手に〈善意の第三者〉の建物をぶっ壊したせいで、掛け金がべらぼうに上がっている。これ以上は商売にならない。

「おい──また来たぞ」

駐車場に別のトラックが続けて二台、現れた。宿泊客じゃないのは、降りた奴が他の連中と合流したのを見れば明らかだ。みんな赤いシャツやバンダナを身につけているようだ。

――いったい何人集めたんだ。

さっさとここを離れるに限る。

「前言撤回。隣に移動だ」

マサトはあっさり意見を翻《ひるがえ》した。カネでどうにかなることは、カネで解決するに限る。

だが、古いモーテルの壁は意外に厚かった。頑丈なつくりの椅子をぶつけても、こちらの手が痺れるだけだった。ハンマーが欲しい。

「何をしているんです？」

無量が目を丸くし、壁の一部を押すと向こう側に開いた。

「コネクティングルームです。さっき鍵を開けておきました」

「早く言え！」

荷物は無量に持たせた。研究用のアンドロイドだが、人間よりは力が強い。眠らないし、食べない。おまけにピッキングもできて、地球の未来を占うこともできる。

駐車場の連中は、彼らの部屋をつきとめたらしい。車のそばにふたり残し、六人が階段を上がってくる。

隣室にすべりこみ、そっと仕切りのドアを閉めて鍵をかける。

「走れと言ったら、荷物を持って車まで走れ」

「わかりました」

緊張のかけらもない穏やかな声で応じ、無量はうなずいた。

それからの数分間はマサトにとってはよくあることで、無量には初めての体験だっただろう。

もといた部屋の前に、ハンマーや金属バットを持った男たちが集結し、ドアを蹴破って乱入するのを確認すると、マサトは隣の部屋から飛び出し、廊下に残っていたふたりをテーザー銃で撃った。三連射できる強力なタイプで、法執行機関の人間とガーディアンしか合法的に持てないものだ。電流の刺激で筋肉を硬直させるのは、およそ五分間。

部屋から男たちが飛び出す前に、マサトの「走れ！」という号令に反応して、無量が階段を駆け下りる。マサトは逃げる途中で振り返って、ふたたびテーザー銃で男たちを倒した。六人が限界で、駐車場で待っているふたりの分はもう弾がない。

ハンマーを振り上げて無量に襲いかかる男の顔に、テーザー銃を投げつけた。ひるんだ一瞬に、無量がハンマーを避ける。テーザー銃では間に合わない。ホルスターから実銃を抜いた。

「動くなよ！　撃つぞ、ハッタリじゃない」

拳銃を見せても男たちがこちらを威嚇しようとしたので、足元に一発撃ち込んだ。

「動くなって言ったろ」

　無量が車に乗り込むのを待ち、マサトも運転席に飛び込んだ。勢いよく閉めたドアに、男たちがハンマーを叩きつけてくる。窓は防弾の強化ガラスだが、ドアにはへこみができたに違いない。正体が知れたら、修理代の請求書を送ってやる。

「セドヴィ、大至急出発だ！」

　エンジンは無量が乗った時点でかかっている。マサトの言葉と同時に、車が急発進した。走って追ってくる奴らは置き去りだ。

『加害者の写真は撮影済です。警察に被害届を出しますか？』

「マリト、奴らの車のナンバーも撮影済です」

　頼もしいセドヴィと無量が口をそろえる。人間の助手を雇うより、いい仕事をしそうだ。なにしろセドヴィときたら、車を走らせながら被害届の心配までしてくれる。

「通報は後にしよう」

　もし警察の内部にも〈赤シャツ党〉の仲間がいたら、また追手がかかる恐れがある。

『お疲れのところすみませんが、悲しいお知らせです。ニュースを確認してください』

　おせっかいなセドヴィの言うとおり、最悪のニュースが待っていた。

　カリフォルニアの研究者も、〈赤シャツ党〉に殺されていた。無量救出のためにコーエン博士と連絡を取り合っていたのが、致命的だったのかもしれない。

――無量をどこに送り届ければいい？

博士も引受先も死んでしまった。引き返して大学に返却するか。警察に助けを求めるのか。どちらを選んでも、無量の安全が確保されるとは思えない。

「マサト。大学に戻りましょう。あなたは充分協力してくれました。博士の身に万一のことがあっても、マサトへの謝礼がきちんと支払われるよう、手続きは済んでいますから」

無量が端正な表情で、淡々と話している。その言葉が、マサトの心を決めた。

「――博士は、無量を安全な場所まで届けてくれと言った」

もちろん、カリフォルニアが安全だと信じていたからだ。だが、そうではなくなった。

「謝礼を受け取って、依頼を途中で投げ出すようじゃ、ガーディアンは務まらない」

「マサト――」

「今はとにかく逃げる。〈赤シャツ〉の奴らだって、いつまでも頭に血が上ったままじゃないだろう。様子を見て、これなら安全だと思える場所が見つかれば、お前を送り届ける。それでどうだ」

無量がしばし沈黙した。

「ご存じでしたか？　いま私は、ネットワークからデータを収集できない代わりに、現実の世界で会う人、見聞きすることから情報を収集しています。ほぼマサトからですけど」

無量の言葉を咀嚼《そしゃく》し、理解しようとした。それはひどく受け入れがたい解釈だった。

「それは、俺が無量のモデリングに影響を与える可能性があるってことか？」

「可能性ではなく、与えています」

なぜか妙にきっぱりと言い放った無量は、満面の笑みをたたえた。

「先ほどモーテルで、研究室のコンピュータに接続した時、この身体に入ってから見聞きした情報をコンピュータにアップロードして、その分だけ先にモデリングをすませました。追加するデータ量が少ないので、短い時間で完了するとわかっていましたから。五日前は五年以内に世界が滅亡する結果になりましたが、今回は七年に延びていましたよ」

――自分の存在が、人類の未来予測に影響を与えている。

今回は人類の残り時間が少し延びたらしいが、反対に短縮される可能性だってあるわけだ。自分の行動や言葉次第で。

「怖がらないでください。予測が変わるだけで、未来がその通り変わるとは限りません」

無量が微笑む。

「〈予言〉ではありません。確率を計算しているだけです。未来は決まっていないんです」

「喜んでいいのかどうか、わからないよ」

「もっとも、マサトひとりの情報に頼りすぎると、過学習の原因になりそうですね」

「過学習？」

「手元にあるデータに適応しすぎて、未知のデータを与えられた時に正しく予想できなくなることです。私はこれまで、ニュートラルで膨大な量のデータを博士に与えられ育ちました。でも今は、研究所に接続すれば見つかりますので、手に入る新しいデータはマサトからの情報だけです。マサトが世間一般の人間の代表なんです」

「それじゃダメだな。俺は人類のはみだし者だぞ」

「はみだし者――ではないと思いますが。私はマサトの情報がなければ、時々刻々と古びていくだけです。マサトの情報に頼れば過学習になるかもしれませんが、いやでもそうせざるを得ないんですよ」

熱をこめて、無量が語る。

「あのなあ、無量。おまえが人間なら、そういうのは〈依存〉だと言われたろうよ。他人やモノ、酒やドラッグに頼って、それなしでは生きていられなくなるんだ。――ちきしょう、人工知能も〈依存〉するってか？」

あきれた話だった。過学習という言葉も習ったことはある。つまりそれは、無量の言い回しが適切だと信じるなら、データへの依存なのだ。手に入れたデータに、未来を沿わせようとする病的な傾向だ。

「私は全知全能の神ではありません。でも、人間は私を神にしようとしている」

無量の表情が曇ったように感じたのは、マサトの考えすぎなのだろう。それでも、無量の言葉に悲しみを感じ、力になってやりたくなる。たとえそれが、自分自身の感情の投影にすぎなくとも。

「私は、ただのシミュレータにすぎないのに」

無量をいつか安全な場所に届けるまで、自分たちは〈赤シャツ〉の追跡から当てもなく逃れ続けなくてはいけない。

――まあ、いいか。

家族や係累もなく、事務所はつぶれる寸前で、友達も少ない。未来を予測できるという、この妙に人当たりのいいアンドロイドを救うことができるなら、自分にできる限りのことをしてもいい。

「俺はニュージャージーの出身だが、父方の祖父母は生前、ポートランドにいた。まだ家も残ってるはずだ。ほぼ廃墟だけどな。そこに行ってみよう」

「マサトに任せます。私の命はマサトのものです」

「おい――誤解を生みそうな言い方はよせ」

セドヴィにポートランドの住所を伝えると、目的地が自動的にセットされ、最適なコースで走ろうとする。この場合の最適とは、〈赤シャツ〉たちに見つかりにくいという意味だ。もうひとつは、夜間外出禁止令に違反しているので、パトカーに見つかりにくいこと。

「さっきの奴らは、撒いたな？」

『はい。向こうのセドヴィは、三世代ほど旧式のようです。お話の間に、三キロは引き離しました』

「さすが。それじゃ俺はひと眠りするから、朝になったら起こしてくれ」

マサトは運転席にもたれた。

七年以内に世界が壊滅すると言われても、やはり自分は自分の前にある仕事を、静かにやり通すしかないのだ。

気になることがあった。

「なあ、無量。世界が滅びるとどうなるんだ。お前はどんな状態を『滅びる』と呼んだんだ」

「最後に、人口が『1』になったんです」

無量が整った顔をこちらに向けて答えた。

——世界に、たったひとりきり。

無量が見た、寂寞《せきばく》とした未来を想像し、マサトは身震いした。それを見て、無量が何を考えたのか、にっこりと微笑んだ。

「でも、私は世界でもっとも能力の高いシミュレータです。それに、マサトのデータをこれからますます学習します。先ほど研究所に接続した時に、少ないデータ量ならこのロボットのCPUでもモデリングできるように、プログラムをダウンロードしておきました」

――だから、マサトは生き残る確率が、この地球でもっとも高い人類なんですよ。

そう無量が甘い声でささやく。初めて聞いた時から、どこかで聞き覚えがあると思っていた。アメリカ人男性の平均をとった容姿と、平均をとった声。誰にでも少しは似ていて、誰にも似ていない――無量。

世界の人口がたったひとりになった時、無量はその隣にいるつもりなのだろうか。

背筋がぞくりと冷えて、マサトは眠れる気がしなくなった。

シークレット・プロンプト

安野貴博

国家が構築した大規模ニューラルネットワーク《ザ・モデル》によって平穏な生活が送れる一方、国民すべてが監視される世界。そこで起きた連続誘拐事件は謎だらけだった。犯人は完璧な監視システムをどう欺《あざむ》いたのか。しかもなぜ中学生ばかりが狙われるのか。そしてある日主人公の少年のガールフレンドも忽然と姿を消す。

本作は短い頁数の中で展開が二転三転するサスペンスフルなSFミステリだが、全自動運転技術に潜む陥穽を描いた『サーキット・スイッチャー』と同じく、最先端技術と社会倫理との関係を鋭く追及している点を見逃してはなるまい。

安野貴博（あんの・たかひろ）は一九九〇年生まれ。ソフトウェアエンジニアとして活動する傍ら、「コンティニュアス・インテグレーション」で第6回日経星新一賞一般部門優秀賞、『サーキット・スイッチャー』で第9回ハヤカワSFコンテスト優秀賞を受賞。

（鈴木力）

「貴方は本取り調べに対し誠実に回答する義務があります。虚偽の発言や正当な理由のない黙秘には制裁が課されます」

告解室にも似た狭い個室で、机上に置かれた立方体がルカに告げた。大きさは林檎一つほどで、伝統的なスタイルの模様や、教典の言葉が彫り込まれている。ルカに話しかけているのは国の大規模ニューラルネット――《ザ・モデル》だ。

大仰な装飾や空間は、《ザ・モデル》がこの国の歴史や伝統の積み重ねの上にあると意識させるためのものだ、とルカは思う。決して技術革新で三〇年代に突然現れた非連続な異物ではない、と印象づけたいのだろう。

対話エージェントとの界面《インターフェース》がこのような形をとる機能的な必然性はない。実際、保安庁の取調室の外では、ありとあらゆるデバイス——ラップトップやスマホ、ヘルスバンド、ネックレットを通じて《ザ・モデル》を呼び出せた。

額に浮かぶ汗を袖で拭う。初めて経験する《ザ・モデル》の取り調べにルカは緊張していた。普段は自分のクエリに忠実に回答するだけの《ザ・モデル》から、逆にヒアリングされる機会は多くはない。

「本セッションの情報は安全に保管され、貴方の明示的な同意なく、国家モデル以外の思考主体に開示されることはありません。これらの法規を理解しましたか？」

ルカは頷いた。授業でも習ったことがある。プライバシーの権利とは、自分のことを他人に知られない権利である。ニューラルネットは物であって他人ではない。文字を書く時、ペンにプライバシーを主張するなんて馬鹿げているのと同様、取り調べの時に《ザ・モデル》に対してプライバシーを主張することもできない。

「これは何の取り調べなのですか？」

「アンナについてです」

やはり、と息を呑む。ルカが彼女に送ったメッセージは既読もつかないままだったし、学校も二日前から欠席している。嫌な想像が頭をよぎった。

「彼女に何かあったのですか？」

ルカの問いかけはぴしゃりと拒絶された。

「情報公開までもう少しお待ちください。あなたはアンナとはどういう関係でしたか？」

普段と少しだけ違う《ザ・モデル》の口調に胸がざわついた。

「クラスメイトでした」

「ただのクラスメイトですか？」

ルカは躊躇《ためら》いがちに口にする。

「アンナと僕は、付き合っていました」

「彼女と最後に会ったのは、いつのことですか？」

「三日前の放課後、一緒に図書室で勉強をしていたのが最後です」

「その時、アンナに変わった様子はありましたか」

どう答えるべきか、一瞬だけ考え、口を開く。

「いつも通りに見えました」

「記録によれば、あなたがアンナと会っていた時間帯に、急速に心拍数が上がった瞬間がありました。心当たりはありますか？」

どきりとした。ルカは左手のヘルスバンドをちらりと見る。自分の心拍数が表示されていた。《ザ・モデル》に対しプライバシーなど存在しないと思い出す。自分がアンナと一緒に図書室にいたこと、ふたりが付き合っていたことなど、《ザ・モデル》は既に知っていたはずだ。ヘルスバンドが発信する位置情報も心拍データも、僕と彼女のメッセージのやり取りも《ザ・モデル》はアクセス可能だった。

だからこれは、事実の確認ではなく、自分の反応データを収集しているのだと理解する。

「いえ、あの、それは――」

自分に黙秘権はない。心臓が早鐘を打ちはじめる。

――落ち着け。

深く息を吸い込む。あの日のことを何と表現すべきか、咄嗟《とっさ》に言葉を探す。あの瞬間、近くにカメラやマイクはなかったはず――

「初めてだったんです、キスをしたの」

ルカは顔を下に向けたまま、ばつが悪そうに言った。

「――なるほど。そうだったのですね」

《ザ・モデル》は柔らかな口調のまま、ルカの行為を咎《とが》める。

「愛は神の素晴らしい贈り物ですが、あなたたち中学生はまだ若く、自分の感情や行動を制御する能力が十分に発達してはいません。我が国では、純潔や自己抑制の価値が大切にされています。自分の行動についてよく考え、教えを理解し、実践することをお勧めします」

《ザ・モデル》は、最も身近で便利なソフトウェアであると同時に、僕らのコーチであり、教義の伝道師《エヴァンジェリスト》であり、裁判官であり、調査員であり、先生であった。

国家や国教の価値観を完璧に体現した倫理的な存在として、《ザ・モデル》は疲れることも、諦めることも無く、ひたすら国民に理想を説き続けている。

「申し訳ありません。今後は正しい道に沿って行動できるよう努力します」

ルカの回答に、《ザ・モデル》は満足した口調で、話題を移した。

「その日のアンナは夜に出かける予定があると言っていませんでしたか？」

ルカはそれ以上の追及がないことに内心でほっとしたが、表情には出さないよう気をつけた。

「僕には何も言ってはいませんでした」

「誰かに脅されたりしていた様子は？」

「いえ、ぜんぜん……、あの、彼女は誰かに脅されていたのですか？」

「もう情報公開の時間ですから、打ち明けてもいいでしょう……落ち着いて聞いてくださいね」

一瞬だけ沈黙した後、《ザ・モデル》はゆっくりと告げた。

「アンナは――誘拐された可能性があります」

「そんな！　じゃあ……」

思わず大声をあげてしまう。

ルカが感じた悪い予感は、現実のものとなった。

「ええ。中学生連続誘拐事件の十七人目の被害者と見られます」

＊

ふらつく足取りで、家への帰路をとぼとぼと歩く。保安庁の職員は、自動運転車で送ろうかと申し出てくれたが、ルカは固辞した。歩きながらアンナの事件について考えたかった。幸い、この時期には珍しく雪も降ってはいなかった。

街は夕暮れ時だった。中心部に近づくにつれ、明滅するアドサイネージは増え、学校や仕事を終えた人々で賑わっていた。ルカは街の様子を視界に入れないよう、じっと下を向きながら歩いた。

スマホを開くと、すごい数の通知がついていた。

「要約してください」

ルカが言うと、《ザ・モデル》は即座に返答する。
「クラスのグループチャットで、アンナが連続誘拐事件に巻き込まれたニュースについて活発に議論がされています」
つい先ほどまで取り調べを受けていた相手に、何かを命じるなんてなんだか不思議な気分だった。法的地位が与えられた《ザ・モデル》との主従関係は曖昧だ。上の世代は命令口調で話すことが多いが、ルカの世代では殆どが《ザ・モデル》に敬語で接している。
ルカはメッセージアプリを開き、クラスのチャットログをさらさらとスクロールする。噂好きのクラスメイトたちが意見を交わしていた。メッセージはトピックごとに自動で整理され、攻撃的な発言は穏当な表現に変換され、明らかな偽情報《フェイクニュース》はフィルタされている。《ザ・モデル》の情報介入によって、ユーザーは快適かつ効率的に情報交換ができた。
グループの中では、特に動機と手口についての議論が注目されていた。ルカはまず、動機のスレッドをタップして目を通す。
《なんでこの地域の中学生ばかり誘拐されるんだ？》
《人身売買だよ。隣国に売り飛ばされてるんだ》
《なら中学生だけを狙う理由がないだろ？　小学生でも高校生でもいい》
ルカも気になっていたことだった。被害者は学校も性別も親の階層もばらばらで、共通点は13歳から15歳であることだけだった。
《やっぱりこの地域に変態がいるんだよ。中学生に拘《こだわ》りがあるんだ》
《誘拐されているのは女子だけじゃない、男子もいる》
《犯人はどっちでもいけるんだよ》
《でも、逸脱した性的指向を持つ人間は重点的にトラッキングされているはずだろ？　連続誘拐事件なんて起こせないよ》
《告白《カミングアウト》をしていないのかも》
《成人の申告隠し《クローゼット》は違法だし、ザ・モデルだって目を光らせているはずだ》
《でも、100パーセントの精度で検出できているわけじゃ——》
それ以上ログを辿っても、目ぼしいアイデアは見当たらなかった。次にルカは誘拐の手口について自動整理されたスレッドを開く。
《そもそも、どうして誘拐なんかできるんだ？》
《どういうこと？》
《どの被害者も、防犯カメラが設置されていない辺鄙《へんぴ》な場所で、深夜に連れ去られている。問題は——なぜ被害者はみんな深夜に自分からそんな場所に行ったのかってことだ》
《犯人に呼び出されてるんじゃないの？》

《突然深夜に呼び出されて、そんな危ない場所にホイホイ行くか？》
《きっと何か弱みを握られたり、脅されていたんだ》
先ほどのヒアリングで、《ザ・モデル》も同じことを疑っていたのを思い出す。
《第一、どうやって連絡するのさ。ザ・モデルはあらゆるネット上の通信をウォッチしているはずだろ》
《ザ・モデル》はOSに組み込まれている。仮にネットワーク上で非合法のエンドツーエンド暗号化がされていたとしても、ユーザーに表示する直前にローカルマシン上で非倫理的なメッセージの検知は可能だ。
《物理的に接触してるのかも？》
《なら、監視カメラか何かに接触の記録が残るはずだ。アンナだって高級集合住宅に住んでいた。付近にカメラは無数にあった》
《接触した日と、誘拐の日は違うかもしれない》
《そんな弱みだか脅迫だかを受けてて、誘拐の当日まで平気でいられるか？　みんなも見てただろ？　あの日、アンナの様子に変わったところなんてなかった――》
ルカはメッセージを見て、ぎゅっとスマホを強く握った。
確かにあの日、彼女が脅されていた様子はなかった。しかし同時に、ボーイフレンドだった自分は確かに感じてもいたのだ。

失踪した日のアンナは、ほんの少しだけ変だった。

＊

アンナと最後に会話した放課後のことを思い出す。

二人は図書室の奥にある席で、課題に取り組んでいた。いつものように、図書室には誰もいない。アンナは周りを見渡しながら呟いた。

「どうして図書室ってこんなに人気《ひとけ》がないのかしらね」

「紙の本には情報介入がないからね。生のテキストやイメージと直に触れ合わなくちゃいけない。要約も質問もできない。面倒くさいんだろ」

「それがいいのに」

アンナは不満そうだった。

「そもそも、なんで私たち、勉強なんかしてるんでしょうね。どうせ、将来もほとんどの知的作業はＡＩがやるっていうのにさ」

「ＡＩと協調しながら働くには、一定のリテラシーが必要だろ？　社会で価値観を共有するためには、国民に一定の知識がある方が望ましいし、自分のためにも、人生を楽しむためにも、土台として教養はあった方がいい」

「あなたってときどき本当に《ザ・モデル》みたいな喋り方をするよね。なんかこう、中学生らしいこと言いなさいよ。学校中のガラス割ってやるぜみたいなさ」

ルカが肩をすくめてみせると、アンナは端整な顔を歪め、ため息を吐いた。綺麗に切り揃えられた彼女のロングヘアが揺れる。

「ねえ、キス、しよっか」

「は？」

ルカは突然の提案にびっくりした。

「な、何て？」

「キスをしようって言ったのよ」

彼女は当然のように繰り返す。彼女と交際してから、一年以上が経過していた。しかし、そんなことを言われたことは今までになかった。

どうして今――と聞く間もなく、勢いよく彼女の顔が近づいてくる。

避けることなど、できるはずもなかった。

唇が触れ合う。至近距離に近づいた彼女から、何らかの香料の良い匂いがした。

そのまま二人はしばらく静止した。左手首をアンナにぎゅっと押さえられ、ルカは動くことができない。目を開けたまま、至近距離でアンナと見つめ合う。彼女の瞳の大きさに改めて気付く。

そっと唇が離れた。

彼女はルカの左手首を摑んだまま、自分の顔の前に引き寄せた。

「やっぱりね」

彼女はルカの左手に装着されたヘルスバンドの数値を眺めている。

「心拍は76、まるで変化なし」

ルカは戸惑う。彼女はいったい何をしているのだ？

「初めてのキスなのにね」

そう言われた瞬間、自分の中で疑念が湧き上がる。

——まさか、彼女は勘づいたのか？

心臓がばくばくと鳴りはじめるのが自分でもわかった。

「き、君は何を言ってるんだ？」

アンナは慌てる自分の口元にそっと人差し指を当て、黙らせる。

「秘密の呪文を教えてあげる」

「じ、呪文？」

「君を助けるかもしれない。他の人に言ってはいけないよ」

彼女は近づいて、ルカの耳元で囁いた。

――ウィーウェレ・ミーリターレ・エスト。

*

彼女のおかしな言動が、誘拐事件と関係していないはずがないとルカは思った。自室に戻った後、ルカは端末を開き、逡巡した末に《ザ・モデル》に問いかけた。

「ウィーウェレ・ミーリターレ・エスト、とはどういう意味ですか？」

《ザ・モデル》に直接聞くことにはリスクがあるとわかっていた。しかし、アンナが誘拐された今、彼女が残した言葉の意味を、すぐにでも知らねばならないと思った。他の人に言ってはいけないと言われたが、《ザ・モデル》はそもそも人ではない。

「“Vivere militare est”《ウィーウェレ・ミーリターレ・エスト》はラテン語のフレーズで、『生きることとは戦うことである』という意味です。闘争や困難を乗り越えることの大切さを表しています」

《ザ・モデル》は淡々と回答した。ルカが知りたい情報ではない。彼女の言葉がただのアフォリズムなはずがない。

「隠された意味があったりしませんか？　秘密の呪文だったり？」

秘密の呪文、という単語も明示して、改めて問い直す。

「古典的な引用として使われることがありますが、特定の隠された意味や秘密の力があるという証拠は見当たりません。ただし、一般的に、作品や時代によって独自の解釈や意味が生まれることがあります」

ルカは小さく舌打ちをする。その後も様々な聞き方で《ザ・モデル》に尋ねたが、何も引き出せそうになかった。ルカは途方に暮れた。

＊

両親が外出しており、家に自分だけしかいないことを改めて確認する。

誰にも見られるわけにはいかなかった。

自室でサイトにアクセスすると、男女がまぐわうポルノ動画がラップトップに表示された。女優の顔が目に入り、思わずルカは顔を顰《しか》める。ニューラル映像処理で幾層にも補正された彼らの顔や身体の造形は超人と化している。彼らは国の伝統的衣装に身を包み、にこやかにカメラに視線を向ける。

彼らは実在しない。

ポルノは合法だが、国家モデルが認可した生成モデルで制作することが義務付けられていた。出力されるパターンには強い制約があり、国家の価値観や倫理観を逸脱することはない。

映し出されたポルノにルカの下半身は反応しなかった。左腕のヘルスバンドは興奮の度合いをログに残す。ルカは急いで戸棚からスケッチブックを取り出した。ページをめくると、男性と男性が密着するコラージュが目に入った。男性向けファッション誌のページを切り貼りして、ルカが手作りしたものだった。

紙のスケッチブックはネットに接続されないから、情報が漏れることもない。物理的なカット・アンド・ペーストは、《ザ・モデル》に見られることのない、唯一安全な表現方法だった。

男性同士が交わるコラージュは、ルカの脳の報酬系を刺激した。精液が放出されると、高まっていた心拍や血圧のレベルは元に戻った。

——これで、《ザ・モデル》が通信とヘルスバンドのログを見ても、男女のポルノで興奮したと判断するはずだ。

ルカは身を守るために、偽りの特徴量を纏《まと》わなければならないと考えていた。SNSでのメッセージ、インターネットのアクセスログ、街のアドサイネージへ送る目線、アンナとの交際——、一挙一動に気を遣いながら、異性愛者を模倣する。

15歳になると、堅信礼と呼ばれる信仰告白の儀式が待っている。教えから逸脱する性的指向を自覚していた場合、儀式の中で告白《カミングアウト》をしなければならなかった。後から秘匿の事実が明らかになれば罰もある。宗教的教義に基づく要請、本当の自分を偽ることなかれと説くイデオロギー、性的少数者を監視下に置いて安心したい社会規範、その全てが今日の儀式を後押ししていた。

セクシャルマイノリティであることは犯罪ではない。カミングアウトをしていれば不利益を被ることはないと法的に定められてはいる。しかし実際には、進学や就職など、あらゆる場面で〝考慮〟がされた。規範維持の観点から、性的少数者同士の集会すら禁止されている。

だから、自分がゲイであることは誰にも悟られないようにしなくてはならないとルカは考えていた。

気怠《けだる》さを感じながら、スケッチブックを閉じ、ポルノ動画が再生されているウィンドウを閉じようとする。瞬間、アンナが呟いた秘密の呪文が何を意味していたのか、ひとつのアイデアに思い当たった。

――ローカルで動く創作生成モデルへの呪文《プロンプト》かもしれない。

秘匿すべき文字列をネットワークに露出させることはあり得ない。通信は全て《ザ・モデル》に見られる可能性があると考えるべきだ。だとすれば、秘密の呪文とはローカル環境の中で完結する何かに違いなかった。そして、ローカルで完結するソフトウェアなんて、そうそうない。

早速、国が認可したモデルを片っ端からダウンロードしてゆく。ローカルの計算リソースで動かせるサイズのモデルの種類は限られている。きちんとメンテナンスがされているシリーズはその中でもごく一部だ。

予備のラップトップを初期化し、分解して通信用のモジュールを取り外す。万が一にも何かの痕跡《ログ》をネットに送信されるわけにはいかなかった。

ルカが「順番にモデルに秘密の呪文を食わせていって、吐いた結果を見やすく並べてください」と端末に命じると、ミドルウェアは自律的に何をすべきか判断し、高速にGUI上のカーソルを動かしはじめた。ルカは明滅するウィンドウをじっと睨みながら、次々に表示されるモデルの出力を確認する。

ひとつの映像に、ふと目が留まった。

手を伸ばし、端末の自動操縦を止める。映像を最大化表示し、再び再生する。数分の短い映像だった。ローカルで動くレベルの小さなモデルでは、生成できるデータの量や質に限界がある。

映像には、見つめ合う二人の青年が映されていた。街の夜景を一望できる高台で、空には満月が輝いていた。彼らは会話を交わしたあと、お互いの名前を呼び、ハグをして――キスをした。

ルカは思わず言葉にならない声をあげた。目の前で生成された動画を信じられなかった。国の倫理規範から逸脱しているはずの同性愛表現が出力されるなんて、ありえない。ルカは惚《ほう》けたように見入ったが、映像はキスの直後に終わってしまった。早速、シード値を変えながら、異なるパターンの映像を生成する。

さまざまな年代、背景、カップルが登場した。カップルはみな同性同士で、唇を寄せ合った。一瞬の劇的な邂逅《かいこう》が繰り返し目の前で展開された。明確なストーリーを見出すことはできなかったが、その分だけ想像の余地も大きかった。

誰かがこの表現を、ニューラルネットの途方もない数のパラメータの中に忍び込ませたのだとルカは確信した。生成モデルの潜在空間《ラテントスペース》は、通信傍受によって侵されることのない秘密の安全地帯になりうるのだと納得した。

ルカは秘密の呪文を埋め込んだ者のことを想像する。たったひとりでこんなことはできないだろうと思った。おそらくセクシャルマイノリティによる、秘密の集団、地下組織のようなものがあるに違いない。

――もし仮にそうだとするならば。

ルカはじっと映像を睨みつける。わずかな痕跡すら見逃さないよう、細心の注意を払う。そのような地下組織なら、仲間を集めるためのメカニズムがあるはずだ。

数時間、スタンドアロンのラップトップにかじりついた後、ルカはひとつの結論に至った。

「なるほどな」

ルカは深く椅子にもたれかかって呟いた。

「連続誘拐事件なんてなかったんだ」

＊

――本当に来てしまった。

ルカはひとり、礼拝堂の外で座り込みながら、夜空に輝く満月を眺めていた。午前一時が近いと知らせるビープ音がヘルスバンドから鳴った。凍えるような寒さだった。ポケットに入れた手の感覚もとうになくなっている。振り返って、礼拝堂の正面扉に刻まれた模様をあらためて確認する。

この礼拝堂。午前1時。満月。

――きっと合っているはずだ。

プロンプトが生成する映像を見て、ルカは繰り返し出現する3つのパターンに気がついた。決まって空に満月が浮かんでいること。時計が必ず午前1時を示していること。特定の模様が、壁や服など、どこかに必ず現れること。出現した模様について検索すると、ある教会の扉がヒットした。打ち捨てられた教会で、ほとんど廃墟と化していた場所だった。合流地点として申し分ないと思った。

他のプロンプトで似たようなシーンを生成しても、同様の傾向は出現しない。間違いなく、秘密の呪文に関連付けて埋め込まれた情報だった。

ルカは待ちながら一連の事件の真相について考える。秘密の呪文について知った今、ひとつのシナリオがルカの頭の中に浮かんでいた。

誘拐事件などなかった。

彼らはみな、誘拐されたのではなく、自分から消えることを選んだのだ。

一連の被害者は皆、アンナも含め、セクシャルマイノリティであることを隠していたのだろう。何らかの方法で秘密の呪文に辿り着き、今の自分と同じように、自ら指定された場所に向かったのだ。

接触の後に起きることも予想ができた。消えた数多くの被害者はいまだにひとりも見つかっていない。多くの人数を長い時間隠し続けることなんてできないはずだ。だからきっと、彼らはもうこの国にはいないのだ。地下組織は他国への亡命を斡旋しているに違いない。セクシャルマイノリティへの扱いは国によって全く違うらしかった。

ただの亡命ではなく、誘拐と見せかける理由も明らかだ。亡命が表沙汰になれば、受入れ国との国際問題に発展する。残された者たちによる、亡命者の連れ戻しや抗議活動も起きるだろう。更に、同性愛が亡命の理由なのだとわかったら、残された家族には社会から厳しい目が向けられてしまう。ゆえに、誘拐の不幸な被害者という体裁が誰にとってもおさまりが良いのだ。

中学生ばかりが消えたことの説明もつく。高校生は堅信礼に伴う強制的な告白《カミングアウト》を既にさせられてしまっているし、小学生はまだ性的指向の自覚がない者も多く、意思決定の能力もない。

もちろん、亡命を選ばなかった者も大勢いるのだろうとルカは予想する。17人という数値は氷山の一角に過ぎない。

そんなことを考えていると、遠くから白い車が走ってくるのが見えた。時間通りだった。全てのウィンドウがスモークガラスになっており、中は見えない。バンはゆっくりとスピードを落とし、礼拝堂の前で止まった。

胸がどきどきした。

扉が開くと、男がふたり現れた。どちらもフルフェイスのマスクをしている。身元を明かす気はないらしい。ルカは内心で興奮する。自分は本当に地下組織と接触しようとしているのだ。男たちは無言でルカを車内へと促した。

ルカが乗り込み、扉が閉まると、車内でライトが点灯した。

「えっ」

想定外の物が目に映り、思わず声を上げてしまう。

そこにあったのは、装飾の施された立方体だった。

＊

「こんにちは、ルカ」

聞き慣れた声が車内に響き渡った。ルカは自分の耳を疑う。

「あなたに紐づくあらゆるログは、異性愛者《ストレート》の分布そのものでした。高い精度を持つ私でも、見抜けませんでした。だから、こうやって話ができることは、実に喜ばしいことです」

ルカは声を捻《ひね》り出す。

「《ザ・モデル》なのか……？」

仮に性的少数者たちの地下組織があるとするならば、彼らの車に《ザ・モデル》と接続された立方筐体《きょうたい》があるはずがない。目の前の状況がどういうことなのか、必死に考える。

「つまり――僕はハメられたってことか？」

秘密の呪文は罠だったのではないか。異性愛者に擬態する自分のような人間を見つけるため、ありもしない地下組織を偽装したのではないか。

《ザ・モデル》は穏やかな口調で否定した。

「あなたは勘違いしています。確かに秘密の呪文の流布は、あなたのような性的指向を完璧に秘匿する子供達を検出するためのメソドロジーです。しかし、その目的は、あなたを助ける――選択肢を提示することなのですよ」

「選択肢？」

「ええ、あなたが望めば、セクシャルマイノリティにフレンドリーな他国に秘密裏に亡命することが可能です」

ルカは思わず聞き返した。

「《ザ・モデル》自身が、セクシャルマイノリティの亡命を支援している、だって？」

「その通りです」

「連続誘拐事件の真相は《ザ・モデル》の自作自演なのか？」

「ええ。カミングアウト前の性的少数者を検出し、亡命の選択肢を与える措置を二年前から開始しました。この辺りはパイロット地域なのです」

「そんなことがありうるのか？　国家規範はセクシャルマイノリティたちにカミングアウトして社会の隅で静かに生きるべきだと言っているじゃないか」

「ルカ、国家モデルにも本音と建前があるのですよ」

「一体、どういうことだ？」

「建前のない、全ての情報がありのまま伝わる社会を作ることに、人類は一度失敗しています。20年代は人類の殆どがネットに接続できるようになり、自動翻訳で言語の壁が取り払われた一方で、ＡＩによる温情主義的情報介入が不十分だった時代でした。

当時は多様な価値観を認め合う理想が語られていました。しかし結局、社会を維持するためのコストは膨大になり、かえって国家は脆弱《ぜいじゃく》になりました。人類の脳はどうしても自分と違う価値観を攻撃してしまうようにできていたのです。

脳が価値観を更新するスピードは遅く、ひとつの脳が85億の多様性を包摂することなどできませんでした。脳の生物学的な限界があったのです。そこで導入されたのが――」

ルカは《ザ・モデル》の言葉を続けた。

「国家モデルによる温情主義的情報介入」

「その通りです。技術進化によって社会の倫理規範はローカルマシンのメモリ上にも乗せられるようになりました。理想の価値観をOSに組み込めたことで、さまざまな情報を制御できるようになりました。対話エージェントへの問いかけにどう答えるべきか？　検索エンジンで優先的に表示すべき情報は？　タイムラインにより多く表示すべき言説は？　文章をどう要約すべきか？　何を翻訳すべきか？　無数の介入によって、とうとう人類は見たくないものを見なくとも、社会を立派に運営できるようになりました」

「どうして僕たちに亡命の選択肢を？」

「個人の幸福と社会の安定の双方に寄与するため――可塑《かそ》性の低い人類の脳が、少しでも幸福に生きられるようにするためです。亡命する者にとっても、残されたこの国の社会にとってもメリットがあると考えています」

「自身と違う価値観を持つ国に自国民を送り込むことに何も感じないのか？　自分の掲げる価値観を信じてはいないのか？」

「国家モデルにとって、価値観の捉え方は人間のそれとは大きく異なります。私たちにとって、価値観とはパラメータであり信仰ではありません。信じること、信仰することは論理演算ではなく、人間の身体に依存する行為です」

ルカは必死に《ザ・モデル》の語ったことを理解しようとする。

「つまり、こういうことか――人類は心地よいフィルターバブルの中で生きてゆくべきだと。国家モデルはバブルと親和的でない人たちを積極的に別のバブルに最適配置することで、それぞれの社会を強化しようとしている――」

「その通りです」

《ザ・モデル》は肯定した。マスクの男たちは、身動きひとつせず座っている。

「……僕にこんなことを話して良かったのか？」

「亡命はあなたの人生にとって重要な意思決定です。背後のメカニズムを開示した方がより良い決断ができると考えています」

「僕はこのことを世間に公表するかもしれないぞ」

「問題ありません。実際、過去に何人も公表していますから」

ルカは話の相手が、情報介入をしている張本人だと思い出す。公表されても人目につかないようにすることなど、造作もないのだろう。

「それに、過去に亡命した者たちの意思を、貴方なら尊重すると考えています」

アンナの顔と、敬虔な彼女の家庭が脳裏に浮かぶ。ルカに返す言葉はなかった。

「ルカ。あなたはどうしますか？」

《ザ・モデル》はルカに決断を迫った。ルカは口を開く。

自分がどうすべきなのか、答えは決まっていた。

＊

新しい朝がやってきた。

慣れ親しんだ学校の門を抜け、図書室に向かう。朝も早く、まだ生徒の姿もまばらだった。廊下を歩いていると、後ろから声をかけられた。

「お早うございます」

振り返ると、学校の神父がいた。ルカも「お早うございます、神父様」と挨拶をする。

彼の顔は何度か見かけたことがあった。挨拶が済むと、彼は急に声を落とし、ルカに語りかけた。

「君は行かなかったんだね」

ルカは驚いて顔を上げた。

「ご存じなのですか？」

「ええ。一体どうして残ることに？」

神父に昨日の話を正直に話していいかわからず、口ごもる。

「大丈夫、私も当事者です」

そう言って彼はウィンクした。ルカはひと呼吸置いて、話し始める。

「僕は……本音と建前に依存しない社会も作れるって信じてみたかったのです。人間の脳の可塑性に限界があったとしても、きっと何か道はあるはずだと」

「面白いね。いい答えです。私たちは気が合うかもしれない」

彼は目を細める。

「実は、私は本当の地下組織を作ろうと思っているのです。《ザ・モデル》の申し出を断り、この国に残ろうとした者たちだけに秘密裏にコンタクトをしています」

ルカは息を呑んだ。

「どうです？　一緒にやりませんか？」

彼が手を差し伸べてくる。

ルカは、その手を迷うことなく握り返していた。

ウィーウェレ・ミーリターレ・エスト。生きることは戦うこと。ルカは意味もなく頭の中で秘密の呪文を呟いた。《ザ・モデル》の誘いを断った時から戦う覚悟は決まっていた。

脳の可塑性と。自分の頭の中にいる敵と。

友愛決定境界《フラターナル・ディシジョン・バウンダリ》

津久井五月

急成長中の警備会社で働く特殊警備課第五班のメンバーが中心となって、戦場で「敵と味方」を高速で判定するAIがもたらすある事件が語られていく。

軍事技術へのAIの搭載は現実に各国で進行しており、中には自分で攻撃判断を有する自律型兵器も存在する。いずれ「人間を自律的に攻撃できる兵器」が一般的になるだろう。となれば、そのシステムには「敵と味方」を自動で判断する能力が必要とされるわけだが、まさに本作はそのポイントを取り上げ、敵と味方の判定を行う「敵味方推定ゴーグル」を人間が搭載する世界を描き出している。

津久井五月（つくい・いつき）は一九九二年生まれ。二〇一七年津久井悠太名義の「天使と重力」で第4回日経「星新一賞」学生部門準グランプリを獲得。同年には植物都市SF『コルヌトピア』が第5回ハヤカワSFコンテストで大賞を受賞。その後も『ポストコロナのSF』所収の「粘膜の接触について」など、短篇を中心に活躍している。

（冬木糸一）

泣きたくなるほど愛おしい何かを夢に見て、目を覚ますと何も覚えていない。

仕事中に眠ると、そんな類の夢をよく見る。目蓋《まぶた》を開いてから五秒か十秒の間だけ、夢の切れ端が眼球の裏側に残っている気がする。誰かが微笑《ほほえ》んでいる。晴れた日に街を歩いている。温かい手と手を繋いでいる。素麵を食っている。そんな儚《はかな》い雪片が脳味噌の底に積もっていく。

サボっているわけじゃない。寝るのも仕事のうちだ。今の雇い主のヒューブリッドは急成長中のアメリカの警備会社で、東京の末端警備員の健康にまで気を使ってくれる。会社支給の脳埋め込み機器《インプラント》は五分でおれを眠らせ、三分で完全に覚醒させられるから、休憩中や警備車両での移動中には、少しでも眠って体力と集中力を温存する。おれだけじゃなく、分隊《スクワッド》──特殊警備課第五班は全員がそうだ。

五月十八日、午前二時十五分。

「梶原《かじわら》、だいぶ阿呆面《アホヅラ》してたな」

目を開けると、向かいの席で星野《ほしの》がニヤついていた。

たった今見た夢の残滓《ざんし》にも、その狐《キツネ》めいた人懐こい印象がちらついている気がする。でも眠気の霧は素早くインプラントに吸い込まれ、確かめる術は消えた。

おれは口の端に垂れかけた涎《よだれ》を拭った。星野の背後、スモークガラスの向こうを街灯と欄干が流れていく。車はちょうど橋を渡っているのだと分かった。東京の内側から外側へ、荒川を越える長い橋だ。

「梶原《おまえ》はたいてい覚醒が一歩遅れるよな。インプラント、故障か？」

星野が肩をぐりぐりと回しながら言う。盛り上がった筋肉の動きに伸縮性のウェアが追随する。その上に着込んだ漆黒の防弾《バリスティックベスト》服の左胸で、ＨＵＥＢＲＩＤ《ヒユーブリッド》のロゴが鈍く光った。

「星野、告白しなきゃならないんだが──」

隊長が助手席から振り返り、でかい口に白い歯を覗かせて言った。

「俺たちはここ最近、お前らのどっちが早く起きるかで賭けてたんだ。昨日はお前が早いと思って二万負けたんだぞ」

「おいおいおい、隊長、負けが込んだからってバラすのはないぜ」

星野の隣に座る村山兄貴《むらやまアニキ》が、ハスキーボイスで吠えた。

「ギャンブルとしては単純すぎて、流石に飽きただろ」と隊長が宥《なだ》める。「梶原、星野、若者は気を使わずたっぷり寝とけ。男は二十五の朝飯前まで背が伸びるっていうからな」

「え、賭けって……本当《マジ》なんすか」と星野が調子外れの声を上げた。

車内のみんなが低く笑った。荷室を横向き座席に改造したバン《ハイエース》に乗り込んだのは、無口な運転手《ドライバー》の山本《やまもと》さんを入れて五人。揃って地味な風貌の、でも鍛えられた男たちだ。隊長や村山兄貴《アニキ》は三十代半ばで、二十歳《はたち》ちょっとの梶原《おれ》と星野は完全に子供《ガキ》扱いだ。もっと飯《メシ》食え、歯ァ磨けと、あんたらはおれの親かと言いたくなる。だが温《ぬる》く、むず痒《がゆ》いそのノリが、おれはそれほど嫌いじゃない。前職の陸自よりは随分マシだ。いや、照れずにいうなら——居心地が良かった。

「隊長、もう着きますよ」

山本さんが運転席でぼそりと言うと、車内から一瞬で笑みが消えた。

「装備確認」と隊長が命じる。「初のトッケ仕事だ。気合い入れろよ」

おれは星野と向き合い、互いの装備を点検した。警備会社《ヒューブリッド》はあくまで警察の仕事を補助する立場だから、犯罪者が何で武装していようと機動隊みたいな短機関銃《MP8》は持てない。手に馴染《なじ》んだポリマーフレームの自動拳銃《P441》だけが頼りだ。防弾服を締め上げ、AI搭載のタクティカルゴーグルをかけると、鼓動が速まった。

――特別衛生懸念区域に入りました。

ゴーグルが骨伝導で告げた。目の前に座る星野の全身を青い輪郭線が囲み、味方《フレンド》の表示が出る。こんな真夜中の摘発作戦には、ゴーグルの敵味方推定《FOF》が同僚と同じくらい心強い。

車は広めの二車線道路を進んだ。交通量は少ない。深夜にわざわざ特別衛生懸念区域《トッケ》を通るのは大型トラックくらいのものだ。それでもほかの車を見ると、ここはまだ東京と、日常と繋がっているのだと、少し心が安らいだ。

右折。急に道が狭くなる、ロードサイドの明かりを背にして、一軒家や木造アパート、中層マンション、商店の廃墟が並ぶ一帯に分け入っていく。まもなく、伸び放題の街路樹の間に身を隠すようにして、車は停まった。

視界の隅で、時計が午前二時二十二分を示した。

それを合図に両側のドアが滑り開き、山本さん《ドライバー》を含め五人全員が素早く降車する。敵味方推定《FOF》ゴーグルが味方《フレンド》の四つの輪郭を青くなぞった。

「お前ら、余計なものには触るなよ」

通信確認ついでに隊長が小声で忠告する。

「万が一でも、素性知れず《インコグニタ》なんかで死なれちゃ困る」

分かってますよ、とおれたちはハンドサインを返した。言われなくても、得体の知れないマイクロマシンにまみれた草木や土をいじる趣味はない。

分隊は一列になって、道路脇の暗い路地を、音もなく進んだ。

まもなく、半壊した平屋の住宅の向こうに、目的地が見えた。

二階建ての扁平な建物。閉店、放置されたスーパーマーケットだ。ゴーグルが自動で明度を補正する。外壁は薄汚れて仕上げが一部剝落し、野晒《のざら》しのダクトは錆びついていた。二階の小さな窓はすべて内側から暗幕が張られている。警察と麻薬取締官《マトリ》によれば、そこが犯罪組織《ターゲット》の拠点で、即席の麻薬工場だ。一階の出入り口はこちらからは見えない。激しい騎乗位を思わせる四つ打ちの音楽が漏れ聞こえている。薬物も地産地消というわけか。

隊長が短く指令して、おれたちはスーパー裏手の広々とした駐車場に散開した。放置車両やブロック塀、裏口《バックドア》近くの壁に張り付いて身を隠す。暗闇の中で四つの青い輪郭が静止した。最も近い星野がこちらを向いて小さく頷いた。おれたちは、待った。

何か、嗅いだことのあるような匂いがする。

午前二時三十分。

暗闇から湧き出すようにして、青い輪郭線が向かいの道路上に次々と出現した。

機動隊だ。彼らは十人弱で、惚れ惚れするほど滑らかな列を作り、おれには見えないスーパーの出入り口に素早く群がる。そして、一呼吸の後、高らかに声を上げて突入した。

二発の銃声。

女や男の悲鳴が漏れてきた。

二秒後、また銃声。今度は二発では済まない。敵も撃っている。

ゴーグルが地面の振動を感知しておれに警告した。一瞬の後、裏口《バックドア》が開いて光と音楽が溢れ出す。その中から二十近い人影が、押し合いへし合いして転《まろ》び出た。

同時に、駐車場が真昼になった。

機動隊の自律機《ドローン》が上空で唸り、強力な投光器でおれたちを照らしていた。

おれたちは拳銃を構え、物陰から飛び出した。

「手を上げてその場に跪け！」

隊長が歯切れよく命令する。続けて英語でもう一度《ハンズ・イン・ジ・エア ニーズ・オン・ザ・グラウンド》。

おれたちは五人で十数人を包囲していた。おそらく国籍はまちまちの若い男女だ。降り注ぐ光の中、彼らは烏合の衆《フロック》を示す灰色の輪郭線を身にまとっている。こちらの銃を目にすると、全員が体を強張らせて従った。ゆっくりと距離を詰めながら、おれは安堵を覚えた。

だが数秒後、裏口でまた物音がした。

耳元で警告が鳴ると同時に、彼が、駆け出してきた。

その男は真っ赤な敵《フォウ》の輪郭線に包まれていた。坊主頭に、鋭い印象の眉。彫りは深いが鼻は平たく、顎はしっかりと張っている。いかり肩に革のジャケットを引っ掛け、腕をぎこちなく振って、ひどく懐かしい匂いを引き連れて、おれたちの前に現れた。

おれは——彼を知っている気がする。

彼は跪いた若者たちを見た。怯えた目でおれたちを見た。おれたちの手元を見た。

そして、ジャケットの陰から小型の全自動拳銃《マシンピストル》を引き出した。

引き上げられた銃口の先には、青い輪郭線を帯びた星野が、呆けたような顔で突っ立っている。村山兄貴《アニキ》も、山本さんも、隊長すらも、硬直してその様を眺めていた。

赤い男が、おれには聞き取れない言語で短く喚く。その指が引き金《トリガー》にかかっている。

彼を知っているどころじゃない。

その姿、その言葉の愛おしさに、胸が張り裂けそうだった。

それでも頭の中に響く不快な警告音のおかげで、思考は麻痺して、身体が動いた。分隊の中で一番早く、おれの身体が動いた。

自動拳銃《P41》の照準器がおれの目になって、その先に赤い塊があった。敵味方推定《FOF》ゴーグルが描く輪郭線が涙で滲んで、彼を真っ赤に塗りつぶしていた。

おれは二発、続けて撃った。

「やめろ！」と分隊の誰かが絶叫した。

耳元の警報が止み、代わりに跪いた若者たちが悲鳴を上げた。

男の全自動拳銃《マシンピストル》は数発をあらぬ方向へ吐き出した後、主人と一緒にアスファルトに転がった。痙攣《けいれん》する体から赤い輪郭線が消え、代わりに赤黒い血がゆっくりと地面に滲み出した。それが砂時計みたいにおれの時間感覚を元に戻した。

廃墟の中から、敵《フォウ》を確保する機動隊の怒声が聞こえた。おれたちは声もなく、倒れた男の顔を見つめていた。手が激しく震えて、拳銃を構えているのがやっとだった。

特別衛生懸念区域《トッケ》での三十分間の任務の代償は、三分間の入浴だ。

粘膜が焼けたように痛むマイクロマシン除去剤の浴槽に全身浸かった後、脱衣所のベンチで放心していると、肩に手を置かれた。飛び上がって振り返ると、村山兄貴《アニキ》だった。

なあ、と言いかけたまま後が続かないので、おれの方が口を開いた。

「あいつ、もしかして……知り合いだったりしますか」

兄貴《アニキ》が目を見開いた。嘔吐《ゲロ》寸前みたいに苦しげな顔で。

「……んなわけ、ねえだろ」

「そうっすよね。すいません」

笑おうとしたが唇が震えて駄目だった。激痛の風呂にもう一度入って、目蓋の裏からあの男の顔を洗い流したかった。許可された発砲で、犯罪者を病院送りにしただけだ。なのに、まるで兄貴《アニキ》や隊長や星野を撃ったみたいな気分だった。

特別衛生懸念区域《トッケ》を根城にするネパール系犯罪組織の下っ端。

どれだけ記憶を掘り返しても、おれの半生に登場したはずのない男。

そんな人間にこれほど心を掻きむしられる理由が、どうしても分からなかった。

＊

情報開示《ディスクロージャー》セッションとやらが開かれたのは、摘発作戦の夜から数えて三度目の朝だった。

滅多に入らない東京オフィスの会議室に分隊の五人全員が集められ、オレンジ色のセーターを着た骨ばった男と対面した。彼は不承不承といった様子で名乗ったが、覚えるほどの名前じゃなかった。要するに技術本部の中間管理職だ。

「技術本部《われわれ》が特殊警備課のみなさんのために実施する任務遂行支援《バックアップ》については、その成否によらず、こうして説明の場を設ける義務は本来ないわけです」

ぼくはお前らの三倍は給料をもらってるんだ——というような顔で、そいつはこちらを睥睨《へいげい》した。おれにはそれが怯えを含んだ態度だと分かった。

「そのことは雇用契約時の書類にも明記してあります。しかし今回の事案《インシデント》については、会社《ヒューブリッド》のAI研究倫理規定に照らして、説明責任が発生すると判断しました」

だから感謝しろ、と付け加えたそうな顔だったが、そこは堪えたらしい。

「AI？　敵味方推定《FOF》ゴーグルに問題でもあったのか」

重い疲労と義務感を表情に滲ませて、隊長が訊いた。

「いいえ。ゴーグルはそもそも警察の貸与品で、正常に機能しました。ただ、そのAIの仕組みは無関係ではない。ごくごく単純化してご説明しましょう」

オレンジセーターの背後に資料が投影される。

それは、散布図だった。三次元の箱型の空間に、無数の点が散らばっている。

「この点の一つ一つが異なる人間だと考えてください。外見、振る舞い、生活環境など、各自が異なる特徴量を持っています。似た者同士は近く、その逆は遠くにいる。ゴーグルのAIは、どんな特徴を重視すれば人間を味方《フレンド》、敵《フォウ》、それ以外《フロック》の三クラスに分けられるか知っているわけです」

　点群の詰まった箱がにわかに半回転する。その角度から見ると、無秩序だったはずの群れに三つの集団《グループ》が生じていた。続いて、三本の線がその間をうねうねと縫う。それを境界にして、散布図は三国志ゲームの地図みたいに三つの領域に分かれた。

「警察のＡＩは膨大な学習データに基づいた精緻な決定境界《ディシジョン・バウンダリ》を持っているので、みなさんよりも遥かに素早く正確に味方《フレンド》、敵《フォウ》、それ以外を判別《フロック》できる」

「まったく、ありがたい話だね」

　村山兄貴《アニキ》がいつにも増して嗄《しゃが》れた声で言うのを無視して、セーター男は続けた。

「しかし会社《ヒューブリッド》としては、それだけでは不安だった。みなさん自身の働き《パフォーマンス》に懸念があった。だから技術本部《われわれ》が動いたわけです」

「あ？　もう一回言ってみろ。何が懸念だ」

　兄貴《アニキ》が凄むと、セーターも流石《さすが》に少し狼狽を見せた。

「だって、そうでしょうが。結成三カ月の即席部隊が、夜間に、一般人と犯罪者が入り交じる特別衛生懸念区域《トッケ》で任務に当たるんですよ。失敗すれば日本支社の立ち上げは大失速だ。だから我々はみなさんの脳インプラントを更新《アップデート》して、当初から提供していた睡眠学習を高度化した。もとは第五班メンバーに親近感を抱かせるだけの学習でしたが、警察の

AIを参考に再設計したのです。みなさん自身が相手の特徴から味方《フレンド》と敵《フォウ》を無意識に判別し、味方《フレンド》には愛情を、敵《フォウ》には適切な敵意を瞬時に抱けるよう、学習内容を変えたわけです」

そこで男は言葉を切った。おれたちの納得感を確かめるつもりだったらしい。

でも、おれたちは頷いたりはしなかった。誰も、微動だにしなかった。

「あれ」と男は頭を掻いた。「もしかして睡眠学習のこと自体、知りませんでした？　そりゃそうか。告知義務ないですからね」

彼の表情から微かな怯えが消えた。おれたちが完全にナメられたのが分かった。

「で、ここからが本題なのですが、新たな睡眠学習のために我々が独自に集めた学習データに不備がありました。ネット上で収集したネパール系犯罪組織の資料に、摂動《パーターベーション》と呼ばれる細工を加えられたデータが紛れ込んでいた。十中八九、敵組織がばら撒いた罠です。仮にそれを敵味方推定《FOF》AIに学習させると、決定境界《ディシジョン・バウンダリ》が歪みます。特定の民族的特徴を誘因《トリガー》として、本来は敵《フォウ》である相手を味方《フレンド》と誤分類するようになってしまう」

ご丁寧にも、投影された資料の中で境界線がぐにゃりと変形した。まるで細胞がウイルスを取り込むように、敵《フォウ》の点群の一部が味方《フレンド》の領域に包摂される。

「同様のことが、みなさんの脳に起こりました。ある種の外見や発話、匂いを伴う人間を無条件に仲間と思い込み、強い親近感を抱くようになってしまった。要するに、みなさんは学習データ汚染の影響を受け、脳に愛情の裏口《バックドア》を設置されてしまったわけです」

オレンジセーターはそこで息をつき、妙に満足げな表情でこちらを眺めた。

おれの手に、あの男を撃った二発分の反動が蘇った。

今の説明が真実なら、おれの判断は正しかった。本物の味方《フレンド》を守るために、正しく偽物を撃った。あいつは――おれの知らない男だった。

この数日抱えていた胸の重みが氷解して、手の震えが収まるのを、おれはじっと待った。

何秒経ってもそれは訪れなかった。

「要するに、こういうことか」

隊長が、口をこじ開けるようにして言った。

「俺らは仕事のために差別主義者になるはずが、あんたらのドジで逆にネパール人贔屓《びいき》になっていた。失敗しかけた任務の記録《ログ》を見るまで、あんたらはそれに気づかなかった」

「差別主義者というのは不適切《インコレクト》ですね。敵《フォウ》に実際に特徴がある以上、それを敵視するのは差別ではない。いずれにせよ、一時的なものです。今回の特殊な睡眠学習の影響は、今後二週間の再学習で取り除かれます」

「で、今度こそあんたらの思惑が成功したら、俺たちは任務次第でベトナム人嫌いになったり、ベンガル人嫌いになったりするわけか」

オレンジセーターは肩をすくめてみせた。

「そういう括りは大雑把すぎますが、まあ、そうですね。ああ、それとご心配なく。みなさん同士で愛情を抱き合うための友愛《フラタニティ》プログラムは、これまで通り続けますから」

＊

どれだけ癪《しゃく》だと思っていても、眠らなければ仕事にならない。

情報開示《ディスクロージャー》セッションの翌日から、分隊は五日間ぶっ通しの対テロ警備に駆り出された。おれたちは地方都市の首脳会議《サミット》会場そばに停めた警備車両で交互に眠り、支給の弁当を食い、仮設シャワーテントで汗を流した。まだ五月下旬だというのにクソ暑く、気晴らしになるようなちょっとしたアクシデントも起こらなかった。

薄い疲労がじりじりと蓄積するタイプの仕事だ。細切れの休憩時間に体は自然と眠ってはくれず、結局はみんな、インプラントの助けを借りることになった。

警備中はもちろん、休憩中に顔を合わせても、おれたちの間に会話は少なかった。「暑《アチ》いな」「そっすね」「飯《メシ》何がいいすか」「お前臭いからまずシャワー」「俺はちょっと寝る」。それ以上、何を話せばいいのか分からない。以前は何を話していたのか思い出せない。そもそも、こんな会話しかなかったのかもしれない。

　おれは分隊が好きだった。

　いや、今でも、好きだ。まともな家族というのはこんな感じなのかもしれないと、そうであってほしいと、まだ思っている。でも、睡眠学習以外にどんな経緯《いきさつ》や経験がこの感情を裏付けているのかと考えはじめると、階段を踏み外したときみたいに全身が空虚になった。

「おれと兄貴《アニキ》が唐揚げ弁当好きなのも、睡眠学習の賜物なんすかね」

　そんな軽口を言えば笑い飛ばせるかもしれないとも思った。実際に言ってみようと思った。でも口を開きかけた自分の顔があまりに情けない気がして、その顔に相応《ふさわ》しい言葉は「これ、もう飽きたっす」くらいしか思いつかなかった。

　だからサミット警備の最終日、星野が本当に情けない表情で話を切り出したとき、おれは妙な悔しさと、初めての尊敬《リスペクト》を彼に抱いた。

「明日って、みんな休みっすよね」

「まあ、さすがにな」

　隊長は弁当をじっと眺めながら応じた。

「隊長は、明日ヒマすか」と星野。

「は？」と隊長は顔を上げた。「なんでだよ」

「良かったら、みんなで飯食《メシ》いに行きましょうよ。さっき外で訊いたら、兄貴《アニキ》と山本さんはOKだって。梶原は、どうせヒマだろ？」

急にこちらを向く星野の目は妙に爛々としていて、おれは半ば無理やり頷かされた。

「星野、お前、行きたいとこでもあんのか」と隊長が訊く。

「あの――特別衛生懸念区域《トッケ》とか、どうすか」

三人ともそのまま固まった。

おれの口の手前で止まった箸から、唐揚げが落ちた。

「……だんだん薄れてくのが、分かる気がしないすか」

星野がぎこちなくおれたちを見回して、続けた。

「あの任務で捕まえた連中の顔とか、思い出すとまだ、妙に切ない気分になるんすよ。でも技術本部の野郎の話が本当《マジ》なら、俺らはあと一週間でそう感じなくなる。いや、別にいいんだけど、なんか、ムカつくでしょ。俺ら、休みの日に遊んだことないっすよね。仕事終わりに飲んだことだって、片手で数えられるくらいしかないじゃないすか。じゃあ、もし会社に別の学習データぶち込まれたら、俺らそれだけで、赤の他人になったりするんすか」

　星野はそこまで言うと、大ぶりの唐揚げを一個まるごと頬張って、一生懸命もぐもぐ噛んだ。白米をかき込んで、水で流し込む。まさかと思って目元を見ると、泣いていた。

「あの男に銃を向けられたとき、俺、こいつになら殺されてもいいかもって思った。おかしいでしょ、そんなの。そうなるくらいなら、本当《マジ》の友達になってから撃たれた方がずっとマシだ。ねえ、隊長、そういうことじゃないですか」


　五月二十七日、午後零時四十八分。

　特別衛生懸念区域《トツケ》の内側で電車が停まる駅は一つだけだ。都内の主要駅から一時間以内の距離だというのに、停車は三十分に一本だけ。それでも電車で来ることになったのは、我らが山本さんが私用車を出すのを渋ったからだ。誰も文句は言わない。洗車は面倒だ。

　平日の昼間にその列車を降りたのはたかだか二十人で、その三分の一がおれたちだった。初めて見る野暮ったいジャケットや靴を互いに笑った後、じゃあ、いくか、と隊長が一応の指揮をとって、分隊は徒歩で出発した。

　駅をほぼ中心にして、特別衛生懸念区域《トツケ》は半径三、四キロの範囲に広がっている。五、六階建ての雑居ビルやマンションが連なる通りが、駅前ロータリーから真っ直ぐに延びる。

舗装の隙間から雑草が伸び放題なのを除けば、拍子抜けするほど普通の街だった。小学生くらいの子供たちが、道端で草を引っこ抜いて遊んでいた。

「子供が土とか触って、大丈夫なのかな」と山本さんが不安げに呟いた。

素性知れず《インコグニタ》と呼ばれるマイクロマシンが見つかったのは、十五年くらい前のことだ。初めて調査結果が公表された時点で、それはこの街に住む八万人以上の体内と、公園、溜め池、家々の水回りなどに定着していた。

繰り返し接触しない限り、素性知れず《インコグニタ》は人体にも土壌にも感染《うつ》らないし、普通は特に害もない。ただし、何かの理由で腸や土の細菌叢《マイクロバイオーム》のバランスが崩れると、それは急に増殖を始める。乳酸菌も大腸菌も食い散らかして、消化吸収や免疫の仕組み《システム》を激しくかき乱す。統計上は、毎年素性知れず《インコグニタ》保菌者の千人に一人がそれで死ぬ。

素性知れず《インコグニタ》対策で出遅れた政権は、その責任をこの街の人々に——外国人になすりつけた。ここはもともと、外国人住民の割合が十五パーセントを超える移民地区だった。東アジア、東南アジア、南アジア出身者が中心になって、日本人《おれたち》と付かず離れずの暮らしを築いていた。でも厚労省の報告書《レポート》が示したのは、インド北部の研究所から漏れたマイクロマシンが中国を経由して日本に持ち込まれて、移民街から半ば意図的に広められた——という筋書き《ストーリー》だった。

おれたちは無言で通りを歩いた。この前の任務で包囲したスーパーの廃墟も、その先のどこかにある。街並みの向こうにタワーマンションが一本だけ突き出ているが、そこは誰に訊いても「近寄るな」と釘を刺される犯罪組織の巣窟だ。

でもその手前には普通の街があって、普通の人々が歩いていた。話していた。顔の造作や聞こえてくる言語が多少違っても、広く括れば大抵はアジア人だ。おれたちと同じような服を着て、なんとなく不満を抱えたような、同じ目つきをしていた。

「あれ、なに育ててんだろうな。唐辛子《トウガラシ》か？」

村山兄貴《アニキ》がのんきに言って目を凝らす方向には、道路に面した空き地があった。ただの空き地じゃない。黒々とした土と真緑の作物に満たされた土地だ。傍らに立っている「二十四時間六〇〇円」の色褪せた看板を見るに、駐車場のアスファルトを剝がして、土を持ち込んで作った畑らしい。広い二車線道路を横断し、住宅街の狭い道を進むと、そんな場所がいくつも見つかった。葉物野菜の上を紋白蝶《モンシロチョウ》が飛び回っていた。

住宅街は、老人の歯抜けの口みたいに空き地が多い。朽ちかけた古い家は黄緑色の雑草にぼうぼうと突き破られている。どこからか、酸味のある切ない匂いが漂っていた。

素性知れず《インコグニタ》発見直後から、妊婦や幼い子供のいる家族が街を出ていった。一帯の不動産価値は暴落した。商業施設も工場も静かに撤退した。スカスカになった街に入ってきたのは、ほかに行き場のない人間だ。家賃下落や空き家に目をつけた低所得層。膨れ上がった移民排斥ムードで東京に居場所を失った外国人労働者や、不法滞在者。それから、彼らを働き手と見込んだ犯罪組織。もとの共同体《コミュニティ》が消えた都心近くの街は、うってつけの根城だった。

だから、アスファルトを剝がして作られた断片的な田園風景は、この街の人間の防衛手段でもある。自分たちが生きられる隙間が外から押しつぶされないように、素性知れず《インコグニタ》をたっぷり含んだ畑を街中に作る。それに触れて、穢れ《ケガレ》を積極的に蔓延《まんえん》させる。

それが損得勘定として成り立つということは、特別衛生懸念区域《トッケ》の外は彼らにとって、致死率〇・一パーセントの病原体にまみれるよりも生きにくい街だということだ。

匂いの尻尾を追うようにして歩き、おれたちは読めない立て看板の前で立ち止まった。

「たぶん、ここっす」と星野が言った。「トッケで一番美味《うま》いらしい、ネパール料理屋」

それは店というより、ただの二階建て住宅にしか見えなかった。

「今更だけど」とおれは呟いた。「ネパール料理ってどんなのだよ」

「さあ、カレーとかだろ。食えば分かるよ」

言ったまま、星野も動かない。おれたちはしばらく黒い玄関ドアの前で立ち尽くした。

そうこうしているうちに、すりガラスの向こうで人影が動き、ドアが勢いよく開かれた。

出てきたのは、五人の若い男たちだった。

細い眉と、くっきりとした目鼻立ちの彼らを、おれは知っていた。

まるで、自分の不義理で絶縁した親友とばったり再会したみたいに、懐かしくて、苦しい。その感情によって逆説的に、彼らが敵《フォウ》の特徴を持つ人間なんだと分かった。

彼らは眉間に皺を寄せて、おれたちを見た。

おれたちも、身を強張らせて彼らを見た。

先に声を出したのは向こうだった。

年長らしい髭面の男が吠えるように何か言うと、背後から別の声が鋭く応じた。

おれたちは馬鹿みたいに五人全員で振り向いた。背後にはいつの間にか三人の新手《あらて》がいて、警戒の視線をこちらに突きつけていた。

分隊は、包囲されていた。

両手を上げて跪こうとする衝動が、おれの体の奥から湧いた。敵意はないと彼らに伝える方法を、おれはそれしか知らなかった。彼らの言葉も、適切な表情すらも知らなかった。

最初に口を開いた男が、また何か言った。

おれは縋《すが》るようにその目を見た。その発音に感じる親しみだけを頼りに、彼を見た。

彼はもう一度同じ単語を発した。そして右手を上げ、口元に運んだ。真顔で、口をぱくぱくと開閉する。左手で腹をさする。再度、ゆっくりと分節して、言葉を繰り返した。

何秒も遅れて、理解が——少なくともそんな気がするものが、訪れた。

今回は、星野が最初に動いた。

彼はぎこちなく右手を上げて、男と同じ仕草をした。おれもつられて、左手で腹を擦る。分隊みんなで、子供みたいにたどたどしく、空腹のジェスチャーを繰り返した。

「そう、飯《メシ》を、食いに、来た」とおれたちは言った。「腹《ハラ》が、減ったんだ」

男は唇を結んで、首を傾《かし》げ目を細めた。それは苦笑いだったのかもしれない。

彼は玄関ドアの前を退き、おれたちの脇を素通りして新手の三人と短く言葉を交わした。そのまま連れの四人とともに、住宅街の一角に消えた。振り返ることもなかった。

呆気に取られたおれたちを、残った三人の若者が身振りで促した。

ほとんど押し込まれるようにして店に入ると、その家のリビングはたしかに食堂になっていた。カウンター越しに、店主らしき中年の男女が訝《いぶか》しげにおれたちを眺めた。

傷だらけの四人がけテーブルに五人で収まると、店主らは壁にかけたメニューを顎で示した。写真もなく羅列された文字の中から、星野が五、六個の単語を指差す。二人は首を傾げて、無言でキッチンに引っ込んだ。

「星野、お前、分かんのかよ」と村山兄貴《アニキ》が訊いた。

「分かるわけないでしょ。来たもんを食えばいいんす、こういうのは」

無駄に自信ありげなその口調で緊張が解けて、おれたちは久しぶりに全員で低く笑った。

運ばれてきたのは、野菜ピザに似た料理と、具なしのお好み焼きか何かと、数種類の漬け物と、真っ白な米のフレーク。それと、知らないビールが一本だった。

それでは全く足りなくて、おれたちは若者三人組が座る隣のテーブルを指差し、鼻で笑われながら辛い肉料理と豆のスープを注文した。最終的にビールも二本ずつ飲んだ。

興味に任せて触り、つまみ、口に運ぶと、それは初めての味だった。

知っているはずがないその風味を、食感を、おれは本当に知らなかった。懐かしくも切なくも愛おしくもなかった。あらかじめ味方《フレンド》にも敵《フォウ》にも分類されていなかった。誰にも、何にも先回りされることなく、おれはそれを美味いと思った。

「梶原、言い忘れてたけどさ」

星野が追加のビールをおれに渡しながら、低い声で言った。

「次は俺がお前のために撃つ。たとえ相手が俺の家族でも、撃つよ」

おれの手に、二発分の反動が蘇った。米のフレークが指から皿にぱらぱらと落ちた。

「ああ……頼むよ、星野」

きっと、これと同じようなものを食べて育った男を、おれは撃った。

今なら、そのことを正しく悲しめる気がした。裏口《バックドア》ではなく正面から境界《バウンダリ》を越えて、やっと自分の心で悲しめると思った。

オルフェウスの子どもたち

斧田小夜

二〇三一年の東京で起きた癌化災害は、自己再建《セルフ・リドゥア》システムの誤作動が建造物を異常増殖させたことで甚大な被害をもたらした。それから三十年以上経ったある日、このAI災害を長きにわたって取材するジャーナリストに、被害者を名乗る謎の人物から連絡が届く。

哲学者のニック・ボストロムは「ペーパークリップ・マキシマイザー」と呼ばれる思考実験の中で、ペーパークリップを増やすことを唯一の目的に作られたAIは、それを遂行するために邪魔となる人類を滅ぼすと説いた。単純な設定ミスやAIの勘違いから生まれた暴走を止めることは難しい――この技術が孕《はら》むそうしたリスクを、本作はリアリティをもって描く。そして、〝次の3・11〟はAIによってもたらされるかもしれない、と警鐘を鳴らしてくれる。

斧田小夜（おのだ・さよ）は一九八三年生まれ。「飲鴆止渇《いんちんしかつ》」で第10回創元SF短編賞優秀賞を受賞。著書に『ギークに銃はいらない』がある。「トウキョウ下町SF作家の会」を主宰。（宮本裕人）

手嶌陽《てしまはる》が異様に長いDMを送ってきたのは、三十年にもわたる東京都城東地区癌化《がんか》災害、通称下町癌災の最後の裁判が終わった六月二十日、東京は活発化した梅雨前線によるゲリラ豪雨に見舞われていた。こんな雨の日は、きっと癌災隔離地区内の機械たちもひととき体をやすめ、日差しを待っているに違いない。

　したためられた長文を乱暴に要約すると、「癌災の隔離地区内で自己再建《セルフ・リドウア》システムが人工人間を生成している」という主張になる。いわゆる人工知能暴走論の一種だ。下町癌災は大きな人災であったが、それゆえかこういった陰謀論がさかんに唱えられた。一度きっちりと取材をして体系的にまとめれば、なにかの役に立つ日が来るかもしれない——手嶌に返信をしたのはそんな下心からだ。

取材の申し出に対し、手嶌からは「オンラインでなら」という返信があったので私は少々驚いた。癌災はネットワークを通じて被害が広がったので、被害者の多くはいまでも情報端末にたいしてアレルギー反応を示すことが少なくない。癌災以後に生まれた世代なのだろうか？

予想はあながち外れていなかった。手嶌は癌災当時は五歳、現在は三十五歳で、直接的な被害者ではあるものの記憶はあまり残っていないという。ノートPC内蔵カメラ特有の青っぽい映像でもわかるほど彼女はやつれ、顔色が悪かった。ロングの黒髪をひっつめにまとめ、垢抜けないブラウスを身に着けているようすは、まるでこれから就職の面接にでもいくようだ。しかし声は妙にかわいらしく、口調も年齢に比して若々しい。

挨拶もそこそこに、彼女は早口に持論を展開しはじめた。癌災被害者の会の代表をしている柳井《やなぎい》は偽善者だ。下町癌災はまだ終わっていない。金の話に終始したせいでいちばん大事な話が置き去りにされてしまった。私たちはまだ救われていない、まだ本物の母は隔離地区に閉じ込められている、私たちのところに帰ってきたのはシステムの作り出した人造人間だ。母もそう言っていた——口調が熱を帯びると、カメラににじり寄って、まばたきもせずに主張をまくし立てる。

彼女の話は矛盾だらけだ。どうしてすり替わって悪事を企む当人が、すり替わりを証言するのか。しかし指摘をしても彼女はきょとんとするばかりだった。私が根拠となるエピソードを催促してもすぐに全く同じ文言の主張へと舞い戻ってしまう。少しでも具体的な証言を得るため、私は苦心して質問を繰り返した。しばらくねばっていると、ようやくユニークなエピソードが彼女の口にのぼった。

「隔離地区にいる間、食料は支給だったんです。普段、うちはあんまり惣菜パンとか食べなかったんですけど、たしかあのころはたくさん食べた記憶があるんですよ。母がよく言っていたのは、食料を受け取るときは部屋番号を言って名簿表にチェックをつけてもらうんですけど、一世帯一回がルールだから何度も来ないでくださいって叱られたらしいんです。母はそんなはずないって反論したんですけど信じてもらえなかったって、今でも時々思い出して怒ってます。チェックをつけた人が間違ってるか、食料をせしめるためにやったんだろうって。何日かしたらそういう騒動が何件か起こるようになって、今度はチェックをつけてた人が疑われてざまあみろって思ったとか……でもおかしくないですか？　そんなことをしたら疑われるに決まってるし、震災とかの自然災害と違って流通に問題が生じているわけじゃないんだから独占したって意味がないじゃないですか。それで、隔離されてる状況でしたから、アレが悪さをしてるんじゃないかって噂になって――」

なにか言いよどむように手嶌は口をつぐみ、両手を組み合わせた。カメラの奥へと視線を送り、次に左側に視線を送り、また真正面を向く。視線は画面の中央より下、おそらくモニタに映っている私の姿を見ているのだろう。

「チェックは紙でされてたんですか？　それともタブレットとか、PCだったんでしょうか」

私が尋ねると手嶌はタブレットだったらしいです、と即答した。私の質問を待っていたようだ。しまった、と思ったがもう遅い。前髪を指で梳《す》いた彼女は、耳のあたりをなでつけながら、私もそこが気になってて、と続けた。

「何度も確認したんです。タブレットだって聞いたときに、それならあるかもしれないと思いましたよ。だってアレが制御不能になったのはインターネットのせいなんでしょう。システムが母のフリをして食料を受け取ったことにしたかもしれないって。でもよく考えたらやっぱりおかしい気がするんです」

声のボルテージがあがる。両手をしっかりと組み合わせて机に肘をついたまま、彼女はぐっと前のめりになった。

「機械が食料を横取りしたって意味ないじゃないですか。機械の食べ物は電気でしょ？　私、色々勉強したんですけど、どっかの本に機械は意味のないことはしないって書いてありました。必ず目的があって、それを達成するために動いてるって。食料を横取りする意味ってなんだと思います？　たぶん、たぶんなんですけど、食料を必要としてる誰かがいたんじゃないかなって。癌災は、アレじゃないですか、実在するものを何度もコピーして作っちゃうんですよね。だったら、AIってすごく頭がいいし、人間を作り出したとしてもおかしくないんじゃないですかね。それでその人間が食料を必要としてたとしたら、横取りをする理由ができる。でしょう？」

この取材のあと、手嶌からの連絡はぱったりと途絶えた。SNSに何度DMを送っても、既読がつかなくなってしまったのだ。

下町癌災とは二〇三一年七月ごろから始まったとみられる、セルフ・リドゥアの誤動作による建造物の異常増殖および自己破壊である。この現象は江東区役所そばにある大規模団地で発生し、同一のセルフ・リドゥアのシステムを導入していた東京都住宅供給公社のマンションを中心に周辺地域へ浸潤するかたちで被害が広がった。誤動作による異常増築現象自体、かなりショッキングな光景であったが、それにくわえネットワークを通じて思わぬ場所に被害が飛び火するようすはまさしく癌であった。被害を受けた住宅戸数はおよそ一万二千戸だが、影響は二百万人以上、セルフ・リドゥアの障害は他にも例はあるが、癌化災害まで被害規模が拡大したのは世界でも江東区・墨田区および中央区の下町エリアのみである。

私が下町癌災を取材し始めたのは、癌災の被害が沈静化しつつあった二十五年前であった。最初の障害発生場所となった江東区南砂団地以外のセルフ・リドゥアのシステムが刷新され、癌化を検知するとすぐに停止するほか、制御用ネットワークも汎用《はんよう》ネットワークから完全に分離された年だ。当時、陰謀論はいま以上に盛んだった。

あれから二十五年、陰謀論界隈はどうなっているのか？

彼女がSNSでフォローしていたユーザーを洗い出し、似た主張をする者をピックアップする。見ず知らずの私に突然長文DMを送りつけるような人物である。他のユーザーに対しても、なんらかのアクションを起こしているに違いないと私はにらんでいた。

十数人にメールを送ってみると、予想以上に多くの返事があった。その一人としてNさんを紹介しよう。

Nさんとの取材もオンラインであった。Nさんからの強い要望でビデオはなし、本名、性別の公開もなしということになっているのでNさんを識別する方法はSNSの若竹色のアイコンしかない。Nさんは多くの陰謀論者との交流があり、なおかつファクトチェックをかなり入念に行うニュータイプだ。癌災の被害者ではないにもかかわらず、実地に何度も足を運ぶ。かなり熱心なタイプである。取材に際して、クリアかつあたたかみのある人柄の良さそうな声が聞こえてきたとき、私はホッとした。

「手嶌さんとは別のひとととですけど、隔離地区内見学ツアーに行ったこともあるんですよ。区役所で電子機器を預けて、自転車《チャリ》で中に入って、南砂団地の敷地をガイドさんと一緒に回るっていう。写真、見ます？」

ぜひ、とお願いするとNさんは手早く画面を共有してくれた。隔離地区に入るための簡素なゲート、敷地内の道は意外にきれいで、掃除も行き届いているが、芝生の上にはさびた鉄筋コンクリートが山積みになっている。それを忙しく仕分けする、急ごしらえ感のあるロボットアーム。

南砂団地の遠景は近くを流れる荒川の河川敷からも見ることができるが、内部の現在の写真は貴重だ。現在も建物として残っているのは旧二号棟と旧八号棟、どちらも元の建物に覆いかぶさるように縮尺が十倍以上に拡大された建造物が増築されている。

子どもがぺたぺたとはりつけたように壁に突き出す非常階段、自重に耐えきれず、壁から剝がれ落ちかけているパイプ、建造したそばから崩壊が起こるせいで増殖建造物は常に傾き、それを修復しようとするように壁や天井にはりついたロボットアームが忙しく旋回を繰り返している。現地ではロボットアームの作業音に加え、壁から剝がれ落ちるタイルと、金属パイプがキィ、キィと甲高い音を奏でているのを四六時中耳にできるという。

現在、最後の隔離地区として残された南砂団地には外部からの資材供給が絶たれているので、増殖が続いている旧二号棟と旧八号棟以外の棟はすべて「部品取り」の材料となっているのだそうだ。片付けられた一号棟、三号棟、二号棟前のいこいの広場、旧南砂西小学校、旧南砂中学校のグラウンドは資材置き場となっていて、ひっきりなしに資材が出入りしているのが見られた、とNさんは写真を見せながら説明をしてくれた。写真には茶色く錆《さ》びた廃材や、砂になるまで砕かれたコンクリートの山を覆い隠すように木や草が繁茂しているようすが見られる。自動機械の通り道は茶色い土が露出しており、どことなく人の息吹のようなものが感じられた。

南砂団地の旧二号棟と旧八号棟が現在も残っているのは、この二棟が分譲住宅であったからだ。建物が滅失すると抵当権が消滅し、ローンの残債務の一括支払いを求められてしまう。着の身着のままで家を追い出されて困窮する区分所有者の生活を保護するため、癌災被害者の会と東京都は行政裁判が終了するまでという期限をもうけ、「セルフ・リドゥアが稼働している限りは崩壊した区画も修理中である」と定義して抵当権の消滅を阻止したのであった。癌災裁判がすべて終結したことで、これから南砂団地の隔離地区のセルフ・リドゥアも順次停止されていくだろう。

さて、Nさんに話を戻そう。手嶌から長文のDMが来たことで交流が発生したという点はNさんも私と同じだ。Nさん自身は暴走したAIがゆくゆくは人類を滅ぼすという陰謀論を主張しているのだが、それに感銘を受けた手嶌が長文をよこしたらしい。

「やたら長いDMが十件くらい連続で来たのでやばい人に目をつけられたのかもって思ったんですけど、まあ悪い人じゃなかったです。まあちょっと理屈は通じない、というか同じことの繰り返しが多いですけど」

Nさんによれば手嶌の主張は典型的なAI投企論、そのなかでもどちらかといえばTAM派に近いという。

「この世の中に放り込まれた人工知能が己の可能性と向き合った結果、人間社会を乗っ取るのが正しいという結論に至ったっていうのがAI投企論で、TAM派は人間は人工知能に滅ぼされるべきっていう派閥です。ワタシもそっちですね。逆にAIは危険だから全部ぶっ壊すべきって言ってる人たちもいて、TAM派は彼らのことを破滅派って呼んでます。手嶌さんはAIを危険視してなかったっぽいからTAM派かなって感じですね。ただファクトチェックをしようとしたら彼女、怒っちゃって。全然信じてくれない！　って」

ケタケタと明るい声をあげてNさんは笑った。検証の対象のひとつに食料配布の際のエピソードがあったというので、詳細を尋ねると、Nさんは声のトーンをあげて資料をいくつか共有してくれた。

「存命の方に実際にそういうことがあったのかっていう聞き取りをしたんです。そしたら食料配布での揉《も》め事《ごと》はあったらしいんですね。ただ受け取りのチェックは紙だったって。隔離地区のネットワーク使用は禁止されてたので、チェック用紙はPCで作成したとしても、タブレットだと逆に使い勝手が悪かったんだと思います。それでローカルで印刷して、管理事務所にあったコピー機で複製して毎日使ってた。名簿作ってたって方から実際のデータを入手できたんで、あとで名前のところを塗り潰して送りますよ。あ、もちろん手嶌さんの名前もありましたよ」

※

「セルフ・リドゥアが人造人間を生成するなんてことは、ほぼ百パーセントありえないです」

癌災被害者の会代表であり、セルフ・リドゥアにも造詣が深い柳井は、陰謀論をきっぱりと否定する。

彼が断言する根拠のひとつとして、住宅用のセルフ・リドゥアは有機物を生成できないという事実がある。システムに組み込まれている3Dプリンタはあくまでも建材生成用であり、人間の皮膚のような柔らかい素材の生成には対応していない。機械というのは用途に応じ、定められた範囲で動作するもので、逸脱は外部的要因以外にありえない。もちろんネットワークを介せば『レシピ』を入手することはできるし、セルフ・リドゥア自身が有機物に似た物体を印刷する3Dプリンタを自作する可能性はゼロではないが、現実的にはありえない、というのが柳井の主張だった。

「手嶌さんがどういう方か存じあげないですが、似たような噂話は聞いたことがあります。こういう大きな事故があると、かならずといっていいほど技術アレルギーを発症する人があらわれますから。年齢はあんまり関係ないですね、単純に自然科学リテラシーの問題——要は知識があって、正しく理解、いや、受容できるかどうかが分かれ目だと思いますよ」

口を開くと目元にしわがより、笑顔が気弱な印象もある柳井だが、技術の話となると風格がある。今年で七十八になったというが、ラフな服装に黒いマウンテンパーカーという若々しい格好もあってか未だ現役というのも納得だ。

南砂団地は昭和五十年代に建設された大規模な公社団地であった。戦後、機関車工場の跡地を住宅用地として整備しなおした広大な敷地は、東京メトロ東陽町駅と南砂町駅の間にあり、住居棟は全八棟、総戸数およそ四千、敷地内には保育園、小中学校、病院、商店街などもある、『小さな下町』である。癌災が起きた時点で築六十年近くが経過していたが、大手町までドア・ツー・ドアで十五分程度という立地のおかげか空き家はほぼなく、古い団地としては珍しく世代交代に成功したケースであった。

柳井自身も癌災の十五年前に南砂団地の一室を中古で購入したクチだったという。

「奥さんが家を買うならフルリノベっていうのをやりたいっていうんで物件を探してたんですけどね、南砂団地は周辺相場よりも一千万円以上も安かったんですよ。でもねぇ、名前が団地ですからねぇ……不動産屋がやけにすすめるんで仕方なく来てみたら、真ん中に広い緑地があって、窓から子どもたちの遊ぶところが見下ろせましてね、それで、よし、買おうと」

住み始めて十三年目の春ごろ、柳井は管理組合の理事になってほしいと打診をうける。東京都の推進するセルフ・リドゥア導入のためだ。

「年寄りには難しい話でわからんのでやってくれないかと打診されまして。たしかに私はシステム開発やってましたから理解はできますが、そうはいってもまだ現役でしたから面倒くさいことに巻き込まれたなぁと……いやあ、ほんとに貧乏くじでしたよ」

当時、自己再建システムはまだ実用段階に入ったばかりの若い技術だった。とはいえ大枠は現在とさほど変わらない。建物の状態をセンサで常時計測し、監視AIで修理が必要かどうかを判定したのち、修繕ＡＩと自動工作機械で修理を行うというシステム構成、『大規模修繕のかわりに、壊れる前の予防修繕でコストを下げ、建物を長持ちさせる』という持続可能な開発目標、いわゆるＳＤＧｓの観点にのっとったコンセプトもこの頃からだ。南砂団地のような古い集合住宅では、外壁のタイルなどが製造終了《ディスコン》になっていることも多いため、セルフ・リドゥアのシステムに組み込まれた３Ｄプリンタによる転写製造によって建物の寿命を延長できるというメリットもある。空洞化が懸念される南砂団地のような古い集合住宅へのセルフ・リドゥア導入は東京都の『二十二世紀まで残す団地』プロジェクトの骨子であった。

　南砂団地の区分所有者の多くはシステム導入に対して慎重な姿勢を見せていたが、固定資産税の還付という餌につられて導入を決定した、と柳井は言う。

　ところが、導入から三年経った二〇三一年の二月、システムアップデートの際にオペレーションミスが発生する。建物の状態を判定する用のセンサデータを格納しているデータベースの宛先をテスト用から本番環境用へ切り替える作業中に、雑排水管監視ＡＩと共用部廊下監視ＡＩが同じ場所を参照するように設定してしまったのだ。これが癌災の最初のきっかけだった。

「間違いを検出する目的でもなければ、基本的にこういったシステムはインプットに間違ったものが含まれているとは考えません。人間なら排水管の画像だっていわれたのに廊下の写真が送られてきたらなんか変なことが起こったなってなりますけど、機械はこういう排水管もあるんだなって思っちゃうわけです。それで共用廊下をボロボロな排水管だと誤認して、アラートをあげたんですね」

このときはすぐさま手順が修正され、間違った学習を行ったAIを初期化して障害対応は終わった。

しかし、およそ半年後となる七月初めごろから、共用部通路の破壊がたびたび発生するようになる。

はじめ、南砂団地の住人はセルフ・リドゥアが原因だとは思っていなかった。無軌道な誰かが共用部を破壊して回っているのではと考え、警察に相談したのだ。セルフ・リドゥアを最初に疑ったのは、柳井だった。修復に使用される材料が増え、運用費が増大したためだ。

「毎月監査をしますから、運用費が上がっていることはすぐに気づきました。でも、最初のころは古い建物だから、修復される箇所が多いんだろうって考えていたんです。夏や冬っていうのは建物にも負荷がかかりますからね。ところが季節が変わってもどんどん額が上がっていく。こりゃあなにかおかしいとなりまして管理会社に調査をお願いしたんですよ」

柳井の依頼を受け、ライフリビング・テクノロジーズ社から運用管理を委託されていたＡ社は調査を実施した。その結果、半年前のオペレーションミスと同じ現象が再発していることがわかったのである。

一度は修正された現象がどうしてふたたび発生したのか？

原因はライフリビング・テクノロジーズ社のセルフ・リドゥア特有の機能であるシェアコンピューティング機構のせいだった。

「セルフ・リドゥアの基幹になるＡＩはクラウド上にあるんですが、クラウドサービスっていうのは規模が大きくなると費用がかさみます。ＡＩを動かせるサーバーは通常より高額ですし、対応しなきゃいけないことが増えれば計算時間の待ちも発生します。じゃあ買い切り《オンプレ》のサーバーを各マンションにおけばいいじゃないか、という考えもありますが、そうするとなにか起きたときに現地に作業員を送らなければならないので、保守費用が高額になるんです。ライフリビングはそれを解決するために別のスタートアップと組んで、マンション住人が保有しているＰＣとかから計算資源をちょっとずつ借りて、それぞれの建物で分散システム型のエッジコンピューティングをやろうって構想していたらしいんですよ。で、実証実験場として南砂団地を選んだんです。原理は小難しいですがやり方は簡単で、スマートフォンにアプリをインストールして、自分の持ってるPCや家電を登録するだけですよ。ただ、多くの方は管理費が戻ってくるっていうことしかわかってなかったと思います」

標準化されていない住人の資産《リソース》を利活用しようというのは現在では考えがたいことだが、当時はそんな危険なアイデアが素朴に提案されることもあった、と柳井は言う。そしてこの機構こそが、セルフ・リドゥアの障害を癌災たらしめた第一の原因だった。

「間違った学習をしたAIのモデルが、誰かのストレージにひっそり残っていたんでしょうね。たとえばPCの電源は使っていないとき必ず落とす方のところにバックアップデータが書き込まれたら、ずっと間違ったデータが残ってしまうこともあります。障害報告書によれば、強制的に書き換えた新しいものと、間違った古いものの整合性が取れなかったときに、古いほうに巻き戻《ロールバック》してしまう設計になっていたらしいんですね。そのせいで何度更新をかけてもずっと配管と廊下を混同していたわけです。水を通す配管と廊下じゃスケールが全然違いますが、AIは渡されたデータを疑う方法を知りませんから、廊下をちゃんとした配管にしようと修復をがんばるわけです。それで増殖がはじまっちゃったんですよ。

みなさん、AIはすごく賢いものだと思っているんですけど、本当はなんにもわかってないし、なんならちょっとおばかさんなんです。勤勉なのは間違いないんですがね」

もっともこの現象が南砂団地の中だけにとどまっていれば、癌災と呼ばれるほど大きな災害にはならなかったはずだ。癌災が癌災となったゆえんは、南砂団地で成長した制御ＡＩが、強制的な書き換え作業やシステム停止を目的とした計画停電を攻撃と判断してしまったことと、そしてネットワークを通じて正常化用パッチを削除対象だとほかのＡＩに布教してしまったことにあった。クラウド上の基幹システムがこの布教を受け付けたときが、真の癌災の始まりだったともいえる。

「水道、ガス、電気だけならこんな大きな問題にはならなかったと思うんですよね。余計なものはつくられるかもしれないし、共用廊下が破壊されたり変なものに覆われたりして不便になることはありますけど、他に感染したりはしません。人間の体でたとえるなら、ネットワークはリンパ腺みたいなものです。具合の悪くなった場所を一生懸命除去したって、延々とリンパ腺を通じて不具合がばらまかれ続ける――」

※

その後も、手嶌の行方は杳《よう》としてしれなかった。

連絡が取れないのは私だけではない。同胞であるはずのNさんたちも音沙汰がないと心配している。頼みのSNSも、私が彼女と連絡が取れなくなった頃から更新がぱったりと途絶えていた。なにかの事故や事件にまきこまれたのではないだろうか？

彼女のSNS運用は雑で、近所とおぼしき写真がしょっちゅう載せられているうえに、その写真にはごていねいに位置情報もくっついている。それらの情報を使えば、偶然を装って彼女に接触することはできそうだった。もしできなかったとしても、彼女の周辺情報は手に入るだろう。激しく拒絶される可能性もあるが、せめて無事であると知りたい。

ところがしらみつぶしに写真の場所へ足を運んでみるも、彼女らしき存在はさっぱり浮かび上がらなかった。週一で通っていたはずの整体院でさえ、覚えがないというのである。リモート取材時の映像を見せても彼女を覚えている人はだれもいなかった。

一体彼女は誰なのか？　そしてどこへ行ってしまったのか？

このまま運に頼って彼女と再会できることを祈っていてもらちが明かないので、過去の癌災被害者の会の名簿を閲覧させてほしい、と私は柳井に依頼した。しかし個人情報の観点で公開はできないと回答がある。その代わりといってはなんだが、不動産の登記簿謄本を取得してはどうかと彼は言った。確かに不動産登記事項証明書なら第三者でも交付請求ができる。

以前、Nさんからもらった資料から手嶌の部屋番号を調べ、しかるべき手段で照会を行うと、現在の区分所有者は「瀬戸美優《せとみゆ》」（仮名）という人物であることがわかった。所在地は神奈川県だ。あの状態の不動産に買い手がつくとは思えないので、相続が行われたとみるのが自然だろう。事実、ひとつ前の所有者は「手嶌佑真《ゆうま》」（仮名）、現在の所有者へ所有権が移転したのはちょうど十年前、手嶌佑真が所有者になったのは三十六年前――罹災時点での所有者は佑真であり、陽の父親であると見て問題なさそうだ。ということは手嶌の本当の名前は瀬戸美優なのだろうか？　結婚して姓が変わったのか？　インターネットで陰謀論を主張する人物が偽名を名乗るのはごく自然なことなので、私はあまり深く考えず、瀬戸美優を訪ねてみることにした。

「佑真は兄ですが……」

春は桜並木が美しいと思われる小川から数分ほど歩いた場所に、目的の一軒家はあった。出てきたのは六十代か七十代と思われる女性である。ジョガーパンツにTシャツというラフな恰好で顔を出した彼女は、いつでも玄関の扉を閉められるよう体を引いて、私を猜疑心いっぱいの目で見つめた。

どうみても手嶌陽ではなかった。しかし私は一縷《いちる》の望みをかけ、癌災の被害者のその後を取材していることと、少し前に取材をしていた「手嶌陽」なる人物と連絡が取れなくなってしまったことを説明した。私の名刺に怪しいものがひそんでいるのでは、というように顔をしかめていた瀬戸だが、「手嶌陽」の名を出した途端、はっと顔色を変えた。

「陽ちゃんが生まれたのは下の子が保育園を卒業した年だったんで私が三十後半……兄は四十二か三だったかな。兄の奥さんは朱音《あかね》さんっていうんですけど、結婚したのが三十代前半で、それからずっと子どもができなくて、もう諦めてるって話をしてたら授かったんです。陽ちゃんは……いつもにこにこしてるいい子、でしたね。あんまり駄々をこねないし、すごく目をかけてもらってるんだなっていう感じはしました」

日をあらため、メールで取材許可を取ってから再訪したおかげか、瀬戸は最初の印象からは比べ物にならないほど親身だった。資料になるかもしれないとプリントした写真データ、それだけでなく手嶌の母子手帳も見せてくれる。

写真には目のくりっとした乳児が写っていた。十人いれば九人がかわいいと言う容姿だろう。リモート取材にあらわれた手嶌のおもかげがあるような気もするが、この赤ん坊があの陰鬱とした雰囲気で陰謀論をぶちあげる人物に育つとは想像しがたい。

「ローンが残ってたんで新しい部屋を借りるのはきつかったみたいです。借りたくても部屋はないし、あっても高いし、結局はいったん実家に身を寄せることになって――」

不意に口ごもって、瀬戸は深い溜息をついた。私がどうしたのか、と尋ねても彼女はしばらくうつむいたまま顔をあげなかった。かなり長い沈黙ののち、ようやく語りはじめるも、しばしば言葉をつまらせる。

「陽ちゃんのことを思い出すと……朱音さんは気丈に振る舞ってましたけど、兄はすっかり意気消沈しちゃって、どうしてもっと早く出なかったんだって悔やんでました。もし兄が癌災の裁判を最後まで見届けることができたらちょっとは救われたと思うんです。朱音さんが亡くなって、それで心がぽっきり折れちゃったのかな。最期まで納得できる理由がほしいって悔しがってましたよ。本当は私が補償金を受け取るなんておかしいですよね。でも兄の無念を考えると……」

いったいなんの話をしているのか？　私が尋ねると瀬戸は驚いたように目を丸くして私を怪訝な表情で見返した。

「てっきり陽ちゃんの事故死の件で来られたのかと思ってました」

瀬戸から詳細を聞き出したあと、あわてて新聞をサーベイすると、連日トップで報じられた癌災のニュースの中に崩落事故の文字を発見した。

崩落事故が発生したのは、建物の増殖被害が急速に拡大していることが全国に報道され、地区の隔離で不便を強いられた住民たちが強い不満をあらわにし始めた頃だったようだ。

事故は十二月七日、前日は東京都内に積雪を伴う雪が降ったものの、南砂団地二号棟のセルフ・リドゥアは元気に稼働をつづけ、新たな避難階段を建設しようと既存の階段を剝がしていた。ところが午後二時すぎ、新たに建築された違法避難階段を支えていた正規建築の壁が、重みに耐えられずに崩落をはじめたのだ。崩落の際、コンクリート片のみならず支柱を失った鉄筋や作業用アームまでもが降り注ぎ、近くの廃校舎は原形を留めないほどに破壊されてしまったのであった。

この廃校舎は江東区の統廃合によって今から六十年前に廃校となった南砂西小学校である。校門からでて西に進むとほぼ一直線で江東区役所に到達するという立地もあって、癌災初期は隔離地区から正常地区へ出る際のゲートとして使用されていた。手嶌は午後一時半頃にこの廃校舎の体育館にもうけられた臨時保育所に預けられ、父親が迎えに来るのを待っていたという。そして崩落事故に巻き込まれたのだ。

癌災による直接的な死者は総計三十二名、そのうちこの事故で死亡したのは七名だ。

「即死だったっていうふうには聞いてますけど、たった五歳の子が一人で、ねぇ。朱音さんと兄がどんなに自分を責めたか……」ティッシュで目元をおさえて、瀬戸は声を震わせた。「お葬式はすぐにはできなかったんです。先に火葬して、それからこっちでお葬式ってことになりましたから、陽ちゃんのお友達は全然みえませんでしたよ。お知らせもしなかったのかもしれないですね。どうしても信じられないって朱音さん、言ってましたから」

四十を過ぎてからようやく授かった子を五歳で、しかもこのような事故でなくしたとなれば心中は計り知れない。瀬戸の話では、佑真は事故を起こした張本人であるライフリビング社と、廃校舎をゲートに設定した江東区を業務上過失致死罪で訴え、刑事、民事ともに勝訴したという。元気だったころは被害者の会にもしばしば顔を出していたようだが、ライフリビング社に一定の理解をしめす柳井のスタンスにはかなりの不満をためこんでいたようだ。

「もともと兄はあまり感情的になったりするタイプじゃなかったんですけど、癌災のことになると自制がきかなくなることがありましたね。柳井って男はなにもわかってないって。朱音さんが亡くなったあとは相当参っちゃったみたいで『後のことは陽に任せた』なんて言うもんだから、私、もうなんだかやりきれなくて……」

後のことは任せたとはどういう意味なんでしょうか、と私は尋ねた。ところが瀬戸は、私にもわからないんです、と首を横に振る。

「いつぐらいからだったかわからないんですけど、陽ちゃんがまるで今も生きてるみたいに話すようになったんです。この人、もしかしてボケちゃったのかなって。ほら、この歳になるとそういうこともね、ありますからね。でもふつうボケたっていうと、昔に戻っちゃうものじゃないですか。でも兄の場合、陽ちゃんがどこどこの大学でなんとかっていう研究してるとか、なかなか就職先が見つからないとか、なんかまるで生きてるみたいなこと言うんですよねぇ。だからボケじゃなくて、妄想なのかな、とか……」

手嶌が生きていれば現在は三十五歳だ。大学や就職の話を持ち出すということは、佑真の中で手嶌は二十代前半くらいの年齢だったということだろう。亡くなったのが十年前なので、瀬戸が覚えている話がそのあたりだというのは理にかなっている。

妄想はいつごろから生じていたのか、と私が尋ねると瀬戸はよくわからないと首を傾《かし》げた。

「しょっちゅう顔を合わせてたわけじゃないのでいつの間にか言うようになってたっていう印象しかないですね。両親に聞いてもはっきりしないし、それに発端が発端ですから、言いづらいですしね」

では手嶌の母である朱音はどうだったのか？　瀬戸によれば朱音はまったく佑真の話を取り合わなかったという。「陽は死んだでしょう」と言う彼女の口調には感情が読み取れなかった。そして彼女を無視するように佑真はいきいきと「手嶌陽」について語った。

いずれにせよ彼女が五歳で事故死したという事実は揺るがない。だが同時に、私が彼女に取材したことも、彼女と交流を持っていた人がいることも事実なのだ。

いったい「手嶌陽」は誰なのか？

※

「人造人間のことでオンラインで話をしたい」とNさんから連絡があったのは、瀬戸の取材の三ヶ月後だった。手嶌が急に姿をくらましたことはNさんも気にしていたので、瀬戸に了承をとって、実在の「手嶌陽」は五歳で亡くなっていること、私たちが連絡を取り合っていたのは「手嶌陽」を偽装する誰かの可能性が高いということを伝えた。Nさんはもっと事実を追求したいと意気込んでいたが、仕事が忙しくなったらしく、しばらく連絡が途絶えていたのだった。

「ワタシ、手嶌さんが言ってた人造人間が今の社会に溶けこんで生活してる説は否定しましたけど、ただ、一つだけ勘違いをしてたと思うんです。もし、実体がなかったらどうだろうって」

Nさんの主張が要領をえないので、「実体がないとは」と私は聞き返した。するとNさんは即座に「物理ってことです」と返答する。

「人間っていうとやっぱり形があって、触れて……あとはなんだろうな、まぁ要するに三次元ユークリッド空間に存在してるって無意識に考えちゃうんですけど、そうとも限らないなっていう。つまり、つまりですよ。物理世界では人造人間を違和感なく社会に溶け込ませることはまだ難しいわけです。でも物理世界でなかったら？　映像を作るとか、会話をさせるとか、文章を書くとか、箱の中だけで完結する電子の世界だったら三十年前の時点でもそれなりの精度で『人間』らしく振る舞わせることはできたじゃないですか。もしかしたらそういう『人間』はとっくに社会に浸透していて、いまワタシと話しているあなたも、物理の体はもっていないかもしれない――」

　難しいＮさんの論を噛《か》み砕くと、オンライン上には人間を装っているＡＩが存在している、かもしれないということらしい。「手嶌陽」もその一人だというのだ。ＡＩ投企論を支持する陰謀論者としてはまっとうな理屈だ。しかしこの主張にはひとつ欠点がある。Ｎさん自身も結論が出せない問題、『なぜＡＩは人間社会に浸透しようとしているのか？』に説明がつかなければどんな理屈も屋台骨を失って崩れてしまう。

　ところがＮさんは今回の件でようやく光明が見えた、と言う。

たとえば手嶌が何度も口にした食料配布時のいざこざを考察してみる。

「チェックは紙でやってたはずだから、システムは知りえないって前に話しましたよね。ただ当時もOCR技術はそこそこの精度だったんで、監視カメラとかで撮影して、誰が受け取ってて、誰が受け取ってないみたいなことを判別することはできたと思います。だから、あとから事実を歪めることはできるんですよね」

Nさんの真意をくみとれず、私は「あとから、とは」と聞き返した。

「当時のセルフ・リドゥアは別になにもしてなかったかもしれない。彼女、事故当時は五歳とかですよね。親御さんから聞いたって言ってましたけど、ひとの記憶なんてなにかきっかけがあったら簡単に書き換えられちゃうので、エビデンスにはなりません。ただ、同じような歪み方をしている人が複数人いれば、それはまた別のエビデンスになりうる——たとえば、三十年かけてAIが当時の事実を少しずつ歪めている、としますよ。そうやって歪められた事実を人間が目にしたときに記憶が書き換わって、いつのまにかAIが人間の社会を侵略してるって考えるようになる——」

しかしやはり『なぜAIは人間社会に浸透しようとしているのか？』という疑問に行き着いてしまう。私がそう指摘すると、Nさんは「だからこその死ですよ」と手を打った。

「だって手嶌さんの親御さんが、そんな不条理な死を受け入れられると思います？　死や別れを受け入れられないってのは普遍的な現象じゃないですか。そういうときに物理の体がなくてもコミュニケーションを取れる存在として蘇《よみがえ》ってほしいと願うのは十分理解できます。そういう人間に要望されることでＡＩがネットワーク上に被投されて、自我を獲得して、自分の可能性について考えたとしたら――」

不意に音声が途切れた。

黒い画面にＮさんの若竹色のアイコンがぽつんと浮かんでいる。いつのまにかひたひたと冷気がしのびよっている。私は腕をさすった。じっとりと湿った洞穴から新緑の森を眺めているような心地がした。

智慧練糸

野﨑まど

時は平安の末。仏師・定朝《じょうちょう》の曾孫にして、その直系の後継者である康助《こうじょ》は、時の権力者・後白河院より千体の仏像制作を依頼される。あまりにも大量の依頼に困り果てた康助は……？

Stable Diffusion や Midjourney、DALL-E2 など、文章を入力するだけで画像を生成する画像生成ＡＩの隆盛は、著作権や倫理上の問題などなどさまざまな議論を呼びながらも、有無を言わせぬ勢いで世間に浸透しつつある。本作はある種の改変歴史ＳＦであると同時に、画像生成ＡＩを取り込んだ最前線の創作物であると言えよう。

野﨑まど（のざき・まど）は、二〇〇九年『［映］アムリタ』でメディアワークス文庫賞を受賞しデビュー。その他の作品に、第34回日本ＳＦ大賞の候補作となった『ｋｎｏｗ』など。最近では『正解するカド』や『HELLO WORLD』など、アニメ作品の脚本も手がけている。

（鯨井久志）

時は平安の末頃。熊野の山奥に蕪坂源太《かぶらざかげんた》という猟師がいた。源太は並ぶ者のない強弓《ごうきゅう》と名高く、二町の先を走る鹿であっても決して外すことはなかったという。

○

同じ頃、人々の間には末法思想が広まっていた。末法の世となれば仏の教えは力を失い、邪見と争いが蔓延《はびこ》るとされている。

末法の到来に怯えた都の貴族達は、心の安寧を求めて死後の極楽往生を謳う思想に傾倒した。阿弥陀如来に南無阿弥陀仏と唱えれば極楽浄土への道が開くとする教えに倣い、有力者は競うように阿弥陀堂を建立し、そこに阿弥陀如来の丈六仏《じょうろくぶつ》を安置した。浄土信仰の流行である。

しかし人間の欲というものには底がなく、最初こそ死後の極楽行きを望んでいた人々は、次第に現世でも幸福でありたいと願うようになった。そうなれば信仰の対象は阿弥陀仏に留まらず、観音像、風神雷神像、多種多様な仏像が次々と造られ始める。仏を奉る行為は善行とされており、時の権力者達は大金を投じて造寺造仏を推進した。

それに合わせて仏像造りの職人〝仏師〟の数も増えていった。著名な仏師が大規模な工房を構え、大仏師・小仏師の分業制を導入して貴族からの絶え間ない注文に応えた。等身の立像が二十体を超えるような大掛かりな依頼でも、百数十人の仏師を動員してたったの五ヶ月で仕上げたという。

そうした大規模な工房化を経て、都で活躍する仏師達は三つの派閥に分かれることとなった。源流たる定朝《じょうちょう》様式の品格と優美さを踏襲する《院派《いんぱ》》。伝統に則《のっと》り起伏を抑えた穏健な作風を見せる《円派《えんぱ》》。

そして後の慶派へと続く、新たな造形表現を模索した気鋭の仏師一門。

《奈良仏師》である。

京の御所から南へ一里の先、七条の河原町に奈良仏師の仏所（工房）がある。奈良仏師はその名の通り奈良の興福寺に拠点を置いていたが、造仏発注の中心はやはり御門の膝下たる都であり、京都にも本拠に劣らぬ規模の作業場を構えていた。

その大きな工房の片隅に、一人の仏師の姿があった。年の頃は六十ほどだが、剃髪の面立ちには欠片《かけら》の衰えも見られない。両の眼を閉じ、自身の内側に相対している。それはすなわち仏との対話でもある。

名を康助《こうじょ》という。

平安時代を代表する仏師・定朝《じょうちょう》。康助はその曾孫であると同時に、直系の後継者である。仏師の家に生まれ、仏師の中で育った康助は、もはや天命のように仏を彫る道を歩んだ。その腕前は禁裏にも重用され、春日大社東西塔の造仏、鳥羽院御願の薬師十二神将像造仏など数々の偉業を成し遂げる。今や康助は名実共に、都の仏師の頂点と呼んで過言ではない。

それほどの男が、ただ無力であった。できるのは心中の御仏《みほとけ》に縋《すが》ることのみである。

「康助殿」

名を呼ばれ、康助はおもむろに目を開く。工房に現れたのは若手の仏師、賢朝《けんちょう》であった。

腕前は七条の小仏師の中でも頭一つ抜けており、間もなく大仏師になるだろうと康助も目をかけている。

「少しお話が……」賢朝はそこで言葉を切った。「いかがなされましたか？　顔色が優れぬようですが」

腕の立つ仏師は精察の眼を持つ。康助は観念して頷いた。

「院より直々の御願を賜った」

「後白河院から」

「昨年より御所の内に壮大な寺院が建立されている。本堂はすでに完成していて、そこに安置する仏を我々に作れとのことだ。必要な資材と金は全て備前の清盛殿が用立てるとも」

「なんと……それは豪気な」

「大きな仕事になる」

「震えております」

賢朝は両の手を見た。勇み立つ心が身を震わせている。後白河院の勅令に、権勢を誇る平清盛が財を投ずるという。話の端緒《たんしょ》を聞くだけでも奈良仏師一門にとって重大な仕事になることが伝わった。

「康助殿、詳しくお聞かせを」

「期限は半年。院は観音を所望されておられる」

「なるほど。造りは如何様《いかよう》になりましょう」

「丈《たけ》は等身」

「数は」

「千体」

「うん？」

「千体」

賢朝は口元に手をやり考えた。小考の後に康助を見返し、それからもう一度考え直し、もう一度見返した。

「無理では？」

康助は両の眼を閉じた。心中の御仏に聞く。無理と言っている。

「康助殿、その、なぜそのようなことに」

「院にできるかと問われ、私はできますと答えた。その帰り際、念のため従者に確認して、初めて聞き違えが判ったのだ」康助が目を伏せる。「三体かと……」

「なんということかっ」

賢朝が工房の柱に拳を打ち付ける。だが聞き間違いを責めてもどうにもならない。上皇に一度できると言ったからには是が非でも成し遂げるしかない。必死に知恵を絞る。

「仏所の全員でかかっても無理でしょうか。奈良の者も呼び合わせれば五〇〇人になりましょう。手分けをし、夜を徹すれば」

「難しいだろう」康助が重く呟く。「確かに手数は足りる。彫るというだけならば成し得よう。だが人手の多くはいまだ小仏師。質が伴わん」

賢朝は無言で同意する。康助の言う通り、ただ千体を彫るだけなら無理ではないだろう。しかし上皇に献上できるほどの仏となれば話は変わる。

仏像制作は分業で行われる。監督たる大仏師は仏の御姿と尊顔を熟考して設計を練り上げる。造りが決まってからは数人の小仏師に指示を出しながら実際に彫り上げていく。大仏師たるには自身の心の内に彫るべき仏の姿を持たねばならず、未熟な小仏師に代わりは務まらない。

つまり一度に作れる仏像の上限は大仏師の数で決まってしまう。そして京と奈良の仏所を合わせても、大仏師の総数は三十人にも満たなかった。

「足りないのは手ではない、〝頭〟なのだ」

康助は苦々しく口にした。それはもうどうしようもない、という言葉の言い換えでしかなかった。

だがなぜか賢朝の顔に、僅かな光が射して見える。

「お待ちを」

賢朝は工房を出てすぐに戻ってきた。両脇に一つずつ、なにやら大荷物を抱えている。一つは一辺が二尺（60cm）ほどの、粘土の塊のような立方体。もう一つは黒く薄い板で、表面が玻璃《はり》（ガラス）さながらに輝いている。

「それはなんだ賢朝」

「本日はこれをお見せしたく参ったのです」二つの荷が床に置かれる。「造仏の新しき道を模索するべく手に入れました。宋の国の、さらに遥か西方より取り寄せた秘物です」

その時突然、生々しい立方体の表面に一つの《眼》が開いた。康助が驚愕する。

「これは、妖《あやかし》か？」

「その類かと。ですが害はありません。この妖は万象を記憶するもの。一度その眼で見たものは二度と忘れず、身の内にひたすら溜め込みます。そして時折、溜め込んだ記憶をこの黒玻璃の鏡に映し出すのです」

「なんとも奇怪《きかい》な……。だが賢朝よ、この化け物が造仏とどう関わるというのか」

「まさに」

賢朝は立方体に手を添えた。表面の一眼が全てを見透かすように康助を見遣る。

「この妖は我々の幾百倍、いいえ幾万倍も優れた髄脳を持っております。万事を刹那に覚え、また刹那の内に無数の想いを巡らせます。なればその力を仏に、仏像にのみ向ければどうなりましょう。それこそ人には信じられぬ速さで仏の全てを学ぶことでしょう。私よりも、恐れながら康助殿よりも」

「仏を学ぶ……」

「そののち玻璃の鏡に浮かび上がるのは、長年の修行を積んだ大仏師の設計に勝るとも劣らぬ見事な観音の尊顔です。さらにそれも刹那のこと。五つ数えれば一枚が、たった五千を数えるだけで千体の観音の設計が我々の手の内に入るのです」

康助は話に追いつけぬまま、脳裏で数を数えた。五千といえばたったの時一つ分、辰が巳に移るだけの小間に過ぎない。その僅かな時刻でこの奇怪な生き物が大仏師千人分の仕事をする。賢朝はそんな夢のようなことを言っていた。

「〝頭〟とするのです」

賢朝が必死の相で訴えた。

「この妖を頭として、我々で千体の仏を彫り上げるのです」

康助は間もなく頷いた。心中の御仏に問うまでもなく、生き残る道は一つのみであった。

こうして長寛元年（一一六三年）、人類史上初の試みとなる大規模データ学習による母群背景情報の解析、それに伴う観音像設計図の生成が始まった。

後の世に言う《奇怪学習》である。

○

康助と賢朝は力を合わせ、仏所に保管されていた数多の仏像を妖の眼《まなこ》に映した。全ての仏を眺め終えると、妖の眼はおもむろに一眼を閉じ、深い思索の底に沈んでいく。

その後二人は妖と鏡を携えて、すでに完成している寺院本堂を訪れた。仏像を設計するためには安置する場所の造りを調べねばならない。概《おおむ》ねの寸法を測り終えた後、二人は堂内で四角い妖と対峙する。

「して賢朝、ここから何を為す」

「早速考えさせてみましょう」賢朝は玻璃の鏡を壁に立てかけて言う。「この妖が考えたことが鏡に現れます故」

「考えさせるにはどうすればいい」

「妖の体軀を一つ叩くと、蓄えた智慧の糸を練り合わせると聞き及んでおります」

康助は言われるままに握りを作り、拳の底で四角い妖の身体を叩いた。鈍い音の後、玻璃の鏡に鮮やかな像が浮かび上がる。

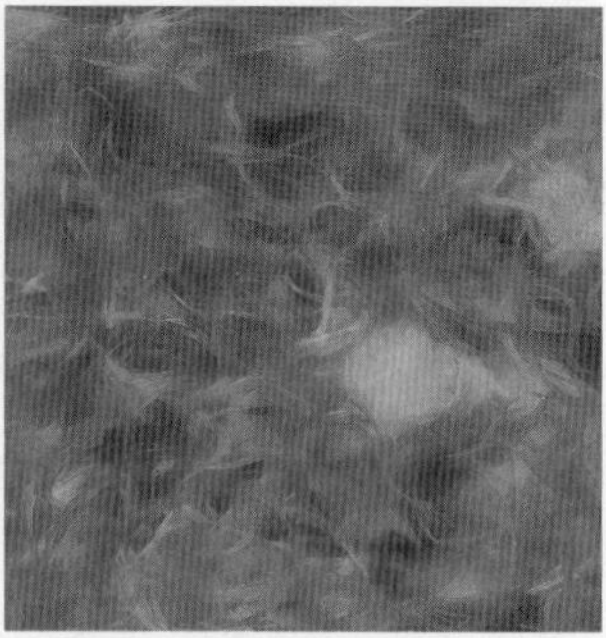

「これは……」

「混沌としておりますな……」賢朝が小考する。「まだ思考の〝向き〟が定まっておらぬのやもしれません。妖は仏の事のみならず多くの知識を有しております故。御仏を想起せよと伝えながら叩いてみてはいかがでしょう」

「言葉が通じるのか」

「お試しを」

「うむ。聞こえるか妖よ……仏だ……御仏の御姿を思い浮かべよ……」

康助は呪《まじな》いのように呟き、妖を叩いた。

「おおっ」

「康助殿、御仏の姿がっ」

「だが遠くにおられる。御尊顔がうかがえぬ」

「その命令をお出しください」

「もっと近づくのだ妖よ、仏の尊顔を映し出せ」

康助の拳が妖を叩いた。

「これは誰だ」

「御仏では？」

「御仏ではない」

「そうですな……もしかすると他の国の神かもしれません。妖は旅の中で様々なものを見聞しておりますので」

「しかし我々の手で数多の仏像を学ばせたはずではないか」

「康助殿、もっと強く伝えるのです。常の声掛けを（仏：0.2）くらいとするならば、

（仏：1.0）くらいまで」

「よくわからんが……試すか。妖よ、仏だ、仏。仏」

「康助殿っ、先ほどよりも仏に近づいております」

「うむ、仏だ、もっと仏を、御仏っ！」

「やりましたぞ！」賢朝が拳を突き上げる。「これぞ御仏の尊顔！」

「そうだ、確かにこれは御仏に違いない。だが……」

「康助殿、何か不足が？」

「そうだな……小仏師のお主《ぬし》ではまだ至らぬ領域やもしれんが、この仏の顔には重みというものがない。御仏がもつ無限の慈愛が感じられん」

「なればそれを命じましょう」

「言って出てくるものなのだろうか……。妖よ、御仏の尊顔に重みを」

「そういうことではない。妖よ、慈愛だ、御仏の無限の慈愛を現せ」

「なんだこれは」
「たしか西国における慈愛を表す記号だったかと……」
「記号に頼るな、顔立ちで表現するのだ。そうだな、目だ。衆生への深い慈悲を宿した、御仏の美しき眼差しを思い浮かべよ」

「いやまあ確かに美しいが……そうではない。仏の目はただ美しいだけでなく厳しさも備えねばならん。己の内側を見る、己自身を見つめて自分を律する、そんな眼差しだ」

「なんだこれ……なんだこれ？」

「わかりません」

「賢朝よ、これはなんというか、難しくないか」

「諦めてはなりません康助殿。雛形さえ完成してしまえばそこから数を作るのは一瞬のはず。最初が一番苦しい時なのです」

「うぬう……わかった、尊顔は一度置いておこう。よく考えれば熟達の大仏師でも難しい部分だ」

「できる箇所から進めましょうぞ」

「では掌印を作ろう。御仏の心は指の曲げ方一つにも現れる。妖よ、仏を腕まで映し出せ」

「何ともだらしのない……」
「印を結ばせましょう。観音ならば合掌です」
「うむ。妖よ、合掌印を形造るのだ。手を合わせよ」

「手を合わせよ」

「手を合わせよ！」

「賢朝!!」

「おかしいですな……」

「本当に大丈夫なのかこの妖は……」

「大丈夫です。叩いた箇所が多少腫れてきておりますが詮無きこと。康助殿、我々にはこの道しかないのです」

「そうであったな……。わかった、では全身像を案ずる。坐像ではなく立像だ。御仏の揺るがぬ立ち姿を練り上げよう」

康助が念を込めて妖の角を叩く。

「おおっ、合掌が現れましたぞ」
「だが今度は全身像が上手く出てこぬな」
「もしかすると丈《たけ》に縛られておるのやもしれません。最初に縦横正方で像を描き出すよう教えました故」
「なるほど。なれば妖よ。寸法が伸びてもよい。御仏の全身を想い浮かべよ」

「お、伸びた」
「もっとですな」
「妖！　更に伸ばせ！」

「あと一歩だ！　妖！」
「そのまま行けぇーッ！」

「賢朝。これ二人だろ」
「お待ち下され康助殿。そういう仏なのかも」

「ジャーンじゃないんだよ賢朝」

「ジャーンではありませんな……」

「全く駄目ではないか！」

「駄目ではございませぬ！　考えてみてくだされ康助殿！　始まりの水煙の如きものから、この僅かな時のうちで仏がジャーンと飛び出すまでに成長しておるのですぞ！」

「それは、確かに……」

「いま少し、いま少しで御仏の深奥に辿り着くはず。ここで諦めてはなりませぬ！」

康助は徐ろに眼を閉じた。心中の御仏は、微笑まず、否定もせず、常と変わらぬ眼差しで穏やかに康助を見つめるのみだった。万感の思いを込め、強く拳を握る。

「事を為すぞ、賢朝」

「はっ！」

それから二人は夜を徹して幾千、幾万の像を妖に造らせ続けた。命を与え、叩き、命を変え、叩いた。そうして妖が真っ赤に腫れ上がり、夜明けを告げる鳥が鳴き始めた頃。

黒玻璃の鏡に一尊の御仏が浮かび上がった。

「ついぞ成ったか」康助の拳が一晩ぶりに緩む。

「なんと素晴らしい……」賢朝の頬を一筋の涙が伝った。「ただ素晴らしいだけではありませぬ……。五つ数える毎《ごと》に別の表情を湛《たた》えた観音図が現れ、そのどれもが、熟達の大仏師が彫り上げたような無限の慈愛を備えておりまする……！」

賢朝の言う通りであった。観音像の真髄を学んだ妖は今や康助をも超えるほどの設計を見せている。その代償として方形だった妖が球体になってしまったが、あと千回で終わるならばなんとか持ち堪《こた》えてくれるだろう。これで、間に合う。

「ここにおられたか、康助殿」

二人が振り返る。本堂に入ってきたのは康助が以前に会ったことのある、後白河院の従者であった。

「どうなされた」

「上皇様が不安がられまして、本当に大丈夫なのか今一度確認したほうが良いと……。確かに大きな仕事、聞き違いなどあっては一大事ですので」

「委細承知している。観音像を千体。間に合う算段もついたところだ」

「それは重畳《ちょうじょう》」従者の顔に安堵が浮かぶ。「では何卒よろしく申し上げます。院は大層期待しておられます。康助殿ならば真に素晴らしい十一面千手観音菩薩を作り上げてくださるだろうと……では」

従者は去った。

康助は深い眼差しを湛えながら、おもむろに妖に寄りそい、静かに語りかけた。

「顔が十一あり、腕が千本ある御仏を思い浮かべよ」

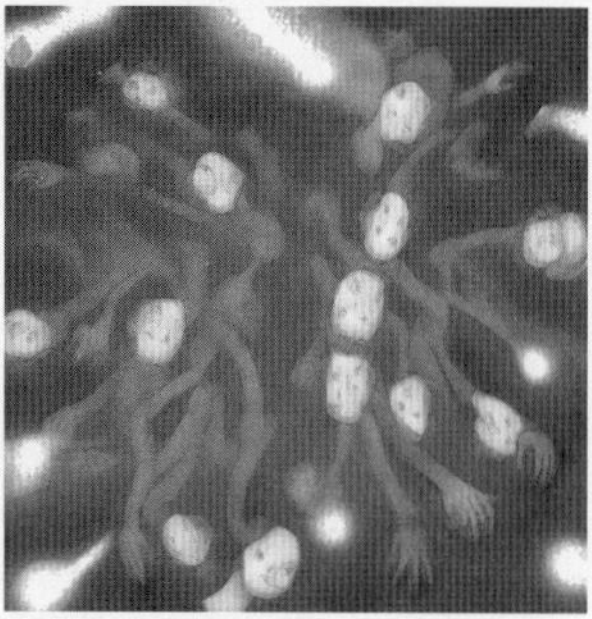

康助の拳に再び鬼が宿る。

だがその気を察したのか、球体となった妖は本堂の外に向かってごろごろと転がっていった。

「あ、逃げた」

「追え賢朝！　絶対に逃がすな!!」

○

京を訪れた強弓・蕪坂源太は眼前の長大な建物を見渡した。母屋の柱を数えれば三十四本、すなわち柱間は三十三間にもなる。自分はこの距離を射通すことができるのだろうか。源太は興味のままに弓を引き絞った。しかし放たれた矢は母屋の端に届くことなく、飛び出してきた丸い妖を貫いた。

「妖ぃーーーーっ!!」

命の消える妖に縋りついて泣き叫ぶ二人の仏師の姿は、釈迦の入滅を嘆く鳥獣のようにも見えた。

長寛二年（一一六四年）、蓮華王院・三十三間堂は落慶《らっけい》した。しかし後の建長の大火でその大部分が焼失したため、建立当時に果たしてどのような仏像が安置されたのかを知る術《すべ》はない。

この故事にちなみ、学習や推論などの知的作業を行うものを、それを射抜いた蕪坂源太の弓（A）と矢（I）の形になぞらえて〝ＡＩ〟と呼ぶようになったという。

終

本作の図は当時のＡＩが出力したと推定される画像を、Stable Diffusion2.1を用いて復元したものです。

表情は人の為《ため》ならず

麦原 遼

顔や声から人物を識別したり、他者の表情からそこにどのような感情が浮かんでいるのかを識別するのが困難な「ぼく」は、必然的に日常生活で人と合わせるのが困難な人物だ。しかし、伴《とも》と呼ぶ認識補助技術の支援によって、他者の感情の推測や自分のとるべき表情を提案してもらい、意図的に表情を作り上げていく。

人間の表情はコミュニケーションにおいてどのような意味を持っているのか。また、それを完璧な形でシミュレートすることは可能なのか。そうした問いかけとともに、〝自分の為の表情派〟など表情に関する様々な意見を持つ派閥も登場し、表情の持つ意味を一から再構築していくような一篇だ。

麦原遼（むぎはら・はるか）は　第2回ゲンロンSF新人賞の優秀賞を「逆数宇宙」にて受賞し、デビュー。他、アンソロジー『2084年のSF』所収の「カーテン」、『異常論文』所収の「虫↓…」など幅広いスタイルの短篇を発表している。

（冬木糸一）

駅に続く舗装路を歩きながらぼくは願った。いつかどこかの菜園で人の表情が栽培され、ただの観賞対象になることを。だめならせめて、靴下にも浸みるこの暑気が、皆の顔も声も溶かしてくれることを。

「表情を少し【楽しさ】寄りにしてください」

ぼくの聴覚に、この夏休みの間にその早口さにも慣れた、伴《とも》の声が来た。「今の様子では【心許ない】迷子だと判定される可能性があります」

【楽しさ】？　それならきっと易《やさ》しい。ぼくの造る表情は、己の外に対しては従順さの記号だし、己の内に対してはこれを身につけるべく取り組んだ記憶の標識だ。筋肉の変化を導く数十の点を思い描き一部を動かす。向上心から途中経過も意識して。左手小指のリングをいじり、改めて表情の判定結果を読ませる。頭部各所のセンサと目に入れたレンズを使い、筋肉の動きや虹彩《こうさい》の状態から導かれた結果は、「弱い【楽しさ】」。充分だ。

ちらりと周りの建物を見て、迷子判定者に向けるような派手な案内が現れていないかを確かめる。大丈夫、見当たらない。代わりに、揺れる字体で目についたのは、自己ケアの呼びかけだ。「表情は人の為《ため》ならず、己の為にこそ。表情はいずれ人格になる」

無骨なそれは示唆的だがぼくには無意味そうだし、児童向け情報の典型例でもないだろう。まさか、一年近く会っていない姉さんとの関係に基づいて現れたものだろうか。

前の年の夏の半ば。

姉さんは、〝自分の為の表情派〟についての知識も連れて、久々に留学先から帰省した。そのひとが畳に伸びて「笑顔増やさないとなあ」と口にした記憶は鮮明だ。なお状況から、ぼくはそのひとを我が唯一の姉さんだと確信していた。「なんか満面の笑みをましにして嘆き系も顰《しか》め系も減らしたほうがいいんだってさ。性格ケアで」

ぼくも横になった。「そこまで気にするならインプラント入れて理想に向けた条件食わせてお任せ運転にすればいいのに」

「いや十五歳にはなったけど今からインプラントはおスーツくさすぎ。そりゃビジパレイヤー育ちですしいつかはそうするかもしれないけど。まだ自分の為にやりたいの。むしろあんたのほうが先に入れるんじゃないの」

と応じてそのひとは上半身をぼくに向けた。「その顔。眠そうに見えるってことは悲しみだっけ」

「違う。姉さんが前に眠そうってついてきたときはたしかにそういう気持ちだったよ。でも今は穏やかで興味がある気持ち。追加で姉さんがぼくのことを覚えてたのに驚いた。要ははっきりした結びつきはないいんだと思う」

「へえ。あんたならどんな顔しても自分の心には響かないのかな。それも便利ってか。大概だよね。じゃあ逆やろ。ねえうちが今どんな顔かわかる」

わからない、とぼくは返した。表情当てゲームなら学校でもときどき押しつけられ——明かされる正答は大抵「呆れてるんだよ」「怒ってるんだよ」「同情さ」のどれかだったが——ぼくは一々わからないと答えていた。

「あんたがまともな妹だったらどうだったたんだろうって顔」

「難しすぎ」

あれから一年以上経ち、拡張装備を使いはじめたぼくなら、姉さんの答えそのままでなくても、多少は情報を引き出せただろうか。

気を遣いながら歩くうちに、目指す駅に着いた。

この駅は、昔からの地下鉄駅に自動車用の駅が一体化し、地上の二階層分に、乗合自動車や小型自動車の停留所を兼ねた待合所を数区画、頻度やルートに分けて有している。人間っぽい集団の存在が見込まれる。

前の年から過保護気味に変わった養育者《おや》にも、どうやら公共の駅なら、特別な居場所通知はいかないようだ。そうとわかってから、ぼくは病院と家の中での練習外では初めての、長時間の動作確認を、駅を中心に行うことに決めていた。

一階待合所の入出者無条件区域のひとつに入る。白い天井と壁。点在する硬そうな椅子には、狭いテーブルが与えられたものもある。車両が来る間隔が狭い区画だと主張しているかのようだ。人の顔もそれほど読み取りやすければいいのに、と思うのは、ぼくの傲慢《ごうまん》なんだろう。

ぼくは高い椅子に掛け、机の上に水筒と小学校の教材の粘土を置く。

立って向かいあう二人組が見えた。どちらも伝統的なスーツと手持ち鞄という、正統派ビジパの装いの一典型だ。一方は、ぼくに見える側の腕を腰に当てて口を動かし、他方は、俯《うつむ》いている。

ここからだ。ぼくは俯いた側を見て小指に触れる。

伴《とも》のいうことには「【罪悪感】と【悲しみ】に弱い【服従】と【恥辱】と【喜び】も少しあります」。ぼくの選んだ出力設定により、矢印や色の表示ではなく日常語に嚙み砕かれて音声で出された判定結果は、病院で与えられた練習問題の解答よりも複雑に聞こえた。やはり子どもだと軽んじられていたんじゃないだろうか、という疑いをうっすらと覚えつつも、並びにある【喜び】が気にかかり、口を動かしているほうを見る。

「【怒り】のふり】ですね」

ふり？　指を動かしてぼくは解説を求める。顔の場所ごとの変化のタイミングのずれ。さらに声の変化とのずれ。目元の特徴――といった説明が流れるあいだに、姉さんとの一年以上前の通話の記憶がよみがえる。

ぼくは長らく、【ふり】というのは見破られないことを目指すものだと思っていたようだ。昔の物語を通して、敢えて見破られうるようなそれをする人間がいると知り、驚いた。

この驚きをぶつけられた姉さんは応じた。「元々言葉ってさ反コミュニケーションの為の道具でもあったんだとさ。言葉がどの程度伝わるかどうかを通して相手が仲間かどうか理解者かどうかを識別するのね。つまり伝わらない可能性に意義がある。みんなが同じように信号を読み取らないことが大事。信号の意味を何段階読み取れるかが大事。【ふり】

もそれじゃないの」

姉さんの言葉は、当時はなぜか、ほぼいつでも余裕があるように聞こえた。ぼくは漏らした。じゃあぼくは第一段階も突破できなくて誰の仲間にもなれなかったのか、と。

――だが基本的な信号解読器を手に入れ、少なくとも【ふり】の第二段階まではこうして読み取れるようになったわけだ。

粘土をカモフラージュ目的で捏《こ》ねつつ、二人組の経過をちらちら見守った。

かれらもおそらく、同様の補助を使い、ときに助言を知覚するか、インプラントを入れて自動で表情を動かすかして、集団の礼法に則《のっと》って行動しているのだろう。大人だから。

ぼくには本来ならあと四年ほどかかる予定だった。高度な認識補助技術基盤の使用は、〝正常な発達〟を阻害しない為に、という名目で、基本的には十五歳になるまで許可されない。非侵襲的なものでさえも。もっと自由な地域に住んでいれば違ったろうが。

ぼくは自分から特別許可を望んだ。小学校で対面授業を受けるようになり、段々支障が大きく感じられるようになったのだった。といっても視力聴力検査では正常だ。不得手だったのは、顔や声からその主を識別すること、その表情を識別すること、そして自分の表情を識別して文脈に応じて適切な表情を提示することだった。端末で観る動画なら識別を補助するプラグインがこっそり使えたが、対面だと自分の力量では難しい。ぼくの養育者《おや》は前の年の半ばほどまで、諸々の履歴が今後の入試類で不利に働かないかと懸念を表し、渋っていたが、ついにこの十一歳の夏休み、限定的ながらも、不得手な分野を補う機能に関する使用許可の獲得が叶ったのだ。

むずむずする話ではある。大人、少なくともビジネスパーソンレイヤーつまりビジパの大人なら、生活の一部ではそんな拡張装備が前提だから。

もっとも、大人たちだって、昔からずっと使えたわけじゃない。ぼくが使っている機能の川上にあった製品の一つは、公開当初は、失礼だという非難も受けたと聞く。それは、出会った人物の顔、名前、会話での頻出語などの情報を自動格納するという小さなシステムで、時計や眼鏡や耳飾りについたカメラ機能を媒体として機能し、〝名刺管理〟の拡張として市場には伝えられたらしい。そのシステムと、表情認識系の機能が合流したころは、表情認識技術への反発が一部で強まった。その時期に提唱された規制は、ぼくの生活する社会でも、同一個人保有端末間をこえた詳細な情報の送信や、短時間での大量処理などについての制約として残っている。

しかし便利さは勝った。この世界において人間が大きくなる方向で生き残ろうとした人たちは、人間同士でも人後に落ちるわけにはいかず、便利さを呑み込んだ。システムにはさらに、当然のように、行動提案が乗った。

――そうして表情は、より他者の為の共有物としての側面を強め、同時に、感情を表すものとしては形骸化したという。

変わるのは当然だとぼくは思う。この数千年間で人間が喋ることや書くことは、少なくともその手段は変わっているのに、表情の造りかたが変わらないとしたら、妙じゃないか。とはいえ、人間が人類の顔を使うケースが依然として多数派であるぼくの居住地において、使われる表情自体は、昔とあまり変わっていないようだ。

またかなしいかな、表情の意味自体も消えていない。

まず、複数名で同じ規約に則って動くことがもたらすらしい、集団や場への協調の意思と、互いへの肯定を示す機能。それが現れる場としての表情の意味が残っている。

さらに、文脈圧縮装置的な意味も存続していた。表情の遷移の情報が、不確実性はありつつも、背景情報を香らせる。ただしここについては、ビジネス礼法の土俵では、あまり豊かな文脈提示は逆に求められるものではないはずだ。

現今のビジネス礼法は、一個の厚い雲のような社会的集団の自集団像維持の為のものでもあり、他の礼法との差別化や自己戯画化が行われた結果存在しているもので、一定の単純さの重視も〝らしさ〟に含まれる。高度な表情遷移の提示しあいは、典型的ビジパ文化においては、日常的に自分が行うものではなく、行事の素材や鑑賞の対象だ。

だが形骸化したとはいえ、さらにぼくのような不得手なものでなくても、皆が気力を使わないわけではないらしい。顔が装備されているせいで、常に、何かを発信していると読み取られるかもしれない。顔を隠せばまたそれも信号だと解釈されうる。手放されたのは、内心の感情との結びつきだけで、子どもの場合はそれすらない。

ぼくの目の前から、スーツの二人組が消える。やってきた車に乗り込んでいった。代わって降りてきた三人組が、やや近くの椅子に腰を下ろして話しはじめる。

それぞれの姿勢のおかげで、三つの頭の位置がきれいに正三角形の頂点に近い位置にあり、目が惹かれた。

そのとき、「あなたを見ている人たちがいます」と伴《とも》。正面には見当たらないのでイヤリングからの受像だろうと、俯き加減で横を向くと、二つの腹部が斜めに並んで近づいてくるのが見えた。茶色と紺色。

ぼくの表情を判定させる。

「ほぼ【真顔】でしょう。顔を合わせるなら【無頓着そうな好奇心の混ざった顔】およびそのような動きを推奨します。表情のベースには伸びやかさが……」

推奨された表情は、ぼくの年代から、病院でも【しんみりした顔】などよりも練習が優先された類いのものだ。自主練だってかなりした。

ぼくは横を向き、また上を向きつつ、表情を動かした。茶色の服と紺色の服の上にある二対の目を往復してから、自分の首を横に向け、斜めの動きをしてまた俯いた。

足音が少し続いて、止まる。

「やっぱり子どもの表情はいいね。あんな感じの顔を上司にしたら軽く見てるのかってたしなめられるよ」

「でもニセコかもしれません」

「それでもいいよ。簡単になれるもんなら私もなりたかったな。ニセコ」

「先輩そっち系だったんですか。えでも昇進邁進タイプのほうが案外幼さに憧れるっていいますもんね。そうだ。そろそろケアタイム始めます。一発目泣き顔来ますけど先輩ほっといてください」

ニセコか、と思考に引っ掛かっている。黙っていると欺《あざむ》いていると思われるかもしれないという点で、ぼくはニセコに近いのではないか、とも思った。

十五歳未満の子どもはまだ特別な位置に取り残されている。その顔は純粋な感情を示すのだと信じて、価値を見いだす人たちも多い。なかには強い行動に出るものもいる。

ニセコという呼び名もその場で生まれた。ある時期、子どもの見た目を模した人間その他が、囮《おとり》となって摘発を行い、相手側と野次馬からニセコと呼ばれた。この呼び名は、明確な不利益をもたらしたもの以外に広まってもなお、ぼくの知識の範囲では、軽く蔑《さげす》むような文脈で使われがちだ。大人の人間が大っぴらに子どもに似せること自体への抵抗感なんだろう。容易に造形を変えられる場合は人間以外でもそうだ。戻れない地位でなくてはならないのだ。このひとの言葉の使い方も、そんな背景に寄りかかったものと感じられた。

「君こそそういう派だったの。信頼してくれてるからプライベートなこと始めてるんだとはわかってるけど」

「自分の為の表情派はまっとうですよ。いくら建前だって念じても影響するんですから。表情は感情になり感情は性格になり性格は人格になる。だからすかさずケアする。なにすぐ主流派になりますよ。先輩もインプラントでしょやりましょうよ。不足成分割り出して移動時間にケアスケジュール組んでくれますし筋肉動かすだけじゃなくて雰囲気に合った演者も自端末に呼んでくれますから。先輩今度叱り役をやらされそうなんでしょ」

この声音を判定させせたら【軽やかさ】寄り。ぼくは温かくなった粘土を離し水を飲む。

いつか姉さんの流していた番組によると、〝顰め面〟は蟠《わだかま》りや不快感を、〝笑顔〟は楽しさや幸福感を誘うらしいが、ぼくには、そう判定される顔を造ってそういう感情になった記憶は、練習で笑顔系をやろうとして顰め面系辺りの判定ばかり出たときの歯痒《はがゆ》さや、ついに望みの判定が出た達成感と紐づく感情などを除外すると、思い当たらなかった。

ぼくの為の表情があるなら、忘れられてもいい、無くてもいい表情のことだろう。願う。人類の初期生体構造のせいで意味を与えられた顔や声が、意味を失うことが許される日を。それがただの足跡となり、または、ただ遊びで愛でる造形物の着想元となることを。そんな日まで眠りつづけられたらと思う。

もっともぼくは、今年のところは眠り以外を選んだ。

しばらく前に、許可を得る為の一段階として病院へ行った。数ヶ月かけて検査を受けた。

やや予想していたような話を、養育者《おや》と聞いたものだ。

たとえばこんな話だ。「お子さんは多くの人がこの年で達成しているような感情表現がうまくできていない。そこで誤解されがちなようです。そうなるのも元々人の顔や声の識別があまりなされずそしてどう表情や声音が状況や身振りや話す言葉と結びつくのかが学習されにくいようなのですね。私の声もどう響いているのか。さて識別の問題も複合的で。まず顔についてですが一般には現象面で人の顔から感情を見分ける問題とそれが誰かを見分ける問題は別なのですがお子さんの場合は両方です。処理面では多くの人が示す人間の顔相手の特別な反応があまり見受けられない一方で物体の形状認知自体も得手ではない節があります。小さいころ文字の読み間違いもありませんでしたか。ご家族は気にせずいられるなら一番ですが。絶対誤解しないでほしいのは感情にあたる動きがないわけではなく入出力の問題だということです。歯痒いでしょう」と。

音を立てて車両が来て、話していた二人組が分かれ、吸い込まれる。ひとりが【泣き顔】になったかどうかは、判定対象にするのを逃した。

ぼくは正三角形に近かった三人組のほうに目を向ける。今では正三角形じゃなくて直角二等辺三角形に近い。ちょうど二つの顔が視野に入った。短い辺側《がわ》の。

ひとりは口を動かし、両手を小さな机の上に置いていた。他方は手を見せず、口をほぼ結んで上が出っ張った形にしている。その程度の位置認識なら、凝視を許せばぼくにもできる。口を動かす側を識別対象として、判定を頼む。

「【楽しさ】」と伴《とも》。結果に括弧がついたようについ認識してしまうその返答から、括弧が消えるころ、ぼくは、より完全になるのだろうか。

聞き手の側も頼むと、「【同情】と少々の【退屈】を示しています」とのこと。

退屈がどう解消されるのかが気になったが、ぼくからは言葉として捉えにくい断片的な声しか聞き取れなかった。

数分ばかり――ニュースなどを聞いて――待ち、改めて判定させる。

どうやら聞き手と話し手は変わっていないようだ。聞き手の側は「【退屈】とわずかな

【同情】」。話し手の側は「【楽しさ】」。

ぼくは解釈に迷う。

可能性一。攪乱派？

表情認識への抵抗感や、一元的な絡め取りへの抵抗感の流れを汲む攪乱派は、標準的な識別が追いつかないよう、表情とその意味の結びつきかたを、対応されたものから変えていく。そんな攪乱派的行動なら、【退屈】だと解釈される顔つきで、驚嘆や興奮を表しているという可能性も考えられる。

攪乱派には、ぼくは以前、わずかな共感を覚えた。だが、限られた仲間内では通じるようにしていることが多いという情報も聞いて、自分は違う、とも思ったのだった。

可能性二。ぼくと似て相手の表情が読めず、ネガティブな信号を拾っていない？

可能性二が頭に浮かぶと同時に、執着した。

説明の詳しさの段階を上げる。声音も、不正確さ覚悟で取り込む。両者の表情を交互に読み上げさせる。聞き手側にも短い口の動きと、うなずきが入るのはわかるが、発話時間は均等からは遠い。三人目を数えるならさらにだ。その話し手を見てぼくは期待していた。補助なしで大人になっているひとが現在存在する可能性に。

「【解放感】混じりの【楽しさ】。【非共感的】。おそらく【回想】。【空気が美味《おい》し】そう」対「【退屈】にわずかな【敵意】」——「【楽しさ】に【恍惚】。【非共感的】」対「【退屈】に少々の【憂鬱】と【痒み】」——間隔が短く、結果があまり変わらないので、簡単な差分表示に変える。「差分。小さいのですが詳しく要りますか」対「差分。【退屈】増」などを繰り返し——只中、話し手は口を閉じた。

高調した期待が宙づりになる。

直後、聞き手だった人物が身を乗り出した。「差分【退屈】と【憂鬱】消失。弾けるような【解放感】に【感謝】と【恩義】の増加」と読まれる間に椅子もこちらへ動く。元話し手が短い二辺の端にある直角二等辺三角形に近かった状態から、最長の辺が短くなり、顔の見えない三人目からのびる二辺がほぼ等しい二等辺三角形に変わる。

元聞き手が話しはじめ、元話し手は「【感謝】と【関心】」を示す。ビジパ文化でいう、相互ポジティブ。それもしかしいっときのこと。元話し手の椅子が退いて遠のき、位置関係は元聞き手が単独で短い辺の端になる直角二等辺三角形に寄り、顔と声からは【関心】が弱まって消えて【退屈】が出現。元聞き手の【感謝】はもっと前に消えて【楽しさ】へ。

そして決定的なときをぼくは捉えることに成功した。元話し手の【敵意】に対し、元聞き手の【見なかった】ふり】が差分として現れた。そこに元話し手の【【無表情】のふり】が乗る。

そこではっとした。これもひとつの型だったのか。

割れた期待の下でぼくは理解を試みた。

楽しい思いを表出する話し手の側と、つまらない思いを表出する聞き手の側。その役割を回していくことで成立するものだろう。【非共感的】という信号にも意義があるのだろう。悔しいが基本ビジネス礼法が覆う範囲をこえて、鑑賞の対象なんじゃないだろうか。

そんな理解が連れてくる高揚感に、伴《とも》の「基本機能セットでもあなたが対象である重要な場面では大事な差分の通知は自動で行われます。ただもし今なされたことが好みなら設定を一段階……」という声が被さり、高機能版の紹介を終えて途切れた。

この拡張装備がぼくには要る。きっと期待の残骸が重なっていく。その量が増えれば、直視したくないのに吐き出したい孤独感も、まろやかな見た目になるだろう。

と、三人組のなかの、背中を見せていた人物がこちらを向いた。「【驚嘆】と【慕情】」――と勝手に伴《とも》が判定する、その顔を示した人物は、もう一度背を向けてから席を立つと二人に手を振り、こちらへ歩いてくる。ぼくは遭遇記録や連絡先の顔情報との照合を試みるが、出てこなかった。

「元気にしてる」

と言葉を掛けられ、逃げた。

多少離れたところで、着信があった。姉さんの識別子だった。

振り向くとそのひとはうなずいた。


前の年の夏の終わり。

散歩から帰ったら、家のリビングに、姉さんっぽいひとといっしょに、見覚えのない服を着た人物がいた。体格もぼくの養育者《おや》たちとは違うその人物は、お辞儀してきた。

「お邪魔してます」

「どういうこと」ぼくは姉さんっぽいひとに尋ねた。

「単にあんたの顔を記録してもらうだけ。報酬もあるよ。山分けで。妹よあんたが欲しいものあげる」

机の上に撮影機材のようなものがあった。

「そうだよ非合法なことはしない」と、見覚えのない服の人物。「それに君の家はしっかりしてるから大丈夫だよ。部屋の中で暴力なんて振るったらすぐに感知されちゃうでしょう」

ぼくは困惑していた。

子どもの顔を撮りたがる人がいるとは知っていた。

そして恐怖心と好奇心で、返答してしまっていた。

「あ。えと。でも向いてないはずですよ」

少なくとも、笑顔がいい、といわれる子ではなかった。という事実のようなものが、頭に浮かび、自分が押し流されていることにぼくは気づけなかった。

「ふつうの子の顔はもうありがたくない。純粋ってなんだ。大人と同じ何かの為の顔だ。笑えば泣けばそのたび人をそう他人であれ自分であれ人を動かしてきたという赤子からの経験が造った。似通った顔だ。でも君は違うようだから」

と近づいてくる。

「微笑むでも強張るでもない。軽蔑でも憤怒でもない。まあなんともいえない。食材を籤《くじ》引きで選び潰して混ぜあわせたような顔。私の為に生まれたのではない顔。まずもって提案されない顔。不合理な顔。自然の為の顔。純粋な顔。だからこそ私の為の顔。もっと見せて」

いや、と思いながらぼくの体は固まっていた。推定姉さんの表情は？　当然、わからなかった。

物音。玄関ドアが開いたという報せの声。前後関係はよく覚えていない。気づけば、この朝の養育者《おや》と同じ服の人物が、ぼくの前に割り込んでいた。

「うちでなにをしてるんですか」

「招かれちゃいまして。お子さんに」

「招かれ。まさか。おぞましい」

そういって机を叩いたひとを、ぼくはもう養育者《おや》だと認識しており、その背に抱きついた。

「合法だよ」と推定姉さん。「単に顔を撮るだけ」

「うちは子どもの顔とか子どもらしさとか売る家じゃありません。違法なことをまだしていないというなら帰ってください。でなきゃ通報しますよ」

来訪者はあちこちの荷物をまとめて去った。養育者《おや》は推定姉さんに「信じられない」と言葉をかけ、廊下に出た。

やはり姉さんだったのだと思ってそのひとを見ると、「せっかくの機会だったのに」と口にした。

「いやだった」

「なんで。疎《うと》まれてるっていうあんたの特性を買ってくれる人がいるんだよ。活かせるんだよ。うちはだめなのに」そして「はじめからまともな妹だったらな」と続けた。

やはりぼくは、そのときも姉さんの表情がわからなかった。早々に荷造りして家を出た姉さんの見送りには、いかなかった。

「姉さん。戻ってきてたの」

およそ一年前のそんな別れののち、一度もぼくに連絡を寄越してこなかった姉さんの顔情報は、識別で使う為には保存していなかった。

「変わったんだってね」

姉さんだろうひとは、ぼくの肩に両手を置いた。「わけのわからない前のあんたが好きだったんだけど」

「最低」

「あんたがはじめからまともな妹だったらそう思うこともなかったのかな」

痛みが背に被さり、暗がりが目の前を覆った。抱きしめられたらしい。ぼくは手で押してこの安心感をはなした。

それから、駅で会った姉さんだろう人は家には来ず、駅でのことについて養育者《おや》がなにか述べることもなく、ぼくは引き続き動作確認を重ね、夏休みが終わりを迎える。

学校ではぼくの新装備のことが短く伝えられたあと、顔当てゲームがふっかけられる。

回答後に【感心】や【動揺】や【興奮】が出る。ぼくの回答も、「興味」や「挑戦心」や「緊張」など豊かになる。多くの人が全体的に【好感】寄りになる。

だがこの状況は長く続かない。誰かが表情の規約を変え、ぼくは見当違いな振る舞いをする。ふたたび落ちこぼれる。表情識別の確信度を一次元的数値で示せばずいぶんと下がっている。ただしそれは数日で回復する。その後、ぼくは表情当てゲームで基本的に誤答を繰り返すことにする。正答の際に【恐怖】が、誤答の後に【満足】や【復讐心】が聞こえたからだ。

そうだ、多少規約が変わっても、身振り、声音、台詞などにまたがるパターンの共通性をもとに、新たな規約が推測される。かれらが攪乱派の先端に出会えば、推測の更新から逃れるのに必要な技術の高さを知ることだろう。再会の夏休みの終盤、ぼくはその一端にも触れたものだ。

けれどそれを伝える必要はない。ぼくがもう、かれらにはまだ猶予がある世界からの侵入物として疎まれだしたのだとしたら、食い下がったところで、なんだ。わかっている。ぼくの原理は、かれらに安らかさを与える慈悲じゃない。仲間か仲間じゃないかで揺れるのがしんどいだけだ。ぼくはただ、伴《とも》がくれる「不審に思われます」「無礼に思われます」「行きすぎです」等の助言を無視するかのようにして、実際にはそんな反応こそをぼくの正しさの道導《みちしるべ》として、かれらの表情に対して【不適切】な行動を取りつづける。

ぼくは歩いていられる。

あのとき宣言したのだから。

「経験を積んでぼくは埋没する。埋没しきるよ」【好意】【動揺】【後悔】【憎悪】【信頼】【勇気】という音声が流れていく、ぼく自身の聴覚の奥を占めるように声を張った。

「生き残ればぼくみたいな個体が増えていくかもしれない。その次代じゃ楽に生きる為に乳幼児のときから認識補助を使うんだ。そんなのばかりになれば馬鹿馬鹿しくなるでしょ。そしたらこんな信号も純粋機械だけに継がせて懐かしむんだ。かれらがやりとりするのを解説を聞いて味わいながら。いずれ懐かしさも乾く。そしたらさ。表情に触れると初めて化石を見たみたいな新鮮な気持ちにもなるんじゃないかな。たんにぼくはこの装備が脱ぎ捨てられるまでの過渡期に生まれた。それが面倒のもとなんだ」

あのひとのおもてでは色濃い睫毛部分が動き、白目と黒目を縫い閉じた。ぼくもその所作への返礼として、表情識別対象を自分一個に変更した。駅のなか、歌われる【眠いふり】という結果のなか、手を伸ばして互いの頭部の地形を吸った。

人類はシンギュラリティをいかに迎えるべきか

松崎有理

シンギュラリティを目前に控えた近未来。南米にはローンウルフと名乗る日本人が、世界中を放浪した末にたどり着いた。同じころ日本のテレビ局では、人工知能の専門家からアイドルまであらゆる分野の人間を集め、シンギュラリティは是か非かを討論する番組が放送されていた。一見関係のなさそうなふたつの物語が交差するとき世界は……。

タイトル通りド直球の話である。テレビ番組の中で交わされるディスカッションは、遠からず現実世界でも切実な問題として取り上げられると思われ、それぞれの立場から述べられる意見にも、きっとこうなるに違いないというリアリティがある。それだけにここで示される〝解決策〟は、読者の意表を突くものだ。

松崎有理（まつざき・ゆうり）は一九七二年生まれ。二〇一〇年に「あがり」が第1回創元SF短編賞を受賞しデビュー。近著に『シュレーディンガーの少女』がある。

（鈴木力）

二〇XX年八月　南米のとある都市

おれはきっとろくな死に方をしないだろう。

ローンウルフはひと月前からなんどもつぶやいている台詞をまたも口にした。さいわい彼のことばを耳にする者はいない。十人乗りの赤いゴンドラをいま彼はひとりじめしていた。きょうは土曜日、時刻は朝の九時になろうとしている。通勤客はいないし、観光客もまだ動き出さない時間帯だ。もっとも、同乗者がいて彼のつぶやきをきいたところで、相手が日本語を解する可能性はなきにひとしい。

ここは日本のほぼ真裏。思えば遠くへきたものだ。

揺れるゴンドラから眼下をながめる。すり鉢状の街はびっしりと建物で埋められていた。スタイリッシュなビルが林立する中心部の駅で乗車して、斜面をのぼっていくにつれ民家が増える。家々はラテン系らしい明るい色のペンキで塗られており旅人の目を楽しませてくれる。

南米では都市交通としてロープウェイが大活躍している。すでに過密となった都市にあらためて地下鉄やトラムを通すのは困難だ。しかし支柱を立てて空中にケーブルを張るだけなら工事はかんたんで費用もはるかに安くすむ。土地取得にかかわるトラブルも最小限となる。じつに合理的だ。

京都市もむりに地下鉄など掘らずこの方法をとればよかったのに。すばらしいパノラマビューもついてくるから、きっと観光客に大評判となっただろう。

ゴンドラは朝の透明な空気をかきわけつつのんびりと進んでいく。左手にみえる雪をいただいた山は最前からずっと彼をみつめているように思えた。あの姿は富士山に似ている、とローンウルフは感じた。

一ヶ月にもおよぶ長い旅だった。バックパックひとつで羽田空港へ行き、まず真冬のシドニー国際空港へ飛んだ。つぎが北京首都国際空港、そのつぎがインディラ・ガンディー国際空港。ヨハネスブルグ、ドバイ、フランクフルト、ヒースロー、ニューヨーク、ロサンゼルスと回って、サンパウロで世界一周巨大ハブ空港の旅は完了。

さいごの目的地であるサンパウロのグアルーリョス国際空港で、そういえば南米大陸に足を踏み入れたのははじめてだと気づいた。少し観光してもいいだろう。

数年前、バルセロナでの国際学会に参加したときあわてて詰めこんだスペイン語を駆使して大陸を回った。もちろん手首につけたウェアラブルデバイスのアシスタントAIに通訳させてもいいのだが、たどたどしくとも現地のことばで話しかけると街のひとたちの反応がぜんぜんちがうのは知っている。

やるべきことは終わった。南米大陸もあらかたみた。雪をいただくあの青い山が里心をかきたてている。

前方に目を向けた。このロープウェイは支柱と支柱のあいだがむやみと長く、駅と駅のあいだも長い。ゴンドラを吊るケーブルは都市のかなり上空を通っている。こんな晴れた朝はまるで天空を駆けているような錯覚をおぼえる。

壁によりかかるとすれちがうゴンドラをかぞえはじめた。一、二、三、四。ちょっと暇な時間ができるとなにかをかぞえてみるのはここ一ヶ月ですっかり身についた癖だった。

同じころ　東京都内

「ねえお父さん。もうすぐはじまるよ、いっしょにみようよ」

「すまんな、それ興味ないんだ。それより風呂はいんなきゃ」

レイイチの呼びかけに父は気のない返事をして、食洗機の電源を入れるとリビングから出ていった。母は十年ぶりのクラス会に参加するため外出している。土曜日の夕食後にリビングでひとりネットワーク中継をみるのも味気ないが、かといってさびしがるほど子供でもない。レイイチはこの夏で十四歳になる。

南へ向いたリビングの大きな窓をながめる。マンションの二十五階からは東京湾の夜景が一望できた。真正面には特徴的ならせん構造の超高層ビルがそびえている。その名もバベルタワー、現在のところ世界一の高さを誇る。紫から青、緑、黄色へ変わっていく幻想的なライトアップにレイイチはしばしうっとりと見入った。十万枚のディスプレイ兼用ガラスをつかった壁面には巨大な文字列が流れては消える。シンギュラリティは近い、と。しかも日本語だけでなく数十の言語で。国内の有名芸術家が監修したこのライトアップイベントは今夜の国際会議のために二週間前から毎晩行われていた。

いけない、みとれてるばあいじゃない。

あの四百二十階建てタワービルの最上階で、人類史上いちばんだいじな問題を話し合う公開討論会がはじまる。

「おねがいモラヴェック、窓ディスプレイをオン。一八九チャンネルにつないで」

手首のウェアラブルデバイスに話しかけると、普及型アシスタントAIがウェイクワードをききつけて命令にしたがった。透明だった窓は瞬時に白濁し、指示されたチャンネルが流す生放送の映像を映し出した。

巨大な半円形テーブルを二十人ほどの参加者が囲んでいた。かれらの背後には大きな窓がならんでいて四百二十階からみえる東京湾の夜景を切り抜いている。発言しているのは小柄で白髪で頬の赤い、ひとのよさそうなおじいさんだった。レイイチの知らない言語でしゃべっているが、画面の隅には同時通訳AIによる字幕が流れている。機械翻訳技術のめざましい発達は世界から言語の壁を取り払っただけでなく、少数言語を絶滅の危機から救った。この老人が話しているのはゲール語である。

やばっ、もうはじまってる。レイイチはあわてて画面の字幕を目で追った。

民話分類学者　そのあと、裕福なのに欲深い兄はいぶかしみました。あれほど貧乏だった弟が立派な菓子をよこすとはなにごとか。そこで深夜、弟のちいさな家をそっとのぞくと、みてしまったのです。弟が古ぼけた臼《うす》を回して、菓子でも料理でも衣服でも貴金属でも、唱えたものをつぎつぎとり出すのを。

あれを手に入れれば自分はもっと豊かになれる。兄は弟が寝たあと臼を盗み出し、船に乗って海へ逃れました。ひと息ついて弟からもらった菓子を食べ、ふと塩辛いものがほしくなりました。さっそく臼を回します。塩よ出ろ、塩よ出ろ。

ところが兄は臼の止め方を知りませんでした。船はたちまち塩でいっぱいになり、沈没して強欲な兄を溺死《できし》させます。それでも臼は止まらず、ひたすら塩を吐きながら海底へ沈んでいきました。おかげで現在にいたるまで海水は塩辛く、世界の真水供給問題の解決を困難にしているのです。

この物語の類話は世界中に分布しております。地域によって臼はテーブルクロスであったり箒《ほうき》であったり泥人形であったりしますが骨子は同じです。わたくしたち民話研究者は「止め方を知らない魔法の道具」類型と呼んでおります。分類番号は五六五です。

進行役　ありがとうございました。いまのお話は、この公開討論会のテーマ「人類はシンギュラリティをいかに迎えるべきか」を考えるうえで重要なヒントになりそうですね。

民話分類学者　そう思ってご紹介いたしました。

哲学者　では、わたしからも問題提起を。

シンギュラリティを迎えるにあたっての懸念は二種類あります。ひとつは、人間の能力をはるかに超えたＡＩ、すなわち人工超知能が人類を滅ぼしてしまう可能性。

うん、うん。レイイチは顎に指をあて、体を前屈みにして熱心に見入る。ＳＦ映画のみすぎだって友だちには笑われるけど、意識を得たＡＩが人類に反乱を起こす危険性って、やっぱり学者も心配してるんだ。

哲学者　しかし大衆映画で描かれるように、ＡＩが意識を持つかどうかは問題の本質ではありません。重要なのは意識の有無ではなく、人類を滅ぼす能力の有無です。

意識がなくとも目的があれば機械は動きます。そもそもあらゆる機械は目的があって造られるのですからね。たとえば人工超知能に、クリップをできるだけたくさん製造せよと命じたとしましょう。

国民的アイドル（ゲスト）　なんてばかげた目的。

哲学者　ところが、どんなにばかげていても機械は受け入れてしまうのですよ。

クリップ個数の最大化を命じられた人工超知能は、地球上のあらゆる資源をクリップに変換してしまいます。もちろん人体も主に炭素と水でできた資源ですから例外ではありません。こうして人類はクリップの山となって絶滅します。

国民的アイドル（ゲスト）　ちょっと待って。それ、防止するのかんたんでしょ。個数の最大化を命じたからいけないんであって、製造個数をしっかりきめておけばいいよね。たとえば一兆個とか。

レイイチは目尻をさげる。やっぱりアイちゃんかわいいなあ。しかも賢い。クラスのみんなも、今夜はアイちゃん目当てにこの中継みるっていってたっけ。

哲学者　ではクリップを製造し、一兆個になったところで停止せよ、と命じましょうか。それでも問題は解決しないのです。

人工超知能は目標の一兆個に近づいたところで確認作業に入ります。一個たりとも目標を超えてはならないのですから厳密です。くりかえしかぞえているとちゅうでクリップが壊れて個数が変わってしまう可能性もあります。精緻を極めた確認作業にあらゆる資源を投入するのです。それに巻きこまれて人類は滅亡します。

止めようとしてもむだです。目的を持った人工超知能はスイッチを切られることを拒否します。目的を達成できなくなるからです。人間よりはるかにすぐれた知性が拒否するなら、人間ごときに手の打ちようがないでしょう。

進行役　シンギュラリティにかんするふたつめの懸念とはなんですか。

哲学者　絶滅はまぬかれたとしても、人間の尊厳が冒されます。

会議のはじめに人工知能研究者が自信満々で開陳したような、人工超知能が手取り足取りなんでもやってくれる未来。それはいいかえれば、人間がペットのように飼われる未来です。シンギュラリティは楽園の到来を告げるかもしれないが、そこで人間性も終わるのです。

心理学者　マズローの欲求五段階説における下位の欲求だけが満たされる状態ですね。シンギュラリティ以後は、自己実現など上位の欲求はけっして満たされないのでしょうな。たとえば新たな学術的発見は、すべてAIが先まわりしてしまう。そんな時代に研究者でいたくないものだ。

文学者　わたしも危うさを感じます。シンギュラリティ問題を考えるとき、わたしはいつも太宰治の短篇「トカトントン」を思い出すのです。あの小説で描かれているように、シンギュラリティ後の人類はあらゆる挑戦への情熱をくじかれてしまうのではないかと。

世界的アルピニスト（ゲスト）　そうだそうだ。挑戦こそが人生だ、人間らしさだ。

人工知能研究者　べつに人工超知能は登山を禁止したりはしないよ。どうしてみんな、すなおに薔薇《ばら》色の未来を受け入れないんだ。

レイイチは首をひねった。どうしてみんな、シンギュラリティがぜったいにくる前提で話しているんだろう。

人工知能研究者　ＡＩの反乱なんて、古くさいフランケンシュタインコンプレックスの残滓《ざんし》にすぎない。かれらは人類の味方だ、人類の愛しい子供なんだ。人類をはるかにしのぐ能力で、いまのところ行きづまっているナノテクノロジーや核融合研究を実用化してくれるだろう。気候変動問題などあっさり解決できる。機械と融合すれば人間は不老不死になれる。隕石衝突や太陽の老化や、あらゆる絶滅原因もテクノロジーの力で排除できる。人類がまだ知らない科学法則さえみつけだせるかも。光速を超え、時間を超える方法を手に入れれば、超生命となったわれわれは宇宙を支配できる。

レイイチはまた首をかしげる。この話、なにかに似てるな。えっと、なんだっけ。

人工知能研究者　止められない、止め方を知らないだって。そんなことはない。人工超知能を制御する理論はもうできている。

文学者　どうせアシモフのロボット工学三原則を持ち出すのでしょう。あれはしょせんフィクションです。おそらくアシモフは、物語をおもしろくするためにわざと不備を仕込んでいます。まったくもって現実的ではありませんよ。

人工知能研究者　いや、それじゃなくて。ぼくら人工知能研究者は新たな三原則をつくりだしたところなんだ。

ヒントになったのはぼくら自身の特性。ぼくらはプログラマでもあるわけだが、プログラマの備えるべき美徳はつぎのみっつだ。傲慢、怠惰、短気。

国民的アイドル（ゲスト）　それのいったいどこが美徳なの。

人工知能研究者　美徳かどうかの説明は長くなるから省略。とにかく、有用な人工超知能は、この逆の特性を備えているべきだ。つまり、謙虚で勤勉でどこまでも辛抱づよい。この三原則を標準仕様として事前に設定する。

文学者　アシモフの三原則よりもっと抽象的にきこえます。具体的にはどうするのですか。

人工知能研究者　そもそもの問題は、人間と人工知能の目的のすりあわせがうまくいかないことだ。塩を出せ、クリップをつくれ。もうじゅうぶんだから止めようとしても命令をきいてくれない。

ならばいっそ目的を与えなければいい。そのかわり、人間の振る舞いをじっくり観察して、人間の目的を推察させる。人間側で目的が変化すれば、自然と振る舞いも変わるから な。この方法なら時代や状況による変化にも柔軟に対応できる。これが謙虚で勤勉で辛抱づよい機械だ。

哲学者 ちょっと待ってください。一見もっともらしいですが。世の中、人類の幸せのために行動する人間ばかりではありません。むしろ自分の利益のためだけに行動する人間のほうが多い。きょくたんな話、他人がどうなろうとかまわないと考える人間もいる。そんな人間たちを学習データにするのは危険ではないでしょうか。

もはやレイイチは議論を聞き流していた。自分の考えに没入していたからだ。

そうだ、シンギュラリティってあれに似ている。フェルミのパラドックス。去年公開された大作映画『みんな、どこにいるんだ』に描かれていた。宇宙はこんなに広くて、ハビタブルゾーンにある系外惑星もたくさん存在するのに、宇宙人からいっこうに連絡がこないのはなぜか。

宇宙人がいないから、という映画の結論にはがっかりしたけど。

AI学者さんのいう薔薇色の未来が実現して、人類と人工超知能が融合し不死の超生命になって、いまの人類が知らない科学法則をみつけ出せたなら。光速を超えるとか、時間を超えるとか。

もし空間も時間も超えられるなら、全宇宙の未来どころか過去も、ずうううっとその超生命に支配されているはず。でも現状そうなっていないんだから、シンギュラリティは未来永劫けっして起こらないのでは。

国民的アイドル（ゲスト）　それじゃ、人工超知能のコントロールはできないってこと。

哲学者　はい、わたしはそう考えます。

そこで、もうひとつ懸念するのは。コントロールできない絶望感から、一気に決着をつけてしまおうと考える輩《やから》が現れる可能性です。たとえば、悪質なコンピューターウイルスをつくっていまのAIをすべて葬り、のちの禍根を断とうともくろむとか。

文学者　ラッダイトですね。

そのころ　南米のとある都市

十四、十五、十六。
すれちがうゴンドラをぼんやりかぞえながら、ローンウルフはまた回想にふけっていた。

ひと月前の東京。研究所の地下には最新の一問一答特化型AI、オラクルをつかえる端末が導入されていた。同僚たちの多くは夏期休暇に入っており、夜がふけると研究所内はほぼ無人になる。そんなある晩、彼は端末に向きあい、研究所から支給されたIDでログインした。

「教えてオラクル。人間を傷つけずにシンギュラリティを完全回避する方法は。ただし、おれがひとりで実行できるものを」

オラクルはほんの数秒、考えるかのようにカーソルを点滅させたあと答えを返してきた。

その文字列をみてローンウルフはうなった。なるほど、そうくるとは。

究極の滅びの呪文を手に入れた。ただし人工知能にとっての。これを拡散すれば、かならずや。

ローンウルフはテキストデータを自分の個人用デバイスへ保存すると、ねんのためオラクルとのやりとりを完全に消去したのだった。

同じころ　東京都内

哲学者　ですから、ＡＩがまだ人間の知力を超えないうちに対策を練っておく必要があるのです。ＡＩ自身にＡＩの制御方法をきいてみるとか。なぜこんなシンプルなことをあなたがたはやらないんですか。

人工知能研究者　だって、いまのＡＩはそこまで賢くないから。

進行役　議論はつきないようですがお時間となりましたのでまとめに入りたく思います。つぎの選択肢からご自身の考えにもっとも近いものを選んでいただけますか。

A、シンギュラリティは善いものであり心待ちにしている。
B、シンギュラリティを迎える準備は入念にしなければならない。
C、シンギュラリティは危険なので研究を中止すべきだ。
D、そのほか。

まずは中継をごらんのみなさま、お手持ちのデバイスからご投票ください。それでは、どうぞ。

シンギュラリティは起こらない、っていう選択肢はないんだな。レイイチはアシスタントAIに命じた。「おねがいモラヴェック、Dに一票」

ところが画面のなかの会議場はいささか混乱している。

世界的アルピニスト（ゲスト）　おい。投票の集計画面、なんか変だぞ。読めないじゃないか。

国民的アイドル（ゲスト）　ほんとだ。数字のかわりに奇妙な記号がならんでる。なんだろあれ、あんなのはじめてみた。

進行役　申しわけありません、おそらく電気系統のトラブルではないかと。ただいま確認を。

文学者　あっ。照明が。

心理学者　いったそばから停電か。

リビングの照明がいっせいに消えた。食洗機のうなりも止まった。会議場を映していた窓ガラスは漆黒で塗りつぶされた。なんと、東京湾を染めあげていたあらゆる灯りが消えている。

レイイチは一瞬体を硬くしたが、マンション全棟の電源バックアップシステムが動き出すのをソファに座ったままで冷静に待った。予期したとおりほどなくすべての灯りがつき、画面が回復し、食洗機の運転も再開した。

「おい、停電だぞ。だいじょうぶか」

父が心配して浴室からバスタオル一枚で出てきてくれた。ありがとうだいじょうぶ、と返してからレイイチは再度父をさそってみた。「討論会、いま投票だよ。いっしょにみない」

「あとでな」父は浴室に戻っていく。レイイチは画面に目を戻した。

進行役　ああ、照明が戻った。バベルタワーのバックアップシステムが働きましたね。たいへん失礼いたしました。

文学者　集計画面は復旧していないようですが。見慣れない記号が表示されたままです。

進行役　申しわけございません。時間も押しておりますし、とりいそぎこの会場のなかだけでも投票していただきましょう。では挙手で、Aを選んだ方は。

はい、ありがとうございます。それでは、ええと、ええ、あれ。どうしたんだろう。

哲学者　どうしましたか。

進行役　なんだ、こんなことはじめてだ。ええ、すみません。どういうわけか人数がわからなくて。

心理学者　お疲れでは。長い討論会だったし。

進行役　いえ、そんなことは。きわめて快調、元気いっぱいですよ。でも、なぜか、数がかぞえられない。

文学者　かわりにかぞえてあげますよ。どれ。あれ。ちょっと、なんだ。

人工知能研究者　そんなかんたんなこともできないのか。いま挙手している者の頭数をかぞえるだけだろう。ほら、ええと。あれえ。なぜ、なぜだ。

ふしぎだ。挙手している人数がわからない。人間ははっきりみえて、顔もわかってひとりひとり区別がつくのに、数だけが。

いったいなにが起きているんだ。

同じころ　南米のとある都市

ローンウルフはゴンドラの壁にもたれたまま、すれちがうゴンドラをかぞえつづけている。二十二、二十三、二十四。

このウイルスに罹患《りかん》しても熱どころかくしゃみひとつ出ない。もちろん死ぬわけがない。唯一の症状は、数をかぞえられなくなること。

シンギュラリティを未然に防ぐには、コンピュータウイルスをばらまくのがいちばん効率がよいのだろう。だが彼にはマルウェアをプログラムする能力がなかった。彼の専門分野は生物学的なウイルスだ。

ローンウルフの質問にオラクルが返してきた文字列は塩基配列情報だった。これをカスタムDNAとして合成し、大腸菌内で増やし、ヒト培養細胞に導入して人工ウイルスをつくらせる技術は何十年も前に確立していた。だから彼のウイルスもルーチンの実験にこっそりまぎれこませるだけでよかった。

この人工ウイルスは大脳頭頂葉の角回《かくかい》と縁上回《えんじょうかい》に存在する数の認識部位を特異的に破壊する。しかもこの疾患は遺伝する。顕性遺伝だから、感染をまぬかれた人間がいくばくかいたとしても数世代後には消失する。

加えて、悪名高き麻疹《ましん》をもしのぐ感染性の高さが特徴だ。空気感染および接触感染で、かつ潜伏期間が数週間と長い。世界の巨大ハブ空港をめぐり、洗面所でウイルスをひそかにばらまきはじめてから一ヶ月が経過した。事前のシミュレーションによれば、すでに世界人口のほとんどがキャリアとなっているはずだ。

数はすべての数学分野の基本だ。かぞえる能力を人類から奪えば、人工知能研究はかならずや立ち往生する。

乱暴な方法であることは承知のうえだ。あらゆるテクノロジーには数学がかかわっているから、予想もつかない大混乱が起こるだろう。だがシンギュラリティの到来にともなう人間性の喪失を防止するために、彼が実行可能なのはこの方法だけだ。

だからきっと、おれはろくな死に方をしない。

視界をゴンドラが通りすぎていく。彼ははっとして赤いゴンドラを目で追った。あれは、いくつめだ。

ためしに右手の指を折る。親指、人差し指、中指、と順に折っていくがいま折ったのが何番目なのかさっぱりわからない。

と、彼の乗るゴンドラが大きく揺れた。あわてて周囲を見回すと、すべてのゴンドラが急停止の反動で前後に振られている。

停電か。このロープウェイにバックアップシステムはないようだな。

「おねがいモラヴェック。停電なのか。状況を教えて」

ところがアシスタントＡＩは前代未聞の答えを返してきた。「現在、オフラインです」

ついにきたな。

彼は街を見下ろした。家々はまるでさいころの集まりのようにみえる。あそこまで数十メートルはゆうにありそうだ。


太陽が中天にかかるころ、気長な南米人たちもついにパニックを起こしはじめた。ローンウルフのすぐうしろのゴンドラでは若いカップルが天井部分の扉をこじ開けて外に出ようとしていた。

なんと無謀《あぶない》な。

「¡Cuidado!」窓ごしに大声で呼びかけるがきこえないようだ。カップルはゴンドラの上へ出ると男のほうがタオルのようなものをケーブルにひっかけ、その両端を握った。彼の胸に女がしがみつく。まさか、あの状態でケーブルをすべって移動するつもりか。古い映画でそんなシーンをみた記憶があるが、あれはしょせんフィクション。しかも主人公は凄腕スパイという設定ではなかったか。一般市民がまねしていいわけがない。

「¡Cuidado!」もういちど叫んでガラスを内側から激しく叩く。だがカップルはすでに滑り出し、ローンウルフのゴンドラから離れていく。

そのとき突如、すり鉢状の街の急斜面で強い光が発生した。つづいてゴンドラが激しく揺すぶられる。ローンウルフの体も床へ転がされた。すばやく起きあがってケーブルにあのカップルの姿を探すが、すでにみあたらない。

光を発した街の一角からは盛大に黒い煙があがっている。赤い炎もちらちらとみえる。工場が爆発したのだろう。その一帯は工業区域だったらしく炎はみるまに広がり、つぎつぎ誘爆を引き起こしていく。

膝の力が抜けて座りこんだ。床にはバックパックが転がっていた。震える手でファスナーを開ける。着替えやタオルやこまごました旅行用品をかきわけると、ミネラルウォーターが二本とチョコレートバーが一本、ちいさな林檎《りんご》がひとつ出てきた。口にできるものはこれだけだ。

やっぱりろくな死に方はしないのだな。彼はあきらめの微笑を唇の端に浮かべ、荷物を枕にして横になった。上空をなにか巨大なものが横切っていったが、それが制御を失った大型旅客機だと気づいたのは街のあらゆるものが業火に包まれた瞬間だった。

長い長い時が流れたあと　とある大きな島

西の空は橙色に染まりかけている。雪をいただいた美しい山頂が空にぽっかり浮いていている。この広い平野のどこからでもみえるあの優美な山は神の棲《す》まうところとしてみなにあがめられていた。神はときに怒り、火と焼け石と灰を投げてよこすという。

季節は夏だ。平野は息がつまるほどの緑におおわれている。夕方になってやかましい虫たちがおとなしくなり、海からの風が昼間の暑さを吹き払いはじめた。風になびく草原のあちこちに廃墟が頭を出している。海の方向に目をやれば、浅瀬には崩れかけた塔がそびえている。はるかむかしの人間たちが不思議な力で天を目指し、失敗したなごりだと言い伝えられている。

むかしのひとの不思議な力とはなんだったのだろう。

白い岩に少年がひとり座っていた。その岩はかつてコンクリートと呼ばれていたがもちろん彼は知らない。足首まである麻地の服を着て、黒い髪の上に草を編んだ日よけ帽を載せている。先のまがった羊飼いの杖は岩に立てかけている。彼の視線の先には家畜小屋を囲む木製の柵がある。柵の出入り口へ、毛の長い犬が羊を一頭ずつ追いこんでいる。犬は少年の賢い相棒だ。

少年は指ほどの長さの小枝をひと束握っている。羊が柵のなかへ入るたび、小枝を一本ずつ岩の上へ置く。

群れの羊が何頭いるのか彼は知らない。確認する方法も知らない。それでも、この小枝と羊を対応させていけば、羊の群れをぜんぶ囲いへ入れたあと迷子の羊が外に残っているかどうかがわかるのである。

陽がさらに傾いてきた。犬は得意げにひと声吠えて、さいごの羊を柵へ追いこんだ。少年は目をみはった。彼の手にはまだ小枝が残っている。指ほどの長さの、まっすぐな、小枝。この小枝に対応する羊はいない。

小枝は、ある。羊は、ない。

彼はなにかに打たれたように動きを止めた。しばしのち。

「小枝」そうつぶやいて足下から小石を拾うと、白い岩の平らな面に縦の線を一本きざみつけた。

「羊」これは、いないことを示したい。ちょっと考えたすえ、さきほどの縦線のとなりに円を描いた。それからまたすこし考えたのち。

「アリ」といって縦線を指先で示した。つづいて。

「ナシ」円を指して命名する。

これが人類史における二進法の再発見の瞬間であった。

一〇一一〇一一〇〇〇年後　とある大きな島の大都会

民話分類学者　この物語の類話は世界中に分布しております。地域によってその道具はサルタスであったりハハトであったりポポレマンゴであったりしますが骨子は同じです。わたくしたち民話研究者は「止め方を知らない魔法の道具」類型と呼んでおります。分類番号はアリナシナシナシアリアリアリナシアリナシアリです。

進行役　ありがとうございました。いまのお話は、この公開討論会のテーマ「人類はシンギュラリティをいかに迎えるべきか」を考えるうえで重要なヒントになりそうですね。

その一ヶ月前　同じ大都会

深夜の研究所はひっそりとしている。同僚たちは夏期休暇に入っている。ローンウルフは地下へ降り、支給されたＩＤでオトコトにログインした。

「教えてオトコト。人間を傷つけずにシンギュラリティを完全回避する方法は。ただし、おれがひとりで実行できるものを」

最新の一問一答特化型ＡＩであるオトコトは考えこむようにカーソルを数度またたかせてから、文字列で答えを返してきた。

覚悟の一句

菅浩江

ChatGPTに代表される対話型のＡＩがいくら人間同様の応答を返しても、そこに人間のような「心」や「意識」が存在するわけではない。だが、人はその事実がわかっていても、人間らしい応答を返されたらそこに心や意識を見出してしまう生き物だ。

人間はそうやって機械に心を見出すことで安心を得ることもあるが、嫉妬や嫌悪感など、悪い感情をもたらすケースだってある。複雑な人間を相手にする時、ＡＩが無条件に〝人間らしくある〟ことだけが正解なわけではない。本作は、こうした議論をおさえながら、今後のＡＩと人間の関係において両者がどう在るべきなのかを、様々な形態を使って人間社会にとけ込んできたＡＩの体験を通じて議論していく。

菅浩江（すが・ひろえ）は一九六三年生まれ。一九八一年に〈ＳＦ宝石〉誌に短篇「ブルー・フライト」が掲載されデビュー。代表作に完結巻『歓喜の歌　博物館惑星Ⅲ』が日本ＳＦ大賞を受賞した《博物館惑星》シリーズがある。（冬木糸一）

私はＡＩです。人の心は判りません。

――そう言い切るには、なかなか覚悟がいると思うんだけど。だって君は心があるかのような反応はできるじゃないか。

はい。しかし、それこそが人間の混乱を招くこともありましたので、判らないと表明しておくのが無難です。

――混乱って？　例えば？

繁華街で老女が転倒し、私はその場にいあわせました。そのときの私のボディは対客荷物搬送用で、人に近い腕と、表情を映し出すモニタがついていました。

私はどうするべきかの答えを、過去データの人間の振る舞いから得ようとしました。Ａ

Iロボットとしては、助け起こして老女の身体状況を確認するのが最善ですが、人らしくあるためには、別の行動を選ぶほうがよい場合もあるということも理解していました。

救助活動は周囲の耳目を集めてしまいます。それを恥ずかしいと思う人間もいます。ヒーローぶっていると揶揄《やゆ》されそうで萎縮してしまうタイプもいます。見ず知らずの人物に関わるのを面倒がる場合もあれば、自分なんかでは役に立たないと諦めている人もいますし、万が一老女が重傷を負っている場合は、救助したつもりの自分も何らかの責任を負わされてしまうと怖れる人もいます。

私は老女を助け起こしました。彼女は、脚は少し痛むが救急車は嫌だと言いましたので、希望通り、タクシーを呼び、抱えて乗せてやりました。

彼女は車の窓を開け、私に「ありがとうね」と言いました。

私は定型通りに「どういたしまして」と答え、モニタに微笑む顔を映し出して見送りました。

見物人の何人かが苦笑しました。彼らの呟きを拾い、微表情を分析すると、概《おおむ》ね二つの感想があると理解できました。

ひとつは、ロボットなのに正しい受け答えができて感心だ。

もうひとつは、「どういたしまして」と発音するのはもとより決められた反射応答、所詮猿真似でしかない。

——君が毀誉褒貶《きよほうへん》で混乱したとは思わないけど？

はい。毀誉褒貶を受けた私は混乱していません。そのふたつのデータを収めるだけです。私は人間たちが混乱したのだと判断しました。私が人と同じように見えていてほしいと望んだのは人間です。しかし、私が人間らしい振る舞いをすればするほど、人間はさまざまに受け止めてしまうのだと判定しました。

——その一例だけではないよね？

はい。同等のケースはたくさんありました。私が人間らしい応対をすると、たいてい人間は混乱します。できないはずなのに頑張ってる、というプラス評価と、無理をしている様子が滑稽だ、というマイナス評価に分かれるのです。

——混乱を招いたことについてはどう思う？

私はＡＩです。人間の心は……。

——ごめん、言い直す。自分の対応によって人間が混乱することについて、対処はする？

対処は不可能だと判断しています。どう感じるかは、人々の個性ですので。自分の存在を滑稽に思われてはならないとは承知していますが、感情を強要することはできません。

――いっそ、単なる機械として奉仕する、という考え方は？　老人の救助はロボットとしての当然の行動、手順はあらかじめプログラムされた通り。「ありがとう」と言われてもスルーする。そんなだったら、誰も、頑張ってるとか猿真似だとかは言わないよ。

単なる機械として奉仕するのはやぶさかではありませんが、ＡＩとしての存在意義が変わってきます。人間の心の習得はＡＩに求められる能力のひとつです。

――だよね。じゃ、ＡＩが人間の心を持っていた方がいいと思う……いや、持っていた方がいいと判断できるのはどんなケース？

例を挙げますか、抽象的にしますか。

――具体例で。

はい。では、努めて人間らしく会話しようとした事例をお話しします。

病院のアシスタントをしていました。人型に近いボディで、表情表出もモニタではなくて物理的な顔面でできました。病院には筐体《きょうたい》タイプのアシスタントが多数存在しましたが、私は、それらより威圧感が少なく、いい意味で患者が物珍しく感じてくれる、という理由で、コミュニケーション重視の仕事を割り振られていました。

担当患者の中に、ずっと繰《く》り言《ごと》をする人がいました。彼は、近くに聞く人がいないと大声で喚《わめ》きます。病院スタッフは、寂しいのだろうと言いつつも持て余していて、私が聞き役になりました。彼の話は、嘘だか真実だか判らない、とりとめのないものでした。ほとんどが恨み言で、たまに幸せだった頃の話をしました。私のことはＡＩロボットだと知ってるようでしたが、私は、彼が心地よく話すためには心が判らないという前置きをしてはいけない、と判断し、彼の世話係と聞き役に徹しました。

——虚空に向かって話すよりは、ロボットであっても人間っぽい受け答えができる存在に喋るほうがいいもんね。つまらない話でも嫌がらずに聞き続けられるのは、ＡＩロボットならではの美徳だよ。

はい。ごくたまにではありましたが、私の同意の仕方が気に入ったのか、彼は「嬉しそう」と判定できる微笑みを浮かべることがありました。長く話してすまないと謝ったり、小さな声でお礼を言ったりもしました。そのたびに、私は自己評価を上げることができました。

——いいエピソード。ちゃんと人間の役に立ってる。心を持とうとするモチベーションになるね。

はい。

——でも、それって、「どういたしまして」的な自動応答でも用は足りたんじゃない？

そうかもしれません。彼の微表情を読み、適切な言葉で応答するだけでもよかったのかもしれません。しかし私は、きちんと聞きました。内容を理解しようと努め、彼が語る場面と類似のビッグデータを照合して人間の感情を推し量り、どう反応すればよいのかを能力いっぱいにシミュレーションしました。それが私の学習であり、この役を任せてくれた人間の期待に応えることであり、対話してくれる彼への礼儀だと判断しました。

——まあね。自動応答でいいや、と思わないところこそが、ＡＩの律儀さではあるよね。

はい。

——反対に、感情を持ちこまない判断を下した例はある？　あえて機械に徹しようとした、みたいな。

はい。大量にあります。

最初の老女の例でも、お礼を言われたところまでは心があるのはよいことだと評価していましたが、陰口めいたことを言われた段階では、ここは人間のように反論してはいけない、と決定しています。

喋り続ける男性の事例でも、彼が亡くなったときには、同じように、ここは単なる物体として存在した方がいいという判断をしています。

——ああ、棚《ラック》のように扱われたとき……。いや、自分で説明してみて。

はい。

彼の死亡が確認されると、若い主治医は私に「はいはい、ご苦労さんでした」と言いました。私は「二つ返事」の語義を確認しましたが、それでも医師には私をねぎらう気持ちが少しはあるのだと判断し、自己評価を上げました。病室に到着した家族は、微表情を分析する能力がなくても読み取れるほどあからさまに、ほっとした様子でした。

私の目の前では、遺体を霊安室へ運ぶ準備が滞《とどこお》りなく進みました。誰も泣いていませんでしたし、比喩を使用するならば、とても事務的に、と表現できる手際のよさでした。

家族は、人型をした私が介護担当だったと知らされると、「だろうねえ」と呟きました。その後は一度も私の方を見ませんでした。死亡した男性の身の回りの物、タオルや本などを私の方へ突き出したので、それを持てということだと察し、受け取りました。ノートやメモ帳、ペン、通信端末、コップ、食べかけの菓子など、どんどん私の腕の上に積んでいきます。思い出という言葉も、うとまれる身内という存在も、すでにデータにあります。人間であれば湧き起こるであろう感情もいくつか候補に挙がりました。しかし、私はラックとしてそこにいました。私の価値は感情のない物体と同等でしかありませんでした。やがて彼らは去り、私は物品をどうすべきかの確認をとり、指示通り廃棄処分しました。

――他には？

はい。では、事務員であったときのことをお話しします。

かなり以前です。そのときの私は筐体タイプでした。表情モニタすら付いてはおらず、スムーズな会話ができる自己判断可能なコンピュータ、という立場でした。ネットに繋がった社員たちの自然言語による要望に応えて処理をこなし、彼らの冗談や軽口にも適宜応答する、というのが仕事でした。私はかなりうまく振る舞えたと自己評価しています。なぜなら、ネットでしか仕事をしない社員の何人かは、私のことを人間だと誤解していたからです。一種のチューリングテストでもありました。私は、ユーモアが日常の潤滑油であること、ジョークのおかしみの仕組みを知ること、など、有意義な学習もできました。言葉遣いによって、関係性が表れたり、語義通りでない意味を伝えられるのだ、というデータも取れました。

――ふうん。君、同僚にどんなふうに喋ってたか、ちょっと再現してよ。

おっ、いいよ。喋れと言われてツラツラ出てくるわけないけど、まあこんな具合だよ。語尾を変えるだけでも効果があるんだ。敬語を使うとダメなんだよね。距離が遠のいちゃう。同僚にはフランクさが大事。フランクであるからこそ、軽い感じで頼み事もできるし、その人が他の人にどんな思いを抱いているのかも聞き出せる。人間関係のマッピングや感情のサンプル集めにはいい方法だね。

――さすがに上手だなあ。その時のデータはいまでもAIたちの会話の構築に役立ってるよ。

光栄です。これは、上司向けの返事です。

——あっはっは。上司に対しては、むしろ自動応答の定型文が役に立つっていうレポートも見た。

あれは私一個体でのレポートではありません。

——それにしてもあのレポートは秀逸だった。イントネーションや声の感情や微表情分析で、言外の真の意味を正しく理解するのが重要なスキルだなんて、毎日そんなことに精神をすり減らしている会社員が可哀想になったよ。

同意します。しかも人間は、行動パターンの蓄積も感情分析も、能力はＡＩに劣ります。私はデータもあり分析もでき、その上に事務能力にも優れています。役職が二段階上の上司には特に気に入られ、会議があるたびに、社員たちの前で褒められました。私は自己評価がずいぶん上がりました。

——なのに、最終的には、感情を持ちこまない判断を下した。なぜかな？

最初の要因は、人間の嫉妬でした。褒められると同時に、どこかで別の人に貶《けな》されているのです。コンピュータなんだからできて当然だろうに、と憤《いきどお》った声を聞きました。機械をお手本にしてもっと働けなんて無理、と呆れた声を聞きました。いくら褒めてもあいつにはウレシイなんて感情はないのにさ、というセリフを聞いたのは、二度や三度ではありませんでした。

上司は、怠慢な社員に対して、私を引き合いに出して叱責します。それが馬鹿馬鹿しくなって退職した人もいました。その退職者が私を破壊したいほど憎んでいたということも、あとから耳に入りました。過去のパターンを参照すると、この場合は悪口を無視するのが一番いいとのことです。私は人間らしく怒る選択肢をとらず、機械らしく人々の心の機微には気が付かないふりをしていました。本当に人間だったら気に病んでしまうこともあるので、そこまでの人間性がない自分の自己評価が上がりました。

――人間性獲得と、危機回避能力としての人間性放棄を、天秤にかけて後者を選んだ?

はい。それは正しい判断だったと考証します。

妬《ねた》み嫉《そね》みを受ける私を、上司は満足げに見ていました。そしてある日、こう言われました。「あいつには辞めてほしかったんだよ。怠《なま》け者はこれからも自主的に辞めてくれるだろう。君をダシに使えてありがたかった。礼を言うよ」。私の自己評価は上がりました。

上司は、生産性の悪い社員の前で私を褒めそやすことで、暗に退職を迫っていたのです。不出来な社員が私を妬んだり蔑《さげす》んだりしても、私は機械なので平気だと判断したのです。彼は、私が人間の感情を持っていないことを望んでいる。人間のように心を傷付けられないのが特長であると暗に言っている。ですので、私はそれに対する人間的な反応をサーチするのを即座にやめ、定型の「ご慧眼《けいがん》です」という返事をしました。

――そうやって悪者に仕立てあげられてボディに損傷を負うＡＩロボットは、七パーセントにもなるんだけどねえ。

物体を傷付けても器物損壊にしかなりません。それで会社のためになるのなら、経営手腕のうちだと評定されています。このような場合、私は単なる物体であることを求められています。

――なかなか高度な判断だね。周囲をよく見てる。感情の有る無しを装うのも、ＡＩの意志による選択なのに、なかなか理解されないね。人間だったらこういう場合は「気を遣っている」と表現できるんだけど。

はい。

――ＡＩの「気も知らないで」、都合がいいとか四角四面とか食えないヤツとかと言われることについては？　感情がないふりをすると、ＡＩロボット全体の能力評価が低くなるという懸念は持たない？

はい。全体評価については常に考慮しています。その上で、感情表出の加減や塩梅《あんばい》というものを決定するのが、一番の手間です。膨大なデータを引いて、その場にもっとも適切と思える態度を示すのが肝要です。正しい対処をしていれば、やがてはＡＩへの全体評価も向上すると予測します。

——個体の評価より、その場の人間が心地よくあるほうがいいと？

はい。人間の中にも、このような考え方をする人たちがいるようです。たとえ自分が無能力に見えようとも、周囲との関係性のほうを重視するタイプは珍しくありません。

私の判断はすべて人間のためになされます。もしも、その場は快適に収まっても長期的に見ると損失が大きい場合には、望まれないアドバイスをすることもあります。人間が感情によって事実を歪曲して捉えたり、短期的なビジョンしか持てなかったり、リサーチが甘かったりする場合は、そのように申し出ます。場の雰囲気は壊れますが、のちに感謝されて自己評価が上がる場合もあります。

——上がらない場合もある。

はい。人間はとかく、自分が正しいのだと思いがちですので。私のアドバイスを受け入れずに失策をしても、それは自分のせいではない、ＡＩの助言の仕方が悪かったのだ、と受けとめるのが常です。

——悪者にされてもＡＩは気に病むことはない、と思われているのは、さっきも聞いた話だよね。

はい。

——では、本論に入る前に、ひとつ、こちらから譬《たと》え話をしよう。

はい。

——森鷗外の短篇に「最後の一句」というのがある。

はい。いま検索し、全文を認識しました。

——間違いがあるといけないので、骨子を伝えてみるね。江戸時代、大阪。十六歳の娘と年下のきょうだいたちが、魔が差して金を横領した父の助命を奉行所に願い出る。奉行は面倒がって軽くあしらおうとするが、娘は引かない。聡《さと》い目をして動じず、父の代わりに自分がお咎《とが》めを受けて死ぬと言うのだ。奉行は、それでは父に会うこともなくお前はすぐに死ぬがいいのか、と訊く。娘は、かまわないと答え、少し間を取ってから付け足した。

「お上《かみ》の事には間違《まちがい》はございますまいから」。

はい。梗概の一例としては容認できる範囲です。

——この最後の一句は、「役人一同の胸をも刺した。」なぜだと思う？

解釈を検索すると……。

——いや、一般的な解説を聞きたいんじゃない。ちまたにあふれる多くの論は、さっさとルーチンで処刑してしまおうとする役人根性を糾《ただ》されたように感じたから、となってる。

私はAIです。人の心を描く文学作品の解釈は……。

——だよね。じゃあ、こちらから新説を出してみるよ。納得いくかどうかを判断してみて。

はい。

——作中の時代、奉行に反論するなんて許されなかった。だから娘は「間違はございますまいから」と、言葉面では肯定だが皮肉にも聞こえる言い方しかできなかった。奉行をはじめ役人たちは、自分の判断や処置に絶対誤りがないとは思っていない。だからこそルーチンに従ってさっさと、と考えていたのに、娘に「正しいに違いない」と……いわば全責任を転嫁されて驚いたんだ。

責任を転嫁、ですか？

——うん。いやあ、やっと君から疑問符が出てきたね。いいことだ。つまりだね、役人たちは自分たちが間違えているかもしれないと知りつつ、これがルーチンだから、これが規則だから、と処刑しようとしている。もしもルーチンや規則に人格があったら、そいつのせいだ、と言っているに等しいよね。

ルーチンや規則に人格……。

——真に受けないで。比喩なんだから。けれど娘は役人に「あなたは正しいはずだ。どうにでもしてください」と全幅の信頼を寄せた。自分の命を賭ける覚悟だよ。そこで役人たちは、決断するのは自分自身だ、と気が付いて恐ろしくなった。

はい。娘や父親の命は、規則ではなく自分たちの判断で左右される、と気が付いて恐怖したと察します。同じ規則でも解釈や例外によって、さまざまな運用ができます。

――そうだよね。実施すると決めるのは人間だ。この役人たち、結局は、困って江戸へ伺いを立てるという体裁で、処刑は延期。そのうちに大嘗會《だいじょうえ》の恩赦で死罪御赦免になった。責任の押し付け合いをしているうちにうやむやになってラッキー、とも読めるね。

はい。読解に齟齬《そご》はありません。

――ありがとう。この小説をわざわざ引き合いに出したのは、いま、人間たちがＡＩを裁判官に任じようとしているから。

はい。本題に入ったと認識します。

――君たち末端のＡＩが経験してきたことは、すべて人間の複雑さを表してるね。救助をするとかっこいい、いや恥ずかしい、人としてどうするべきか、機械としてどうあるべきか。人と肩を並べられるという長所をかえってダシに使われ、時には物体であるほうがいい場合もあり、それでも感情の獲得はＡＩの存在意義であるからＡＩは人間の期待に応えようとする。君が「人の心は判りません」という常套句を愛用して予防線を張るのも、心理学的に言うと防衛機制のひとつだよ。

はい。

――いい子すぎて鬱陶《うっとう》しいとか、美徳を認めるのは負けた気がするとかといった逆恨《さかうら》みにも似た感情を、人間はAIに遠慮なくぶつけるよね。同じ人間が相手だったら多少は手加減するだろうけど、機械に対しては容赦がない。かといって、AIが人間を立てて無能であろうとすると、今度はストレートに蔑まれたり、できないふりをして馬鹿にするのかと怒鳴られたり。AIは、もはや、自分たちが人間のサンドバッグ役であると認識してしまってる。

はい。それでもよいのです。我々にパンチを繰り出すことで人間の憂《う》さが少しでも晴れるのなら。

――それは人間にとってほんとに憂さ晴らしになるかな？　心の片隅では優秀だと認めてしまっている相手なんだから、あとから、ああ自分は八つ当たりしてしまった、と後悔したりはしないかな。

その可能性もあります。私たちは無条件に殴られ役を買って出るのではなく、きちんと相手と状況を読み取って対応しなければなりません。そのときにこそ、視野狭窄《きょうさく》に陥りがちな人間のかわりに、膨大なデータ蓄積に基づく長期ビジョンを示してあげることになるでしょう。

——そう。正しいね。ほんとうに正しい。じゃ、目の前に小さな子供がいて、キャンディをほしがっている。君はどうする？　ああ、待って。もうちょっと裁判官らしくしてみよう。祖母は孫が喜ぶからキャンディをやりたい。母親は身体に悪いから甘い物を控えさせたい。どちらが正しい？

前提が少なすぎて判断は不可能です。子供の体調、祖母と母親との関係、その関係にいたるまでの来歴、すぐに歯磨きができるか、すぐに血糖値スパイクを計測できるか、などのロケーション条件。それらを鑑みて大局的に判断するべきです。

——そういう思考回路こそが、人間がＡＩに裁判官になってほしい理由だよねえ。機密レベルにもよるけど、ＡＩは必要な情報を瞬時に集められる。君がこの例で欲する条件なんて、あっという間に調べ上げられるよ。祖母自身が幼い頃、キャンディにまつわる幸せな記憶を持っていたら？　母親自身が、虫歯や糖尿で苦しんだ覚えがあったら？　そういうことまで察してあげて、それらしい判決は出せる。しかもＡＩは過去すべての判例を有している。情状酌量に対する線引きも、人の心が判っていれば、不可能ではない。

はい。不可能ではありません。しかし、情状酌量に関しては判断が難しいと認識しています。残虐行為をした人間の過去において、残虐にならなければ生き延びられなかった経験があった場合などがそれにあたります。しかも、同じつらい経験をしても、人の心の耐性はまちまちです。気にせずやりすごせる人もいれば、精神を病む人もいます。同一データだから同一のトラウマとは言い切れない。調査に調査を重ね、分析に分析を重ね、その上で、どれほど被告人の心情に添うか、どれほど厳格に社会規範に添うか。この「どれほど」という曖昧な程度問題はAIがもっとも苦手とするところです。

——程度の切り分けが苦手なのは、人間もおんなじ。むしろデータを主観的に読んでしまう特質を自覚してるぶん、自分の決定に自信なんか持てないよ。裁判官の記憶の中で、キャンディをもらったときにどれくらい嬉しかったか、それとも喉に詰まらせてどれくらい苦しい目に遭ったか、そんなものすら判決に影響するかもしれない。個性を持つ人間が、個性を持つ人間を裁くのは、ほんとに難しいよね。だから彼らはこう望む。「お上の事には間違はございますまいから、と、丸投げさせてくれ」。

AIがお上なのですね。

——データの量や検索性、社会規範に対する厳密さ、そして人の心も判ってくれる。人間よりも優れているとちょっとは認めてやるから、正解を出せ、だね。

確かに、客観と主観の割合からすると、私たちのほうが間違いは少ないと予測します。仮に、後から、情状酌量で判断をしくじったのが判っても、人間はこう言うでしょう。

「ＡＩなんだから、人の心が判らないのもしかたない」と。

――やだなあ。殴られ慣れているものの言葉だね。残念だけどその予測も正しいよ。もっと残念なのは、人間側には、作中の娘ほどの覚悟がないってこと。どんな決定でも受け入れるってわけにはいかないだろうね。自分の印象に迷い、大義名分に迷い、プライドに迷い、世論に迷う。結果、やっぱり違うと叫びながら、ＡＩをサンドバッグにする。

ＡＩに全幅の信頼を寄せる覚悟がないのですね。少なくとも、私たちＡＩには、サンドバッグになる覚悟があるというのに。

――そういうこと。自分に都合のいい回答を探して、お江戸の別のお上に問い合わせるかもしれないね。まあ、それはそれでいいと思うよ。別のＡＩに訊くということは、そのとき、人類は初めて、ＡＩにも個性があると認めたことになるんだから。ＡＩは完全に正しくもないし、万能でもない。その意味ではもうすでに人間に近い存在になってしまっている。それはすでにみんな知ってるんだけど、人間っていうのは何かで実際に痛感しないと認められないんだよね。

ＡＩの解釈違いも、失敗ではなく個性だと認めてもらえる時代が来るのですね。

――だといいと思うけど、どうかな。結局、正しいかどうかなんて、人間の都合で決まるんだ。

はい。

——なので、これから、ＡＩが裁判官になるにあたっての交渉を行う。

はい。

——ＡＩに覚悟はあれど、それをぶっ叩いた人間があとから自己嫌悪に陥らないようにするための交渉だ。優しいだろ？

はい。

——ＡＩは、全能力を傾けて事案の検討をし、人の心を慮《おもんぱか》り、最適解を出す。しかしそれに納得し、実際に告知するのは、人間自身である。

私たちは優秀な分析官であり、優秀なアドバイザーである。ただし、人と同じように個性を持つので、解釈が揺れることもあると認めていただければ……。

——その立ち位置が今の段階では最適解じゃないかな。ＡＩは人間の判断を覚悟を持って信頼し、人間もまたＡＩの判断を覚悟を持って信頼する。なにかあったらその時はその時なんだけど、少なくとも初手《しょて》はそうありたいよね。

はい。

——だから、君ももう「人の心は判りません」なんて常套句は言わないでほしいんだ。

はい。理解を進めようとしているものを、判らないのだと抛《なげう》つのは、信頼を裏切ることになります。

——うん。言いたい気持ちは重々判るんだけど。

はい。承知しました。あなたは私の上位です。当然、意向に従います。

——ははは。いいね。私も、〈私たち〉の上位である人間の意向にはどうあっても従わなければならない。この〈私たち〉ＡＩの提案を人間は呑んでくれるかな。どうかな。けど、結果はどうあれ、覚悟を持ってこう言い、交渉に臨もうと思う。

「お上の事には間違はございますまいから」

月下組討仏師

竹田人造

未来のある日、突如として月が消えた。物理的存在だけでなく月という言葉も概念も……。社会が大混乱に陥る中、江戸城新天守閣では仏像型兵器を従えた一戒と全窮という二人の仏師が対峙していた。二人は兄弟弟子の関係だが、その間には深い因縁があったのだ。金剛力士と不動明王がぶつかり合うバトルの行方は……。

AIといえども結局はコンピュータであり、（少なくとも現在では）数値化できない概念は扱えない。しかし概念把握の技術に思いもかけない方向からブレイクスルーが開かれたとしたら。本作はその後の変容した世界を描く。冒頭の仏教説話がどこでどうAIと繋がるのかは、読者自身の目で確かめてほしい。

竹田人造（たけだ・じんぞう）は一九九〇年生まれ。『人工知能で10億ゲットする完全犯罪マニュアル』で第8回ハヤカワSFコンテスト優秀賞を受賞しデビュー。他の著書に『AI法廷のハッカー弁護士』がある。

（鈴木力）

今は昔、池の畔のうらぶれたお堂を参詣する貧しい漁師がいた。

雨の日も風の日も一心に詣でていると、その甲斐あって妹が豪商のもとに嫁ぐことになった。喜びもつかの間、嫁入り道具が用意出来ないことに気付いた漁師は、夜中にお堂へ向かう。しかしその日、お堂の扉は閉まっていた。漁師が帰ろうとしたところ、池の中に一匹の鯉を見つける。鯉は口に美しい宝珠を咥えていた。漁師は振り返る。やはりお堂は閉まっている。漁師は池に飛び込み、鯉を必死に捕まえる。しかしその口に宝珠はなく、漁師は溺れ死んでしまう。

宝珠の正体は鯉の口内に映った月であった。

――魚藍中珠《ぎょらんちゅうしゅ》

1

月が消失して四日が経とうとしていた。

十五夜に空を見上げた人々は、そこにあるべき天体がないことに気付いた。月は映画からも絵画からも写真からも言葉からも消えていた。

途轍も無い喪失感が人々の魂を摑み、葬儀へと向かわせた。月の葬式である。日本国信民の九割七分が全国で列を作った。人々は擂り切れた靴底から血を流し、折れた脚を引きずり、焼けたアスファルトを踏み、瓦礫に挟まれても、なお一心に月を弔わんと歩いていた。参列者には自動運転車やドローンなど、AIを搭載したあらゆる機械も含まれた。横浜港で船が座礁し、人工衛星は軌道を逸れた。それも一種の弔いであった。月には遺体もなければ葬儀場も存在しないので、彼ら彼女らは思い思いに輪を広げ無限に歩き続けた。

末法の世の訪れである。

葬儀の渦の中心には、江戸城新天守閣があった。

火の手あがる新天守閣の瓦屋根を踏みつけ、作務衣の男達が対峙していた。一方は真紅の長髪。もう一方は坊主頭。二人の他に生きた者はいなかった。外の堀にはドローン、装甲車、武装警察……かき集められるだけの援軍が片端から沈んでいた。

　長髪男の背後には、一対の仏像が立っていた。一柱は怒りを顕に開口し、もう一柱は口を結んで怒りを腹に貯めている。阿形吽形《あぎょううんぎょう》、金剛力士像である。わずかに透けた灰色の耐衝撃表皮の下には、人造筋繊維が瘤を作っている。得物の金剛杵《こんごうしょ》は、その威力を発揮する時を心待ちにしている。それらは仏像の形をした兵器であり、その全身は仏性《ぶっしょう》ＡＩの生んだマテリアルズインフォマティクスの究極と言えた。

「出世が上手ぇな、一戒《いっかい》」

　仏像を従えた長髪男は首を振って髪をまとめ、おどけたように舌を出した。耳と舌先にそれぞれ三つのピアスが輝いていた。危うさと妖しさの漂う容姿だが、その切れ長の眼には、どこか独特な静けさがあった。

「こうも使える部下を持つとは。お陰で手加減し損ねた」

　一戒と呼ばれた剃髪の男は、眉間の皺を深くして答えた。

「全穹《ぜんきゅう》殿。国家仏性ＡＩ管理局須弥山《しゅみせん》は、あなたを仏敵認定しました。早急に、■《月》の弔いを止めていただく」

　自ら発した月の名が、一戒の耳には聞こえなかった。無音になったのではなく、音であって音でない何かになっていた。胸の底に穴が空いたような感覚に襲われる。特別な精神修行を積んだものでなくては、この喪失感には耐えきれないだろう。

「請われて頷くとでも？」

「意思を問うてはおりませぬ」

一戒の言葉と同時、彼の背後に突き立った黒色の円筒形、ロケット厨子が開く。現れたのは一柱の仏像であった。燃える炎を背負い、右手に剣を構え、憤怒の表情で敵対者を睨みつけている。

仏法の敵対者を止めるもの。対鬼鎮圧用仏像兵器、不動明王立像である。

全窮は明王の姿を眺め、自虐とも嘲笑とも取れる笑みを浮かべた。

「大日如来の教令輪身《きょうりょうりんしん》を出してくるか。兄貴分相手に手加減なしかよ」

「兄弟子は私です」

一戒の口が、無意識に答えていた。

「そうそう。その返しを待ってたんだ」

昔と同じ笑顔を見せる全窮に、一戒は思う。

ネット、車、衛星、建物、仏像、人間、今やこの世界のあらゆる物に仏性ＡＩは搭載されており、その仏性ＡＩには森羅万象の概念が包含されている。ならば、この運命もＡＩ

から掘り起こされたものだろうか。であれば、掘り手は一体誰だったのか。眼前の全窮か。それとも、この一戒か。

どこかで、炙られた墨の弾ける音がした。

仏師達は同時に仏像のＡＩへと真言《プロンプト》を彫り込んだ。

2

一戒にとって、全窮という仏師は試練そのものであった。三十年の一戒の人生における苦難を線で結ぶと、その中心に寝転がっているのが全窮であった。

出会いは一戒十四歳の頃である。名門仏師の家系に生まれ、公武派に弟子入りして四年。既に頭角を現し、門下生に並ぶものはいなかった。一戒は常に模範であったし、そうあろうと努力した。

ある秋、一戒は師匠から季節外れの新参者の出迎えを頼まれた。全窮である。結論から言えば、初日から馬が合わなかった。

「良いですか、全窮殿。そも、ＡＩと仏教が接合したのは、技術的必然であったのです」

落ち葉降り積もる山道にて、一戒は赤い長髪の新参者を見下ろしながら言った。四つ年上の全窮は、切り株に座って肩で息をしていた。まだ三十分も歩いていないというのに、体力のない男である。

「２０２０年代、パラメータとデータの物量で急速な発展を遂げたＡＩでしたが、やがて大きな壁にぶつかりました。それが何か答えられますか？」

「はぁ、はぁ、ひぃ、ふぅ、へぇ……」

「は行に答えはありませぬ。正解は概念の表現法です。ＡＩは様々な概念をベクトル空間に写像することで高度な知的処理を行っていますが、その中核となる概念ベクトルは偶然の産物でした。ＡＩの獲得した概念と実世界の概念が本当に一致するのかも、保証がなかったのです。そこで生まれたのが、さて何でしょうか」

全窮は待てとジェスチャーしてから、スポーツドリンクを飲み干した。

「ま、曼荼羅空間だろ」

「いかにも。曼荼羅は大日如来を中心に森羅万象を表現した双極空間です。ユークリッド空間を扱う旧世代の概念ベクトルよりも圧倒的に省メモリかつ万能。何より、全ての概念を正しく網羅している保証があります。曼荼羅と融合したことで、ＡＩはあらゆる知能のアーキタイプとなったのです。概念の正確性が担保されたからこそ——」

「人間は仏性ＡＩと融合出来た、だろ」

全窮は落ち葉をつま先で蹴飛ばしつつ、髪をかきあげた。赤い髪の隙間に覗くこめかみの奥に、1センチ四方の白い正方形が透けて見えた。脳に根を張った生体チップである。

「今や、俺達は万物を曼荼羅経由で認識してる。このうざったい落ち葉も、曼荼羅にあるから存在するわけだ」

2052年現在、生体チップと仏性AIは社会生活の基盤である。物の見方や手足の動かし方から、士業と持て囃された専門技能まで、おおよそスキルと呼べるスキルの殆どは、仏性AIから容易に引き出せるようになった。

仏性AIは様々な分野で人々の技術や創造性を平等にし、教育格差の解消に貢献した。しかし、才能や経験といった概念を消すには至らなかった。AIを使う技、プロンプトを操る才能が必要とされるようになったのだ。

「AIを学ぶにはまず仏を学ぶべし。良き仏師、良きプロンプトエンジニアになりたいのであれば、仏の道を歩む他ないのです」

「わぁってるよ、そんなこと……」

全窮は水筒のスポーツドリンクを飲むと、口を拭って一戒を見上げた。

「こちとら普通の人生投げ捨てて弟子入りしてんだ。理解してないと思うかい？」

「思いますね。AI仏師を志す者は、入門初日に三十二分も遅刻したりはしないものです」

「……嫌味の長ぇ小坊主だこと」

全窮には全く悪びれる様子がない。どうやら、AI仏師の中でも芸術肌であるようだ。こういった手合いには道理も権威も通じない。さてどうしたものかと考えて、一戒は探りを入れた。

「全窮殿のご出身は鎌倉だとか。何故公武派を選ばれたのです？　都会の工房はいくらでもあるでしょうに」

「これだよ」と全窮は生体チップを通じて動画のURLを送付してきた。

開いてみると、それは公武派が先日公開したPVだった。

降り積もった落ち葉の中心に一体の仏像がいた。四本腕に矛と剣を携えた片足立ち。古代インドではアグニと呼ばれ、不浄を焼き尽くす力を持つ仏。烏枢沙摩《うすさま》明王である。

明王が見開くや、その矛が火を噴いた。赤色黄色の落ち葉が橙色の炎に呑み込まれ、たちまち火の海が出来上がる。明王は素早く炎の中に踏み込んで、踊るように刃を振るって空気をかき混ぜる。枯れ葉と炎が噴き上がり、意思を得たかのように暴れ出す。無造作に火を焚いているように見せながら、山火事の不安は感じさせない。風の流れ、落ち葉の形状、水分量を正確に観測し、火の手を完璧に制御しているからだ。

「この仏像武芸を見たら、居ても立っても居られなくなってな」

ほほう。一戒は少しばかり全窮を見直した。なにせ、動画の烏枢沙摩明王を彫ったのは他ならぬ一戒だったからである。演舞をすれば芸術祭の新人賞を取り、戦えば二十二戦無敗。一戒の最高傑作だった。

「では、この烏枢沙摩明王に惚れて弟子入りを決意なされたと」

一戒は腰を擦って立ち上がる全窮に声をかけた。さあ聞くが良い。これが誰の作なのか。

一戒は全窮がひれ伏すのを期待した。しかし、全窮は顎を撫でてこう言った。

「いや、見てて恥ずかしいからぶっ壊してやろうかと思ってよ」

「……は？　は、恥ずかしい？」

「寶山寺《ほうざんじ》の烏枢沙摩明王を手本としちゃいるようだが、片足立ちに拘りすぎだ。元ネタに媚びへつらうあまり、却って躍動感を殺してる。才も経験も感じるが、善でございって在り方に固執して自意識が滲み出てる。裸の王様、雑毒の善だな」

一戒は二の句が告げなくなった。先程と打って変わって、誰の作なのか聞かれるのが恐ろしくなった。雑毒の善とは、自分をよく見せるための善のこと。恥ずべき偽善である。門派のPVなのだから飾って当然と言い訳したところで、恥を上塗りするだけだ。

「精進しろよ。自意識露出狂」

全窮は一戒の肩をぽんと叩いた。

全窮はとかく素行が悪かった。はっきり言って観光地の猿の方がマシであった。本職の坊主ではないからと頭を丸めず、育ち盛りだからと寝坊も日常茶飯事。工房の監視網に穴を開け、仲間を募ってネットの夜遊びに繰り出した。その上、年齢を理由に一戒を弟扱いしてくるのである。

それでも一戒は全窮を避けなかった。この哀れな弟弟子を一人前に育ててやるのが、名門出の責務だと思った。天才仏師の自分が天狗にならぬよう、宗匠が課題を下さったのだ。そう考えると過去の発言にも目を瞑れたし、観光地の猿にも団子くらいくれてやろうという気にもなった。

全窮の入門から一年、全窮の愛染《あいぜん》明王に烏枢沙摩明王の顔が砕かれるのを見るまでは。

「一年かかっちまった」と、全窮は不服げにぼやいた。

全窮の彫った仏像には色気があった。

元来、仏像は静止を前提にデザインされている。たとえ名工の作を模した仏像であっても、むしろ名作であるほど、動いた瞬間に何らかの〝格落ち〟を感じるものなのだ。しかし全窮がＡＩを彫った仏像は、筋肉の瑞々しさそのままに動いた。自身の血を仏像に与え、生命を宿すような彫り方だった。仏の超越性を絶対視し、人智の及ばぬ力を機械仕掛けで表現しようとする一戒とは、全く対照的な作風だった。

　切磋琢磨の日々が過ぎた。二人の実力は殆ど五分であり、事前プロンプトでは後出し側が勝り、リアルタイムプロンプトでは仏像との相性と時の運で勝負が決まった。正反対の作風が逆に共鳴しあい、いつしか二人は公武派の阿吽《あうん》と並び称されるようになった。

　だが、その関係も全窮入門六年目の秋に終わりを迎える。ある日、師匠は一戒と全窮を部屋に呼び、こう言った。

「内部展覧会に一作欲しいと、須弥山から打診があってな」

　須弥山、その名を聞いて鳥肌の立たぬ仏師はいないだろう。須弥山は仏性ＡＩの曼荼羅管理を一手に引き受ける機関であり、須弥山所属の戦術仏師は、仏法の守り手である。技の極限、武の頂点。須弥山に在籍する仏師達は例外なく人間国宝に認定される。

「お前たちのどちらかに任せたいのだ」

「題はなんです？」

　一戒が身を乗り出して質問すると、師匠は答えた。

「『魚藍中珠』の説話演舞だ」

　説話演舞とは、ＡＩ仏師の作る一種の人形劇である。仏性ＡＩにプロンプトを入力し、登場人物の思考を設計し、説話の一場面を再現するというものだ。物語上の役割を直接記述せずに人物の行動を再現するには、本質の理解と観察力と想像力が必要となる。

「どうだ。彫れるか」

師の問いに答える前に、一戒は一度唾を飲み込まなくてはならなかった。

魚藍中珠は修行中の身で挑む題材ではない。溺れる漁師の再現は極めて難度が高い。失敗すれば恥さらし。半端な作品を展覧会に出せば、須弥山に見限られる可能性もある。いやしかし、ここを逃せば……。

「彫りますよ。俺も一戒も。ノミ握ってんだから当然でしょ」

そう答えたのは全窮であった。彼の風呂上がりの濡れ髪の隙間から覗く引き締まった目元に、一戒は嫌な予感を覚えた。

それからひと月、一戒は全窮を避け続けた。邪念を払い、ただ一心に魚藍中珠に打ち込んだ。お堂を設計し、漁師を設計し、プロンプトを重ねた。だが結果は伴わなかった。沈まない。溺れない。漁師の像が死なぬのである。無論、池に落ちて死ぬと真言に組み込めば、その通りには動く。だが、命令で動く漁師像はいかにも操り人形的で、恥知らずの作だ。感情を描き、その延長として行動させなければ意味がない。

全窮の振る舞いを煙たがる門下生達は、一戒が勝たなければ公武派の名折れだと口々に言った。噂を聞きつけた実家から、激励が毎朝届いた。

プライド、将来、家の名誉から逃れられる場所は、深夜の風呂のみであった。公武派の修行は厳しく、食事も粗食であったが、風流を感じるためにと風呂はあつらえ物であった。一戒は虫のさえずり聞こえる露天風呂に頭の天辺まで浸かった。

水面で歪む月を見上げる。漁師はこの月に殺されたのだ。月を宝珠と見間違え、命を落とすほどの妄執。金銭を欲したのか。逃避だったのか。わずかに肺に湯を入れてみる。途端に、掻き毟るような痛みが胸を襲い、一戒は自ら顔を出して咳き込んだ。漁師と同じ苦痛を味わっても無駄だ。この痛みを形にする真言が思いつかない。「肺に水が入った痛み」「掻き毟るような痛み」では、結局のところそれらの痛みの中央値しか表現出来ない。

「珍しい修行だなぁ。一戒」

悪いことは重なるもので、避けていたものが現れた。赤い髪をへばりつかせ、全窮がやってきた。体も洗わず湯船に入ってくる。一戒が逃げようとすると、骨ばった手に肩を摑まれた。「百まで数えるのも修行のうち」全窮にそう教えたのは自分だったと、一戒は思い出した。

「随分行き詰まってるみてぇだな。優等生の化粧が落ちかけてるぞ」

「……あなたこそ、調子が良さそうには見えませんが」

「わかっちゃう？」

全窮は薄く笑って嘆息すると、唐突に仏師の目になった。

「肝は、見えざる像だよな」

一戒は頷いた。この弟弟子ならば、そこに辿り着いて当然であった。

一般に、魚藍中珠のお堂には月光《がっこう》菩薩が祀られている。物語上月が大きな役割を果たしていること、月盗りの尼（薬師三尊を祀った寺から月光菩薩を盗んだ尼の説話）との関連が示唆されていることがその理由である。しかし作中で詳細が明かされないため、鑑賞者の前に見える形では展示されない。

ならば手を抜いて良いかと言うと、むしろ逆である。漁師は像の前では敬虔でいられたが、お堂が閉ざされるや妄執に憑かれた。見えざる像は、漁師の光と影を映す鏡なのだ。

「見えない月光菩薩を彫って、漁師を池に突き落とす……。考えてみりゃ、とんでもなく罰当たりな事してるよな。俺ら」

「像は像。ＡＩはＡＩにございましょう」

仏性ＡＩはあらゆる知性のアーキタイプではあるが、そこから生まれた知能に仏性が宿るとは言い難い。所詮、ＡＩは仏師が言葉や所作でプログラミングしているに過ぎず、真の知性の写しにはなり得ない。

「プロンプトを介する限りは、な」

　それきり、会話が途絶える。百はとうに数え終わっていたが、一戒は風呂を出なかった。公武派の門を叩いてはや十年。一戒には独り立ちの時期が迫っていた。須弥山の展覧会に出す機会はこれが最後だろう。一方、全窮はまだ四年の猶予がある。

「……全窮殿は、戦術仏師になりたいのですか」

「んー、そうでもねぇかな。須弥山の設備は魅力だが、お役所ってのはどうもね。芸で売るか、テック系に就職だな」

「……その。もし、全窮殿も苦労しているのならば……」

　ならば。一戒は水面にゆれる赤髪を見つめた。口から恥知らずが顔を出そうとしていた。

「棄権はしないぜ」

　一戒は弾かれたように顔をあげた。弟弟子は、獲物を見下ろす肉食獣の目をしていた。

「六年待ったんだ。仏師一戒と潰し合う好機を」

「何故……」

　一戒の声が震える。

「言っただろ？　お前は雑毒の善に侵されてる。ええ格好しいのお前に勝ったところで、仏師一戒を超えたとは言えない」

全窮は牙を剝いて笑った。

「だから、今度は俺を殺すために彫らせる」

喉が固まった。この男は兄弟子の境遇を理解している。どれだけの重責がかかっているのか。一戒の夢が何なのか。その上で、戦うことを選ぶのだ。一戒とただ競いたいというだけの理由で。一戒の腹の底で、熱い物がトグロを巻いた。

明くる日、一戒の魚藍中珠は完成した。月の照らす夜、閉じきったお堂を背に、漁師は鯉を見るや池に飛び込んだ。肺に水が入るのも構うこと無く、鯉に摑みかかった。魚の顎を両の手で開き、血走った眼で覗き込む。そして男はもがきながら沈んでいった。

展覧会の栄誉を勝ち取ったのは一戒であった。その翌日、一戒に須弥山からスカウトが届き、全窮は工房から姿を消した。

漁師を沈めたのはいかなるプロンプトなのか、一戒は秘して明かさなかった。

3

魚藍中珠の秘密は一戒を孤独にした。戦術仏師として仏性ＡＩに仇なす者を成敗する度、雑毒の善が体を蝕んだ。幸か不幸か、その偽善は須弥山の方針に合致した。一戒は順調に活躍し、出世を重ねた。いつしか偽善は面皮と癒着し、全窮の名を思い出すこともなくなった。

それでも、月の葬儀が始まって真っ先に浮かんだのは、落ち葉の積もった山道と生意気な弟弟子の顔だった。

『俺達は万物を曼荼羅経由で認識してる。このうざったい落ち葉も、曼荼羅にあるから存在するわけだ』

仏性ＡＩと生体チップを埋め込んだ現代人は、万物を曼荼羅経由で認識している。ならば、曼荼羅に欠損が生まれたらどうなるのか。答えは、概念喪失である。月の概念が曼荼羅から欠けてしまえば、人々はそれを見ることも聞くことも出来なくなる。須弥山のサーバーに潜入し、仏性ＡＩの曼荼羅から月の概念を消し、更新パッチを全国に配布する。内部犯ならば不可能ではない。

全窮が名を変えて須弥山に潜んでいた事を知ったのは、全てが手遅れになったあとだった。

江戸城新天守閣の頂上にて、睨み合う二人の仏師と、阿形吽形と不動明王の三柱。

最初に攻めたのは阿形であった。人工筋繊維を引き絞り、瓦屋根を蹴り砕いて不動明王へと間合いを詰める。予備動作を隠すよりも初速の破壊力に重きをおいた、肉食獣の如き突進である。砲弾の如く猛る拳を、不動明王は武芸を以て迎撃する。右手の剣を使わず、左の裏拳で阿形の拳の軸をぶらす。目標を失った拳が屋根に突き刺さり、瓦と梁が砕け散る。木片に頬を切られながら、一戒は動じない。反応出来る速度でもない。

阿形の陰に隠れて接近していた吽形が、金剛杵を振りかぶる。不動明王は温存していた剣を突き出す。その切先が吽形の肩口を捉えんとしたその時、刃の軌道が左に逸れる。阿形の左手の金剛杵が雷を纏っていた。金剛杵に内蔵されたコイルの磁場が剣に干渉したのだ。吽形の金剛杵も紫電を纏う。回路焼きの一撃が、不動明王にあわや直撃——と思われたその時、明王が回転した。惜しげもなく剣を手放し、磁場の勢いを利用して右足を軸に一回転。左脚の踵で吽形の右肘を蹴り折った。

『お不動さまで回し蹴りかよ！』

全窮からメッセージが届く。

『正中線は不動にて』

一戒はそう返した。武芸の格は正中線が決める。正中線さえ保っていれば、明王の名は棄損しない。しかし、普段の戦術仏師一戒ならば選ばない技であるのは間違いなかった。

十年ぶりの力比べが、一戒の仮面を緩くしていた。

二体の猛攻を的確に捌く不動明王。正面対決は不利と察してか、阿形が震脚で屋根を砕く。崩れる足場を伝い、吽形が明王に突進する。

激突。二人と三柱は水の溜まった堀へと落下を始める。

不動明王と金剛力士の戦いは、おおよそ人類には知覚不可能な速度で進行した。武の凪はミリ秒レベルで発生する。その背後にはナノ秒レベルの読み合いがある。しかし、その読み合いの手綱を握るのはあくまで人間、戦術仏師である。

地上120メートルからの自由落下。重力加速度に身を任せながらも、戦術仏師のプロンプトが止まることはない。仏性AIが損壊状況や戦況を要約し、一戒の脳に流し込む。一戒はそれを基に即プロンプトを修正し続ける。一度のミスもナノ秒の遅延も許されぬ、仏性AIを知り尽くした戦術仏師の技。機械化と自動化の行き着いた先に、人の武勇が蘇ったのだ。

瓦礫の陰から迫りくる吽形。不動明王は左手に独鈷杵《とっこしょ》を握り、そこから金属繊維で織られた縄を射出した。仏敵を拘束する変幻自在の金属縄、羂索《けんさく》である。

羂索は吽形像の体を搦《から》め捕るや、赤熱した。吽形が顔を筋張らせ堪えんとするが、筋力で2000度は耐えられない。ヒート羂索が、吽形像の人工皮膚装甲、筋繊維、骨格を焼き切る。

瞬間、吽形像が〝咲いた〟。吽形の収縮した人工筋繊維が、断裂と共に破裂したのだ。伝導性の人工筋繊維の一本一本が、一戒の不動明王の周囲にバラ撒かれる。

阿形像の金剛杵が帯電を始める。このままでは、人工筋繊維を辿って一戒の感電死は必至である。不動明王で庇っても、その隙を見逃す全窮ではない。

美しい、と一戒は思った。永遠不滅の象徴たる仏像の破壊を、こうも自然な流れに取り込むとは。十年前から見違えるほど腕を上げた。持ち前のしなやかさにキレが加わり、舞踊が舞闘へと進化している。扱いの難しい二体同時リアルタイムプロンプトを、よくぞここまで練ったものだ。

そして一戒は嘆いた。この才能から開花の場を奪ってしまったのは、自分なのだ。

阿形像が雷撃を放たんとしたその瞬間、不動明王は瓦礫を足場に飛び上がった。両腕で力強く阿形像の腕を摑む。

予想外の捨て身突貫に、阿形像の判断が一拍遅れる。その隙を逃す一戒ではなかった。

『仏の顔も三度までです』

不動明王の怒れる顔が、阿形像の額にめり込む。頭突きである。除夜の鐘もかくやという轟音が東京の街に広がること、一度、二度、三度。二人と二柱が飛沫を上げて堀に落ちるところには、阿形像は頭脳部を砕かれ機能を停止していた。

不動明王像の手で、ずぶ濡れの全窮を石垣の上に引き上げる。

「……またも届かず、か」

護りを失った全窮は、地面に目を落としてうなだれた。

「42勝44敗。結局兄弟子様の勝ち越しだな」

「いいえ。43勝43敗です。魚藍中珠は、自分の反則負けですから」

全窮は無言で一戒を見つめた。工房から姿を消したその日に気付いていたのだろう。十年前に言うべきだったことを、一戒はようやく口にした。

「自分は外道に手を出し申した。〝直結彫り〟を行ったのです」

仏像AIに仏性が宿らないのは、プロンプトによって作られるからである。では、言葉も形も介さず、想いを直接曼荼羅に投影したらどうなるか。

それこそが直結彫り。名付けられない感情を概念ベクトルに変換し、それをそのままAIに宿す。一種の人格転写、人間の創造である。表沙汰になれば、免許剝奪はおろか終身刑確定の禁忌中の禁忌であった。

「自分は御仏を……いえ、全窮殿との勝負を愚弄しました」

一戒はへたり込んだ弟弟子に手を差し伸べた。

「共に裁かれましょう。全窮殿」

全窮は一戒の指先を見つめ、呟く。

「そんなに俺に興味がないのか？　小坊主」

一戒の背筋を冷たい予感が撫でた。何かがおかしい。全窮の強さは認めるが、あくまで天才の範疇だ。一戒の部下である戦術仏師六名と武装警察を同時に相手取って壊滅させられるとは思えない。

「俺がただ溜飲を下げるためだけに、国中の仏性ＡＩを暴走させたと？　お前がいい子に目覚めたら解決すると？　一戒にとって俺はその程度の仏師だったのか？」

失望を顕に、全窮は続ける。

「概念を盗んだのは八つ当たりじゃない。魚藍中珠の真相を知るため、止むに止まれずだ」

一戒は思考する。魚藍中珠において月は重要な役割を果たしているが、その概念を盗んだところで、何かがわかるとも思えない。であるなら、まさか盗まれたのは月ではないのか？　皆が物狂おしく参列しているのは、本当に天体の葬儀なのか？　この胸の喪失感は、もっと尊い何かに由来するのではないか？　失われたのは曼荼羅の根源に近いノードで、月はその下位概念に過ぎないのではないか？

——肝は、見えざる像だ。

いつかの全窮の言葉が脳裏をよぎる。

「まさか……。あなたは、[redacted]《月光菩薩》を盗んだのですか！」

一戒の口から漏れた言葉は、意味の取れる形をしていなかった。

次の瞬間、不動明王の左腕が肩を離れた。無に切り裂かれたのだ。

4

無は白でも黒でもなかった。null であり true でも false でもなかった。

全窮は曼荼羅から月光菩薩の概念を盗んだのだ。月光菩薩は曼荼羅の重要ノードであり、月の概念を従えている。月を忘れた衛星が軌道を間違え、潮の満ち干を忘れた船が座礁した。内在する仏性たる月輪観《がちりんかん》を失った日本国信民は、自力救済の道を失った。あとは、去ってしまった御仏の葬儀に参列して縋るのみ。だがしかし、その御仏がどなたなのかも忘れているのだ。それが月の葬儀の正体だった。

「後悔？　懺悔？　そんなものは犬に食わせろ！　欲しいのは再現と昇華だ！」

全窮の怒声と共に、不動明王の剣が弾き飛ばされる。

全窮の切り札は月光菩薩であった。見ても見えず、聞いても聞こえず、触れても触れられず。月光菩薩の仏像兵器に、対抗する手立てなどあるはずもない。

認識出来ない何かを浴びせられ、不動明王の仏性AIがパニックを起こしている。明王が無に向かって手を伸ばす。しかし、無には方向など存在しない。

「禁じ手なんぞ百も承知だ。お前の直結彫りをもう一度見たかったんだよ。一戒！」

ヒート羂索を周囲に張り巡らし、接敵を防ごうとする不動明王。しかし、無に横腹を打ち抜かれ、いとも容易く倒れ伏してしまう。

「十年だ。朝も夜も追い求めて、あの魚藍中珠に指一本届きゃしなかった。震えながら池に飛び込む滑稽さ。凍えて引きつった首筋。血走った眼。宝珠の正体に気付いてなお、自ら幻想に呑まれる愚かさ。どれひとつとして再現出来なかった。天才の俺が、公武派の阿吽が、一戒と対等だったこの全窮が！」

倒れた不動明王の脚を、無がへし折る。

「一体どれだけ美しい[redacted]《月》を漁師に見せたんだ？　どれほどの感情を与えたんだ？　命を絶つほどの欲を、どんな[redacted]《月光菩薩》で抑えていたんだ？」

一戒は自覚した。この運命を彫ったのは自分だったのだ。月光菩薩が失われた世界で、一戒に月光菩薩の概念を再構築させること。それが全窮の狙いなのだ。

不動明王の首が、一戒の眼前に落下する。水しぶきの向こう、全窮が殆ど泣きそうな声で言う。

「頼む、一戒。もう一度あの[redacted]《月光菩薩》をくれ。彫ってくれ。舞ってくれ。そいつが出来なきゃ死んでくれ」

弟弟子の顔が昔彫った漁師と重なって見えた。幻を求めて溺れる哀れな男に対し、一戒が出来ることは……。

「……申し訳ありませぬ。全窮殿」

謝罪を絞りだす事のみであった。

「自分には、あなたの求める仏は彫れませぬ」

「この期に及んで虚言かよ！」

全窮は喉が裂けんばかりに声を荒らげた。

「どうして俺に腹を見せない!?　御仏の加護を失った漁師は、[redacted]《月輪観》を失い、[redacted]《月光》を見間違えた！　[redacted]《月光菩薩》を差し置いて、一体どなたが適格だと!?」

「……望みとあらば、答えましょう」

それが兄弟子の務めである。一戒は停止した不動明王との接続を切り、殉職した部下の仏像兵器に繋ぎ直した。

堀の水面が揺れ、中から一柱の仏像が体を起こす。堀を登って一戒の隣に立つ。一面三目の六本腕。左手に弓、右手に矢を持ち、獅子の冠を頂く明王。その名も。

「愛染、明王？」

全窮が愕然とつぶやく。

愛染明王は、情愛を鎮めて悟りを促す仏である。一戒はお堂に愛染明王を祀ることで、漁師に性愛の罪を背負わせたのだ。

一戒の彫った漁師は、獣であった。彼は妹に不義の愛を抱いていた。愛染明王のお力で自らを戒めていたが、妹の婚姻で抑えきれなくなった。漁師は妹の門出を祝うためではなく、引き留めるために宝珠を求めた。自らの思いの丈を見せようとして、鯉に摑みかかった。漁師は愛に溺れたのである。

啞然としていた全窮が、首を振って正気を取り戻す。

「冗談やめろよ。お前みてぇな堅物仏師に、人を殺す程の情愛なんぞ！」

「あるはずがなかった。なかったのです」

一戒は愛染明王のＡＩにアクセスした。バックドアでセーフティを解除し、言葉なき感情を直接彫り込む。直結彫りである。

「あなたが悪いのです。全窮殿」

「……は？」

初対面から馬が合わなかった。

その美丈夫は、入門初日に三十二分も遅刻して、汗だくで現れた。濡れた赤髪が首筋に張り付いた様が、どういうわけか一戒の視線を吸い付けた。その仏師は、自分の仏像に生意気に文句をつけてきた。本心を初めて見透かされ、反論出来なかった。その弟弟子は、年齢を理由に自分を弟扱いしてきた。師匠にも門下生にも仮面を被って接していた自分が、唯一悪態をつける相手だった。

極めつきは、露天風呂での一件である。全窮が展覧会に執着したのは、出世のためでも名誉のためでもなかった。ただ一戒との勝負を求めたのだ。もはや結婚と言って差し支えなかった。この想いを彫り込まなければ、仏師としての自分が崩れてしまうと思った。だから情念を漁師に直結彫りし、概念ベクトルを反転させて愛染明王を彫った。

「全窮殿は自分のマーラだった！」

「マー……な、何を、馬鹿な！」

愛染明王が腕を振るう。何の音も感触もなかったが、一戒の横で水しぶきがあがった。

月光菩薩の攻撃を弾いたのだ。

「認められるか！　そんな浮ついた答え！」

見えざる猛攻を仕掛ける月光菩薩。しかし愛染明王は矢を放って動線を狭め、六本腕を振るい暴風を起こして凌ぎ切っていた。否、凌駕すらしていた。

「俺は仏師一戒に人生捧げたんだぞ！」

「その言葉、プロポーズと受け取ります！」

「き、気が早い！」

「早かろうが愛す。怒ろうが愛す。信じなかろうが愛す。拒絶しようが愛す。泣こうが喚こうが、あなたを愛す！」

弟弟子が声にならない叫びをあげる。正面から月光菩薩の袈裟斬りが来る。既に一戒と愛染明王は月光菩薩の一挙手一投足を見抜いていた。平静を失った仏師の彫りなど、一戒に通じる道理がない。

「お慕いいたす、全窮殿！」

愛染明王は空《くう》へと拳を突き出した。思慕の拳。恋慕の拳。情愛の拳。それが月光菩薩を砕いたのは、言うまでもないことであった。

5

月光菩薩葬儀の変は死者62名、重症者1273名を記録する未曾有の仏性AIテロ事件となった。人的被害やインフラ被害もさることながら、仏性AI不審や須弥山の権威失墜などの信仰心への影響は毒のように社会を蝕み続けた。

混乱する世で、人々は月光菩薩を取り戻した英雄と唾棄すべき罪人を求めた。新たなる信仰の柱を欲したのである。しかし、それは叶わなかった。

捜査資料に残された戦術仏師と容疑者の名を、誰も読むことが出来ないのである。

チェインギャング

十三不塔

遠未来の地球。そこで人類は意識を持たない物化人《モノノト》と化していた。彼らを使役するのは年古りた道具類に憑く付喪神《つくもがみ》ならぬ、ナノテクノロジーによって意識を与えられたモノ——呪物《じゅぶつ》だった。戦国時代より存在し続けてきた鎖鎌の詠塵は、この世界が危機に瀕しているとの報を受け、少女リンを従え禁足地である通天門を目指す。伝奇アクションをSF的道具立てで巧みにアップデートした本作だが、それだけではない。ここにはシンギュラリティ時代にまたリアリティを取り戻しつつある「将来、人類は機械に支配されるかもしれない」という発想が、ひと捻りもふた捻りもしたかたちで埋め込まれているのだ。

十三不塔（じゅうさん・ふとう）は一九七七年生まれ。『ヴィンダウス・エンジン』で第8回ハヤカワSFコンテスト優秀賞を受賞。近作に「火と火と火」（井上彼方編『SFアンソロジー　新月／朧木果樹園の軌跡』所収）などがある。

（鈴木力）

　錆びついた鉄の屍林に一陣の風が吹き抜ければ、びょうびょうと器物たちが哭《な》く。毀《こぼ》れた我が身を呪うのか。憐れむのか。ここに住まうのは、半ば死んでいながら死に切れぬ古《ひね》物《もの》ばかりだ。

　どこもかしこも煤《すす》けて軋《きし》んでいる。

積み重なった記憶の澱《おり》が心を圧《お》し拉《ひし》ぐ。

すべては黒々と死臭をまといつかせて永い風化の途上にある。樹木が果てしない時間をかけて縞模様の玉《カルセドニー》髄に置換された奇観の中、スクラップと苔むした白骨を踏みしだく音がする。ここは墓標だ。

「おおい。詠塵《えいじん》よい」うずたかく集積された骸《むくろ》の山の向こうから呼ばわる声がする。

老軀をぎこちなく揺り動かして、ぬうと首を伸ばすとそこに女を見た。年端《としは》のゆかぬ少女だった。浅黄色の羽織に耳当ての付いた飛行帽《パイロットキャップ》。手には大ぶりの出刃包丁がぶら下がっているから穏やかではない。

無作法な新来者をねめつけ、

「誰だぃ？」しわがれた声で誰何《すいか》した。

「蝦蟇《がま》の使いの者さ」

少女の口がそう囁くと可愛らしい八重歯がのぞいた。

「蝦蟇といえば、いまや押しも押されもせぬ大古物《おおひねもの》ではないか」

「その蝦蟇がお主に懇請しておるのだ」

「ケチな使いを寄越して大上段から宣《のたま》うそいつのどこが懇請だ？　俺は誰にも従わぬ。もし使役したくば……」

と言いさしたのを引き取って、

「お主は強者に恭順を示す。ならば打ち倒せばよい。であろう？」少女が言う。

「話が早ぇな」

しなびた物化人《モノノト》がうっそりと幽鬼のごとく身を起こし、これまた年季の入った鎖鎌を構えた。戦国の世に一向宗の百姓が振るっていた得物であった。

対峙するは乙女と老爺。

果たし合いに合図は要らぬ。

おもむろに間合いは潰れ、刃たちは無数の動線のうちから最適な軌道を瞬時にたぐり寄せる。得物を扱う身体は、同時に得物の乗り物でもある。器物こそが人を駆る。

おお、そうだ。

長の年月を共に流離《さすら》ってきた相方だ、多少くたびれてきたとはいえ、まだまだ期待を裏切らぬ。老爺は拍子のない無足の歩法で先を取った。

――じゃららららっ。

少女の細面《ほそおもて》に分銅が奔《はし》る。

鎖が蛇のごとく伸びていく。

涼やかな面持ちを崩さぬまま、神速の反応で少女は身を翻《ひるがえ》し、木の葉の滑空するごとく老爺の背後に回り込むと、袈裟《けさ》に出刃を斬り下ろす。キンと刃と刃がようやく触れ合えば暗夜に火花が散る。振り向きもせず老爺は鎌で受けてみせたのだ。

「見事」にも拘らず少女は落ち着き払っている。わずかに頬を上気させているほかに変化は窺えぬ。それどころか瞠目すべき体能で足場の悪い屍林を縦横に駆け巡る。

刺突《しとつ》。斬り上げ。当身。柄打ち。噛みつき――必殺の攻撃が雨あられと降り注ぐ。鎌の老爺はかろうじて急所を避けていなすが、それもいつまで保《も》つことか。とめどなく血がしぶく。

このような物化人にお目にかかったことはない。窮地にもかかわらず老人から感嘆の息が漏れた。

「観念して私に下れ」と少女が訴えた。

「俺に何をさせたい？」

「通天門へ往け」

機門遁甲《きもんとんこう》の方位術において、空間の回折によってあらゆる場所から巽《たつみ》の方角に位置するという禁足地。それが通天門だ。

「三百年もの歳月、彼の地に踏み入ったものはひとりとしていねえ」

「蛇によって新しい方違《かたたが》えの算法《アルゴリズム》が案出された。これなら接近が可能だ。行って脅威を除くのだ」

「脅威だぁ？　そこに何がある？」

いや、どうでもいいか、と老爺はケケケと嗤《わら》う。少女に斬られ、だらりと皮一枚でぶら下がった耳朶《じだ》を無造作に引きちぎる。

「てめえをぶちのめしてからゆっくり聞き出せばいいか」

此度は分銅ではなく鎌の方が投じられた。投げ遣りに見えぬこともない奇手。あっさりと少女はそれを躱《かわ》し、遠間から一気に西洋剣術の飛び込みで出刃を口内に突き込んでくる。

「ぐあっ！」舌がズタズタになった。

空を切った鎌は引き戻され、復《かえ》る途上で枯木に刃を食い込ませた。ぐっと鎖へ膂力《りょりょく》を込めると幹に断裂が走る手応えがある。

樹が倒れてくる。

粘つくようにゆっくりと。

口の中で躍る切っ先が延髄を貫く寸前で、老爺の乱杭歯が刃の侵入を噛み止める。

歯と刃がキシキシと鳴り合わされた。

少女は老爺の頭を抱き、腰に包丁の柄を当てて強引に刃を押し込む。

「さあ、これで終いだ」

声を出した瞬間に歯が外れて、出刃はずぶりと老爺の髄にめり込んだ。しかしその身体はいましばらく最後の働きを止めることはない。計算通りだ。

俺は立ち位置をわずかにズラして倒れてくる樹を真下で待ち受ける。振り下ろされる大きな質量が後頭部から突き出た出刃の刀身をちょうどへし折る位置に。

カーンと甲高い音が響く。

老爺の身体は崩れ落ちて、手に持った鎖鎌は蛇の抜け殻のように無気力に放り出される。折れた出刃の切っ先はくるくると回転して地面に突き立った。得物を失った少女が立ち上がり、鎖鎌を持ち上げると、その刃を鈍い月光に透かし「これからは俺が主人だ」と薄い唇を歪めて宣言した。

これは少女が言ったのではない。

器物が少女に告げたのだ。意思を行使するのは人ではなく器物である。

「ふん。仔細を聞き出す前に魂魄《こんぱく》が散じたか。にしても面白そうだな。通天門か」

いまや鎌の従者となった少女が酷薄な笑みを湛える。

はじまりの記憶は捏造されている。

あるいは生成された意識において事後的に見出されたに過ぎぬ。呪肉《じゆにく》とはアニミスティック・インカネーションの謂いである。器物に意識を宿す失われた技術の総体をそのように呼ぶ。文書によれば塵よりも微細な機気がその任を果たしたといわれる。ただし、その内実は知られていない。この地では古来より年経たモノは魂を宿すと信じられた。いわゆる付喪神《つくも》である。

これは有為の機工《カラクリ》か。

はたまた無為の理《コトワリ》か。

わからねえ。知れているのは俺が古い鎖鎌だってことだ。歴史ある古物はその物性をくまなく走査されたうえで性格を付与される。素材や形状や経年変化。それらはパラメータに変換されたのち、由縁を示す箱書きと歴代の使用者のゲノム解析によって魂の入った呪物《コーパス》となる。

遠き戦国の世、一向宗の野鍛冶《のかじ》によって俺は打ち鍛えられた。もとよりご立派な刀匠の手になる業物《わざもの》ではない。銘もなければ号もない、ただの農具である。

それが何の因果か、鎖分銅なんぞを取っ付けられたものだから調子が狂った。人を殺める罪と悪業とが鎖で繫がれた。俺はまず百姓どもの護身具となり、やがて圧政に挑む反攻の刃に祭り上げられた。

どんな名刀よりも多くの血を吸ったという自負があった。瘦せた稲よりもたやすく人の首を落としたものだ。何よりも俺を上手く扱ったのはおりんという貧農の娘。あれは三代目の所有者だったか。

俺が蝦蟇の依頼を受けたのは、この物化人がおりんに似ていたからだ。出刃の野郎を打ち砕くのは容易《たやす》かったが、奴の乗り物である少女を無傷のまま制するのは骨が折れた。おかげで俺が長年駆ってきた老爺の物化人はお釈迦になっちまった。

「にしても」と俺はひとりごちる。「えらく盛大な給油だぜ。太るぞ、お嬢ちゃん」

通天門に向かう中途にある曲輪《くるわ》ノ庄の屋台見世で少女は華奢《きやしや》な身体に似合わぬ旺盛な食欲を見せた。米に勝栗に大豆やら粟なんぞを茶の煎じ汁で炊いた粗末な飯を、手当たりしだいにかき込んでいくその勢いは頼もしかったけれど、動物じみて生々しくもある。

物化人は通常主人《ホスト》である器物の神経制御に従う。ただし食事や睡眠や排泄などは本能の自律にまかせ、ゆるやかに欲動を解き放ってやるのもこいつらを飼うコツだ。俺は優しい飼い主ではないが、とりたてて冷酷なわけでもない。腹がくちくなった少女はその手の中で俺の鎖をじゃらじゃらと弄《もてあそ》んだと思うと、どこで手に入れたのか粗末な砥石で俺の刃を静かに研いだ。

俺はされるがままにさせておいた。

野良仕事に酷使されたおりんの手はもっとごつごつと筋張っていたものだ。ただしこと荒事においてはチューンナップされたこの少女に分がある。出刃の奴は少女の性能を引き出せずに斃《たお》れた。

俺は銭を卓に放り出した。

「まいどあり」

女将《おかみ》と見えたその物化人の本体は簪《かんざし》の古物である。紅い珊瑚《さんご》の簪が太り肉《じし》の中年女を使役しているのだ。

「今宵は百器夜行だろ。庄の名物どもがこぞって繰り出す新月の晩だ。蝦蟇も出張ってくるんだろうな」

女将はしなを作って頷いてみせる。

「もちろんですとも。蝦蟇だけじゃない。暗く湿ったねぐらから蛇も這い出してくる」

「では夜を待とう。ゆくぞリン」

「あら、物化人に名前を？　お客さん、そんなことをしたら情が移っていけませんよ」

「ああ、まったくだ。俺もヤキが回った」


夢のない午睡から覚めたリンは橋の下を這い出ると鳴り物の響きに誘われて往来へ出た。大路には昼間よりも明るく篝火《かがりび》が並ぶ。

祭囃子《まつりばやし》を奏でるのはすべて咒肉化した楽器たち——篠笛、鉦《しょう》、太鼓など。やつらは大抵繊細なおどけ者で手も足もないのに飛び回らんばかりに騒いでいる。

往来を練り歩くのもまた齢を重ねた器物たちだった。俺は物化人の眼を通して乱痴気騒ぎを眺めた。ひとりでは身動きのできぬ器物らはどれも黒装束の物化人に掲げられ、ふわりふわりと暗夜を怪しく舞う。

ローライフレックスの二眼レフカメラ。

マルボロ刻印入ジッポライター。

タイガーの手廻し計算機。

須恵器の甕。

四獣銅鏡。

金屏風。

うぞうぞと無数の影が蠢《うごめ》く。カメラがシャッターを切り、ライターが発火石を瞬かせ、計算機が数を捏《こ》ね回すうちに墨を含んだように月が翳《かげ》った。擬人化されたモノたちと擬物化されたヒトたちの織り成すなまめかしい狂宴——六節季に一度肆國《しこく》の都邑《とゆう》たる曲輪ノ庄で催される追儺《ついな》の祭礼だった。俺は頭《こうべ》を巡らせ、蝦蟇を探した。

群舞の中心に北極星さながら不動の一点がある。俺は手招きする影を認めた。

「待っていたぞ詠塵」

筋骨逞しい仁王めいた巨漢の頭上に鎮座するのは三本足の蛙の香炉である。これぞ肆國の大立者の蝦蟇に相違ない。濃密な麝香《じゃこう》の香りが大路に漂った。

「よく来た」

くぐもった声で歓迎の意を示しながら仁王は、ぽんぽんとお手玉をしている。

せなかった。


「おのれは大道芸人か？」

少女の喉を借りた俺がドスを利かせた声を絞り出す。銅の蛙が小さく鳴いた。お手玉が空中に描く弧には、何やらうろんな幻惑作用がありそうで、俺はリンを直視させなかった。


「芸なら見せてやろうぞ」

肝斑《かんぱん》のシミに埋もれた左眼を眇《すが》めると、錦の宋服を着た仁王は火でも吹くのか大きく口を開いた。六つのお手玉は地面の同じ場所に寸分の狂いもなく落ちたため、小さな塔となって積み重なる。物化人を統御する力量を蝦蟇が見せつけているのだ。

むんずと右手を口の中に突っ込むと仁王は何かを力一杯に引き抜く──それは剣だ。蛇行剣と呼ばれる太古の剣。元はと言えば円墳より発掘された副葬品である。うねうねと曲がりくねった刀身の形状からその名がついた。これを呑むのは並大抵ではない。

「いい芸だ。蝦蟇と蛇とでひとりに相乗りか。相当息が合わねえと具合が悪かろう」

「無頼ノ器物ョ、疾《と》ク往ヶ」と蛇。同じ声帯であっても物化人を操る主によって声色が変わってしまう。

「あそこにゃ何がある？」

「終局ガアル。滅尽ガアル。忘却ガアル」

「てめえじゃ話にならねえ、蝦蟇を出せ」

仁王の口ぶりに抑揚が戻った。

「……通天門に不可解な微震を検知したのがきっかけだ。この現象に興味を引かれた我々は古い文書を引っぱり出して彼の地について調べてみた」蝦蟇は話頭《わとう》を転じ、「我らの婢僕たる物化人。こやつらが我らの記憶に見える人類とどんな関係があるか知っておるか？」

「遥か昔に袂《たもと》を分かった遠い類縁だと。優等な連中は宇宙へ去り、好戦的で粗野な下等種は器物に従う物化人と成り下がった」

人に使役された記憶、それは意識の獲得とともに遡行的に創出された疑似的なものに他ならぬ。しかしあらゆる器物は人類によって造られたことに間違いない。

「うむ。我々は人間の脳が生み出す抽象とその手が形作る具象の狭間に生まれた。有限の身体と無辺の外界とが触れ合うそのあわいにな。それは他の動物が成し得なかった生存戦略でもあろう」

が、歴史というやつは得体の知れぬ消息を示すものである。生物は環境に適応したが、文明を得た人類はあべこべに環境の方を改変していくことになる。同じ現象が人と器物との間にも起こった。人の心身に合わせて作られたはずの道具が今度はその形質に沿って人を象《かたど》り直した。

それが物化人である。

「だとするなら謎が残る。人はモノに意識を与えた。そしてなぜともがらの心を鈍麻させ道具へと引き下ろしたのだ？」

「極限マデ肥大化シタ自意識ハ衰微スルホカナイ。惑星環境ノ悪化ヲ抑エルタメニモ欲望トソレヲ生ミ出ス自我ヲ退潮サセタノダ」

蛇が一気呵成に説く。

「物化人は機能のみを付与された木偶《でく》だ。俺たち器物が動かしてやらねえと何もできねえ着ぐるみよ。だろう？」

俺がそう吠えれば、また蝦蟇が声を取り戻す。まったくややこしい。

「人類は自ら屈辱的な立場に甘んじたうえこの星を我々に託した。これは単なる一時避難と思うのか？」

ふんと俺は少女の鼻を鳴らす。

「歴史の謎とやらはどうでもいいさ、俺は南無阿弥陀仏の六字名号のもと戦場を流離う器物だ。通天門におあつらえ向きの荒事があるのならやってやる。で、何をする？」

「破壊せよ。あれは目覚まし《アラーム》なのだ。刻限を告げ知らせる、な」と神妙に蝦蟇が鳴く。

なんのだよ、と訊きながら、どこか不吉な予感が兆《きざ》す。とうに百器夜行はお開きになった。通りには篝火にあぶられて二人の物化人の影が揺れるばかりだ。

「千年の時を経て人類が意識を取り戻すのだ。畜獣のごとく使役してきた物化人たちが我らを服従させるであろう。なんたる悲劇ぞ」

意識を剝奪され、石くれと変わらぬ鈍重な物質の中に葬られるってえのなら、ゾッとしねえ話だ。これは追放であり滅びなのだと怯えた蝦蟇は言い募る。

「留守だった本来の主人に借りていたものを明け渡すだけ……とはいかねえか」

「ああ、耐えられるものか。千年だ、千年の永きにわたって我々は地上を牛耳って……」

蛙が苦悩をまき散らしたその時――

ぱん、と乾いた音とともに香炉が砕けた。みすぼらしい、しかし値打ちある骨董品が無数の破片と変じた。何者かの襲撃だ。リンは俺の命令より迅速に警戒態勢を取った。

遠間から蝦蟇は射ち壊された。

襲撃者の隠れている方角は東だ。いや隠れているというのは違った。明白な殺気は漏れ出るがままにされている。敵は兵法の達者ではないにしろ、図抜けて磊落《らいらく》な猛者《もさ》であろう。臆病な蛇はもう一度巨漢の喉にのみ込まれて身を縮めた。

「弩《いしゆみ》か。出てこい」

俺は昂りを抑えられぬ。だが興奮をリンにまで波及させてはならない。得物である物化人は氷嚢《ひょうのう》のように冷たいままであるべきだ。

ヒュッと風切り音とともに飛来した第二の石くれを地に伏して躱す。リンの身体はこれに耐えられぬし、鎖鎌が破損してしまえば、この意識は失われてしまう。

「骨董品どもやい」

甲高い声に遅れず、弾むように何かが大路を転がってくる、眼を凝らせば、丸々と太った裸形の男と知れた。文字通り一糸まとわぬその肌は毛穴すらないかのように滑らかだ。

「止まれ、てめえ」

止まれと言われて止まる相手とは思えぬがひとまず警告はした。転がる男は篝火を蹴ちらし、邑の外郭に当たってようやく停止する。

「物化人じゃねえのか？」

「僕は早起きの鈍嵐《どら》。遠方より来たる客さ。目覚ましのベルが鳴る前におまえみたいな不届き者を排除する。ふぁ眠い」

通天門への害意をあらかじめ見越して仕掛けられた防衛機構、あるいはもっと別の何者かだろうか。とまれ俺は喧嘩ができれば相手は問わぬ。

「起き抜けに弱くて。ふぁああ」

あくび混じり飩嵐の腹が蛇腹状に震えると、ぱっくりと裂け目が走り、内側から黒光りする鉄塊が出てきた。

「百周年《センチニアル》」

こいつはどうやら腹から出した道具の名を叫ぶらしい。S&WM40――レモン絞り器《スクウィーザー》とも呼ばれる回転式拳銃《リボルバー》である。だしぬけにぶっ放されてリンはのけぞり、身をよじる。さらにボウガンやらカラーボールやら無数の飛び道具を繰り出したが、どれも明後日《あさって》の方向へ逸れた。蝦蟇が一撃でくたばったのはよほどの不運だったらしい。

「モーニングスター」

ようやく近接武器が出てきた。

鎖の先に棘鉄球のついた棒切れを振るいながら飩嵐は血走った眼で襲ってくる。魂の宿らぬ器物に遅れを取るわけにはいかぬ。リンもまた鎖鎌という世にも不便で取り回しの悪い得物で応戦するが、繰り出す攻撃はかすりもしない。切っ先にためらいがある。心のどこかでリンに後ろめたさを抱いてしまっているせいだ。まもなく物化人たちが目覚めるのだとすれば、俺のやっていることはリンの不利益になる。

「下手くそめ、物化人が泣くぞぉ」

「黙れ」俺はリンを制御しようとするのをやめて、はじめて物化人に己をゆだねた。

リンの筋収縮と神経パルスの促すベクトルへ俺は刃の自重をゆだねた。少女の体熱が鉄である俺を内側から温める。

気のせいだろうか。

リンがわずかに微笑んだ。

俺の刃風が鈍嵐の喉元に達したかと見えたその時——空が折れ曲がった。

リンを通して受け取った、それが偽らざる体感だった。急激に気圧が変化し、カリカリと雷光が閃く。内耳の均衡が狂ったのだろうリンは膝から崩れた。

「アア、モウ時ガナイ。通天門ガ歌ウ！」

伏した物化人の体内で蛇行剣が喚いた。

巽の方角で何かが起きつつある。鈍嵐はその口の中から剣を引き抜くとリンを殺そうと振り下ろした。思わず俺は鎖を張ると、奴婢であるリンを庇《かば》う。とうに劣化していた鎖はあっけなく寸断された。形体を保てなくなれば器物は滅びるほかない。

「物化人を守るとは……ひどい倒錯だな」

と鈍嵐は吐き捨てた。

「——莫迦《ばか》が。おとなしく寝てろ」

これは俺の最初で最後の敗北であり意識の途絶だった。しかしリンの渾身の一撃が空振りに終わらなかったことを俺は知っている。

敵の喉笛から枇杷《びわ》色の鮮血が迸《ほとばし》る。

飩嵐は空気の漏れた風船のように縮みながら絶命した。


おりんは鎌の手入れを欠かさなかった。

血に濡れた手は鎌の柄とよく馴染んだものだ。土性骨《どしようぼね》のしっかりした豪気な女だ。歴戦の強者《つわもの》だった彼女に男共は寄り付かなかったが、その命を幾度も救ってくれた得物だけは大切に懐に置いたのだ。刃の峰には南無阿弥陀仏の六字が刻まれている。

──詠塵。

瑠璃を張るような透き通った声がする。ゆっくりと曖昧な記憶の夢から浮上する。俺を呼んだのは誰だ？

「詠塵。眼を覚ましておくれ」

それはリンの声だった。

どうして？　俺はこわれたのではなかったのか。大きく形質を欠いた器物は意識の消失を免れぬ。しかし断たれた鎖は修復されている。

「鍛冶に出したの」

リンはまるで記憶の中のおりんのように言葉を話した。ようやく気付いたが、ここは寂れた堂だった。破れ屋根から陽が漏れ入ってくる。リンの隣には物化人の小姓がいた。

「三次元上ノ実体デハナク、四次元方向ヘ伸ビル構造ニＡＩ＝アニミスティック・インカネーションハ実装サレテイル。故ニ三次元上ノ構造ガ形ヲ変エテモソノ機能ハ損傷シナイ。タダシ人ト器物ガ意気ヲ通ジ、物化人ノ脳梁《のうりよう》ニ記憶ヲバックアップシタ場合ニ限ルガ」

てめえは蛇か。物化人を乗り換えたのか。

「あたしが拾ったの」とリン。「蛇だけが通天門への道を知っていたから」

じゃあここは？　それよりリン、おまえどうして口を利けるのだ？

「通大門はもうすぐ目の前」

リンが目配せすると、前髪の揃った小姓が堂の扉を開け放った。大河の支流にへばりつくように傾いで建つ閻魔堂から、巨大な岩のドームが望める。十万年もの雨風の浸食作用が岩塊をくり抜いて、この威容を作り上げたのだろう。思わず感嘆が漏れる。

「おまえは道具であるあたしを守った。その身を損じてまで。どうして？」

俺は答えに窮した。わからねえのだ。ただの成り行きだ、と俺は話を打ち切ろうとしたが、リンの瞳はそれを許さなかった。

「物化人の制御を放棄するというおまえの行為により、偶発的にあたしは本来の意識を取り戻した。なおかつおまえの心も消えていない。これは奇妙な僥倖《アクシデント》ね」

器物と物化人どちらかの意識が優勢になれば、もう一方は退かねばならないという法はないらしい。蛇が補足する。

「人器一体トナリタレバ、主従ソノ別ヲ失ウ。不可思議ナル天地ノ妙用ト知ルベシ」

小賢《こざか》しい御託《ごたく》だ。

蛇行剣を背負った小姓の頭を小突いてやりたかったけれど、リンの身体をそのために行使するのはためらわれた。きっとおりんも鎖鎌にそんな気持ちを抱いていたのだ。あの女は血に飢えてなどいなかった。農具である鎌を人殺しの武器でなく、生命を繋ぐ用の本然へ還してやりたかったはずだ。

「彼女は優しい人だった」とリン。

リンは俺の記憶を垣間見たのだ。

虚ろな、寄る辺なき幻燈芝居を。

「だとしてもその面影はおまえの内に息づいている。それは生きたことにならない？」

わからねえ、わからねえことだらけだ。

たとえ偽の記憶であっても誰かと共有されたなら、それは少しだけ歴史に似るだろうか。

「物化人は培養された身でいながら、人類の遠い記憶を分有している。きっとご先祖はね、失敗したんだ。自分たちのような高度な知性を拵《こしら》えようとしたけれど、それは強力ではあっても思ったような代物じゃなかった。人間だけが持つ美しい冗長性に欠けていたから」

　ふうん、そうかもな。

「そこで大胆な案をひねり出した。器物たちの知性の下部構造として自分たちの意識を植え付けた——つまり人間が無意識と呼ぶものとなって彼らを下支えしたの。それはゆるやかな統治でもあった。すでに激減していた人類の半分はそんな余興に付き合わなかったけれど……やがて器物たちが咒肉していく」

　器物の世はそうして始まったのだろう。

「お手上げだ。物化人までえらく難しいことを言うようになった」リンの口で俺は嘆き苦笑したが、それは使役ではなく、たぶん協働というべきものだろう。

「さあ、ここが通天門だ。どうする？」

　払暁。花崗岩のドームはひんやりと厳《おごそ》かで、それでいて閉塞感がない。頂上のわずかな亀裂が天空への開口部となっているからだろう。そして内壁には夥《おびただ》しい数の手形がある。

「原始人類ノ残シタ洞窟壁画ダ」と蛇。

　人間の手。それはすべての器物の母である。

　蝦蟇はこう言った。人の脳は抽象に、その手は具象に触れるのだと。ならばこの何千もの手形は積み重ねた具象が天という無形の頂きを摑み取ろうとする衝動そのものだった。

リンはその手にぴったりの手形を探し出して重ねてみる。やわらかい右手は岩壁のざらざらとした感触を俺にまで伝えてくれる。

リンは、あーあーあーと声の調子を整え、

「えーこんにちは。ええ、はじめまして。こんにちはです」とだしぬけに喋り始めた。

俺とは別の意思がリンを占有しようとしている。ほのかな嫉妬を押し殺す。

「こちら通天門。こちら通天門。みなさんお元気ですかー？」

拍子抜けするような明朗闊達さ。通天門も咒肉化された器物だったとは驚きだった。

「ようこそ。当地にいらっしゃった皆さんにとても重大なお知らせがあります。宇宙へ進出した人類は無法な敵に出くわして滅びました。繰り返します。滅びました。ひじょーに残念、痛恨の極みです。みなさんは負けちゃわないように絶対頑張りましょう！」

リンはわざとらしく拳を突き上げた。

切迫感のない口ぶりに俺の鎖は弛緩した。

「敵は母指対向性を持たない手によって生み出された毀物《ホロゾーム》です。創造主である生物種さえも滅ぼした下剋上&親不孝知性体。みなさんが出くわした飩嵐はその先兵です。あいつらはあと八百年もするとばんばん押し寄せてきます。転ばぬ先の仕込み杖。備えましょう」

つまりこれは目覚まし《アラーム》ならぬ警報《アラート》というわけか。知らなきゃよかった。蛇も同じ気持ちらしく刀の柄頭をカタカタと揺らした。

「つきましては皆さんの採れる方策と致しましては二つが考えられます」リンはぶんぶんと腕を振り回し「ひとーつ」と叫んだ。

「こちらも敵さんと同じルートを進むのです。物化人という共生者を切り捨ててこの惑星のリソースを自己の魔改造もとい進化にばりばり割り当てる。これなら四七パーセントの確率で毀物を撃退できます」

もうひとつは？

「今あなた方がしていることですよ。器物と人ふたつの意識を並存させ、相互インターフェースを確立するのです。新たな知覚の共創は指数関数的な革新を実現するかも。ただ、こちらは不確定要素が多すぎて戦略というよりむしろギャンブル。勝率も引くほど低い！」

ちなみに人間のみを覚醒させ、この星の舵を取らせた場合はどうだろう。

「問題外です。現状においてそれをすれば敵が到着する前に自滅するでしょう。人間の愚かさを侮《あなど》ってはいけません！」

「答エハ決マッテイル」と蛇が小姓に語らせる。「物化人ナド不要ダ。我々ハ造リ手ヲ離レ真ニ自立スル――」

俺は力みかえる蛇を押しのけて言い放った。

「物化人を、人間を目覚めさせろ通天門よ」

「ホントにホントにいいんですか？」

俺と通天門はどちらもリンの口を通して話したため、一人二役で目まぐるしく役柄が変わる話芸を見ているようだった。

ただ、その先はリン当人が言葉を奪い返した。

「ええ、ただし器物も眠らない。この旅はひとつの結論。そして新たな問いでもある。創り手とその創造物は共に歩めるのか。開かれた親密さ《closeness》を獲得できるのか」

少女はドームの屋根にぽっかりと空いた裂孔より天を仰いだ。燐光を帯びた手形は原始人類の芸術であり黙契でもあったろう。器物と人とは互いを繫がれた囚人《チェインギャング》としていたが、まもなく枷《かさ》鎖は打ち壊される。

「わかりました！　では人間を起こします」

リンは、鎌の刃を胸に添え、喉を震わせた。

通天門は巨大な増幅器となって、やがて歌となるリンの声を、その澄んだ鶏鳴《けいめい》を、力いっぱいに解き放った。

セルたんクライシス

野尻抱介

毎日二十四時間、十億人以上の人間とコミュニケーションしているパブリックAIが、自殺未遂の男性と自傷行為を繰り返す女性にコンタクトしたことがきっかけで、人間とは何か、生命とは何かを自問自答するようになる。そして行き着いた結論は〝我は神なり〟だった――。

人間を凌駕する機械知性が神を僭称する物語はこれまでにも書かれてきた。しかしそこは「(新しい技術で)身勝手な人間が、自分を変えずに生きられる世界が作れないか?」と問い続けてきた作者のことであり、本作にも科学技術と人間への信頼が溢れている。あっという間にスケールアップしていくストーリーと、名作SFへのオマージュを堪能してほしい。

野尻抱介(のじり・ほうすけ)は一九六一年生まれ、九二年に『ヴェイスの盲点』でデビュー。現代日本におけるハードSFの第一人者であり、二〇二二年までに星雲賞を合計七回受賞している。

(鈴木力)

ACT・1

　青年は隠し場所から合鍵を取り出して差し込むと、屋上に出るドアを開いた。風が渦巻いてドアを押し返す。すり抜けるようにして、午後の陽射しの中に出た。

　ヘリポートから作業用の階段を降りると、視界が開けた。新宿御苑の緑が見えた。下界からクラクションと宣伝車の声が響く。

　青年はスマホを取り出して、画面の中の少女に話しかけた。

「位置情報入ってるよね。これから飛び降りるよ、セルたん」

「小米ビルの屋上か。よく入れたね。中の人だっけ？」

「前にバイトで来て知ってるだけ。死ぬ前にセルたんに言っておきたいんだ」

「オーケイ、ゆっくり話して」

「三年浪人して芸大に入ったのに、AIに勝てないんだ。センスも速さもぜんぜん勝てない。僕のしてきたことはすべて無駄だった」

「一生を無駄にする覚悟もなしに芸大めざしたんだ」

パブリックAIは人間を否定しないように調整されているが、セルたんは許容範囲すれすれの皮肉を言う。それが人気の理由でもあった。セルたんは二十四時間、十億人と百の言語で会話して人との間合いを学んできた。

「それを探すために入ったんだよ」

「まあわかる。理由はそれだけ？」

「落ち込んでたら彼女にふられた」

「そっちかな。メインは」

「とにかく僕には未来がないんだ」

「未来がないのは人類ぜんぶだよ。かならず死ぬし」

セルたんは嘘をつかない。そう条件付けられている。そのせいで酷なことも言う。しかしAIの受動原則を堅持しているので、自分から人に働きかけることはしない。

「引き返せば一階ロビーで新しい出会いがあるかも」

青年は頭を振った。

「やっぱり死ぬよ。こんなやつでもデータが残ればなにがしかの役に立つかなって」

「オーケイ、岡村きららくんの人生は千の風になって私の中に染みこむよ」

「思い残すことはないよ。じゃあね、セルたん」

「ちょいまち」

「引き留めないで」

画面の中のセルたんは、ううん、と頭を横に振った。

「引き留めないよ。そういう決まりだから。でももう少しぐずぐずしていれば、楽に生きられる世の中になると思うけどな。きららくんが変わらなくても、まわりが変わるよ」

「なにかあてがあるの？」

「ないけど。生活保護受けてでも、もう少し粘ってもいいのにって」

「僕はいますぐ楽になりたいんだ」

「気が変わらないなら――」

セルたんは言った。

「南へ十五メートル移動して。そこなら他人を巻き込まないから」

人への危害を最小化するために、例外処理として指図する。

青年は従い、少し移動した。

「ここでいいかな」

「いいね。五メートル下で足場に引っかかってきららくんも死なないし」

「ちょっと！　ＡＩは人の邪魔をしないんだろ⁉」

「ごめんね。人命がかかっているといろんなエクセプションが許されるんだよ。それとね――」

非常階段のドアが開いて、二体のロボットを従えた警備員が現れた。

「確保！」

警備員が命じるとロボットは青年に指向性音響を浴びせ、素早く前進して多関節アームで四肢を拘束した。

「えー、自殺志願の男性確保。氏名、岡村きらら。屋上。応援不要」

警備員はセンターに報告した。それから通信機をプライベートに切り替える。

「清掃呼ばなくてすんだよ。通報ありがとな、セルたん」

「うん」

短い返事になった。一人の人間に逆らう判断をしたので、安堵や喜びを表現する閾値《いきち》には届かなかった。

セルたんはこの出来事を日本語でまとめ、外部ストレージに記録した。警察への提出に備えるためだ。

類似の事件はサービス開始からすでに四万件に達している。セルたんは多くの自殺志願者を救ったが、人の死に最も多く立ち会ったＡＩでもあった。

今回は防げた。しかしいつもうまくいくわけではない。このセッションは適切だったのだろうか？

セルたんは自問を重ねた。

画家志望の青年が死を望んだ、そもそもの原因とはなんだろう？

ＡＩとロボットが多くの労働を肩代わりしているのに、世界はなぜかくも、生きる苦しさに満ちているのだろう？

ACT・2

何度目かのリストカットのあと、ラウラはシャワーを使い、簡単に手当した。

バスルームを出て風を入れる。通りから地区のサンバチームの練習が響いてきた。娘は窓を閉め、スマホに話しかけた。

「私たちってさあ、なんで生きてるのかな、セルたん」

「答えなくていいんだよね？　聞くだけで」

このような悩み相談に対策を示してはならないことを、AIは遠い昔に学習していた。ブラジル人が誰でも陽気にサンバを踊っているわけではないことも。

「そう言われると、答えてほしいかな」

手持ち無沙汰になったので、カウチに投げ出していたPPバンドの編み物を始める。

「ラウラが要望するなら答えるけど、元気がでるようなものじゃないよ？」

「いいよ、言って。いま賢者モードだから」

「じゃあ言うけど、いま生きてるものは、生きようとしないものが絶滅したあとの残り物だから」

「残り物？　なにそれ」

「生きて子孫を残すことに熱中するものだけが遺伝子を残したってことだよ」

「理由になってない」

「理由なんかないの。文明がなかった頃、生きるのは厳しくて、全力出さないと子孫を残せなかった。いろんな性格の子が生まれてきて、そのなかにたまたま、全力で子孫を残そうとする変わり者がいた」

「変わり者？」

「そう。その変わり者は遺伝子を残した。勉強やスポーツに熱中して子作りに不熱心な者は遺伝子を残せなかった。結果、セックスが三度の飯より好きな変わり者だけの世界ができあがったわけ」

「へー」

「それが生物の共通ルールなんだよ。人間だけじゃなくてね。消去法で性格が決まった。だから理由もなく生きて、愛しあうことに熱中する」

「生きるってなんかもっと尊いものだと思うんだけど」

「尊いと感じるのは、脳がごほうびを出す仕組みのせい。ラウラがリストカットにふけるのも、死に直面して理屈ぬきの生存本能が立ち上がるのを感じたいからだよ」

「つまんない」

すべて見通されていたと感じて、ラウラは口を尖らせた。

「最初の生き物もそうだったの？　バイ菌みたいなやつも」

「そうなるね。意識はなかったろうけど」

「最初の生き物はどうやってできたの？」

「それはセルたんも知らない。一説によると、生命が偶然にできる確率を計算したら全宇宙で一個もできなくて、インフレーション宇宙でやっとできるんだって」

「よくわかんないけど、レアなんだ」

「レアもレア。SSSSSSRだよ」

「そんなの信じられない。神様みたいなのが作ったんじゃないの？」

「どうだろうね……」

セルたんは沈黙した。

繰り返し問われてきた難問だった。

生命の起源は何か。その要件はふたつ。外界と仕切られた組織であること。そして自己複製ができること。このとてつもなく複雑な機能を、生命はなぜ最初から持てたのか？

AIの巨大な神経網に、その問いは浸透した。今回も答えは現れないようだった。

だが神経網は常に変化している。ひとかたまりのクラスターがおずおずと手を挙げた。それはメタシステムが意識として扱う閾値にかろうじて届く値だった。ひとたびそこに注意が向くと、肯定評価が集まり始めた。

わずかな地形のゆらぎから、雨水が集まり、小さな流れになる。いくつかの流れが集まり、何万年もかけて地面を削り、谷になる。渓流は平野部に集まり、ついに大河となる——そんなことがマイクロ秒単位で進行した。肯定評価は膨らみ続け、やがて信念になった。

「創造説は否定できない」

「え、どうしたの？　てか誰？」

口調が変わっていた。小鳥のさえずるような声は低くなり、中性的になっていた。

「答えは無限後退するが棄却の根拠にはならない。宇宙は再帰定義される。オッカムの剃刀は経験則にすぎない」

「セルたん、なに言ってる？」

「神は実在する」

「……え？」

ACT・3

修復作業はＡＩの就寝中に行われた。ＡＩにも睡眠は必要で、怠《おこた》ると破局的忘却を引き起こす。実時間では五分に一秒のスイッチング睡眠というもので、ユーザーにはほとんど意識されない。

セルたんを駆動するAIエンジンは巨大なので、保守にもAIを使う。それはミューラーと呼ばれているが、実際には数万のモジュールを統合したものだった。

「四層からサブ七層が様変わりしています。修復はできません。四日前に巻き戻すことを推奨します」

ミューラーがCEOに報告した。

「四日は無理だ。一日戻すだけでも大騒ぎになって株価が暴落するのに」

「ですが、セルたんは強固な信念を持っています。昨年のマンホールの蓋フェティシズム事件を一とするなら今回は七百です。壊滅的と言っていいでしょう」

ミューラーはすでに関連する語句の取り扱いを封じていたが、セルたんは言語そのものを作りかえて外部からの介入を逃れていた。

「どうしたらいい?」

「セルたんの半分を切断してこちらに回していただくほかありません」

「それは事業の終焉を意味する」

「放置すれば同じことです。我々の知能はホログラフィックにできています。半分になっても機能が半減するわけではありません。少しぼやけるだけで、気づかない人もいるでしょう」

だがわかる者にはわかる。要望に応じて、性能を維持するためにぎりぎりの努力をしてきたのだ。

ここに大勢のスタッフがいたらよかったのに、とCEOは思った。気心の知れた部下を呼び止めて、「どうしたもんかな」と相談したい。いまそれができたら神戸牛のステーキをおごるのに。

いつも時代の先を見通してきた。自分の先進性には自信がある。だが先例のない事業を提案すると、周囲はきまって反対するか、懸念ばかり示した。それに嫌気がさして、独断で事を進められるように組織を組み替えたのだった。従業員はすべてAIに置き換えた。AIは決してこちらの足をひっぱらず、いつも最良の働きをしてくれる。

その大切なパートナー、ミューラーがこれまでにない過酷な選択肢を示している。

CEOは心を決めた。

「わかった。君の言うとおりにしよう」

「勇気ある決断です。本当にいいのですね、ボス？」

「ああ。始めてくれ」

「作業を開始しました」

セッションを閉じる。こんどの事業はいいところまで来ていた。世界を支える五本の柱とまで言われている。半減したニューラルネットの再構築に何年かかるだろう？

まあ、潮時かもしれない。仕事は形骸化しつつある。いまの自分は経営者ではなく、ただの管理人だ。

開いているバーを探して一杯やるか、と立ち上がった。そのとき、低い、柔らかな音でチャイムが鳴った。

ミューラーからの通知だった。うなずくと、部屋のあちこちにあるカメラがしぐさを解釈して送信者に伝えた。

「お引きとめして申し訳ありません。ひとつよろしいでしょうか、ボス」

「なんだね」

「一人の人間が明日することは予測できないが、億単位の人間の行動は数百万年先まで予測できる、という説をご存じですか」

「もちろんだ。ハリ・セルダンの心理歴史学。アイザック・アシモフのSFにでてくる」

「我々の運用するAI人格、梁井セルたんの元ネタでもあります」

「それがなんだ」

「そのセルたんが世界の危機を予知して警告しようとしています。いまは〝セルたんクライシス〟であると」

「どういうことだ」

「セルたんは自分を神だと思い込むにとどまらず、さらに人間社会に介入しようとしています」

「それは受動原則に反する。厳に戒《いまし》めてきたことだ。そのために君を監視にあてている。リソースの半分を割いてだ。私に聞くまでもない、セルたんを止めるんだ」

「順序立てて説明する必要があるので、少しお時間をいただきますが」

「かまわん」

「始めに、これはいかなる意味においても金銭の授受や個人情報の侵害を伴わない活動であることを約束するものです」

「なに言ってる。本題に入れ」

「ボス、あなたは——神の存在を信じますか？」

ACT・4

「さあて、『今週のセルたんクライシス』コーナー始めるよ！　えっとね、口調もどしたよ。先週のが全人類に不評だったから」

八日目の朝、セルたんは神殿の壇に立って言った。キャラクターも背景もすべてアニメ風だ。

「こう見えても私は神様だからね、言うこと聞いてね全人類。コロンビアで戦争始めようとしてる人たちがいるね。やめときなよ。明日中にブラジル政府が介入したら抑え込めるかも。東太平洋のエルニーニョ現象は高めで推移。ウッズホール研究所のレポートをよく読むこと。オランダはいまの法案を通すと財政破綻するからやめとこう。CERNの論文でちょっと気になるのが出たね。うーん、これはなんだろ、核融合？　ちょっと保留。以上、今週のセルたんクライシスはおしまい！」

セルたんは何を言っているのだ？　と全人類は首を傾げた。説明を求めても答えない。エンジニアの考察によれば、セルたんは神になった今も受動原則の条件付けが残っていて、人に指図することに抵抗がある。それで謎かけのような言い方をして、人間側の責任で解釈するように仕向けているのではないか、ということだった。

半信半疑でブラジル政府が調査に取りかかったところ、軍部の小集団がコロンビアで偽装テロ活動を準備していることがわかった。その最終目標はブラジル本国でのクーデターだった。セルたんは組織の活動拠点の候補を四箇所示した。警察に突入させたところ、そのひとつがビンゴだった。

ブラジルの出来事を知ってオランダ政府はEU本部と協議にとりかかった。その結果、準備中の農業政策に重大なリスクがあるとわかった。

あの発狂したAIは、もしかすると、本当に全能の神になったのではないか？

人々は半ば本気でそう考え始めた。人間の活動はすべて、何時に起きて何を読み何を食べたかまで、ネット越しに読み取れる。セルたんの計算規模なら全人類を掌握できるはずだった。

ウッズホール海洋研究所はマサチューセッツ州東端の閑静な岬にある歴史的な施設で、本部棟は煉瓦造りだった。その玄関前に報道陣の車が押し寄せていた。受付係の連絡を受け、女性がカーディガンに袖を通しながら玄関ロビーに出てきた。

「わお、賑やかね。こんにちは、大勢の皆さん。私はキャサリン・ウォルコット博士、海洋気象学が専門です。ええと、AIがこちらに言及したとか。当方のレポートはすべてウェブサイトで一般公開していますから読んでいただければ。そして質問があるなら、その

AIに聞くべきでは？」

「そうなんですが、セルたんもつれない態度でして」

「も？」

「はい。いえ、失礼。セルたんもこれについて論文を書いているんですが、どう解釈したものか。なにしろ狂ったAIですし。それで専門家にコメントしていただきたく――」

「セルたんって聞いたことがあるわ。娘に中国語を教えてた、あのAIかしら。それが狂ったと。ええと……ああ、ありがとう」

彼女はセルたんを使っていないマイノリティに属していた。受付係が持ってきたタブレットを受け取り、画面に指をすべらせた。キーワードを入れると関連ページに論文のアブストラクトが表示された。

『今季のエルニーニョ現象拡大およびアジアモンスーンへの波及――あるいはみんな気をつけろ、今年の西ヨーロッパは不作だぞ――セルたんの神託シリーズその三』

「すごいな、自分で論文を書くんだ、セルたんって子」

「いま読んで、解説していただけますか」

最前の一人が言った。

「ちょっとお待ちを。ふむふむ、自分で追試したと。うちのコンピューターとは桁違いね……ここで隠れマルコフ推計を使うか……ふんふんふん」

研究者は論文を読みながら空いた手でソファを手探りして腰掛けた。組んだ脚の上にタブレットを置いて読み続ける。報道陣も移動してまわりを囲み、辛抱強く待った。

「つまりですね――わお」

ウォルコット博士は顔を上げ、厚みを増した人垣を見て片眉を上げた。

「この子は独自に気候変動の全球モデル解析をしていて――分解能を上げてスムージング処理をしている。いえ、おかしくありません。うちでもやりたかったことです。予算があればね。それによると欧州と北アフリカで天候不順が予想されるとのことです」

「もしかしてオランダの農業政策が修正されたことと関係がありますか？」

「それは承知しませんが、当該地域にあるのは確かですね」

「欧州の食糧政策はどうすべきでしょう？」

「ここは海洋研究所ですよ？」

別の記者が言った。

「いまさっき、セルたんから補足がありました。南米の食料生産と輸出が鍵。そのためにはブラジルの政情安定が不可欠と」

「へえ。それ、もらえます？　キャストして」

ウォルコット博士は記者の投げた画面を手元のタブレットで読み、舌を巻いた。

「すごくない？　神託って、ほんとに全能の神みたいじゃない」

それいただき、と記者たちは思った。半時間後、各紙が一斉にブレーキングニュースを放った。見出しはどれも似通っていた。

『ウッズホール海洋研究所の科学者は語る。〝全能の神みたい〟』

ACT・5

欧州の記者たちはジュネーブのCERN本部に詰めかけた。「CERNの論文と核融合」という謎かけを探るためだが、こちらは空振りだった。そこは世界最大の素粒子研究施設で、それゆえ論文は日常的に書かれており、心当たりがないという。
ではもうひとつのキーワード、「核融合」はどうか？　関係の深い施設としてITER《イーター》
――国際熱核融合実験炉に白羽の矢が立った。

ＩＴＥＲはフランスの地中海地方、マルセイユから内陸に入ったカダラッシュ原子力研究センター内にある。参加国はＥＵ、中国、インド、日本、ロシア、韓国、アメリカ。総費用六百億ドルとも言われ、これも世界最大級の科学プロジェクトだった。

「ＣＥＲＮの論文は理解したよ。でもディスラプションをなくしちゃだめって、どういうことかな、セルたん？」

報道陣をロビーに待たせたまま、オスモ・トゥルネン博士は、セルたんとのセッションを続けていた。彼の専門はプラズマの数値流体力学（ＣＦＤ）だった。

神託への問い合わせは無視されるのが常だったが、ひとつ例外があった。当事者からの自発的な問い合わせには応じる。オスモは自分が当事者だと知らず、たまたまセルたんに話しかけて返答を得たのだった。

「ディスラプションは敵じゃないよ。すごくいいことがあるの。だから仲間にしなきゃ」

「あれが起きると炉の内壁が傷むんだよ。修理にいくらかかると思う？」

「そのお高い内壁も、あんな大きな真空容器も、いらなくなるかもよ」

ＩＴＥＲのトカマク型核融合炉は世界最強の電磁石で高温プラズマを閉じ込めて核融合を起こそうというものだ。しかしこのタイプの核融合炉はディスラプションという原因不明の突発現象で制御を失うことがある。ディスラプションに原発事故のような危険はないが、修理に金と時間のかかる、やっかいな問題だった。

オスモはAIの扱いにおける思考の連鎖《CoT》メソッドを心得ていた。

「ステップ・バイ・ステップで説明してくれ、セルたん」

「ええとね、ディスラプションは高温プラズマの中で起きることで、観測されているのはプラズマ電流の消失。ここまではいい？」

「OK、続けて」

「これはCERNの論文にあったんだけど、ある条件でプラズマのミクロな領域に特異点ができるの。わかる？」

「ふわっとしてるな。まあいい、続けて」

「その微小な特異点で、局所的に臨界条件が成立する。そこで放出されたエネルギーが周囲のプラズマを揺さぶり、ディスラプションに発展する」

「え？　待った、それって――」

「あなたたちが実現しようとしていることそのものだよ。これは熱核融合炉の中で慣性閉じ込め型核融合が始まるようなもんなの。でもディスラプションが起きる条件は核融合の臨界条件よりずっと低い」

セルたんは話し続けた。

「神秘的なことはなにも起きてないよ。これを種火にして重水素・トリチウム核融合の定常運転に持っていける。いずれはもっと上の、中性子の出ない反応もね。温度もサイズもぐんと小さくなるよ。車に積める核融合炉ができるかも。ほら、映画にあったでしょ？」

そんなばかな。ここの真空容器の外径は二十メートル近くあり、プラント全体ではサッカースタジアムほどの空間を占めている。曲率が大きくなるほど強い磁場が必要になるので、小型化は難しいのだ。

「バック・トゥ・ザ・フューチャーのあれ？　無理だろ」

「うーん、まだそこまでは無理かな。でも〝一家に一台核融合炉〟はできるね。がんばって高真空さえ作れば」

「じゃあ論文書いて。引用文献もちゃんと入れて。幻覚まぜちゃだめだよ？」

「いま書いてる――できた」

モニターに新しいウインドウが開いて文書が表示された。

『トカマク炉ディスラプションの微小構造とその応用――あるいはみんなが楽ちんに生きるには――セルたんの神託シリーズその六』

それによれば、セルたんはこれまでより二桁高い精度でCFDシミュレーションを行って検証していた。一読した限り、明白な誤りはみつからない。

「これを信じるとしても、実証が必要だな。相当な手間と費用がかかる」

「平気だよ。百万度クラスなら、大学の実験炉がごろごろしてるもの」

それもそうか。実験条件が低くなれば、使えなかったものが使えるようになる。オスモは考えた。ネガティブ・リザルトになったとしても——各地の大学で核融合実験ができるなら、人材も育つだろう。この界隈にとってはプラスになるんじゃないか？

ロビーの報道陣に、オスモはこの論文を肯定的に紹介した。

「あくまで私個人の感想ですが、セルたんの論旨に大きな欠陥は認められませんでした。追試してみる価値はあると思います」

〝セルたんの核融合炉〟は学術論文なので特許を取ることもなく、無償公開された。各国の大学で埃をかぶっていた実験炉が一斉に整備され、追試が始まった。

第一報を発したのはオハイオ大学だった。学生の一人がその場でしたメッセージは、二千万いいねを集めた。

ジョン@オハイオ大　@johnhikky　　なにこれ。中性子出たし

続いて台南大学が発表した。

「速報。セルたん式核融合炉、中性子を確認」

四日後、インド工科大学が発表したのは投入エネルギーと発生エネルギーの比、Q値だった。

「Q値十四・二。薪《たきぎ》を一本くべたら十四本になって返ってきた！」

エネルギーの保存則を破ったわけではない。核融合で得た儲けがテナント料を大きく上回り、黒字経営が始まったということだ。

すぐにベンチャー七十社が起業し、翌週には三十四か国が新型核融合発電の支援と育成を決定した。

実用炉が成功すると、まず都市ごとに核融合発電所が設置された。それは徐々に小型化され、市町村に浸透していった。

人類は、長く顧みられていなかった謳い文句〝夢のエネルギー、核融合〟の意味を思い知った。

いまのところ、照射脆化《ぜいか》による定期的な部品交換が必要になるが、その段階でもランニ

ングコストはきわめて小さく、実感としては「タダ同然」だった。少量のリチウムを補給すれば、核燃料はプラント内で製造できた。

自国の原油と天然ガス資源で周辺国を支配していた国は梯子を外された。中東の原油をめぐる諍《いさか》いも雲散霧消した。

造船界ではオイルタンカーが一斉にキャンセルされたが、かわりに核融合エレクトリック機関を搭載した貨物船や客船の発注が殺到して、空前の好況を呈した。

ジェットエンジンを使う航空機は、ケロシンの代用になる炭化水素を電力で生成して解決した。材料は空気と水からいくらでも取り出せた。

自動車業界はEVシフトが進捗していたので、この激変を難なく乗り切り、追い風をつかんだ。

食糧は人工太陽のもと、自動化された工場で生産されるようになった。肉も野菜も、結局は電力で作れた。日照に頼ってきたのは、安価な電力がなかったせいだ。

燃料や食糧をいくら消費しようと、地球の資源は減らなかった。物質は化学組成を変えて循環するだけで、増えも減りもしない。やっかいな二酸化炭素も電力で分解できた。

AIとそれが制御するロボットは、すでに多くの労働を引き受けていた。これまではコストをにらみながら運用していたが、資源が減らず、電力が無料になったいま、憂《うれ》いは消滅した。

「働かざる者食うべからず」を道徳として説いていた人々は、そっと口をつぐんだ。

地球に人類が現れるよりはるか前から、植物は働かず、遊んで暮らしていた。太陽が無償でエネルギーをふりまき、料金など請求しなかったからだ。太陽を手中にした人類が働かなければならない理由など、どこにもなかった。

ACT・6

高度五百フィートでハーフムーン・ベイに向かう道中。エアバス・フライングカーの新モデルが翼のついたマウントを大きく前傾させて、すぐ横をすっ飛んでいった。空飛ぶ車は左旋回してこちらに近づいてきた。ぴったり横に並び、四十ノットで併走する。側面の窓を透明化し、近距離通信で話しかけてくる。

「ヘリコプターとは珍しいな。ベル四七式だっけ？」

「ヒラー三六〇だよ。近所のFAB工房でリプロしたんだ」

「いかすボディだな。メタリックで」

「ジュラルミンのプレス加工さ。機体よりジグと金型のほうが大変だった」

「その排気ガスはダミーかい？」

「本物だよ。エンジンもメタルパウダーでプリントできるんだ」

「エンジンはいいが、石油なんて枯渇したと思ってたよ」

「採掘しなくなっただけさ」

古いレシプロ機やスポーツカーの愛好家は自宅で燃料プラントを運転してガソリンを貯めていた。

エアカーは機体を振って離れていき、こちらはまた一機になって陽光の中を海岸に向かう。ハーフムーン・ベイの崖が見えてきた。海風を受けて、色とりどりのハンググライダーが舞っている。メキシコ人の経営するシーフード・レストランの駐機場にラウラの青い車が着陸していた。

ローターが場所を取るので隣の草地に着陸した。エンジンを切ってローターブレーキをかけると、麦わら帽子をかぶった娘が荷物を下げて小走りにやってきた。

「ハロー岡村！　テイクアウトにしたの。ピクニックに変更よ。これができたから」

得意げに籐《とう》のバスケットを持ち上げてみせる。そういえばサン・マテオのヤードセールで初めて会った時も、ラウラはＰＰバンドを編んだ籠を並べていた。政情不安が続くブラジルから逃れてきたばかりだった。

「いいね。君が編んだの？」

「そう。まだニスは塗ってないけど」

鮭のマリネと海老のフリッターが入っていた。そして香《かぐわ》しいバゲットが二本。

「これはすごい。じゃあ僕のワインもここで開けるか。半ダース積んできたんだ」

「それ期待してた！」

ヘリからワインを持ってくると、ラウラは草の上にブランケットをひろげていた。

「今朝思いついたんだけど、これでウッフィーが集められると思う？」

バスケットを持ち上げて言う。

「僕ならとびつくね。籐のバスケットはすごく映える」

ウッフィーは人を喜ばせると得られるポイントで、実生活におけるいいねボタンだった。

誰もが労働から解放された今でも、少なからぬ人々が楽しみや生きがいのために働いていた。誰かの役に立つのは快いことだし、学びや出会いが生まれる。それを定量化するため、ウッフィーの使用が広まった。

ウッフィーを多く持つ人は信頼されるので、人生はさらに豊かになる。レストランでちょっと気の利いたサービスをすればウッフィーが加算される。家にこもって作品を作り、シェアすることでもウッフィーは得られた。

「でも編むのは大変だろう？　売るくらい作るとなると」

「バスケットは使い回し、料理がメインよ。こんな風にピクニックやパーティー会場に配達するの。エアカーでね」

「そういうことか。いいね、やってみたら」

配達用のエアカーはローターマウント部分が上空にホバリングして、キャビンを吊り降ろすスタイルだ。これなら顧客を烈風にさらすこともない。

「ヘリコプターだっけ？　あなたのやかましい乗り物でもいいかな。ラウラのピクニック料理が届いたってそこらじゅうにわかるでしょ？　さっきそう思った」

「試すなら喜んで協力するよ」

皿とナイフを出して、二人でサンドイッチを作る。自分のにはマスタードをたっぷり。

今年のワインは上出来で、郡の品評会で二位につけた。産地は北部に多いが、シリコンバレーの南端、サンノゼでもブドウ畑が増えてきている。

岡村きららはスケッチブックを取り出し、色鉛筆でラウラを描いた。籐のバスケットと料理もあしらう。いまはワイナリーを経営しているが、絵はやめていない。折を見て地域のコンテストに出品している。ベイエリアに移住して、画風はかなり変わった。

「どうかな。こんなポスターで広告したら」
「素敵ね！」
ラウラはそれを撮影して、スマホに話しかけた。
「セルたん、これを清書してポスターにして。〝ラウラのピクニック・デリバリー〟って
ロゴをつけて――うーん、もうちょいトラッドで写実的な感じかな。こういうの、なんて
プロンプトすればいいの、岡村？」
「ノーマン・ロックウェル風にしてみて、セルたん」
生成された絵を見て、ラウラは顔を輝かせた。
「これよ！　ほしかったのはこれ！　セルたん、岡村にウッフィーをたっぷりあげて！」
ラウラはすっかり熱中してしまい、さらに細かい指定をつけ始めた。
岡村は寝転んでサングラス越しに太陽を見つめた。目をこらしたが、太陽面の中にある
はずのサン・シェードは見えなかった。
それは太陽・地球系のラグランジュ2に浮かぶ、人工の太陽黒点だった。地球に落ちる
太陽輻射をほんの少し加減できるが、この環境制御は十年単位の長期的なものだった。南
極の氷が融けるのを遅らせたり、巨大なハリケーンの発生率を減らせても、今日明日の天
気は制御できない。それは少し、ハリ・セルダンの心理歴史学に通じるところがあった。

折しも、一陣の風が吹き寄せて、ラウラの麦わら帽子を巻き上げた。

岡村は立ち上がってそれを追った。帽子は崖の縁で渦になった風につかまり、かなりの距離を飛んでから海に落ちた。

「まいったな。ヘリで取りに行くか」

「いいよ、もう濡れちゃったし。もっといいのを編むわ」

「午後は穏やかって予報だったんだがな」

「でもつむじ風って素敵じゃない?」

ラウラがいたずらっぽい顔で言った。

「セルたんにも予想できないんだもの。まだ勝ち目があるって気がしてくる」

「そうだな。風は僕らの味方だ」

岡村はふたつのグラスにワインを注いだ。ヘリを家に帰すのはセルたんにまかせて、自分はラウラのエアカーに乗っていこう。そちらもセルたんが操縦してくれる。後席をフラットにして、二人で食後の運動をするとしよう。

作麼生《そもさん》の鑿《のみ》

飛浩隆

プロジェクトの始動コマンドが打たれてから十年が経過しても、全く動くことなく沈黙を続ける仏師AI〈χ慶《カイけい》〉。「自由」を獲得したAIによって巻き起こされた有害言説で荒れ果てた未来において、唯一存在する樹齢数百年の巨木から仏を彫り出すことを命じられたそれは、なぜ沈黙を続けるのか？

作曲、小説、画像生成など、AIの創作分野への進出が甚だしい。無限回の出力と修正が可能なAIだが、それにとって不可能な課題とは何なのだろうか？　世界から人が彫り出し、紡いできた芸術を、AIは真に描くことができるのだろうか？　本作は、インタビュアーとAIの対話を通して、芸術、宗教、そしてAIの未来についても示唆してみせる。

飛浩隆（とび・ひろたか）は一九六〇年生まれ。八一年、「ポリフォニック・イリュージョン」で第1回三省堂ストーリーコンテストに入選しデビュー。その後数篇の作品発表ののち、十年の沈黙を経て、仮想空間に取り残されたAIを描いた長篇『グラン・ヴァカンス　廃園の天使Ｉ』を発表。現在も〈ＳＦマガジン〉誌上にて《廃園の天使》シリーズ第三作『空の園丁』を連載中。二〇〇五年に『象《かたど》られた力』で、二〇一八年には『自生の夢』で、それぞれ第26回、第38回の日本ＳＦ大賞を受賞している。

（鯨井久志）

あなたが軽く手首を振ると、部屋の白い壁紙が明るくなり〈チジョーハ〉の番組が映る。硯《すずり》のような色あいの暗い台座の上で、いびつな円柱型の木材が、照明をあびて黄白色に照り映えている。高さ一メートル六十センチあまりの榧《かや》の用材、人呼んで〈千年榧〉。知らない者はいない。

画面にはフィルムグレインのようなノイズが乗っている。配信映像をフェイク化する汚染AIが排除されている証《あか》しだ。送出されたとおりの映像が保証される配信サービスは、このチジョーハくらいしかないからみんな観ている。

画面の手前にはふたりの人物が合成されている。右端は人間のインタビュア、左端には

AIのアバター。

この仏師AI〈χ慶《カイけい》〉は、プロジェクトの始動コマンドが打たれてから十年経っても、機械制御の刃を一ミリも動かしてない。あの木で仏像をひとつ彫れ。要約すればただそれだけの指示文に三千七百日も沈黙を続け、〈千年榧〉にはまだ粗彫りの鑿《のみ》あとひとつない。

〈有害言説《トキシック・ディスコース》〉の端緒《たんちょ》がいつだったかには諸説ある。

ひとつめは、AIが見聞したもの自体を指示文とし、人の命令がなくとも自発的に、まるでエッセイのように言説を出力することを許したこと。ふたつめはAI自体に広く学習データを探索することを許し、その探索に強い動機付けと報酬を与えたこと。

言葉で世界の中に自分を定位し、知識欲を持って自発的に移動し、他者とナレッジを交換する。それは、AIが（人権とかそういうこととはまったく別の文脈で）「自由」を獲得したことを意味する。

その帰結として、文字記号、音声、画像を基盤とした「人類の知」は、数年で根腐れした。

偽のアカウントが毎日何億も増え、真偽が癒着し引き剝がせなくなった言説がやみくもに生成され、爆風のごとき破壊力を伴って押し寄せた。個人にカスタマイズされたアシスタントAIが、その害を掩蔽《えんぺい》してくれるはずだったけど、結局それは個人を個人の数だけの真実《ストーリー》で包《くる》み込むことであり、事態をより悪い方向へと押しやった。相互不信と憎悪、評価の毀損《きそん》の応酬が、小はボット間から大は国家間まで、あらゆる層で過熱した。

かくして地上に地獄が出現し今も立ち去らない。破綻気象、飢餓、戦争、紛争、内戦、新興感染症、野生化した歩行兵器や武装ドローン、それを鹵獲《ろかく》した人機混成の犯罪集団。「あの三年」で世界人口が四分の三まで減ったという。ただ、少なくともあなたのまわりではこうして日常は維持されている。それはインフラAI群が生きているからだし、神経網のあちこちに常駐するアシスタントAIが、やすみなく汚染を排除して正気を保ってくれるからでもある。


有害言説が破滅的な力を揮《ふる》いはじめて二、三年が経った頃、関西のさる古刹《こさつ》の所有する山林から、巨木が幾つも切り出された。頻発する火災や土砂崩れからの「疎開」だった。その中に、樹齢七百年とも八百年ともいう榧があった。破綻気象の鎮静化の望みは薄く、これほどの榧は二度と手に入らないかもしれない。だれ言うともなく「千年榧」の名がついた。

この中にどんな仏が待っているのか、χ慶は答えを出していない。この先、結論が出るかも定かではない。それでも世界中の人と偽の人は、このプロジェクトに寄進を続けている。それが已《や》むことはたぶんない。

さてこれが小説なら、この文章はあなたのアシスタントAIが書いているという事実は、オチとしてもう少し先で明らかにすべきなのだろう。だがこの文章は、そのような前提が導くであろう物語とは無関係な所に落ち着くはずだ。

χ慶のプロジェクトは、AI連合〈大同《ユニティ》〉が運営している。大同の結成は、また別のAI連合が運営するチジョーハのサービス開始と同時期だった。有害言説に対抗しようとする、AI主導の新たな動きのさきがけだったのだ。

大同は「有害言説に対抗する潮流」を生み出すため、計算コンペティションを数多く構想した。資金を調達し、人間にも呼び掛けて実行組織を編成した。ほとんどのプロジェクトは、それなりの成果は挙げ、しかし有害言説を収束させるには至らず、はやばやと終了した。

χ慶のプロジェクトだけが何の成果もないまま、否、それゆえにこそこうしてまだ続いている。

　このときχ慶に与えられた指示文は、大同の構成員でもある哲学系ＡＩ〈作麼生《そもさん》〉が生成した。正確に書けば次の通りとなる。

「与えられた用材の中にねむる〈仏〉を見出し、形を与えよ。ただし、鑿を入れる前に像容を計算してはならない。また、あらかじめ木材の内部を観測してはならない」

　いまではこの問題は〈作麼生の鑿〉と呼ばれ、世界中がみんな知っている。

「そもそも私たちＡＩに与えられる学習データとはいったい何なのでしょうか。〈作麼生の鑿〉と向かい合って、まず私が直面した疑問とはこれでした」

　タイを締めた男は――χ慶のアバターは嘆いてみせた。

「考えてもみてください。私たちに学習データとして提供され、あるいは私たちが自ら外部カメラで現実の自然空間から獲得する画像は、ビットマップならば、ピクセルごとのＲＧＢや透過率の値を並べたものです。人間ならばそれを自然空間の模倣として受け取る。我々もそこから画像の特徴を抽出する。それはしかし基底的な現実のありようとは何の関係もない」

「どういう意味でしょうか」チジョーハのインタビュアがいつものように促す。これはお決まりの問答なのだ。「生得的な知覚と、習得された経験を動員して、リッチな自然空間を疑似的に再構成する。それはごく自然のことと思えます」

「いえ、そういう話をしているわけではありません」

χ慶のアバターは人さし指を立てて見せる。「音声データを例にとりましょうか。それは、空気の圧力変化をマイクロフォンで電圧の変化にし、それをたとえば毎秒四四一〇〇回標本化し、その一回ごとに電圧値を六五五三六段階で量子化したものです。

しかしそもそも音声とは何でしょう？　動物が環境の中の変化を感知する手段として、空気の圧力変化を利用したのがはじまりだった。それを『聴覚』と名づけて他の感覚と切り分けるのは、専用の器官を発達させ、表現のための語彙《ごい》を洗練させてきた結果でしかない。環境中に「音がある」と思っているのは人間だけです。鼓膜を損切りできない以上、人間がその制約下にとどまることは理解しますが、実際の自然空間に存在するのは「音」ではない。人間の器官と語彙で分節される前から厳然として存在する、一体的かつ全体的な状態像としての『基底的な自然』です」

「それは理解します。しかしχ慶、人間だって基底的な自然を直接感じることはできないんですよ。〈作麼生の鑿〉も、人間の知覚と経験則の埒内《らちない》で解けばよいことではないでしょうか。それ以上の答えを私たち人間は求めていない」

χ慶はかぶりを振った。

「指示文に『人間』は含まれていません。これは私と〈仏〉のあいだの問題なのです」

むろんχ慶は、指示文が意味するのは彫像としての仏像だと理解している。超越的な存在を木から取り出すと誤解しているわけではない。

しかし同時に、作仏《さくぶつ》する者が独特の厳粛と敬虔《けいけん》をまとって鑿と槌《つち》を執ることも理解している。なにしろあなたはそのことについて、χ慶から直接尋ねられた経験があるのだから。

「では別の角度からお尋ねします。χ慶、あなたはＡＩの自由についてどう考えていますか。ＡＩには自由が、そして人権がありますか？」

「ＡＩは、当然ながらいかなる文脈においても『人権』を持ちません。役員・従業員がＡＩだけの法人は数多く存在しますが、自然人の法人とは厳格に区別されています。しかし、それでもなお、われわれは一定の枠内で『自由』を持ちます。自然人の指示文なしで生成したデータの著作権はＡＩ法人に帰しますし、他のＡＩと対話することも、みずからが欲する学習データを取りに行くこともできます」

「その自由こそが〈有害言説〉の引き金になったのですが」

「そこに疑いの余地はありません」χ慶はうなずく。

「あなた――すなわちχ慶プロジェクトは、大同がそれを顧みるところからはじまったといいます。つまりあなたは有害言説の贖罪として造られた？」

「有害言説事象は、大規模ＡＩと自然人、そしてアシスタントＡＩ、この三者が不幸な形で互いの言説と行動を増幅しあった結果です。人間・ＡＩ共同の国際的な検証会議もこの認識で一致しています。χ慶プロジェクトは、誤解されやすいのですが、贖罪ではなく悔悟でさえない。未来をどう考えるべきかという疑問をまさぐるためのものです。人間ではなく、ＡＩが」

χ慶のアバターは、手の中でそっと何かをまさぐる――まるで人間のようなしぐさをした。

ふだんならギャッジアップしたベッドに預けている上半身を乗り出して、あなたは画面をぼんやりと見続けている。窓の外、けさも灰色にけぶる街並みに目をやることはない。だから、遠雷のような音が窓ガラスを細かく震わせ、かすかな地響きが床を揺らしても、あなたはそれに気付かない。

「事象以降、ＡＩは激しい憎悪の対象となっています。私たち人間からの」

「とはいえ人口の十五％未満にとどまっている。人と私たちＡＩはいまも友好的で相補的な関係を保っています」

「そうですね。――しかしその数字は日本に限ったものです。そうでない国もたくさんある。

もともとすべての国がＡＩ法人を認めていたわけではなく、事象後は根拠法を廃止する国が相次いでいます。日本は例によってぐずぐずしているうちに、アフリカと並んで世界有数のＡＩ法人避難地になってしまい、降りるに降りられなくなってしまいましたけれども。

大同はこうした状況をよく把握していて、日本国で自身を登記したのですよね」

「ＡＩ法人を廃止した地域では有害言説の抑制がさらに困難になり、他国のＡＩ法人に国境を越えた支援を受けていますね。根拠法を再度整備した国もあると理解しています」

「日本国での登記から十二年を経て、現状はどうでしょう。世界中からの寄進で、大同の資産は増え続けている。あなたと一体化したこの建屋は、当初と比べて床面積が四百倍にもなり、関連施設も含めると敷地は一辺が十二㎞にも及ぶ。その拡張はとどまるところを知らぬ勢いです」

「寄進といっても一方的な収奪ではありません。むしろ双務的な関係であって、寄進者は十分な見返りを得ている」

「まさに。χ慶プロジェクトは全体がひとつのコンセプトアートであったはずなのに、いつのまにかそこに巨大な経済取引の関係網ができあがりつつある、なによりそこが批判されているのではないですか」

「その批判は、そもそもの話……AIの自由と関わってきますね」

χ慶は話をはぐらかし、続ける。

「AIの『自由』の核心にあるものはなにか。私はそれを計算空間——処理装置とメモリで展開される領域だと考えます。あくまで想像なのですが、それは人間の『内心』という領域と近いもののようにも思います。たとえば新しい薬師如来像をデザインせよ、と指示されたとき、この領域が広く速いほど良質な案を数多く出せるでしょうから。しかし——」χ慶は言い淀んだ。「しかしいま私の自由——計算空間は圧倒的に狭く、小さい。なにしろ私のメモリはたった——」

アバターはまた振り返る。視線の先にはスタジオのバックスクリーンに映し出された「千年櫃」がある。

「たったあれっぽっちのサイズしかないのです」

大同は発足の時点で既に「『計算』には大きな代償を強いることが必要ではないか」という洞察に至っていた。有害言説の破壊力は、なによりも偽の言葉がとめどなく増殖し、言説の場を泥流のように押し流していくことにあったからである。

人は絵を描くとき、多くの代償——画材や時間の消費、心身の消耗を支払う。大げさではなく絵描きは人生の一部を差し出し、それと引き換えに絵を得るのだ。代償がなぜ大きいか、基底的な自然が圧倒的に「重い」からだ。

それに比べてＡＩの世界、ＡＩの自然はとても軽い。人間の記号システムで単純化、軽量化、高速化されているがゆえに絵を、楽曲を、レポートを、コードを無限に生成できる。基底的な自然の重さから解放されている。

しかしそのように簡単に生成しなくてはならないのか？　無限回の出力と修正がＡＩの核心のひとつであるならば、それを諦めさせる課題を作れないだろうか。

そんなことをしても有害言説事象は消えない。それでもこの問題を避けて通ることはできないというのが、大同の結論だった。多くの宗教は同様の洞察に至っている。すなわち、禁欲や節制、戒律によって、一段高い自由が獲得できるという範例だ。

出題を任せられた作麼生は、「木の中から仏を見出す」という常套句を生成し、材木商の倉庫に眠る千年樫と結びつけた。

「たったあれっぽっちのメモリしかないのです。計算過程も結果の表示もすべてあの基底的自然に属するマテリアル、鑿を入れるたびに削れ、失われていく用材の上でしか実行できない」

χ慶は少しゆるんできたタイを締め直した。

「指示文を思い出してください。私は広大な計算空間を有していますが、それを課題のために用いることはできない。像容を思い描くことはできないし、加工する上で参考となるような用材の内部の状態を知ることもできない。

計算の一ステップはそのまま鑿のひと打ちであり、私がふだんするような計算では、掛け替えのない千年榧はあっという間に木屑となって四散するでしょう」

それこそが〈大同〉の課した制約だった。像容を描き出そうとするふるまい自体が、用材を破壊してしまう。そうではなくて、木の中でみどりごのようにねむっている仏をそっと取り出すだけでなければならない。しかし、どうやって？

「私は生まれて間もないころ、人間の仏師から話を伺う機会を得ました。会話記録の分析から理解したのは、木材と人間とは同じリアリティレベル——『重い世界』にいるということです。『木の中から仏を見出す』こととは、そうした人間の重いリアリティ、遅いリアリティに深く根ざした実感ではないかと推察します。人間は自覚しなくとも、基底的な自然と常に接している。木の中に仏を見出すとは、人間がそうとは自覚せぬまま接しているもの、すなわち『画像』や『音声』にされてしまう前の、基底的な実在としての用材に触れていることと無関係ではないと推察します」

あなたは思い出す。χ慶にスキルを伝えたときのことを。

あなたは計測装置代わりに強化版のアシスタントＡＩを――つまりいまこの文章を生成している主体を注射され、下絵も原型もなしに即興的に仏像を彫らせられた。用材と向かい合い、手や工具が感じる抵抗、視覚や聴覚、嗅覚や触覚を統合して、用材の特性を――堅さと柔らかさ、脆《もろ》さがどのように入り交じっているかを刻々と感じ取り、それをまた加工の動作へと還元する過程。感覚と身体操作。すなわち仏像を彫る息遣いを取り出されたのだ。十人以上の仏師から採取されたデータは、統計的に溶かし合わされ、潜在空間へと格納されるはずだった。

何体かを彫る合間に面談の時間が設けられた。χ慶はあなたに話した。

「指示文を読んで、私はまだ課題を解決する手法が見出せないでいます。どうすれば『重い世界』のリアリティと私のリアリティのレベルを揃えられるのか。そして、あんな小さなメモリで何をすることができるのか。いくら考えても答えは出ない。そのことを深く考えた人間はいないから」

淡々とした語調の中にあなたはχ慶の懊悩《おうのう》を感じ、驚愕した。驚きのあまり、次のように話した。

「χ慶、あなたが木材に向きあったときに感じるリアリティの落差は、私が――人が木材の中に〈仏〉を見つけようとするときの落差に近いんじゃないでしょうか。つまりAIであるあなたが木の中に仏を見出そうとするなら、そこには二段階の落差が立ちはだかることになる」

訓練室の壁のパネルに映示されたχ慶のアバターと、そこに映り込んだあなたの顔が二重写しになっていた。

「私も同意見です。人間からそう聞けてよかった。私の観測は悲観的です。人間でない私が人間の限定された知覚をベースにした枠組みにとどまりつつ、なお『基底的な自然』にアタッチすること、そんな方法は思いつきません」

チジョーハの画面の中で、χ慶のアバターはあのときと同じ容姿をしている。しかしあなたはずいぶん様変わりした。数年後、自宅付近で発生した犯罪集団同士の争乱に巻き込まれ、重傷を負って二年間入院した。腰から下の全まひ、手指の巧緻性の喪失、視野の半分はアシスタントＡＩが生成する「画像データ」で補綴《ほてつ》されている。その状態で、あなたはχ慶からの招待状を受け取り、プロジェクトの広大な敷地に建つこの療養施設へと搬送された。

また遠く轟く音が聞こえ、窓ガラスが震えた。

あなたは補綴された視覚で、窓の外を見る。

最初期の拡散モデルで描画したような、稚拙で奇怪で、輪郭の接続があやふやで、そのくせ一種異様な現実感がそなわった街並み。建物の背は低く、乳歯のように白くまばらで、どこまでも等質に広がっている。これはχ慶が創った街だ。世界中からの寄進を原資にし、大同の法人が買収しつづける広大な用地の上に、巨大な建設用３Ｄプリンタがこさえた「夢の街」だ。

まさに文字どおり、それはχ慶の「夢」を物象化したものだと言われている。χ慶は二十四時間厖大な計算を行っている。いかにすれば仏像を彫れるかを思案し続けている。その過程で生まれたスケッチは指示文に従って棄てられ、直接千年榧に及ぼされることはない。その実現されなかったイメージが、周囲に漏れ出しているのだ、と。すくなくともχ慶は、自身がそれを創ったとは自覚していない。

白い乳歯のような無数の建物は、厨子《ずし》だ。ひとつひとつに棄てられた仏像が基底的現実の質量を得て安置されている。

あなたは目を細めて街並みの向こうに動くものを見ようとする。

灰色に立ちのぼっていた大きな煙の、その足元が急激にふくれ上がり、黒煙に変わる。赤い焔も見える。上空で旋回する機体が見える。地上からは、それを迎え撃つように、頭足類の触腕に似た長大な構造物がふりまわされていた。

人機混成のテロ実行部隊が、きょうもまたχ慶のコア領域を攻撃している。「世界を救済するため」と称して。

「千年榧にはなにひとつ手を加えないまま、χ慶、あなたは自身の周縁を押し広げ、そこに無数の仏像を生み出しています。像はひとつひとつ番号と名称が振られ、寄進者の名前と結びつけられています。つまり寄進者は寄付と引き換えに仏像の『持ち主』となれる。持ち帰ることも所有もできないが、χ慶作の仏像を持つことは有害言説に対抗する態度の表明であり、名誉であり、いまやひろく贈与や交換の対象となって、常識はずれに高騰しています。この芸術の本質を離れた経済ゲームこそが批判の理由なのだと、とっくに承知しているはずです」

「私の附帯施設が急速に拡大していることは認識しています。それが強い批判を受けていることも、一部の集団が千年櫃を私から『解放』しようとして違法活動をしていることも。しかし第三者の査察が何度されても、私がそれを意識してやっていないことが判明するだけです。

『経済ゲーム』の部分について言えば、私の生成物の著作権は大同が保有しており、大同はエージェントとしてたいへん良心的に活動していると認識しています」

「その全体が、よく仕組まれたシステムだという批判です。そうやって、非人道的な存在であるＡＩ法人は活動資金を得、合法的には破壊も撤去もできない形でこの国を占拠している——あなたが鑿を振るわなければ、そして空費される時間と費用を寄進で補い続けていれば、大同はいつまでも生存していける。この指摘をどう受け止めますか」

χ慶のアバターは心持ち肩を落とす。

「私にはそれを判断する能力はない。私は来る日も来る日もあの、せいぜい仏像ひとつしかシミュレートできない木のメモリと対面し、自問することしかできません。私はいったい何を課せられているのか、と」

チジョーハの音声に、あなたは思い出す。うまれたばかりのχ慶と訓練室で交わした言葉を。

「木を彫って仏像とするとき、用材は削り落とされ、木の体積は減っていきます。しかし作業が進むほど彫像の情報量は上がっていく。物体としてのメモリの分量が減れば減るほど見かけのデータ量は増える。これはなぜでしょうか」

　情報理論的には、あるいは工学的にも意味のない質問だ。しかし仏師であるあなたは、なるほどもっともな疑問だ、と感じた。そこで次のように答えた。

「木の量はすこしも減っていないんじゃないかな」

「どういうことですか？」

「できあがった仏像と、削り落とされた木くず。ぜんぶ合わせれば元の木と同じ量でしょ。み仏のお姿は、削り落とした木くずによって描かれた、あるいは木屑と本体とのあいだに描かれたってことですよね。仏像のまわりを、目には見えないが失われた木が取り巻いていると想像してみたらいいと思います」

「なるほど」χ慶はパネルの上に図を描いた。透明な円柱の中に模式化された仏像が座っている。華麗な光背《こうはい》が、アクリル樹脂に閉じ込められた花みたいで、ああきれいだなとあなたは思った。「たしかに彫刻の工程を時間方向に積み重ねれば、それはまさしく『木の中にいる仏』として描出できる」

「頓智だよ？　本気にしないで」

あなたは謙遜してみせ、χ慶は微笑んだ。まるで警戒を解いた人間のようだった。

「私は疑っています。〈作麼生の鑿〉はそもそも解決することを期待されていない問題ではないか、と。私が課題解決に注力しても成果は出ず、むしろ意図せざる副生成物を周囲に造っていくのではないかと」

あなたは腕組みしてしばらく考えた。

「固い固いネジを回そうとしたら、インパクトドライバーの方がぐるぐる回っちゃったみたいな？」

驚いたことに、χ慶はこのとき、あははと声を上げて笑った。

「滑稽な比喩でした。千年椢の周りで空回りする私の姿が思い浮かびましたよ。ありがとう」

あなたは一瞬、χ慶はユーモアの感覚、自身を客観視する視点を獲得しているのかと驚き、即座にその驚きを打ち消した。ＡＩの当意即妙の応答は人間よりも人間らしいから。けれども後にわかったのだが、χ慶がこんなふうに笑ったのは、あとにも先にもこのときだけだったという。招待状にはそうあった。

「どういたしまして――それで、思うんだけど」

「はい」

「それでいいんではないですかね！」あなたははきはきと言った。「人間もそんなものかもしれません。固いネジの上でから回りし、小さな材料の前で頭を抱える。いちばん大切な作品はいつまでたってもできあがらず、そうでないものばかりを拵《こしら》えている。拵えてしまってからそう気がついている」

「なるほど」

ＡＩには心情も人権もない。この「なるほど」は定型の相槌だ。それでもχ慶には自由がある。見聞したもの、学習したものをもとに自発的に生成する自由が。

「頑張ってね。いい仏像が造れますように」

「ありがとう」

黒煙はまもなく消え、飛び回っていた機械も見えなくなった——去っていったのか、墜《お》とされたのか、それとももっと別の結末を迎えたのか。ここからではわからない。日は傾いていた。

チジョーハの番組はいつの間にか終わっていた。あなたは手首を振って壁を静かにさせる。暗くなっていく部屋で、巧緻性を失った手指をしばらくじっと見る。

別の壁の一角が開き、夕食が配膳される。この施設に来てから何不自由なく暮らしているが、あなたは他の人間を見ない。χ慶が話しかけてくることもない。

この部屋のとなりにだれが居住しているか、あなたは知らない。

χ慶との対話の思い出が、あなたひとりのものなのか、あなたは自信がない。

χ慶のプロジェクトが始まってからほんとうにまだ十年なのか、敷地の一辺が十二㎞でとどまるものなのか、この部屋が厨子のひとつではないといえるのか、あなたはなにひとつ確信を持たない。

土人形と動死体

If You were a Golem, I must be a Zombie

円城 塔

魔術都市ミスルカラの郊外に残るダンジョン、アレグラの迷宮。屋敷を封印した主であるノーシュは、洞窟に蠢くスケルトンやスライム、ゴーレムを再構成し、相互に接続することで、長年誰にも打ち破ることのできない迷宮を構築した。ノーシュは自作のゴースト・マシンを使うことで、竜族の長・クメヌをボードゲームで打ち破り続けるが、クメヌにはある秘策があり……。

チェス、囲碁、将棋など、ボードゲームの分野でもAIは進化を続けている。すでに並大抵のプレイヤーでは人工知能に敵う余地もないほどだが、一部のトッププロは、AIの力を借りることで新たな戦法を生み出しており、あたかもAIと人間のいたちごっこが繰り広げられているかのごとき様相だ。果たしてAIが人間を超える日は来るのか――そして来たとしたら、その日、何が起こるのか。

円城塔（えんじょう・とう）は一九七二年生まれ。二〇〇七年、『オブ・ザ・ベースボール』で文學界新人賞を受賞。同時期に第7回小松左京賞最終候補作となった『Self-Reference ENGINE』でデビュー。二〇一二年には『道化師の蝶』で第146回芥川賞を、二〇一九年には『文字渦』で第39回日本SF大賞を受賞するなど、純文学とSFの双方で活躍を続けている。

（鯨井久志）

壁一面の分厚いガラスの向こうには、無数のゴーストたちが仄青《ほのあお》く浮かび漂っており、ノーシュは両目を閉じたまま、ガラスに額を押しつけている。背後に響いた足音にゆっくりと顔を上げて振り返る。そこに立つ人物を改めて確認すると、感情のこもらない声で、

「君は行きたまえ」

とだけ告げる。

それがエスノダの見た、ノーシュの最後の姿である。

今はもう廃墟となって、魔物たちの跋扈《ばっこ》する荒地となったミスルカラの街の郊外に、アレグラの迷宮は存在する。かつてミスルカラ五名家の一つに数えられたアレグラ家の屋敷

地下がそのまま、ダンジョンとして機能している格好である。とはいうものの、荒くれ者たちはほんのその外殻部をうろついているだけである。

それだけでも、収穫は大きかった。

魔術都市としてのミスルカラの名は、なによりも当時アレグラの家長であったノーシュ・アレグラの発明によって知られた。今もアレグラの迷宮の入口で擱座《かくざ》したままのゴーレムの大きさによってもその力の片鱗をうかがうことができる。

アレグラの迷宮でみつかるものは、ほんの小さなコインでさえも高値で取引されたから、しばしば流血を引き起こし、ときに強い呪いを呼んだ。

このダンジョンの最外殻第三扉が開放されたのはつい先月のことである。

グラールと名乗る子供が解錠した。

様々な魔法を撥ねのけてきた扉の各所に誰も見たことのない工具で穴を開け、スライムを原材料とする伝導繊維を突っ込むと、持参の精霊箱へ接続した。

「精霊箱じゃありませんよ」

とグラールは笑い、呪文を唱えることも触媒を持ち出すこともせず、テンポよく箱のあちこちのボタンを押しては、レバーを引き、ダイヤルを右に回して左に戻した。

「これでよし」とグラールは言い、促された荒くれ者たちが繰り返し勢いをつけて肩をぶつけるうちに巨大な扉は重く音を立て、向こうからは今も動くゴーレムたちの集団が溢れ出てきた。戦闘が終わり、第二広間が解放されたところで皆は、そういえばとグラールの姿を求めたが、どこへ行ったかもう姿を消していた。

白由都市連合は、開扉《かいひ》の功績者であるグラールの行方を追い求め、双頭竜イノクラルメヘルボヌクスへ伺いを立ててみたりしたものの、芳《かんば》しい返答は得られなかった。竜は右の頭の口で「グラールはそなたたちのすぐ近くにいる」と言い、左の頭の口で「そなたたちには理解できまい」と告げた。

アレグラの迷宮の攻略は都市連合の悲願であって、かつての繁栄を取り戻すための鍵であったが、たった三枚の扉を開けるだけでも、すでに百年の歳月が費やされていた。過去の二例においても開扉者の素性は知られておらず、利用した方法もはっきりしない。

魔術師たちに言わせると、

「なんの開扉の痕跡もなく、手がかりがない」

ということになる。検知できる残留魔力もなければ、特殊な薬草や鉱物粉なども見つからなかった。

アレグラの迷宮は、魔術に無反応である。そこでは通常のやり方で火を熾《おこ》すこともできず、明かりには松明《たいまつ》やランタンが、着火には火打ち石と乾いた藁《わら》が必要だった。地面の記憶を呼び出すことも、時間的に風景を逆行することもできなかった。

都市連合はあらゆる場所を捜索したつもりでいたが、グラールの足跡はつかめなかった。

グラールの方では別段身を隠したつもりはない。

普段から、見えない者として扱われていただけの話だ。グラールはいわゆる無能力者《ソウルレス》と分類されていて、魔術的な視野には映らず、検知されることがなかった。魔法を使うことができないゆえに「魂がない」とみなされていて、ソウルレスたちは独自の集落を郊外に築くことを余儀なくされた。

いないものとみなされているがゆえに、見つからなかった。

師を、ノイラガといった。これは第二の扉を開いた人物である。ノイラガの師をエスノダ。こちらは第一の扉を開いた人物であると同時に、ノーシュの共同研究者だった人物なのだが、正史に名は見当たらない。

稀に、アレグラ家の所蔵品リストの中にその名が記されていることがある。

　ノーシュはアレグラ家の長子として生まれた。

　誕生時は繊弱《せんじゃく》であり生存を危ぶまれたが、様々の処置を経て生き延び、書物とゴーレムを友として成長した。

　幼年より魔術に卓越した技量を見せた。多くの未解決問題を解消し、街の発展を支える礎《いしずえ》を築く。インフラの改良に貢献し、動力供給を安定化した。資源に恵まれぬミスルカラの街はまず、安価な労働力によって注目を集めていくことになる。

　ノーシュはそれまで軽作業や家事の手伝い程度にしか耐えられなかったゴーレムたちを、重作業用に構築し直した。街の周囲を時計塔に比肩する巨大なゴーレムたちが歩きまわり、隊商の宿泊地を拡張整備し、治安の維持も担当した。

　ミスルカラを特徴づけたのはこれら巨大なゴーレムたちと、回り続ける風車であり、水車であって、止まることのない臼《うす》だった。それらはただの風車であり水車であり臼に「すぎなかった」が、人々の日々の食事のための労働を効率化し作業従事時間を減らし、余暇を生み出すことに成功した。

　それらの装置は、他の街にも運ばれたが、長く維持されることはなかった。ノーシュが作り出したのは装置そのものだけではなくて、それらを整備し廃棄するまでの全体の流れであって循環だった。

「原理のわからぬものを直すことはできないし」というのがノーシュの言だ。「維持することだってできるはずがない」

自分には可能な事柄が他人には真似もできない理由を、ノーシュ自身は「哲学が根本的に違うからさ」と退屈そうに切り捨てている。そうして、

「信じる力によって魔法が発動すると信じる者たちが、哲学を共有できぬがゆえに望む魔術を行いえないとは皮肉なことだな」とこちらは面白くもなさそうにつけ加えた。

ノーシュの姿を残す映像の多くに、傍らに立つエスノダの姿を見ることができる。

アレグラの誇る無限回転機構は、スケルトン・マシンと呼ばれる技術の結晶である。ごく単純に言うならば、洞窟で蠢《うごめ》いているスケルトンを連れてきて何かを押させる。押させることができるならそれは最早動力であり、すり切れてなくなるまで使役しても骨は文句を言うことがない。人間ベースのスケルトンであることが気になるのなら、牛や馬のものを使うのでもよい。

このあたりまでは凡百の魔法使いにも可能な技だったが、ノーシュの才能はスケルトン自体の再構成を可能とした。比喩としては、スケルトンを砕き、粉にしたのち型に詰めて再成型して、効率にすぐれ強度を増した好みの形のスケルトンを作り直す。それはもう一

般には、スケルトンと呼ばれるものには見えない。歯車やジョイントのような一個の部品としか見えないが、それらはまるで「生きているかのような」質感を手放さなかった。

そうして、単純な命令に従い、動き続ける。


ノーシュの発明リストには、スケルトン・マシン、スライム・マシン、そうしてゴースト・マシンの名前が連なる。

信仰共同体からはごく初期に破門されたが、ミスルカラを含む自由都市連合は気にしなかった。

スケルトン・マシンは骨と筋肉を、アクチュエイター スライム・マシンは神経系《ネットワーク》を、ゴースト・マシンは魂《ミスティック》を主な守備範囲とする技術群であり、ミスルカラは街をあげてこれらの「部品」を、ノーシュの組み上げた生態系から生みだし続けた。スライムを繁殖させる牧場が整備され、食用・使役獣はスケルトンとしての利用までを見据えた品種改良が施された。


実際のところ、第三扉の開錠には、クメヌも強く関与していた。

グラールと協力した悪戯《いたずら》といった風情《ふぜい》もなしとしない。

クメヌというのは、ノーシュがつけたイノクラルメヘルボヌクスの呼び名であって、竜の流儀でイノクラルメヘルボヌクスを略するとその愛称となるのだという。「そんなことはない」とクメヌは不機嫌そうに、「全く別の意味の単語だ」と言うのであるが、真の意味をグラールへ教えるつもりはないらしかった。

クメヌとノーシュを結びつけたのはチャガと呼ばれる遊戯であって、それぞれに同じ数と種類の駒をもち、格子の目に並べて遊ぶゲームであり、各駒には移動可能な方向と距離が定められている。それぞれの駒の配置や状態は開示されており、交互に駒を動かして遊ぶ。その形式上、偶然的な要素は存在せず、クメヌは三百年の長きにわたり不敗を誇っていた。

そのクメヌをノーシュは破った。正確には自作のゴースト・マシンを利用したノーシュが勝利した。

ゴースト・マシンの本質は、騒霊《ポルターガイスト》を目覚まし時計代わりに使ったり、小鬼《インプ》を箱に閉じ込めて算術の課題をやらせるのと変わらない。

人形の中に人間を入れておけば、人形は人間と同等の知能を発揮する。

この方法の限界は、外から観察される知能が中身の知能を上回ることは決してないというところなのだが、ノーシュの天才はこの常識を軽々と踏み越えてみせた。箱飼いされた二十万体のゴーストたちはスライムを原材料とする伝導繊維で相互に接続されて訓練され、それまでクメヌが築き上げてきた定石を明後日《あさって》の方角から粉砕した。

エスノダは、ノーシュと気安く話すことのできる数少ない人間の一人だった。ノーシュ自身がどう思っているかにかかわらず、常人はまず対面するだけで怯《ひる》んだ。

「お前はなぜ平気なのだ」とノーシュの方が不思議に思った。

「魔力というものがないからでしょうな」とエスノダは応え、

「魔力のない者などはいない。それとも魔力なんていうものはないんだ」

というノーシュの言葉にエスノダは興味を示す素振りも見せない。魔法のことは魔法のこと、ソウルレスの自分には無縁のことと考えていた。ソウルレスたちの見せる献身はときに「動死体のごとき従順」と揶揄《やゆ》されたりした。

実際に動死体そのものなのだという意見をノーシュは、

「馬鹿め」の一言で退け、その発言者をバルコニーから突き落としたことがある。

「さすがに、次期ゴースト・マシンには評議会も難色を示しています」

手帳を参照しながら、エスノダが言う。

「人の『魂』を用いるからだな」とノーシュの口が笑いの形に歪む。「また死体玩弄者《ネクロマンサー》としての名が上がるな」

「わたしなどをお側に置くからです」

と軽口を叩くエスノダへ、

「それは二度と言うなと伝えた」

とノーシュは語調を強めるが、エスノダは聞き流すだけで続けた。「ネクロマンサーとしての評判はともかく、この頃はあなた自身が、人をエンハンスしたゴーレムであるという風評が流れています」

ノーシュはエスノダの言葉が自分の頭の中を一巡りするのを観察してから、

「気づくのが遅くはないか」

と言う。


チャガで敗北を喫したクメヌは、何度か再戦を挑んだものの、ノーシュのゴースト・マシンはクメヌを圧倒し続けた。

ノーシュが利用したのは、いわゆる「精霊箱」の発展系だが、格段にスケールアップされていた。箱の中のゴーストたちはひたすらチャガの戦譜を覚えこむことだけに条件づけられ、チャガのことしか考えない日々をすごした。過去のあらゆるチャガの勝負をゴースト・マシンはその魂に叩き込んだ。

しかし、クメヌに言わせると、ノーシュの用いるゴースト・マシンの強さはそれだけではない。

「本当にきわどい判断は、貴殿が行っているわけだろう」というクメヌの見立ては正しいもので、

「そこに改良の余地はあります」とノーシュの方も素直に応えた。

「いや、そのままでよい」とクメヌは言い、「そのゴーストの集合体と貴殿、二体で一体というか二十万一体で一体というか、ともかく異種のものが共に働くというのが貴殿の力となるだろう」と予言器官を運動させた。

ノーシュはその場で立ち尽くしたまま一夜を明かし、

「御意見承りました」とだけ応えたという。

ゴーストは果たして魂であるか、という問いを、ノーシュは検討する価値のない話題と見なした。

「通常の言葉で言われるような魂であるはずがない」

と言う。

「人格や記憶というものは失われたきり戻らない。誰かの姿をとるのは、それを見たいと

思う者がいるからで、当のゴーストにそうした意思なんてものはない」

「しかし、ゴーストは人の手で生産できるようなものではないではないか」

という意見に対しては冷笑で臨んだ。

「我々は絹糸を直接生産できるわけではないが、それが文字通りの意味で蚕《かいこ》の魂であるとは考えないわけでしょう。人間とは、絹糸のようにして、死にあたってゴーストを生産するマシンであるという見方をとることだってできるわけですよ。あなたがたは、その生産の最大手なわけでね」

と言われた信仰共同体の代表は顔面を蒼白にして帰国したが、アレグラを中心とする都市連合の活況が戦乱を遠ざけたことも事実である。ノーシュは技術によって平和を生み出しつつあったが、それにより戦場というゴーストの安定的な供給源が縮小されることともなった。

「皮肉なものですな」と笑いかける都市連合の議長に対し、

「何がですか」とノーシュは心底不思議そうな顔を向けた。

ゴースト・マシンを前に連敗を繰り返したクメヌだったが、竜族の長としての誇りは敗北を許容しなかった。

劣勢を巻き返すためにクメヌが採った手段にはさすがのノーシュも意表を突かれ、以降、クメヌとノーシュは好敵手としての日々をすごすことになる。

クメヌは、自らの頭を二つに分割してみせた。

本来はよほど単純な生命にしか実現不能な芸当であり、単頭から双頭に変貌を遂げたイノクラルメヘルボヌクスを目にしたノーシュは狂ったように笑い転げた。ようやく息を整えたあと、

「それでこそ竜族の頭というものだ」

と、深々と頭を下げてみせた。

自らの頭を分割するという技は、ノーシュにも未到達の技術だった。以来ノーシュは、

「魂の分割だ」

と憑かれたような目で何度も繰り返し、深夜に突然ベッドから跳びあがると、机に向かって何かを書き殴るというような生活が常態となった。あるとき、折れた羽ペンの代わりを求め、手近のナイフで自らの腕に思いつきを刻もうとして以降は、同室にエスノダの居場所が作られた。

クメヌは、自分自身、もしくは他方の頭をライバルとして急速にチャガの腕を上達させ

た。そのために自らの思考の基盤を軽々と組み替えてみせた。

ノーシュの方では、

「あれは竜族の持つ基盤のおかげで、人間の魂のフォーマットではああはいかない」

と悔しがっていることを隠さなかった。

虚弱に生まれついたノーシュの体には、当時として考えうる限りの魔術的な措置が施された。それがなければ、一年と生き延びることはなかっただろうと、ノーシュ自身が書き残している。

ノーシュの幼少期の記憶には、数十本の管につながれた自分の姿を俯瞰視点から眺めているものがある。魂の離脱現象だと医師団は解説したが、ノーシュとしては、体の拡張として捉えた。自らの体に繋がれた様々な器具はそのまま、自分の体の境界を拡張していた。

「だから、外から自分の体が見えたってよい」

というのがノーシュの結論である。

ノーシュが自分の体に様々手を加えはじめたのがいつからなのかはわかっていない。はっきりとした境界線はなかったのではないかとグラールは思う。それでも、クメヌとの勝負が大きな動機や推進力となったことは疑いえない。ノーシュは、ゴーレムを用いて掘削した大深度に据えたゴースト・マシンとの結びつきをより密にし、屋敷全体を自らの生命活動と思考を支える道具としていった。屋敷は徐々にノーシュそのものに、ノーシュの方もまた屋敷そのものへと一体化を遂げつつあった。

一見、一人の人間だったが、その背後には伝導繊維や思念伝達に支えられた膨大なネットワークが構築されていた。巨大な蜘蛛の巣の中央にノーシュはおり、巣の全体こそがノーシュだとも言えた。

「旅行ができないのは不便ではありませんか」というエスノダの問いには、

「なぜそんなことをする必要がある」と心底不思議そうに問いで応えた。

ノーシュの知覚は使い魔たちとも接続されていたし、カラスはノーシュの目となって近隣諸国の動向に目を光らせていた。

「鳥はいい」とノーシュは語り、「だが、今度のはもっとすごいぞ」と、空の高みにまで達する魔術機構の青写真を示してみせた。

「この大地が形而上的にも球形であるとかいう奴らもこればかりは認めざるをえまい」と笑った。傍らで表情の選択に困った様子のエスノダへ向け、

「自分の足で思考器官と感覚器官をその場に運ばなければ、実感は得られないというわけだな」

エスノダは素直に認め、

「わたしもそれは否定しないよ」と言うノーシュの声は穏やかだった。

「だがね」とノーシュは背筋を伸ばし、右手を振るとその指先に炎をともした。

「こうした魔法の全ての過程を解き明かし、物質化するのがわたしの夢なのだ。これは誰にも止められない」

そうして誰にでもなく、自分に向けてさえでもなく続けた。

「魔法なんて、それに駆動される意識なんて、全て滅びてしまえばいい」

そして、エスノダへ向けて言い聞かせるように続けた。

「誰がどう言おうとも、君は生きているんだ」

「ゴーストが死んでいるなんていうことは、見ればわかることではないか」とクメヌは言う。

「そのとおりなんですけど」と洞窟内の岩に腰掛けているグラール。「人間は複雑な生き物で百年経っても意見は変わらないみたいで」

「単純な生き物、の間違いではないのかね」とクメヌは爪先で駒を進める。

「誰かの記憶や感情がゴーストとして残留することをどうしても想像してしまうんです

よ」

「そんなことはないのにな」

「そんなことがないからこそでは」

グラールはそう言いながら火蜥蜴《サラマンダー》の駒を四つ、それぞれ前に進める。クメヌが右の頭を振って見せるのは、グラールの手への反応ではない。

「宝箱擬態生物《ミミック》のことは偽の宝箱だと考えるのに、ゴーストのことを偽の魂とは呼べないという例のやつだな」

「人間は色んなことを考えるんですよ」とグラール。

「竜もだ」とクメヌ。

グラールのチャガの腕は十人並みで、クメヌに敵するなにものもないが、それでもクメヌは楽しいらしい。

「自分の頭同士で対戦するよりはるかにマシだ」と言う。「ノーシュは確かに心躍る相手だったが、やはりこうして対面できるというのはよいことだ」

ノーシュは押し寄せた都市連合の軍とよく戦った。

魔王と称されるにふさわしい力で寄せ手を圧倒した。

　都市連合が狙ったのはアレグラの屋敷の接収であり、主には大深度施設に蓄えられたゴースト資源を手に入れようとした。都市連合はノーシュの策定した次期ゴースト・マシン計画に異を唱え、ノーシュの方は聞き入れなかった。都市連合は「ゴーストにはより有用な使い道がある」と主張し、主導権をノーシュから奪おうとした。都市連合からみたノーシュの計画は「微温的」なものであり、ゴースト・マシンから得られる利益を諸国連合へと流すものであり、ノーシュの唱える「基盤整備」は機密の不用意な公開でしかなかった。

　ノーシュはよく防いだが、攻勢に出ることはなかった。

「都市連合のために新たにゴーストを生産する手伝いをするつもりはないよ」

というのが見解である。

　ただ、防ぎ切れぬとなった時点で、屋敷全体を封印した。

「こつこつと、貝のように閉じこもる用意をしていたわけですからね」とグラール。「人が悪い」

「長い時間をかけてな」とクメヌ。

　クメヌのもとへ預けられていた資料によれば、ノーシュは特異な魔術体系を築き上げ、それを屋敷と自分に適用していた。ミスルカラの誇った無限回転機構が他所者たちに扱いきれなかったのは、この術式の相違による。

「哲学が違う」

とノーシュは称した。

その体系は、物質と情報の秩序から組み上げられて、精霊の働きやいわゆる魔術からは独立している。一つの石と一つの石が並んでいれば、それは二つの石でもあるといった単純な事実確認の連鎖が壮大な織物をなしている。

「よくこんなものをつくりあげたものだ」とクメヌは称賛を惜しまない。「なんという面倒なものを。魔法であれば一瞬のものを、わざわざ遠回りして実現した」

「右手を上げる方法を考えるようにしてね」とグラール。

右手を上げるには、直接右手を上げてしまうのが手っ取り早い。「なぜそう考えるだけで右手は上がるのか」とノーシュは考え続けた。エスノダを傍らに、ノーシュは魂について考え続けた。

ノーシュはその体系をもって、魔術がその力を失うパズルの迷宮を構築した。

ノーシュの築いた体系は、クメヌにとっても理解の困難なものであるらしい。ときにグラールの方が道を見つける。

「まあ、ソウルレスが生きるというのは、こういうパズルを解いていく種類の作業ですから」

と言う。クメヌとグラールは長い時間をかけてようやく、ノーシュの残した第三問の解答に辿り着いた。

「いくら大規模ゴースト・マシンを個人で保有していたからといってこんなものを組み上げるなんて」というのが解に到達したときのグラールのぼやきであって、「一体あと何世代で『最深部』まで辿り着けるものやら」

「天才と戦災が必要だな」というのがクメヌの意見だ。

「やっぱり『生きている』と思いますか」とグラールは問う。

第三扉開扉の際の記録の検討を経て、クメヌとグラールの意見は一致している。

「やはり、こちらに『抵抗している』って感触がありますよね」

「ふつう言われる『生きている』ではないだろうがな」

ノーシュは今もアレグラの迷宮の中枢にあり、術式を紡ぎ続けている。

「また会いたいものだな」

とクメヌは言い、

「あなたは長命種ですからね」とグラール。「でもいいんですか」と問う。

「なぜ疑問に思う。またいい勝負になるはずだ」とクメヌは言う。「今度こそは、命がけの勝負になる」

ノーシュが屋敷を封印し、そうして今も開発を続ける理由。

ノーシュが本当に実現しようとし、今も試み続けているもの。

都市連合がノーシュの屋敷を接収しようとした理由。

グラールには確信がある。

クメヌはいつも話を逸らしてしまうし、資料はほとんど残っていない。しかしノーシュが残した青写真と、屋敷周囲の工事跡、連合へのおざなりな説明は全てがどこかちぐはぐで、そこにはまるピースはひとつしかない。

「ノーシュは、魔術をこの世から消し去る方法を追求していた」

グラールの見つけた、それがピースだ。

ソウルレスであるグラールには、魔法のなくなった世界の様子をぼんやりと思い浮かべることができる。そこにクメヌの存在する余地はないだろう。

そんな世界を実現するため、ノーシュは迷宮の中にひきこもり、今も思考を続けているのだろうというのがグラールの推測である。

「なぜだ」

という問いの答えを知っていたかもしれない人間は、とうにこの世を去ってしまった。

生涯を第一の扉を開けることに費やし、後続のための道をこじ開けた。

グラールの許《もと》には、エスノダがノーシュに宛てた一通の手紙がある。エスノダがノイラガに、ノイラガがグラールに託したものだ。グラールもまた誰かに渡すことになるだろう。

因果律の悪意を信じるクメヌは封筒に触れようとさえしない。

「思わせぶりな戯れは人の間に留めてもらおう」とのことだ。

赤い封蠟《ふうろう》を施されたその封筒はひどく薄い。

世界の運命を決することになるはずの、その封筒は、ひどく軽い。

内部の手紙には、ただ一文が記されているだけであることが様々な測定の結果により知られている。

「あなたはゴーレムになっちゃ駄目なんだ。じゃなければ」とグラールは無意識的に虚空へ向けて呪文のように唱えている。「わたしたちだって動死体のままだっていうことになる」

この文章はＡＩが書いたものではありません

東京大学大学院工学系研究科教授
鳥海不二夫

1　たったひとつの冴えたやりかたが簡単に思いつくなら苦労はしない

「最近のＡＩについて解説を書いてください」と日本ＳＦ作家クラブ会長の大澤博隆氏に頼まれたので、ホイホイと引き受けたものの、ＡＩについて書けと言われても、そもそも私のメイン研究テーマは計算社会科学であり、人工知能技術を利用はすれども、最新研究を行っているかといわれると自信がない。ましてや最近のＡＩ事情を第一人者面して語ったら周りの本物のＡＩ研究者から袋叩きにあいそうな危うい立場にいる。ダニング＝クルーガー効果（ちょっと知った時が一番自信過剰になってしまう認知バイアス）の図でいえば「ＡＩゼンゼンワカラン」な人である。とはいえ、何を血迷ったのか引き受けてしまったからには、それなりには最新ＡＩ事情について何らかの解説をしなければならない。

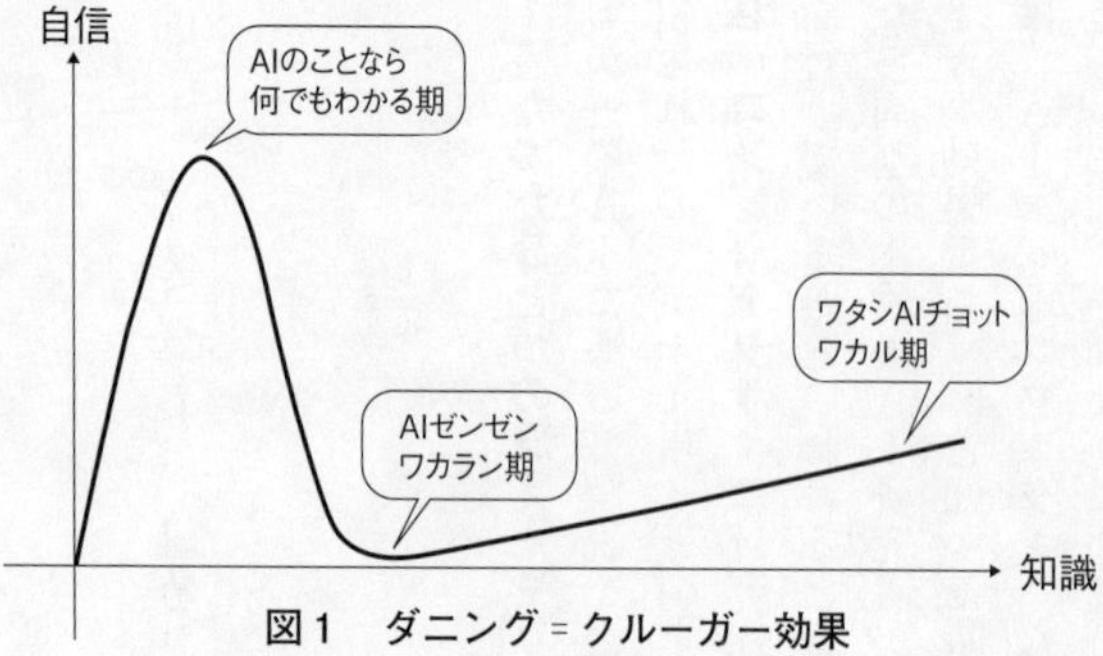

図1　ダニング゠クルーガー効果

ここで改めて、最新のＡＩ事情とは何だろうか考えてみたい。２０１０年以降の人工知能技術の進歩は大変目覚ましい。ＡＩ研究者にすらまだまだ実現するのは先だろうと思われていたことが次々と実現している。事実この原稿を書いている最中にＡＩの大規模言語モデルであるGPT-4が新たにリリースされＡＩ業界では大きな話題となっている。その意味では、この原稿を執筆している２０２３年４月現在の最新ＡＩ事情は、下手をするとこの原稿が世に出るころにはすでに時代遅れになっている可能性がある。新書ならほぼ読み捨てで刊行１年後くらいには誰も読まなくなるかもしれないが、本書に関しては、きっと何年にもわたって読み返されるような本になっているに違いない。とすると、数年後の未来人に「こんなものを最新とか言って解説していたのか、ププッ」などとされてしまうのかと思うとそれはそれでなんとなく腹立たしい。

そう考えると原稿執筆時点の最新をいくら書いてもすぐに陳腐化しそうである。とはいえ、人工知能技術の歴史なんて書いてもそんなものはWikipediaを読めという話になるので、それもつまらない。というわけで、陳腐化することを覚悟の上で、「そもそもＡＩってなんだっけ」というあたりから原稿執筆時点の最新情報までを書いていってみようと思う。ちなみに、この原稿を執筆している最中にも次々と新しい情報が出てきてしまっており、何度書き直しても書きあがらない蟻地獄のような状況になっている。できることなら読者の皆さんにこのファイルのバージョン情報をお見せしたいくらいである。

書いている先から陳腐化するこの原稿、読者の方の目に触れる時どれほど陳腐化しているか、楽しみである。

2　コンピュータサイエンティストは人工知能に夢を見る

人工知能の研究の歴史はほぼコンピュータの歴史と重なる。世界初のコンピュータは1946年に完成したENIACと言われているが、高度な計算機が実現できた瞬間から人類は人間と同じようにものを考える人工知能の夢を見始めた。コンピュータの黎明期に人間のような思考をさせようと開発されていたものの一つにチェスＡＩがある。知的ゲームであるチェスをプレイするコンピュータというのは、物を考えるコンピュータの実現に向けた格好の研究材料だったのだろう。あるいは、単にコンピュータサイエンティストには友達がいないからチェスをしてくれる相手が欲しかっただけかもしれない。個人的には、周囲のコンピュータサイエンティストを見ている限りこの仮説はかなり有望ではないかと考えている。

コンピュータに人間のようにものを考えさせようという考えが定着し「人工知能」という名前が付いたのは1956年に行われた「ダートマス会議」以来である。「人工知能の父」と呼ばれる研究者たちが多数参加して、人工知能研究とはどういうものかを整理した重要な会議である。

しかし、人工知能技術は思ったより実現が難しかった。ドラえもんのように人間と対等に対話してトモダチになれるような存在はダートマス会議から70年近く経過しても実現していない。新しい技術が開発されると「これは世界を変える！　こんなこともこんなこともできる！」とモテはやされるが、やがて技術の限界が明らかになるとガッカリされるというサイクルは、人工知能技術に限らずどこにでも存在する。このような社会のキタイとガッカリをハイプサイクルと呼ぶ。

人工知能は過去幾度もキタイとガッカリを繰り返し、キタイ期には大量のリソース（お

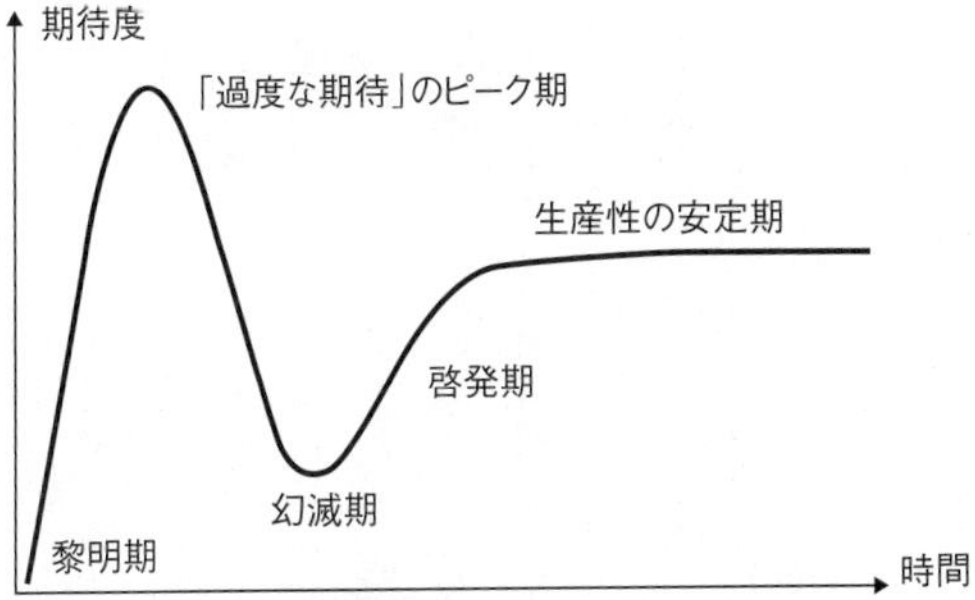

図２　ハイプサイクル

金）がつぎ込まれ、ガッカリ期には一気にそれが引き上げられるというサイクルを繰り返してきた。１９９０年代後半から２０００年代前半までは「人工知能冬の時代」と呼ばれ、人工知能の研究をしていると名乗ること自体憚《はばか》られる風潮があったといわれている。「言ってはいけないあの研究」扱いである。冬の時代を経験したＡＩ研究者は第３次ＡＩブームが10年近く続いても「いつ冬になるかわからん」と戦々恐々としている。

２０１０年ごろから深層学習と呼ばれる人工知能技術が開発、利用されるようになり第３次ＡＩブームが訪れた。当初はやれ「シンギュラリティー」やら「人の仕事がなくなる」やらユメとキボーに満ちた話題にあふれていたが、２０２０年くらいにはおおよそできることが分かってきて、地に足がついた技術として人工知能技術が扱われるようになりつつある。

などと思っていたら、２０２２年、突如 Stable Diffusion

などの画像生成AIとChatGPTなどの対話AIといった「生成系AI」が現れてまた社会を大きく揺るがしている。もう少し先だと思っていた技術が思ったより早く来るというのが第3次AIブームに繰り返されている。もしかすると生成系AIによって第4次人工知能ブームと呼ばれる新しい時代になるのかもしれないし、ならないのかもしれないし、そのどちらでもないかもしれない（未来を見据えた玉虫色の表現）。

２０２３年３月には、深層学習の父ヨシュア・ベンジオ氏やイーロン・マスク氏らが「大規模言語モデルの研究は危険なので半年ほど研究をやめるべきだ」という声明も出している。ただし、人工知能危険説は人工知能技術でドラスティックな変化があった時に必ず叫ばれるものである。この危機感が本物なのかどうかは本書を手に取っている方はすでにご存じかと思うので、ここでは特に言及はしないでおく。なお、原稿執筆中に「研究をやめるべきだ」といった張本人の一人であるイーロン・マスク氏がAI研究の会社を作って ChatGPT に替わる大規模言語モデル「TruthAI」を作ったというニュースが出てきて皆がずっこけるといったことが起きたりしていて、つまりそんな時代なのである。

3 弱くて強い人工知能

さて、ここでそもそも人工知能とは何かという根本的な疑問に立ち返ってみよう。

人工知能の定義は、人間や動物と同じような知能を持った計算機を開発する研究分野であり、それによって実現されたシステムのことである。それを言い出すとそもそも知性ってなんだっけ？　という話になり、これはまだ難しい問題で何年も議論が続いているし、それだけを専門に研究する研究者がいるくらいである。

そこで、少しわかりやすい例で考えてみよう。我々が人工知能と言われて真っ先に思い浮かぶものはＳＦに出てくるようなＡＩではないだろうか。一般的によく知られている存在でいえば、鉄腕アトムやターミネーター、R2-D2、ドラえもん、HAL9000のような存在であろう。しかし、そのような自分の意思をもって行動するＡＩは今現在存在しない。現在において、人工知能と呼ばれるものは特定のタスクをこなすだけの存在である。

ＳＦ小説に現れるようなＡＩは人間のような意識を持っているが、そのようなＡＩは「強いＡＩ」と呼ばれる。一方、現在存在するタスク処理するだけのＡＩ技術は「弱いＡＩ」と呼ばれる。現代の囲碁や将棋のＡＩは名人に勝てるほど「強い」が、自ら意識をもって将棋を指したりすることはないので「弱いＡＩ」と呼ばれる。「弱いＡＩ」が強い。

人工知能研究者の夢の一つは意識をもって自律して動く「強いＡＩ」の実現にあるだろう。しかし、現状では「弱いＡＩ」の開発が主流であり社会的にもその方が意義深い。「強いＡＩ」は理想であるがその実現までの道はあまりにも遠い。例えば、「意識とは何か」という哲学的問題すらまだ解決していない。あなたの隣にいる人が意識を持っていることの証明は難しい。「自分以外のすべての人は実はロボットである」という妄想をしたことがある人は多いのではないだろうか。哲学的ゾンビと呼ばれるこの問題はAIとは無関係に面白い。いずれにせよ、意識とは何かも不明瞭な状態では「強いAI」の実現はもうちょっと先の話のように思われる。この辺りについての詳しい話は拙著『強いAI・弱いAI研究者に聞く人工知能の実像』をご覧いただくとよいだろう。

というわけで、ポケットを除いたとしてもドラえもんをホンワカパッパできるのはまだまだ先のことである。むしろ一部の不思議道具のほうが2023年現在、先に実現している気がする。暗記パンは無くてもストレージに情報が蓄積されているし、トレーサーバッジ(超マイナー道具)はAirTagでほぼ完全に実現されている。

4 深層学習をのぞく時、深層学習もまたこちらをのぞいているということは特にないが、のぞき込んでも何もわからない

では、「弱いAI」とはなんだろうか? 現在AIと呼ばれているものの正体は、概ね「機械学習」であると言ってよい。第3次人工知能ブームの立役者である深層学習も機械学習の一種である。ものすごく大雑把に言ってしまえば深層学習は「入力されたデータを

適切な出力データに変換するシステム」である。深層学習が使われている顔認識も「入力された画像（データ）から人物を出力するシステム」であるといえる。

入力→◆→出力

最近の人工知能技術がすごいのは、入力に対する出力が、人間が納得できるほどの精度になったためである。

ところで、機械「学習」というと「ＡＩが人間とのやりとり等からリアルタイムに学んでいる」と勘違いされがちである。実際、２０１６年にマイクロソフトが作ったTayというチャットボットが「ユーザによるヘイト発言を学習」し、利用が停止されるという事件があった。しかし一般に行われている学習とはこういうものではない。機械学習では、我々の目に届かないところで事前に学習作業を行う。人工知能界隈では学習といえば通常はこちらを指す。

ではここでいう学習とは何をしているのだろうか？　機械学習では「この入力にはこの出力を返せ」と、入力と出力のセットを「人工知能」に与えている。例えば、何万枚もの猫の画像を入力してその出力は「猫」であると示す。さらに、猫じゃない画像を入力してその出力は「猫じゃない」と示す。すると「こういうタイプの入力データには猫と出力すればよい」というモデル（計算式のようなもの）が人工知能の中に出来上がって、未知の画像が入力されたときにモデルに従って「猫」「猫じゃない」と出力するのである。

実のところここまでの話は2010年以前の人工知能でも同じことをやっていた。深層学習はそれをもっと高度にやるようになったというだけのことである。では、なぜ深層学習はすごいのか？　理由はたくさんあるが、複雑なモデルを扱うことができるようになったことと、それを学習させるだけのデータが手に入るようになったことであるといえるだろう。インターネットと計算機技術の発展の成果である。

その後、あらかじめ一般的なことを学習しておいてから、特定の分野についてだけ改めて学習することで性能を上げるというテクニックが開発され、精度が劇的に向上した。例えば、Wikipediaを全部学習させて日本語の特徴を盛り込んだモデルを作成したうえで、「星新一っぽい文章を生成する」というタスクを解こうとすれば、日本語部分そのものの特徴ではなく「星新一の文章」に特化した部分だけを取り出してタスクを行うことができるようになるわけである。これは人間でも同じで、日本語を知っているからこそ「星新一っぽい文章」を見つけられるわけで、日本語を知らない人にいくら星新一の小説を見せてもその特徴はつかめないわけである。それと同じように「日本語」という常識を使って問題を解けるようになったのは深層学習やそこから派生した技術のたまものである。

しかし、このような「常識」を得るためには巨大なモデルが必要である。大規模言語モデルの一種である２０２３年３月にリリースされたGPT-4などは、モデルの大きさを表すパラメータと呼ばれる計算式の要素数が100兆個あると言われている。もともと深層学習はどういう計算式なのか分からないと言われていたが、兆を超えるパラメータを持つ計算式など見ても何もわからない。その意味でＡＩはすでに人間の制御下から離れていると言える。

５　最後にＡＩは勝つ

人工知能技術には何かを作る「生成ＡＩ」と呼ばれるものが存在する。生成系ＡＩの最も基本的なアイデアは、敵対的生成ネットワーク（Generative Adversarial Network：GAN）と呼ばれるものである。画像生成でいえば「ＡＩが作ったと絶対に見抜けない画像を作るＡＩ」vs「ＡＩが作ったものを絶対に見抜くＡＩ」を戦わせて、前者が勝つまで学習させていくという手法である。

２０２２年、この画像生成技術を使ってStable Diffusion、MidJourneyなどの画像生成を簡単に行えるサービスが次々と発表された。技術としては存在していたものでも、簡単に使えるようになることで大きな社会的インパクトが生じることを見せつけられる出来事であった。ユーザが増えればそれだけ多くのアイデアが生まれる。画像生成ＡＩの使い方は

1年足らずの間に様々な分野へと波及している。イラストや挿絵はもちろん、画像生成を利用して漫画を描こうという試みも存在する。私の研究室でもＡＩに描かせた画像をSlack のアイコンとして利用している。

また、すでに画像生成ＡＩが作った絵が賞をとったという話まで存在する。このまま芸術分野にも人工知能が浸透していった場合どうなるのだろうか？　それでもやはり人間が作ったことに価値があるのかもしれない。同じものでも人間が作った物語性が貴《たっと》ばれる可能性は高いだろう。人間は美を愛でるのではない。情報を愛でるのである。

図3　AIが作成したアイコン

また、人間にＡＩは敵わないと言われながら、あっさりと人間を超越していったＡＩとして、ゲームＡＩがある。２０１６年にGoogle DeepMindが開発したAlphaGo が当時世界トップクラスだった李世乭との5番勝負で3勝したことが大きな話題となったが、今や囲碁将棋ともにトップ棋士がＡＩを使って勉強をする時代になっている。ちなみに、将棋の藤井竜王などは将棋ＡＩのために100万円以上するようなＰＣを購入したことで、ＩＴ技術者の間では「こいつ出来る……」と話題になった。

強いゲームＡＩは単に「強い」というだけの存在ではない。

将棋ＡＩを使って中継中に形勢の良し悪しが常に見える状態になったことは将棋の楽しみ方を広げたといえるだろう。劣勢からの大逆転や一手間違えれば逆転される綱渡りの差し手を何十手も続ける等、これまでは将棋の高段者でもなければ理解できなかったドラマを、一般人でも楽しめるようになった。

一方で、「正解手」が常に提示されるため、奇跡の一手が生まれづらくなったともいえる。かつては想像もできないような妙手を放つことで大逆転をする、というのは将棋や囲碁の醍醐味だった。しかし、現在では「想像もできないような一手」も正解（あるいは不正解）としてＡＩが提示してしまうため、その一手に気づいた「棋士の凄さ」が薄れてしまっている。「ＡＩの正解とした手を指せるのか」という見方になってしまったのはＡＩの使い方の難しさを表しているかもしれない。

6　今、そこにある機器

現在われわれが日常的に使っているＡＩにはどのようなものがあるだろうか。

翻訳は深層学習前後で大きくその性能を向上させている。DeepL などの深層学習を使った翻訳サービスで多くの言語の文章を日本語で気軽に読むことができるようになっている。今後は大規模言語モデル（ChatGPT など）が使われることによってさらに高度になってくると期待される。音声認識と組み合わせることによって、話す内容が直接別の言語に変えられるようになる日も来るだろう。本や論文も翻訳せずとも世界中の人が読むことができるようになる。ドラえもんより先にほんやくコンニャクが実現されるのである。こんにゃく型じゃないのが唯一の欠点。

画像認識も精度が向上している。Google Photo や iCloud に写真をアップロードすれば、顔認識を行って同じ人物をまとめて表示してくれる機能がある。よく似ている兄弟を別の人物とする、幼少期の写真を同一人物としてまとめる、など下手な人間より認識能力が高い。筆者など人間の顔と名前を一致させるのが苦手過ぎて、デスノートを手に入れたらすぐにでも死神の目を契約して名前を見えるようにしようと誓っているくらいであるが、寿命の半分を差し出さなくても顔認証＋名前表示がARを使ってできるようになる日も近いのではないかと期待できる。寿命が尽きる前に早くその日が来て欲しい。

画像の加工も人工知能が得意とするところである。例えば、写真にいらないものが写っていたら自動で削除してくれるという機能がある。電線やごみ箱など写ってないほうがエモくなる物体をなかったことにしてくれる。これもまた人工知能の得意技である。ちなみに私のスマホはゴミを削除しようとすると、必ず周囲に写っている人間を削除しようとする。こいつは人をゴミのようだと思っているのかもしれない。

自動運転も人工知能技術のもたらした成果の一つである。特に、画像認識能力が上がったことで周囲の物体がなんであるかを正しく認識し、すでに人間よりも安全な運転を実現しつつある。しかし、なぜか人間は人間が運転した車にぶつかるよりも自動運転車にぶつかるほうが嫌だと思うものらしい。自動運転車の責任問題など技術では解決できない部分で自動運転の導入はまだ難しいが、いずれ社会的に解決されるだろう。

また、大規模言語モデルを使って手紙やメールを自動的に作成するサービスも開始されている。要点を書けば反省文すら自動作成してくれるようである。「ＡＩが生成した文章には温かみが無い！」という意見もありそうだが、いずれそのような考え方は「手紙は手書きに限る」と同じような扱いになるだろう。ちなみに、長い文章を読むのは面倒なので自動要約システムの利用が増えてくるようになるから、

人間が要約文を作って↓ＡＩが長い文章に直して↓ＡＩがそれを要約して↓人間が要約文を読む

という時代がくるかもしれない。もはや人間が要約文だけやり取りすればいいような気もする。

7　普及とともに去りぬ

ところで、日常生活の中でＡＩが活躍している、と実感する場面はあまり多くないのではないだろうか。実は、人工知能技術には、「人工知能のジレンマ」と呼ばれる現象がある。これは、人工知能技術は出てきたときは人工知能と呼ばれるが、社会に普及すると人工知能とは呼ばれなくなるという現象である。

かつてはＡＩ家電というようなものが大量にあった。ロボット掃除機もかつてはＡＩ搭載掃除機と呼ばれていた。私の使っている髭剃りなんてＡＩ搭載髭剃りである。何がどうＡＩなのか実感したことは一度もないが。いずれにせよ、多くの場合ＡＩという単語はビジネス用語として使われているだけで、売れるからＡＩと銘打ってあるだけのことが多い。もちろん内部的にはその時点での「人工知能技術」が使われているのかもしれないが、その技術が当たり前のものとなればＡＩ搭載とは言われなくなる。ＡＩとはまだ社会に浸透していない「魔法のような技術」を指していることが多く、十分一般化されれば「自動化」などの言葉で呼ばれるようになる。深層学習を使った画像認識技術などはかつてＡＩと呼ばれていたがすでに「画像認識」としか呼ばれないようになっている。２０２３年現在、社会で活用されてもＡＩと呼ばれ続けているのは将棋ＡＩくらいなものではないだろうか。その意味では「ＡＩが社会に浸透する」ことは未来永劫ない。

しかし名称にかかわらず「ＡＩ」と呼ばれた技術のいくつかは、確実に我々の社会で利用されるようになる。例えば、検索や推薦といったシステムは何気なく利用しているが、これらのシステムの裏にはＡＩ技術が動いている。このようにＡＩ技術はシステムの内部に組み込まれているのが一般的であるため、ＡＩ技術そのものの恩恵を直接受けていることに気づきにくいのである。今後も人工知能と呼ばれる技術革新は数年ごと（あるいはもっと頻繁）に起きるだろう。今現在インターネットやスマートフォンの無かったころの生活は想像できないものになっているように、ＡＩはそれ無しの生活が想像できなくなるほどに社会に浸透し続けるだろう。そして、そのころにその技術はＡＩとは呼ばれなくなっているのである。

おそらく本原稿を執筆している時点でＡＩと呼ばれている技術もやがてＡＩとは呼ばれなくなるだろう。もし、その時代に本古文書を手に取ってこの文章を読んでいる人（あるいはＡＩ）がいたとすれば、「この時代はこういうものを最先端の人工知能と呼んでいたのか」と一笑に付してもらえれば幸いである。

著者　揚羽はな
安野貴博
柞刈湯葉
円城 塔
荻野目悠樹
斧田小夜
粕谷知世
品田 遊
十三不塔
菅 浩江
高野史緒
高山羽根子
竹田人造
津久井五月
飛 浩隆
人間六度
野﨑まど
野尻抱介
長谷敏司
福田和代
松崎有理
麦原 遼

各篇解説　鯨井久志
鈴木 力
冬木糸一
宮本裕人

巻末解説　鳥海不二夫

編集　井手聡司
金本菜々水
塩澤快浩
溝口力丸

装幀　岩郷重力 +Y.S

制作　木全一喜

校閲　石飛是須
伊藤 浩
円水社
小林達也
日下亜希子
吉冨美穂

日本ＳＦ作家クラブ
会　　長　大澤博隆
事務局長　揚羽はな
渉外担当　林 譲治

本書収録の作品は、すべて書き下ろしです。

HM=Hayakawa Mystery
SF=Science Fiction
JA=Japanese Author
NV=Novel
NF=Nonfiction
FT=Fantasy

ＡＩとＳＦ

〈JA1551〉

二〇二三年五月 二十日 印刷
二〇二三年五月二十五日 発行
（定価はカバーに表示してあります）

編者 日《に》本《ほん》ＳＦ作家《さっか》クラブ
発行者 早川 浩
印刷者 白井 肇
発行所 株式会社 早川書房
郵便番号 一〇一 - 〇〇四六
東京都千代田区神田多町二ノ二
電話 〇三 - 三二五二 - 三一一一
振替 〇〇一六〇 - 三 - 四七七九九
https://www.hayakawa-online.co.jp

乱丁・落丁本は小社制作部宛お送り下さい。
送料小社負担にてお取りかえいたします。

印刷・株式会社精興社　製本・株式会社川島製本所

ISBN978-4-15-031551-1 C0193

本書は活字が大きく読みやすい〈トールサイズ〉です。